A E
& I

Terra Alta

Autores Españoles e Iberoamericanos

Esta novela obtuvo el Premio Planeta 2019,
concedido por el siguiente jurado: Alberto Blecua,
Fernando Delgado, Juan Eslava Galán, Pere Gimferrer,
Carmen Posadas, Rosa Regàs y Belén López Celada.

Javier Cercas

Terra Alta

Premio Planeta
2019

Obra editada en colaboración con Editorial Planeta – España

Diseño de portada: Planeta Arte & Diseño
Fotografía de portada: © Marc Prades
Fotografía del autor: © L.M. Palomares
Diseño de la colección: © Compañía

Bajo el sello editorial PLANETA M.R.
Avenida Presidente Masarik núm. 111, Piso 2
Colonia Polanco V Sección, Miguel Hidalgo
C.P. 11560, Ciudad de México
www.planetadelibros.com.mx

Primera edición impresa en España: noviembre de 2019
ISBN: 978-84-08-21784-8

Primera edición impresa en México: noviembre de 2019
ISBN: 978-607-07-6448-6

Impreso en los talleres de Litográfica Ingramex, S.A. de C.V.
Centeno núm. 162-1, colonia Granjas Esmeralda, Ciudad de México
Impreso en México –*Printed in Mexico*

Para Raül Cercas y Mercè Mas, mi Terra Alta

PRIMERA PARTE

1

Melchor está todavía en su despacho, cociéndose en el fuego lento de su propia impaciencia por terminar el turno de noche, cuando suena el teléfono. Es el compañero de guardia en la entrada de la comisaría: hay dos muertos en la masía de los Adell, anuncia.

—¿Los de Gráficas Adell? —pregunta Melchor.

—Los mismos —contesta el agente—. ¿Sabes dónde viven?

—Junto a la carretera de Vilalba dels Arcs, ¿no?

—Exacto.

—¿Tenemos a alguien allí?

—Ruiz y Mayol. Acaban de telefonear.

—Voy para allá.

Hasta ese momento, la noche ha sido tan tranquila como de costumbre. A esas horas de la mañana no queda casi nadie en comisaría y, mientras Melchor apaga las luces, cierra el despacho y baja por las escaleras desiertas poniéndose su americana, la quietud de la comisaría es tan compacta que le trae a la memoria sus primeros tiempos allí, en la Terra Alta, cuando todavía era un adicto al estruendo de la ciudad y el silencio del campo le desvelaba, condenándole a noches de insomnio que combatía a base de novelas y somníferos. Ese recuerdo le devuelve una imagen olvidada: la del hombre que era él cuatro años atrás, al llegar a la Terra Alta; también le devuelve una evidencia: la de que ese individuo y él son dos personas distintas, tan opuestas como un malhechor y un hombre respetuoso de la ley, como Jean Valjean y el señor Magdalena, el protagonista desdoblado y contradictorio de *Los miserables*, su novela favorita.

Al llegar a la planta baja, Melchor recoge de la armería su Walter P99 de 9 milímetros y una caja de munición, y se dice que hace demasiado tiempo que no lee *Los miserables* y que aquella mañana tendrá que resignarse a no desayunar con su mujer y su hija.

Ya en el garaje, se monta en un Opel Corsa y, mientras sale de la comisaría al parque infantil que se abre ante ella, telefonea al sargento Blai.

—Reza para que sea muy importante lo que tienes que decirme, españolazo —gruñe el sargento, con la voz empapada de sueño—. Como no lo sea, te cuelgo de los cojones.

—Hay dos cadáveres en la masía de los Adell —dice Melchor.

—¿Los Adell? ¿Qué Adell?

—Los de Gráficas Adell.

—No jodas.

—Jodo —dice Melchor—. Acaba de llamar una patrulla. Ruiz y Mayol ya están allí. Yo voy de camino.

Bruscamente despierto, el sargento Blai empieza a darle instrucciones.

—No me digas lo que tengo que hacer —le interrumpe Melchor—. Sólo una cosa: ¿llamo a Salom y a los científicos?

—No, de las llamadas me encargo yo —dice el sargento Blai—. Hay que avisar a todo Cristo. Tú encárgate de preservar la escena, de precintar la casa...

—Tranquilo, sargento —vuelve a interrumpirle Melchor—. En cinco minutos estoy ahí.

—Dame a mí media hora —dice el sargento Blai y, como si ya no hablara con Melchor sino consigo mismo, masculla—: Los Adell, me cago en la puta. Va a montarse un pollo de la hostia.

Sin conectar la sirena ni poner el destellante en el techo del Opel Corsa, Melchor conduce a toda prisa por las calles de Gandesa, que a esa hora están casi tan desiertas como las escaleras y pasillos de comisaría. Pero sólo casi: de vez en cuando, se cruza con un ciclista en traje de ciclista, con un corredor en traje de corredor, con un coche que no se sabe si vuelve de una larga noche de sábado o empieza un largo domingo. Amanece en la Terra Alta. Un cielo color ceniza preludia una mañana sin sol y, a la altura del hotel Piqué, Melchor tuerce a la izquierda y sale de Gandesa por la carretera de Vilalba dels Arcs. Allí acelera, y pocos minutos después se aparta de la calzada tomando un camino de tierra que cien metros más allá desemboca en una masía. La rodea un alto muro de piedra erizado de pedazos de vidrio y prácticamente tapado por la yedra. La puerta de la masía, larga, apaisada y de metal marrón, está entreabierta y, aparcado delante de ella, hay un coche patrulla cuyas luces azules parpadean en el alba; junto al automóvil, Ruiz parece querer consolar a una matrona de rasgos aindiados, que llora sentada en un poyo.

Melchor baja del coche y le pregunta a Ruiz qué ha pasado.

—No lo sé —contesta el patrullero, señalando a la mujer—. Esta señora es la cocinera de la casa. Ha sido ella la que ha llamado. Dice que hay dos muertos dentro.

La mujer tiembla de pies a cabeza y, bañada en lágrimas, solloza estrujándose las manos en el regazo. Melchor intenta tranquilizarla y le hace la misma pregunta que le ha hecho a Ruiz, pero la única respuesta que obtiene es una mirada de terror y un balbuceo ininteligible.

—¿Y Mayol? —pregunta Melchor.

—Dentro —contesta Ruiz.

Melchor le pide a su compañero que precinte la entrada y se quede allí, atendiendo a la mujer y esperando a los demás. Luego cruza la puerta de la casa, vigilada por dos cámaras de circuito cerrado, y camina a paso vivo por un sendero que se adentra en un jardín bien cuidado —entre el césped crecen sauces, moreras y cerezos, rosas, dedaleras, margaritas, peonías, lirios, geranios, violetas y jazmines—, hasta que al doblar un recodo aparece la fachada del viejo edificio de tres plantas que se ve desde el cruce, con su gran portón de madera, sus balcones enrejados y su desván abierto de ventanas unidas por una cornisa con molduras. Recostado contra una de las jambas del portón, Mayol acaba de verle y, con las piernas ligeramente flexionadas y ambas manos sosteniendo la pistola —el azul oscuro de su uniforme recortado contra el ocre oscuro de la fachada—, parece exigirle por gestos que se acerque.

Melchor desenfunda su pistola mientras reconoce el dibujo barroco de un neumático en la tierra del sendero, que se ensancha hasta formar una explanada ante el portón entreabierto.

—¿Has entrado? —le pregunta a Mayol, recostándose en la otra jamba del portón.

—No —contesta Mayol.

—¿Hay alguien dentro?

—No lo sé.

Melchor se fija en que la cerradura de la puerta no ha sido forzada. Luego se fija en Mayol: suda a mares y tiene el miedo pintado en los ojos.

—Ponte a mi espalda —le dice.

Melchor pega una patada al portón y entra en la masía. Tomando todas las precauciones, seguido por Mayol, inspecciona la planta baja en penumbra: un zaguán con un perchero, un arcón, vitrinas con libros y butacas, un ascensor, un baño, dos dormitorios con armarios roperos, camas intactas y aguamaniles de cerámica, una bodega bien surtida. Luego sube al primer piso por una escalinata de piedra que desemboca en un gran salón únicamente iluminado por una lámpara colgada del techo. Lo que allí ve le sume, durante largos segundos, en una acuciante sensación de irrealidad de la que sólo consigue arrancarle el gemido agónico de Mayol, que vomita sobre el suelo.

—¡Dios mío! —farfulla el patrullero mientras escupe todavía una papilla repugnante, hecha de bilis y restos de comida—. ¿Qué ha pasado aquí?

Es la primera escena de un asesinato que presencia Melchor desde que llegó a la Terra Alta, pero antes presenció muchas y no recuerda nada semejante.

Dos amasijos ensangrentados de carne roja y violácea se hallan frente a frente, en un sofá y un sillón empapados de un líquido grumoso —mezcla de sangre, vísceras, cartílagos, piel— que ha salpicado asimismo las paredes, el suelo y hasta la campana de la chimenea. En el aire flota un violento olor a sangre, a carne atormentada y a suplicio, y una sensación rara, como si aquellas cuatro paredes hubieran preservado los aullidos del calvario al que asistieron; pero, al mismo tiempo, Melchor cree percibir en la atmósfera de la estancia —y esto quizá es lo que más le perturba— un cierto aroma de exultación o de euforia, algo que no tiene palabras con que definir y que, si las tuviese, tal vez definiría como la estela festiva de un carnaval macabro, de un rito demente, de un gozoso sacrificio humano.

Fascinado, Melchor avanza hacia ese doble revoltijo espantoso, tratando de no pisar evidencias (en el suelo hay dos trozos de tela desgarrados y empapados de sangre, que sin duda han servido para amordazar a alguien), y, al llegar ante el sofá, advierte a simple vista que los dos bultos sanguinolentos son los dos cadáveres meticulosamente torturados y mutilados de un hombre y una mujer. Les han sacado los ojos, les han arrancado las uñas, los dientes y las orejas, les han cortado los pezones, les han abierto el vientre en canal y luego han descuajado sus tripas y las han esparcido alrededor. Por lo demás, sólo hay que ver el gris blanquecino de su pelo y la flacidez descarnada de sus miembros (o de lo que queda de ellos) para comprender que se trata de dos ancianos.

Melchor siente que podría estar contemplando aquel espectáculo durante horas, a la luz asténica de la lámpara del techo.

—¿Son los Adell? —pregunta.

Mayol, que se ha quedado a unos metros, se acerca, y él le repite la pregunta.

—Creo que sí —contesta el patrullero.

Melchor ha visto algunas veces a los Adell en fotos de periódicos regionales y publicaciones comarcales, pero nunca en persona, y no es capaz de reconocer su recuerdo bajo aquella carnicería.

—Quédate aquí y que nadie toque nada —le dice a Mayol—. El sargento Blai debe de estar al caer. Voy a echar un vistazo.

La masía es enorme, parece llena de habitaciones y ha sido remodelada de una forma que a Melchor le parece salida de un reportaje de revista de arquitectos, preservando la vieja estructura y modernizando el resto. Entre el primer y el segundo piso, en un cuartito que quizá fue una despensa, Melchor encuentra un panel con varios monitores apagados; es el cuarto de las alarmas, y todas están desconectadas.

Sube al segundo piso y entra en una vasta sala rectangular a la que dan seis puertas, dos de las cuales están abiertas de par en par. Más allá de la primera hay un dormitorio de matrimonio en el que reina un caos de saqueo: la cama ha sido despojada de sábanas, almohadas, colchas y colchones, que yacen en un rincón, rajados y amontonados; las mesillas de noche, las cómodas y los armarios han sido registrados y vaciados de mala manera; hay sillas, butacas y sillones tirados por todas partes, ropa de cama, ropa de vestir y ropa interior, y trozos de plástico, vidrio y metal que —comprueba Melchor tras examinarlos— son restos de teléfonos móviles destrozados y desprovistos de sus tarjetas SIM; hay frascos de medicinas, cremas, potingues, zapatos, zapatillas, revistas, periódicos, papeles impresos, restos de tazas y vasos, cofres vacíos; un precioso crucifijo de madera y marfil, un óleo del Sagrado Corazón de Jesús y varias fotografías familiares con marco de plata han sido arrancados de las paredes y arrojados al suelo de baldosas historiadas. Melchor deduce que aquello es el dormitorio de los viejos y, mientras observa el desorden, se pregunta si los asesinos eran simples ladrones, o si buscaban algo que quizá encontraron; o quizá no.

Acto seguido se dirige a la otra habitación con las puertas abiertas y descubre otro cadáver, éste de una mujer de pelo pajizo, piel muy blanca y huesos grandes, que está sentada en el suelo junto a la cama deshecha, con la espalda apoyada contra un tabique y la cabeza caída sobre un hombro. La muerta lleva encima un camisón color crema y una bata azul, y tiene los ojos abiertos como si hubiera visto al diablo y un orificio del tamaño de una moneda de diez céntimos en la frente, del que baja hacia la nariz y la boca un reguero perpendicular de sangre seca. Melchor inspecciona las cuatro habitaciones restantes —una sala de estar y tres dormitorios—, pero no descubre en ellas nada anormal. Luego sube al tercer piso, donde se halla el desván, empieza a revisarlo, se da cuenta en seguida de que hasta allí no han llegado los intrusos y, al asomarse a una ventana y ver que ya hay cinco coches aparcados a la puerta de la masía, decide bajar.

El sargento Blai y el caporal Salom están contemplando los cadáveres de los ancianos cuando Melchor se reúne con ellos en el primer piso. Tres compañeros de la policía científica preparan en silencio, a la espalda de ambos, su equipo y su instrumental de trabajo. Al ver a Melchor, Blai le pregunta:

—¿Hay algún muerto más?

El sargento ha cumplido cuarenta y cinco años, pero aparenta menos. Viste unos vaqueros ajustados y una camiseta a rayas que le marca los bíceps y los pectorales y, bajo el cráneo sin pelo, sus ojos azules, directos y diáfanos observan la masacre con una mezcla de incredulidad y de asco.

—Uno —contesta Melchor—. Una mujer. La han matado de un tiro, pero no la han torturado.

—Debe de ser la criada rumana —conjetura Blai—. La cocinera dice que dormía con ellos.

—La habitación de los viejos está patas arriba —continúa Melchor—. Bueno, creo que es su habitación. Por el suelo hay restos de teléfonos móviles, han tenido buen cuidado de romperlos. ¿Habéis visto las huellas de neumáticos en el jardín?

El sargento Blai asiente sin apartar la vista de los Adell.

—Es lo único que me extraña —dice Melchor—. Todo lo demás apesta a profesionales.

—O a psicópatas —propone Blai—. Por no decir a endemoniados. ¿A quién si no iba a ocurrírsele una cosa así?

—Es en lo primero que pensé al entrar —admite Melchor—. En un ritual. Pero ya no lo pienso.

—¿Por? —pregunta Blai.

Melchor se encoge de hombros.

—No han forzado la puerta —responde—. Han desconectado las cámaras y las alarmas. Han roto los móviles y se han llevado las tarjetas SIM para que no veamos las llamadas de los viejos. Y los han torturado a conciencia. Un trabajo de expertos. Podría ser un robo, a lo mejor se han llevado joyas y dinero, aunque yo no he visto ninguna caja fuerte. Pero ¿cuadra esta matanza con un robo? Quizá buscaban algo y por eso los han torturado.

—Quizá —dice el sargento Blai—. De todos modos, que sean profesionales no significa que no sean psicópatas. Ni que esto no haya sido un ritual. ¿Tú qué opinas, Salom?

El caporal parece hipnotizado por los cadáveres de los dos viejos, en apariencia incapaz de dar crédito a lo que ven sus ojos. La impresión le ha arrebatado su aire sosegado de costumbre: está un poco pálido, un poco desencajado, y respira por la boca; un temblor minúsculo le estremece el labio superior. Luce una barba boscosa, un cuerpo entrado en carnes y unas gafas pasadas de moda, todo lo cual le hace parecer mucho mayor que Blai, aunque sólo tenga un par de años más que él.

—Yo tampoco diría de entrada que es cosa de profesionales —contesta—. A lo mejor tienes razón, podrían ser unos tarados.

—¿Los conocías? —pregunta Blai.

—¿A los viejos? —pregunta a su vez Salom, señalando vagamente los cuerpos mutilados—. Claro. Su hija y su yerno son amigos míos. De toda la vida. —Dirigiéndose a Melchor, agrega—: Tu mujer los conoce también.

Hay un silencio, durante el cual Salom consigue por fin controlar el temblor del labio. El sargento Blai suspira, resignado, antes de anunciar:

—Bueno, voy a llamar a Tortosa. Nosotros solos no podemos encargarnos de esto.

Mientras el sargento habla con la Unidad de Investigación Territorial de Tortosa, Melchor y Salom se quedan todavía un momento contemplando la escabechina.

—¿Sabes en qué estoy pensando? —pregunta Melchor.

Salom está recomponiéndose poco a poco. O es la impresión que da.

—¿En qué? —contesta.

—En lo que me dijiste el día que llegué aquí.

—¿Qué te dije?

—Que en la Terra Alta nunca pasa nada.

Con la ayuda de dos compañeros del grupo de investigación, Melchor acaba de descubrir que todas las alarmas y las cámaras de vigilancia de la casa llevan día y medio apagadas, porque se desconectaron a las diez y cuarenta y ocho minutos de la noche del viernes, cuando un patrullero asoma la cabeza por la puerta de la antigua despensa reconvertida en sala de seguridad.

—Ha llegado de Tortosa el subinspector Gomà —le dice a Melchor—. Barrera y Blai quieren que bajes.

Son las nueve de la mañana y ya está al completo en la masía de los Adell la Unidad de Investigación de la Terra

Alta, que dirige el sargento Blai, y de hecho media comisaría, incluido su jefe, el subinspector Barrera. Para entonces hace ya un par de horas que reina en la casa precintada un frenesí silencioso de agentes uniformados y de paisano que van y vienen de un lado para otro, husmean, conversan, intercambian información, toman notas, sacan fotografías, filman, buscan huellas dactilares o ponen cartones numerados en los puntos donde encuentran o creen encontrar indicios, tratando de preservar intacta la escena del crimen y de aislar o desentrañar las pistas útiles para resolverlo. A la puerta de la masía, dos uniformados bloquean desde hace rato el paso a los curiosos y los periodistas que, cada vez en un número mayor, se agolpan allí. La mañana se anuncia calurosa y húmeda; al cielo grisáceo del amanecer le han salido unas nubes panzudas, que amenazan lluvia.

En el salón del primer piso, el subinspector Barrera y el sargento Blai conversan con un hombre que, deduce Melchor, debe de ser el subinspector Gomà, nuevo jefe de la Unidad de Investigación Territorial de Tortosa. A su lado hay una treintañera enjuta, de aspecto duro y pelo corto, moreno y ensortijado, que lleva un iPad en las manos y un corazón rojo atravesado por una flecha tatuado en la clavícula; es la sargento Pires. Melchor la conoce de alguna reunión en Tortosa, pero nunca se había fijado en su tatuaje, o quizá es que acaba de hacérselo. Los cuatro mandos observan los cadáveres martirizados de los viejos mientras varios agentes de la policía científica, con mono blanco, guantes y fundas de zapatos azules y mascarilla verde, trajinan a su alrededor, enfrascados en su trabajo y sin hablar o hablando en susurros. Melchor se queda a unos pasos de ellos, seguro de que el subinspector Barrera y el sargento Blai están dando tiempo a que los recién llegados procesen aquella escena macabra, y se pregunta si ellos también podrían pasarse horas contemplando a los muertos. El sargento Blai está detallando los suplicios a los que parecen haber sido sometidos los cuerpos de los Adell, como si no estuviesen a la vista de todos, hasta que de golpe advierte la presencia de Melchor. Blai se lo presenta al subinspector Gomà, que le estrecha la mano con una mezcla de curiosidad y suspicacia.

—¿Es usted el primer investigador que llegó aquí?

—Sí —dice Melchor—. Estaba de guardia cuando me avisaron.

—Cuénteme lo que sabe.

Melchor se lo cuenta mientras ambos dan la espalda a los cadáveres y se alejan hacia el centro del salón, seguidos por los demás. Junto a ellos, la sargento Pires toma notas en su iPad y el sargento Blai matiza o apostilla de vez en cuando el relato de Melchor, pero no lo contradice. Cuando Melchor termina de hablar, el subinspector Gomà reflexiona un momento y pide al subinspector Barrera y al sargento Blai que dejen un par de hombres a la entrada de la masía y reúnan en la planta baja al resto de los efectivos.

Cinco minutos después se ha formado un corro de policías en torno al subinspector Gomà y al subinspector Barrera, en el salón de la planta baja, y Gomà empieza a hablarles. Se dirige a todos, pero en especial a los miembros de la policía científica. El subinspector promete que será muy breve. Dice que es imposible exagerar la importancia de aquel caso y la repercusión que, cabe suponer, tendrá en los medios. Dice que todos se juegan mucho en él. Dice que los esperan días de mucho trabajo, que ellos solos no van a poder llevarlo a cabo y que durante toda la mañana seguirán llegando refuerzos de Tortosa. Dice que es indispensable preservar lo mejor posible la escena del crimen y que por eso, aparte de la policía científica, cuanta menos gente suba a los pisos de arriba mejor. Dice que los miembros de la policía científica deben repartirse la casa por zonas y examinarla hasta el último rincón, milímetro a milímetro, de tal manera que no se les escape ni un solo indicio, por minúsculo que sea, por insignificante que parezca. Señala a la sargento Pires y dice que va a ser la encargada de llevar la investigación y de redactar el atestado y que necesita que un policía científico de la Terra Alta centralice la recogida de pruebas a fin de entregárselas a ella. Gomà interroga con la mirada al sargento Blai.

—¿Sirvent? —pregunta Blai, señalando a un policía que asoma su cara ovalada y sus ojos de ardilla por la abertura facial de su mono—. ¿Te encargas tú?

Sirvent dice que sí. Satisfecho, el subinspector Gomà pasea la mirada en torno a él, como si quisiera escanear a todos sus subordinados. Es un hombre de mediana estatura, de ojos fríos y pelo gris, impecablemente peinado con la raya a la izquierda; viste un traje de mezclilla beis, una camisa blanca y una corbata marrón, y sus gafas, pequeñas, cuadradas y sin montura, le confieren un vago aire académico.

—Eso es todo —termina el subinspector—. Insisto, cualquier detalle cuenta. Si tienen alguna duda, pregunten. ¿Está claro? —Todo el mundo asiente—. Adelante, entonces.

El grupo se dispersa por la masía con un rumor de multitud, pero el subinspector Gomà le ordena a Melchor que no se vaya.

—Dígame una cosa —le pide Gomà, una vez que se han quedado los dos a solas con el subinspector Barrera, la sargento Pires y el sargento Blai—. ¿Por qué cree usted que esto es obra de profesionales?

—Porque no han cometido errores —contesta Melchor—. Por lo menos a simple vista. El único, el de los neumáticos.

—Son Continental —interviene Blai—. Pero no creo que podamos averiguar qué clase de coche los llevaba.

—Quizá no sea un error —sugiere Gomà—. Quiero decir —se apresura a aclarar—, me parece un error demasiado evidente para ser un error. Quizá lo han hecho adrede, para despistarnos.

La observación del subinspector provoca un silencio. Lo rompe el sargento Blai.

—No tengo tan claro que sea cosa de profesionales —discrepa.

—Yo tampoco —le secunda el subinspector Barrera—. Además, hay huellas por todas partes.

—Apuesto a que la mayoría son de las víctimas —dice Melchor—. O de su familia.

—Hablando de la familia —interviene el subinspector Gomà—. ¿La hemos avisado?

—Todavía no —dice Blai.

—¿Y a qué esperamos? —pregunta Gomà—. En cuanto los avisen, tómenles las huellas. Y después tomen las de todas las personas que estuvieron en la casa en los dos últimos días. Así podremos distinguirlas de las de los asesinos. Si es que encontramos alguna.

La sargento Pires transcribe en su iPad las órdenes del subinspector, y el sargento Blai se vuelve a un lado y a otro, buscando a alguien con la mirada; como no lo encuentra, abandona el salón. Sin decir nada, el subinspector Gomà se dirige al piso de arriba y le pide a Melchor que le acompañe; tras ellos suben el subinspector Barrera y la sargento Pires. Al llegar al salón donde se hallan los cadáveres, Gomà se queda un momento mirándolos y luego señala un charco de materia pastosa que ensucia el suelo.

—¿Alguien podría explicarme qué es eso? —pregunta.

—El patrullero que entró conmigo vomitó —contesta Melchor.

—No ha sido el único —advierte el subinspector Barrera—. Sólo que los demás hemos sido más discretos.

El subinspector Gomà observa con una punta de ironía a su compañero, que aparta la mirada, descontento.

—Deberían haberme avisado —se lamenta Barrera, acariciándose el vientre—. Acababa de desayunar y he echado hasta los higadillos.

El jefe de la comisaría de la Terra Alta ordena que limpien el charco, pero se desdice antes de que Gomà le recuerde que no hay que tocar nada en aquel salón hasta que la policía científica termine su trabajo. El sargento Blai se reúne de nuevo con ellos.

—Voy a montar un equipo de investigación —les anuncia el subinspector Gomà—. Nosotros ponemos cinco hombres, más la sargento. Necesito que vosotros me prestéis otros dos.

—Los que necesites —dice el subinspector Barrera.

Gomà señala a Melchor.

—Uno es este chaval —dice—. Y quiero a otro que conozca bien la comarca. Y que viva aquí.

—Tengo a su hombre —dice el sargento Blai—. Es amigo de la familia.

—¿De los Adell?

—Sí.

—Dígale que venga.

—Acabo de ordenarle que vaya a darles la noticia.

—Que vuelva.

Blai se aparta otra vez del grupo para hablar por teléfono y regresa en seguida. Poco después aparece Salom. El subinspector Gomà le extiende una mano, señala los cadáveres de los viejos y le pregunta si los conoce.

—En la Terra Alta todo el mundo los conoce —dice Salom—. Éste es un sitio pequeño.

—Personalmente, quiero decir.

—Sí —asiente Salom—. Nací en Gandesa y casi siempre he vivido aquí, igual que ellos. Bueno, igual que él, ella nació fuera, aunque llevaba toda la vida en la Terra Alta. Pero a quien conozco sobre todo es a su hija y a su yerno. Sobre todo a su yerno. Somos buenos amigos.

—¿No tenían más hijos?

—No. Ni más familia directa. Que yo sepa.

El subinspector Gomà le pregunta si es verdad que la familia Adell es la más acaudalada de la comarca. Salom vuelve a asentir.

—El viejo era un empresario de primer nivel —dice—. Media Gandesa es suya. Y Gráficas Adell, claro.

—Fabrican manipulados del papel —tercia el subinspector Barrera—. Envoltorios para magdalenas, bandejas para pastelerías, cajas de bombones, cartulinas, moldes para huevos y para almendrados. Cosas así. Es la empresa más fuerte de la Terra Alta.

—Tienen la fábrica principal en el polígono de La Plana, a las afueras de Gandesa —agrega Salom—. Y sucursales en países del este de Europa y de Latinoamérica.

—¿Quién llevaba todo eso? —pregunta el subinspector Gomà.

—¿Quién mandaba? —pregunta a su vez Salom. Gomà asiente—. El viejo —contesta el caporal—. Hay un gestor que siempre ha estado con él y que pinta mucho y lo controla todo. Y el yerno es consejero delegado.

—El yerno es su amigo —recuerda Gomà.

—Sí —dice Salom—. Albert Ferrer, se llama. Pero quien mandaba era el viejo. Todas las decisiones importantes seguía tomándolas él.

—¿Qué edad tenía? —pregunta Gomà.

—No lo sé —contesta Salom—. Menos de noventa años, seguro que no.

El subinspector alza las cejas, curva los labios y cabecea un poco, impresionado por el dato. Luego se vuelve hacia los cadáveres de los viejos, como si necesitara cerciorarse de que siguen allí. La sargento Pires también lo hace; ha dejado de tomar notas y observa expectante a Gomà. A unos pasos del grupo, el subinspector Barrera y el sargento Blai hablan entre sí. Melchor se fija en el tatuaje de la clavícula de la sargento y se da cuenta de que hay algo escrito en él, aunque no acierta a leerlo.

—Quiero un informe completo sobre las empresas de la familia —pide de golpe el subinspector Gomà: le habla a la sargento, que vuelve a escribir—. Para la reunión de esta tarde. ¿A qué hora la has convocado?

—A las cinco —contesta ella sin levantar la mirada de su iPad.

—¿Crees que habrá tiempo suficiente? —pregunta Gomà. Pires asegura que sí y el subinspector añade, señalando a Melchor y a Salom—: A ustedes dos también los quiero allí. En comisaría, quiero decir.

Melchor y Salom asienten.

—Dígame otra cosa —continúa Gomà, dirigiéndose ahora a Salom—. Los Adell debían de tener muchos enemigos, ¿no? —La pregunta parece desconcertar al caporal; el subinspector aclara—: Gente que los quisiese mal. Gente que los odiase.

—No creo que tuvieran muchos —contesta Salom—. ¿Por qué lo dice?

—Porque la gente rica suele tenerlos —explica Gomà—. Cuanto más ricos, más enemigos.

—Dudo que fuera el caso de los Adell —dice Salom, con una mueca escéptica—. Al menos aquí, en la Terra Alta. Piense que daban trabajo a mucha gente, la mitad de la comarca trabaja para ellos. Además, eran personas muy religiosas. Se habían hecho del Opus Dei, aunque lo llevaban con mucha discreción. Eran así, discretos. Y austeros. Y se relacionaban con todo el mundo. Y ayudaban a la gente. No, yo creo que aquí más bien se los quería. Y a su familia también.

El subinspector Barrera y el sargento Blai apoyan el dictamen del caporal con datos e impresiones personales que la sargento Pires parece también anotar o resumir en su iPad. Cuando el intercambio de opiniones languidece, Salom comenta:

—Bueno, debería ir a avisar a la familia.

—Vaya, vaya —le anima el subinspector Gomà—. Y no olvide tomarles las huellas a todos. Blai, ¿ha llamado al juez?

—Justo después de llamarle a usted —contesta Blai—. Me ha dicho que le avise en cuanto estemos listos.

—Pues ya puede hacerlo.

El sargento Blai camina hacia un rincón ya examinado por la policía científica para hablar por teléfono a solas y se cruza con un patrullero que viene en busca del subinspector Barrera, quien, tras escuchar su recado, se disculpa y sale con él del salón. Por su parte, el subinspector Gomà se pone a dar instrucciones a la sargento Pires, momento en el cual Melchor decide apartarse para seguir con su trabajo. Antes de que pueda hacerlo, Gomà le retiene de nuevo.

—Espere —dice—. No he terminado con usted.

Melchor aguarda. Entre tanto, dos miembros de la policía científica de Tortosa cargados con maletines irrumpen en el salón, se quedan unos segundos paralizados ante los cadáveres de los Adell y luego se dirigen a Sirvent y dialogan con él mientras acaban de calzarse los monos, los guantes, las fundas de los zapatos y las mascarillas. Muy cerca de Melchor, una compañera de la policía científica lleva unos minutos pasando un pincel por un aparador en busca de huellas dactilares. Cuando suena el teléfono de la sargento Pires, el subinspector Gomà le indica que lo coja.

—Un minuto —se disculpa la sargento, levantando un índice—. Es López, de prensa.

El subinspector Gomà toma de un brazo a Melchor y se lo lleva hasta una esquina del salón, cerca de la escalera que sube hacia la segunda planta.

—Barrera y Blai me han contado quién eres —dice, pasando sin previo aviso al tuteo.

Gomà le ha soltado el brazo; detrás de los cristales de las gafas, sus ojos fríos se han vuelto helados, inquisitivos. Melchor adivina a qué se refiere el subinspector, pero se limita a sostenerle la mirada.

—Había oído hablar mucho de ti —le confiesa Gomà—. ¿Cuánto tiempo ha pasado desde los atentados? ¿Cuatro años, cinco?

Melchor contesta que cuatro.

—Aquello estuvo bien —prosigue el subinspector, volviendo a cabecear—. Hay que tenerlos bien puestos para hacer una cosa así. Te felicito. —Se quita las gafas, humedece los cristales con su aliento y, mientras usa la punta de un pañuelo para limpiarlos, matiza—: Pero no todo lo que dicen de ti es tan bueno como eso. Lo sabes, ¿verdad?

Melchor lo sabe, por supuesto, porque sabe que, sobre

todo desde que llegó a la Terra Alta, han circulado muchas leyendas sobre él, la mayor parte falsas. Por un momento piensa en las verdaderas y a punto está de contestarle a Gomà que sí lo sabe, aunque sólo para poder añadir que él ya no es el que era, que en aquellos cuatro años ha cambiado, que ahora tiene una mujer y una hija y una vida distinta. Pero, porque está seguro de que no acertará a decirle eso al subinspector como hay que decírselo, y porque además no quiere líos, al final se calla.

Gomà deja transcurrir unos segundos y se pone las gafas.

—Lo que quiero decir es que no te confundas —explica, mirando cara a cara a Melchor—. Hay gente que se olvida de que esto es un trabajo en equipo. Yo no. Yo lo tengo siempre presente. Espero que tú también, al menos mientras estés conmigo. Ya has visto que te he elegido para que me ayudes en este asunto. Eso significa que confío en ti. Me han dicho que puedo hacerlo, espero que no me decepciones. Sea como sea, quiero que en mi equipo seas uno más. Sólo eso. Uno más. Me explico, ¿verdad?

Melchor asiente.

—Es importante que lo comprendas —insiste Gomà—. Si no lo comprendes, dímelo. Te apartaré del caso y en paz. Será lo mejor. Para ti y para mí. Y para el caso.

Melchor asiente otra vez. Una sonrisa complacida desnuda los dientes del subinspector.

—Estupendo —dice—. Me alegra que nos entendamos.

La sargento Pires ha terminado de hablar por teléfono hace unos segundos y, desde entonces, espera a una distancia discreta el fin del conciliábulo entre los dos hombres. Ahora se acerca a ambos, pero, antes de llegar a ellos, el subinspector Gomà regresa del «tú» al «usted», consciente de que la sargento los escucha de nuevo.

—Si ha estado de guardia esta noche, no habrá dormido —le dice.

—No —reconoce Melchor.

—Espere hasta que llegue el juez —le pide el subinspector—. Quiero que le cuente lo que me ha contado a mí. Luego váyase a comer algo y a descansar un rato. Esta tarde le necesito fresco.

La comitiva judicial comparece en la masía poco antes de las once de la mañana. Advertidos de su presencia por un patrullero, los subinspectores Gomà y Barrera reciben al grupo en el jardín, acompañados por los sargentos Blai y Pires. Melchor y Salom los observan a distancia, desde la puerta de la casa. Integran la comitiva el forense, el secretario del juzgado y el juez, un hombre obeso, mofletudo y casi calvo, que sostiene sus pantalones con tirantes y que, tras conversar un par de minutos con Gomà, echa a andar en cabeza del grupo hacia la escena del crimen. Al pasar junto a Melchor y Salom, Gomà les ordena con un gesto que se sumen a ellos. Obedecen, y de ese modo, cuando entran en el salón donde se hallan los dos cadáveres, contemplan la dispar reacción de los recién llegados al horror que les aguarda allí: mientras el juez —resollando todavía por el esfuerzo de subir a pie las escaleras y secándose el sudor de la cara con un pañuelo blanco— lo observa inmóvil, con los ojos desorbitados y la boca pasmada, más o menos como hace el secretario del juzgado, el forense, embebido en una pachorra profesional, se prepara para trabajar, escudriñando aquella bestialidad como si él no fuera un forense sino un matemático y lo que tuviera delante no fuesen dos cuerpos masacrados sino una doble ecuación cuadrática.

—La puta de oros —exclama por fin el juez—. Qué coño es esto.

Poco después, sin tiempo apenas para que el magistrado y el secretario se repongan del sobresalto, se inicia el levantamiento de los cadáveres. Protegido con unos guantes azules y un guardapolvo gris, el forense empieza a examinar los restos de los Adell, y el juez, secándose todavía las sienes con su pañuelo, le pide al subinspector Gomà que le explique con detalle lo que saben.

—Prefiero que lo haga él. —Gomà señala a Melchor—. Fue el primero en llegar.

El juez repara en Melchor. Los dos hombres se tratan con cierta asiduidad en el juzgado, pero Melchor no está seguro de que el juez le conozca por su nombre.

—Cuénteme, hijo —le dice el juez—. Soy todo oídos.

En cuanto hurga con la llave en la cerradura, Melchor oye un grito en el interior de la casa. Segundos después tiene a su hija en los brazos, colgada de su cuello, besándole y jadeando como si acabara de correr los cien metros lisos. Sin saludarlo siquiera, Cosette intenta explicarle algo, que Melchor no entiende; al final comprende que le está preguntando si puede ir a casa de una amiga.

—¡Porfa, papá!

Acaban de entrar en la cocina. Melchor interroga a su mujer con la mirada.

—Nos hemos encontrado a Elisa Climent en la plaza —contesta Olga—. Ella y su madre la han invitado a jugar a su casa.

Melchor finge sorprenderse.

—¿En serio? —pregunta.

—¡Sí! —exclama Cosette—. ¿Puedo ir, papi?

Ahora Melchor finge dudar.

—Pues no sé qué decirte, chica —dice.

—¡Porfa, papi! —implora Cosette, agitándose en sus brazos—. ¡Porfa, porfa, porfa!

A Melchor se le escapa la risa.

—Está bien —dice por fin y, en un arrebato de gratitud, Cosette le estampa un beso en la mejilla—. Pero con una condición.

Cosette aparta un poco su cara de él y le mira, inquieta.

—¿Cuál? —pregunta.

—Que me des un beso.

Cosette sonríe: una sonrisa radiante, que le ilumina la cara.

—¡Si ya te lo he dado!

—Otro.

Cosette le besa.

—Más fuerte —dice Melchor.

Cosette aplasta con todas sus fuerzas la boca contra la mejilla de su padre.

—Más fuerte —repite Melchor.

Irritada, Cosette hace un puchero.

—¡Mamá, mira a papá! —protesta.

Melchor deja a su hija en el suelo y le da una palmada en el culo. Sobre la mesa de la cocina hay dos platos manchados con restos de pasta, un vaso vacío, una copa mediada de vino tinto y una botella mediada de agua.

—¿Ya habéis comido? —pregunta Melchor.

—Claro —contesta Olga—. No sabíamos a qué hora ibas a volver, y Elisa y su mamá deben de estar a punto de llegar. Pero te hemos dejado algo.

—Menos mal —dice Melchor—. Si no hay comida... —se agacha y suelta un rugido de fiera al tiempo que enseña las fauces, extiende unos brazos amenazantes hacia Cosette y convierte sus dedos en un simulacro de garras—, os como a las dos.

Cosette pega un chillido y, asustada y temblorosa, riéndose, corre a esconderse detrás de su madre. Melchor también se ríe, encantado del susto que acaba de darle a su hija, que asoma un ojo vigilante junto a las piernas de su mujer.

—Debes de estar muerto de hambre y de sueño —dice Olga.

—Más o menos —dice Melchor, incorporándose—. Anda, dejadme que me dé una ducha.

Mientras está enjabonándose bajo el agua, suena el timbre de la casa y, cuando vuelve a la cocina en pijama, Cosette se ha marchado y en la mesa le espera un plato humeante de macarrones con salsa boloñesa y una lata helada de Coca-Cola.

—¡Qué espanto lo de los Adell! —exclama Olga.

—¿Cómo te has enterado? —pregunta Melchor.

—¿Cómo quieres que no me entere? El pueblo es un hervidero, la noticia está en todas partes. No se oía hablar tanto de la Terra Alta desde la batalla del Ebro. ¿Sabéis quién puede haber sido?

—Ni idea.

—¿No tenéis ninguna pista?

—Ninguna. Pero no te preocupes. Los pillaremos.

Sentada de perfil frente a él, con la espalda recostada contra la pared y las piernas cruzadas por las rodillas, Olga le cuenta lo que ha escuchado esa mañana en la radio mientras apura, sorbo a sorbo, su copa de vino. Viste una blusa blanca y unos vaqueros gastados, y lleva el pelo liso y oscuro, no muy largo, recogido en la nuca con una pinza. Melchor la escucha empujando de vez en cuando los macarrones con grandes tragos de Coca-Cola, disfrutando de lo bien que se expresa, maravillado de tener para él solo una mujer como aquélla: guapa, educada, bondadosa.

A sus casi treinta años, Melchor siente a menudo que, desde que conoció a Olga, su vida no es aquella a la que estaba destinado, que su madre le engendró para la existencia sórdida que llevó hasta llegar a la Terra Alta y que, desde entonces, está usurpando una vida ajena, luminosa, infinitamente mejor que la que le correspondía. A veces sufre pesadillas sobre su otra vida, se despierta empapado en mitad de la madrugada, y, tras un instante de pánico aturdido, con un alivio indescriptible se da cuenta de que está allí, en su casa de Gandesa, con su mujer durmiendo junto a él y su hija un poco más allá, al otro lado del pasillo. De regreso en la realidad, acaricia el cuerpo de Olga, se levanta de la cama, entra en la habitación de Cosette, la mira dormir durante unos segundos, se dirige al comedor, cierra las puertas y, caminando arriba y abajo y gesticulando como un demente, se pasa un rato gritándose en silencio a sí mismo, en la quietud total de la madrugada, que es el hombre más afortunado del mundo.

Melchor deja hablar a Olga, asintiendo de vez en cuando, de vez en cuando intentando edulcorar, rebajar o enmascarar la truculencia de lo que ha ocurrido en la masía, o de lo que algunos periodistas cuentan que ha ocurrido, y en determinado momento le pregunta si conocía a los Adell.

—Claro —contesta Olga. Tiene la copa de vino cogida por el tallo de cristal, y la hace girar lentamente sobre sí misma, concentrada—. Sobre todo a su hija, Rosa se llama, es mucho mayor que tú. De mi edad. De niñas íbamos juntas al colegio, éramos casi vecinas. A su marido también lo conozco.

—Es amigo de Salom —dice Melchor.

—Sí, muy amigo. —Olga levanta la vista para darle la razón a Melchor y su copa deja de girar—. Son como el día y la noche, pero vivieron juntos en Barcelona cuando estudiaban, entonces se hicieron amigos. Yo con quien más relación tuve fue con ella. Mi padre y su padre también eran amigos. Bueno, fueron amigos en una época, cuando nosotras éramos niñas, después dejaron de tratarse. Mi padre contaba que Adell era huérfano, por lo visto a su padre lo mataron en la guerra, y él tuvo que espabilarse solo. —Olga se lleva la copa a los labios y da otro sorbo—. De chico se ganaba la vida recogiendo metralla en las sierras, como mi padre y como tanta gente en la comarca, después de la guerra el campo estaba sembrado de metralla. Luego Adell se hizo chatarrero, y en los años sesenta o setenta compró por cuatro duros una empresa de artes gráficas en quiebra. Ahí empezó a hacer su fortuna. Pero, claro, la cosa no fue de un día para otro, no tuvo un golpe de suerte. Trabajaba como un loco, día y noche, sábados, domingos y festivos; era un hombre muy ambicioso, quería prosperar, llegar a ser alguien, eso decía mi padre. También decía que era muy listo. Así convirtió Gráficas Adell en la empresa más potente de la comarca. Nadie le regaló nada.

—¿Por qué dejaron de tratarse él y tu padre?

Olga se encoge de hombros.

—No lo sé, mi padre nunca me lo explicó. Lo que sí sé es que era un tipo especial. Habrás oído decir que era muy católico. —Melchor asiente mientras ensarta macarrones con el tenedor—. Pues es verdad, pero mi padre siempre me contaba que, cuando eran amigos, Adell le decía: «Mira, Miquel, el día que no jodo a nadie, no soy feliz».

Olga sonríe, por la frase de Adell o por el recuerdo de su padre, y una finísima red de arrugas brota en la comisura de sus labios. Mientras mastica, Melchor recuerda cuando conoció a su mujer, al llegar a la Terra Alta, y un hilo de frío como una punzada de deseo le recorre la espalda.

—Pero la gente de aquí los quería, ¿no? —pregunta—. A los Adell, digo.

—¿Quién te ha dicho eso?

—Salom.

Olga ladea la cabeza y entorna los párpados, dubitativa.

—Por lo menos dan trabajo a mucha gente —insiste Melchor.

—Sí, pero ¿qué clase de trabajo? —se pregunta Olga, que descruza las piernas, mira de frente a Melchor y aparta a un lado la copa, como para que nada se interponga entre ellos—. Los sueldos que pagan son bajísimos, porque los pactan con los demás empresarios de la comarca, y sus fábricas ni siquiera tienen comités de empresa. Quien quiera quedarse en la Terra Alta se tiene que conformar con la miseria que les dan. Eso lo sabes tú mejor que yo. ¿Cuántos trabajadores forasteros debe de haber ahora mismo en la Terra Alta por cada trabajador de aquí?

—Tres o cuatro —contesta Melchor—. La mayoría rumanos y muchos ilegales.

—O sea —explica Olga—, pobre gente dispuesta a trabajar por tres veces menos dinero que los de aquí.

—Y, a pesar de eso, los de aquí no se largan.

—Claro que no. Porque en la Terra Alta somos conservadores, te lo he dicho mil veces. Los que hemos nacido aquí no queremos marcharnos, queremos seguir viviendo aquí. Y, si nos marchamos, volvemos, como Salom o como yo. O como los Adell, que podrían vivir en cualquier parte, pero aquí siguen. Claro que los Adell son ricos. Pero da igual, los demás somos como ellos. Éste es un sitio pobre, con poco se puede ir tirando.

Olga se levanta, se sirve algo más de vino y se lo toma de un trago, recostada contra la puerta de la nevera.

—Mira, Melchor —prosigue—. Los Adell son como un árbol que da mucha sombra, pero no deja crecer nada a su alrededor. Lo controlan todo. Tienen propiedades por toda la Terra Alta, y media Gandesa es suya, así que dan trabajo a la gente en sus empresas, les venden las casas donde viven y hasta los muebles con que las llenan, ¿de quién te crees que es Muebles Terra Alta? En fin, la verdad es que Adell era un cacique. Eso no es hablar mal de él, es describirlo.

—¿Estás diciendo que más de uno se alegrará de lo que ha pasado?

—No, estoy diciendo lo que estoy diciendo. Y lo que estoy diciendo es la verdad. Salom lo sabe igual que yo. Habla con los trabajadores de Gráficas Adell y verás. Seguro que no te dicen que era un mal bicho, o que los maltratara personalmente, porque seguro que no lo hacía. Más bien al contrario, todo el mundo dice que era un viejo muy simpático. Pero apuesto a que acaban reconociendo que los explotaba. —Olga señala con su copa vacía el plato vacío de Melchor—. ¿Quieres más pasta?

Melchor niega con la cabeza y Olga le pregunta si le prepara un café. Melchor vuelve a decir que no.

—Lo que quiero es dormir un rato —dice, señalando un reloj de pared en forma de manzana, que marca las dos y media—. A las cinco tengo que estar en comisaría.

Entre los dos recogen la mesa y dejan los platos, los cubiertos y la copa de vino en el fregadero. Olga se agacha para meter la lata de Coca-Cola en una bolsa donde ya hay un tetrabrik y un par de botellas de plástico. Cuando se incorpora, Melchor la coge por la cintura, la besa en el cuello, le busca la boca, se la encuentra. Apartándose, Olga le dice:

—Anda, no seas pesado y vete a dormir.

Melchor sonríe, le coge una mano y se la lleva a la entrepierna.

—Se duerme mucho mejor después de un buen polvo.

—Joder, poli —se ríe Olga—. Tú siempre listo para disparar.

2

Se llamaba Melchor porque la primera vez que su madre lo vio, recién salido de su vientre y chorreando sangre, exclamó entre sollozos de júbilo que parecía un rey mago. Su madre se llamaba Rosario y era puta. De joven faenaba en prostíbulos de las afueras de Barcelona, como el Riviera, el Sinaloa o el Saratoga, en Castelldefels, o como el Calipso, en Cabrera de Mar. Había sido una mujer hermosa, de una belleza agreste, intensa y plebeya, pero su encanto no sobrevivió a los estragos de su oficio y la corrosión de la edad y, cuando Melchor alcanzó la adolescencia, ella se prostituía a precio de saldo, a la intemperie. Le avergonzaba ganarse la vida acostándose con hombres, pero nunca se lo ocultó a Melchor, que hubiera preferido que se lo ocultase. A veces se llevaba clientes a casa y, aunque Melchor no los veía casi nunca, porque ella tomaba las precauciones necesarias para impedírselo, de niño jugaba a adivinar quién de ellos era su padre. El juego consistía en identificar los sonidos nocturnos que llegaban a su cuarto mientras fingía dormir, y en especular sobre ellos: ¿era su padre el hombre que taconeaba por el pasillo con pasos seguros de propietario, o era el que caminaba casi de puntillas, tratando de pasar inadvertido? ¿Era el viejo que tosía y expectoraba a altas horas de la madrugada, como un enfermo sin futuro o como un fumador recalcitrante? ¿Era aquel cuyos sollozos atravesaron una noche el tabique que le separaba del dormitorio de su madre, o aquel al que otra noche oyó contar, apostado tras la puerta entreabierta del comedor, una historia de aparecidos? ¿Acaso era el mismo hombre al que vio fugazmente varias veces, de espaldas y abrigado en un chaquetón de cuero, siempre saliendo de su casa al amanecer? Melchor entretenía a menudo sus vigilias con esas adivinanzas imposibles, y durante muchos años no fue capaz de cruzarse por la calle con un hombre sin preguntarse si era él quien se había aliado sin saberlo con su madre para traerle al mundo.

Melchor y su madre vivían en un piso minúsculo del barrio de Sant Roc, en Badalona, una ciudad obrera limítrofe con Barcelona. El inmueble se levantaba en una zona de ocio, de manera que el recuerdo más nítido que Melchor guardaba de su infancia y su adolescencia era el ruido, un ruido tan ubicuo y persistente que le resultaba indistinguible del sonido ordinario de la realidad, como si ésta careciera de derecho a existir sin el escándalo de los tubos de escape y las bocinas de los coches, los autobuses y las motos, sin gritos ebrios ni insultos aguerridos ni reyertas de vándalos, sin el latido sísmico de la música de los bares y las discotecas nocturnos. La madre de Melchor sabía que Sant Roc era un barrio tóxico para su hijo, pero también sabía que era su barrio y no quería vivir fuera de él (o quizá es que no se imaginaba viviendo fuera de él); por eso le costeó desde el principio un colegio de pago, alejado de allí: el colegio de los Maristas. Estaba empeñada en que Melchor estudiase, y la frase que más le repitió durante su infancia y su adolescencia fue la siguiente:

—Si quieres ser un miserable como yo, no estudies.

Melchor pareció confundir con un consejo literal este sarcasmo admonitorio. Es verdad que al principio, en el colegio, fue un alumno obediente y tímido, que sacaba unas notas correctas, pero a partir de los doce o trece años, casi al mismo tiempo que su madre abandonaba la precaria protección de los locales de alterne y se aventuraba a ejercer su oficio a la brava, Melchor se convirtió en un estudiante refractario y correoso, que se enredaba con facilidad en broncas (o las provocaba) y que faltaba con frecuencia a clase. Nunca acabó de integrarse en el colegio, nunca dejó de hacer vida en Sant Roc.

A los trece años empezó a beber alcohol, a fumar tabaco y a drogarse. A los catorce le expulsaron del colegio por pegarle un puñetazo a un profesor en plena clase. A los quince compareció por vez primera ante un juez. Era un magistrado del Tribunal Tutelar de Menores, un sesentón paciente y encallecido por décadas de trato con delincuentes juveniles, a quien la madre de Melchor y un abogado de oficio intentaron convencer de que no castigase a aquel imberbe con el argumento falaz de que era la primera vez que delinquía y la doble promesa de que iba a dejar de consumir y vender cocaína y a dedicarse a estudiar un ciclo de formación profesional para convertirse en ceramista.

Resuelto a concederle otra oportunidad a aquel primerizo, el magistrado se dejó engañar. Melchor, sin embargo, no cumplió ni una promesa ni la otra, y en los dos años siguientes volvió a comparecer dos veces más ante el mismo tribunal, una por enzarzarse en una pelea con el portero de una discoteca de Sant Boi (de la que no salió mal parado) y otra por robarle un bolso a una mujer en la Rambla de Barcelona. La primera fechoría apenas le costó tres semanas en un centro de menores de L'Hospitalet, pero por la segunda tuvo que pagar con cinco meses de encierro. Su madre lo visitó a diario durante ese tiempo, y la tarde en que salió le estaba esperando a la puerta del centro. Aquella noche, cuando terminaron de cenar a solas en su casa, su madre quiso saber qué planes tenía. Melchor se encogió de hombros.

—¿Por?

Su madre contestó sin dudar:

—Porque, si vas a seguir haciendo la vida que has hecho hasta ahora, no te quiero en esta casa.

Su madre tenía cincuenta y cuatro años y había nacido en un pueblo de Jaén del que Melchor había oído hablar a menudo, pero que sólo había visitado en una ocasión. Se llamaba Escañuela. Allí, entre aquel puñado de casitas níveas rodeadas de hileras disciplinadas de olivos, había visto Melchor, por primera y única vez en su vida, a dos ancianos arrugados como pasas que resultaron ser sus abuelos. Se acordó de ellos ahora, una década después de pasar varios días en su casa, mientras observaba a su madre envuelta en una deshilachada bata de felpa y convertida también en una vieja —la carne flácida, la piel seca y marchita, los ojos apagados—, y sintió por ella la misma pena y la misma falta de afecto que había sentido por sus abuelos. Ese sentimiento le enfureció un instante. Luego, sin pronunciar palabra, se levantó de la mesa, se llegó a su dormitorio y empezó a llenar la maleta que su madre acababa de vaciar. Cuando terminó, ella le aguardaba en el pasillo. Preguntó:

—¿Te vas?

—No —contestó Melchor—. Me echas.

Su madre asintió varias veces, débilmente; mientras lo hacía, rompió a llorar. Ambos permanecieron unos segundos así, a unos centímetros uno del otro, ella llorando y él mirándola llorar. Nunca había visto lágrimas en los ojos de su madre, y el silencio se le hizo eterno.

—No te vayas, Melchor —habló ella por fin, con voz ahogada—. Eres lo único que tengo.

No se fue, pero no cambió de vida. Al contrario. Gracias a un panameño a quien había conocido en el centro de menores, Melchor empezó a trabajar para un cártel de colombianos que introducía cocaína por el puerto de Barcelona. Al principio se ocupaba de labores subalternas, sobre todo de distribuir droga por Badalona, Santa Coloma, Sant Andreu y otras ciudades y barrios de los arrabales de Barcelona; también controlaba a los camellos que vendían la droga. Poco a poco fue volviéndose indispensable y ganándose la voluntad de sus jefes, que empezaron a confiarle tareas menos rutinarias. En aquella época ganaba más dinero del que podía gastar, trasnochaba a diario, se acostaba con muchas mujeres y consumía whisky y cocaína a mansalva. También aprendió a disparar. Quien le instruyó, por encargo de los colombianos, fue un antiguo mercenario alemán que se llamaba o se hacía llamar Hans. Bajo sus órdenes practicó durante varias semanas seguidas en un club de tiro de Montjuïc. Hablaban poco, pero trabaron cierta amistad.

—Disparas bien —le felicitó Hans en su perfecto español gutural el día en que se despidieron tomando una copa en un bar cercano—. Pero a ti te van a pagar por disparar a hombres, no a dianas. Y disparar a un hombre no es lo mismo que disparar a una diana.

Melchor preguntó si era más difícil.

—Es distinto —contestó Hans—. Según se mire, más fácil. Para disparar a un hombre no necesitas apuntar bien: sólo necesitas sangre fría suficiente para acercarte lo máximo a él.

Poco después de terminar su adiestramiento como tirador, Melchor viajó a Marsella, Génova y Algeciras en calidad de guardaespaldas de dos de los jefes del cártel. No tuvo necesidad de aplicar la última lección del mercenario, pero se hizo una idea más clara del volumen y el alcance real de un negocio que no sólo tenía ramificaciones en varios países de Latinoamérica, sino también en varias ciudades de Europa. Fue al regreso de aquel viaje cuando Melchor protagonizó un incidente que resquebrajó la confianza sin resquicios que hasta aquel momento les había inspirado a los colombianos.

El hecho ocurrió una mañana de febrero en una autopista de las afueras de Barcelona. Melchor había acudido al aeropuerto de El Prat a recoger a uno de sus jefes, llamado Nelson, que llegaba muy temprano desde Cali vía París, para llevarlo a su casa de Cerdanyola. Nelson venía de visitar a su familia colombiana, antes de partir había organizado una trifulca a gritos con su mujer, en todo el vuelo transatlántico había sido incapaz de pegar ojo y había aterrizado nervioso, borracho y estragado, pero cayó dormido a pierna suelta en cuanto se hundió en el asiento trasero del Audi conducido por Melchor. Para no perturbar su sueño, Melchor apagó la música e intentó conducir con la máxima suavidad posible entre las apretadas columnas de automóviles que a aquella hora punta entraban y salían de Barcelona. Fuera del coche el frío era glacial, y pendía sobre la ciudad una cordillera de nubes con forma de cerebro.

De repente, a la altura de Rubí, o tal vez de Sant Cugat, Melchor vislumbró entre los jirones de niebla matinal un grupo de mujeres apostadas al pie de un semáforo. Eran cuatro prostitutas. Se calentaban arrimándose a un bidón del que sobresalían, rojas, azules e intermitentes, las lenguas de una hoguera. A la distancia, Melchor creyó reconocer a una de ellas: estaba de perfil, lucía una peluca rubia (o eso le pareció a él), vestía altas botas blancas, pantalones cortos ceñidos y top negro; como sus compañeras, tenía una edad incierta. Melchor notó que se le cerraba la garganta y, con el miedo aflojándole las piernas, calculó que el semáforo cambiaría al rojo cuando su coche llegase frente a él, que tendría que frenar y que pasar unos segundos espeluznantes junto a las mujeres. No lo pensó: dio un acelerón brutal, que estampó a Nelson contra el asiento trasero, y a toda velocidad se escabulló culebreando entre las hileras de coches, cruzó bajo el semáforo en ámbar y se alejó con rapidez del grupo aterido de prostitutas mientras el colombiano, atónito, ofuscado y dolorido por la sacudida, le gritaba e insultaba pidiéndole unas explicaciones que Melchor improvisó confusamente y que el otro no se creyó.

Eso fue todo: apenas una anécdota; pero, para la suspicacia patológica de los colombianos, esa anécdota no podía carecer de un significado alarmante. Melchor nunca supo si la prostituta a la que había creído reconocer junto al semáforo era o no era su madre, y nunca se lo preguntó a ella, pero la incredulidad del colombiano, sumada a la paranoia con que el cártel creía protegerse de la ponzoña letal de chivatos e infiltrados, así como de la imprudencia, la torpeza o el descuido de sus hombres, dilapidó en un solo instante la fe que sus jefes habían depositado hasta entonces en él, y hubiera podido costarle la vida.

A principios de marzo, sin embargo, la policía desarticuló el cártel. A Melchor le detuvieron apenas empezó la operación, que se desarrolló de forma simultánea en varios escenarios, con una precisión algebraica. Lo apresaron a primera hora de la mañana en un local de la Zona

Franca que la organización usaba como depósito de droga y que se convirtió en una ratonera cuando fue rodeado por una muchedumbre de agentes de la Policía Nacional armados hasta los dientes. Minutos después se desencadenó un tiroteo durante el cual Melchor trató de sacar a dos de los colombianos de la trampa que los agentes les habían tendido, pero lo único que consiguió fue que uno de ellos —el mayor de todos: un antiguo guerrillero del ELN llamado Óscar Puente— recibiera un impacto de bala en un ojo, que lo mató en el acto, y el otro colombiano, paralizado de terror, regado por la sangre de su colega muerto y gritando fuera de sí, obligó a Melchor a que ambos se entregasen. De esa forma terminó su intento de fuga.

Al día siguiente todos los periódicos y los informativos de radio y televisión contaban que la Policía Nacional había interceptado un cargamento de más de una tonelada de cocaína en los puertos de Barcelona y Algeciras, y que la droga, procedente de Panamá, Colombia y Bolivia, había desembarcado en España en el interior de tres contenedores, camuflada entre carga legal; también contaban que había veintiséis detenidos en cuatro ciudades distintas, entre ellos el director de la Terminal de Carga del puerto de Barcelona, el subdirector de la del puerto de Algeciras y el propietario de un grupo empresarial de transporte y logística marítimo-portuaria que operaba en varios puertos del Mediterráneo, a quien se acusaba de usar su empresa para dotar de cobertura legal a la entrada de los estupefacientes en el país.

A Melchor lo trasladaron de inmediato a Madrid, igual que a sus demás compañeros de infortunio. Durmió varias noches seguidas en la comisaría de la calle Leganitos, donde lo interrogó un juez de la Audiencia Nacional antes de ordenar su ingreso como preso preventivo en la cárcel de Soto del Real. Allí pasó unos meses a la espera de juicio. El mismo día de su entrada en la cárcel recibió una paliza de muerte encargada por los colombianos o por secuaces de los colombianos. Melchor nunca supo con certeza por qué se la propinaron, pero siempre pensó que fue una especie de paliza cautelar: por si el golpe al cártel guardaba alguna relación con las sospechas que albergaban sobre él (Melchor sabía que, si las sospechas hubiesen sido más que sospechas, no le habrían pegado una paliza: le habrían empalado). Cuando su madre le hizo su primera visita a la cárcel, él acababa de salir del botiquín. Lucía una cara plagada de moratones, un parche en un ojo y una cojera que le obligaba a ayudarse de una muleta. Al verlo entrar en el locutorio, Rosario pensó que todavía era un niño; luego pensó que estaba roto. Como sabía que su hijo iba a mentirle, no le preguntó qué le había pasado, sino sólo cómo se encontraba. Melchor le mintió igualmente: dijo que se encontraba bien.

—Estupendo —replicó su madre, que había perfeccionado con los años una esforzada retórica del sarcasmo, porque se había convencido de que, al menos en la relación entre ambos, era la única que su hijo entendía—. Así me gusta. Hay que ver las cosas por el lado bueno.

—No sabía que hay un lado bueno en la cárcel —dijo Melchor, con toda la irónica displicencia de que era capaz.

—Claro que lo hay —dijo su madre—. Por lo menos no te van a pegar un tiro en la cabeza. Eso sin contar con que vas a dejar de beber y de drogarte.

—No estés tan segura —la corrigió Melchor—. Por lo que estoy viendo, aquí hay de todo.

—Estupendo —repitió su madre, y en aquel instante supo que las dos impresiones que acababa de tener de su hijo eran erróneas: ni era ya un niño, ni le habían destruido los interrogatorios, la cárcel y las palizas—. Sigue así y verás cómo dentro de un par de años estás muerto. O antes.

Hablaron de otras cosas. En determinado momento su madre le dijo que había contratado a un abogado para que le defendiera. Melchor acababa de rechazar al que le querían endilgar los colombianos, en teoría para ayudarle, en la práctica para tenerle controlado y cargarle todos los delitos que le pudieran cargar.

—¿Y quién lo va a pagar? —preguntó él—. Yo no tengo un duro. Me han congelado todas las cuentas.

—Lo pagaré yo —dijo su madre.

El abogado se llamaba Domingo Vivales y, en cuanto Melchor lo vio dos días después —al otro lado de la reja y el doble vidrio del mismo locutorio de paredes color rata y tufo a desinfectante en el que oyó por vez primera su nombre—, pensó que su madre se había vuelto loca o que le estaba gastando una broma. Vivales resultó ser un hombretón con cara de pedrada y cuerpo de camionero, despeinado y sin afeitar, que vestía una gabardina gris, un traje arrugado y una camisa llena de manchas, con el nudo de la corbata flojo. A pesar de la desconfianza que infundía su aspecto de picapleitos de tercera, Melchor decidió escucharlo.

—No me gusta perder el tiempo ni hacérselo perder a mis clientes —le advirtió Vivales—. Así que vayamos al grano.

El abogado empezó dejándole claro que, en principio, su porvenir procesal era incierto. Luego le recordó los hechos por los que iban a juzgarlo y los cargos que le imputaba el fiscal, y le aseguró que al terminar el juicio podían caerle entre doce y quince años de prisión. Hasta aquí, Melchor no tuvo ninguna sorpresa; la sorpresa llegó luego. Vivales le aseguró que había estudiado su caso a fondo y que, en el supuesto de que le aceptase como abogado y siguiese al pie de la letra sus instrucciones, se comprometía a conseguir que en su sentencia el juez rebajara la pena solicitada por el fiscal a la mitad, tal vez a menos de la mitad. Si a ello se sumaban los beneficios penitenciarios —es decir, las reducciones de condena a las que, una vez en prisión, tendría derecho por trabajo y buen comportamiento—, el resultado era que Melchor podría quedar en libertad al cabo de un período de encierro de dos o tres años.

—No más —concluyó Vivales—. Lo tengo todo controlado. Pero, claro, tienes que confiar en mí. Si no, mejor te buscas otro abogado.

—Quiero que me busques otro abogado —le dijo Melchor a su madre la siguiente vez que la vio—. Éste es un cantamañanas. Te está sacando los cuartos.

—No es verdad —le contestó su madre, muy segura—. Es un buen abogado. Y una buena persona. Te lo garantizo. Y no me está sacando nada.

Melchor escrutó a su madre, y al instante leyó en sus ojos dos certezas complementarias. La primera es que Vivales no le estaba cobrando por defenderle. Se preguntó por qué hacía eso el abogado, se preguntó qué clase de relación mantenía o había mantenido con su madre y si era o había sido su cliente. En un segundo fulgurante recordó al hombre que taconeaba con pasos de propietario por el pasillo de su casa, al que caminaba de puntillas tratando de pasar inadvertido, al que tosía y expectoraba como un enfermo terminal o un fumador impenitente, al hombre que sollozaba sin consuelo tras un tabique, al que contaba historias de espectros, al que salía al amanecer abrigado en su chaquetón de cuero y a todos aquellos intrusos que inquietaron los duermevelas nocturnos de su infancia, pero a ninguno de ellos consiguió ponerle la cara de aquel leguleyo al que —ésta fue la segunda certeza que Melchor leyó en los ojos de su madre— no tenía más opción que aceptar como defensor, porque Rosario carecía de dinero suficiente para pagar un abogado pasable. Durante el tiempo que quedaba de visita, Melchor no le hizo en voz alta a su madre ninguna de las preguntas que se había hecho en silencio a sí mismo, pero cuando se despidieron le pidió que le dijera a Vivales que estaba dispuesto a ponerse en sus manos.

El juicio (o macrojuicio, como lo calificó el sector de la prensa más proclive a la hipérbole: apenas fueron juzgadas treinta y seis personas) se celebró mucho antes de lo previsto. El fiscal acusaba a Melchor de los delitos de asociación criminal, tráfico de estupefacientes y tenencia ilícita de armas y, durante las semanas anteriores a la vista, Vivales acudió casi a diario a la cárcel para preparar hasta el último detalle la defensa de su cliente. Fue entonces cuando, poco a poco, empezó a ganarse la confianza de Melchor, y lo cierto es que terminó cumpliendo con creces la promesa que le había hecho en su primer encuentro: el fiscal había pedido veintidós años de cárcel para Melchor, pero finalmente fue condenado a cuatro, menos que cualquiera de los demás encausados. Vivales también consiguió que Melchor pudiera cumplir su pena en la cárcel de Quatre Camins, muy cerca de Barcelona.

Al finalizar el juicio, Melchor le agradeció su trabajo al abogado: sin reservas.

—Te dije que lo tenía todo controlado —respondió con sequedad Vivales, no más satisfecho en apariencia que si hubiese perdido—. Pero no me des las gracias a mí. Dáselas a tu madre. —Y, tratando de aprovechar la inercia de la victoria, añadió sin perder el malhumor—: ¿Me aceptas un consejo?

Melchor contestó con media sonrisa y un monosílabo:

—No.

La cárcel de Quatre Camins era más vieja y más pequeña que la de Soto del Real, y Melchor ingresó en ella resuelto a hacer lo posible para salir cuanto antes de allí. Su madre le visitaba cada semana, en ocasiones más de una vez por semana; Vivales también le iba a ver de manera regular, igual que a los dos o tres clientes (no más) que tenía ingresados en Quatre Camins. A eso se limitaban sus contactos personales con el exterior, entre otras razones porque tiempo atrás les había perdido el rastro a sus viejos amigos del barrio. En cuanto al interior, muy pronto comprendió que la larga mano de los colombianos no alcanzaba hasta aquella cárcel, o que sus antiguos patrones habían acabado absolviéndolo de sus sospechas. A pesar de ello, sus primeros días en Quatre Camins no estuvieron exentos de roces con los demás reclusos.

Una noche, recién llegado a la cárcel, los dos tipos que cenaban frente a él en el comedor empezaron a interrogarle. Uno era muy delgado, con una cicatriz enconada que le recorría la cara desde el pómulo hasta la barbilla; el otro era bajito, fortachón, de ojos rasgados. De entrada, Melchor respondió a sus preguntas con corrección, pero, apenas se dio cuenta de que sólo buscaban provocarlo, decidió ignorarlos. Entonces los dos tipos fingieron molestarse por su silencio, le reprocharon su falta de urbanidad, afearon su altivez insolidaria, se pusieron a hablar de él como si no estuviera sentado ante ellos, de forma velada intentaron ridiculizarlo. Hasta que, de golpe, una voz indiferente y fatigada atajó ese insidioso soliloquio a dos voces.

—Julián, Manolito —dijo, con acento francés—, si no os calláis de una vez, os corto los huevos.

La voz pertenecía al hombre que cenaba a la izquierda de Melchor. Aparentaba cincuenta y tantos años y era albino y casi calvo. Llevaba unos pantalones de chándal y una camiseta imperio que subrayaba su barriga de buda y sus pechos casi femeninos, y que dejaba al aire unos brazos fofos, enormes. Tenía una piel muy blanca y un aire general de cachalote. Enmudeciendo, los dos tipos se volvieron hacia el intruso, que ni siquiera apartó la vista de su plato; después, con incomodidad, se rieron entre sí, hicieron un comentario conciliador, terminaron de comer a toda prisa y se levantaron de la mesa.

—No tenía por qué defenderme —dijo Melchor cuando se hubieron marchado—. Sé hacerlo solo.

—No te he defendido, chaval —contestó el hombre, concentrado en mondar la mandarina del postre—. Sólo me gusta cenar en paz. Quien cena en paz duerme en paz. Y yo soy muy dormilón.

El francés acabó de comerse la fruta y, sin presentarse ni darle la mano, se marchó. Se llamaba Gilles, aunque todos en la cárcel le llamaban el Francés, salvo los funcionarios, que le conocían como Guille. Llevaba cinco años en Quatre Camins y, aunque allí dentro no tenía amigos, inspiraba un respeto unánime. No practicaba deporte ni trabajaba en los talleres ni participaba en casi ninguna de las actividades que la cárcel ofertaba a los reclusos, pero era público y notorio que mantenía las mejores relaciones con el juez de vigilancia penitenciaria, con la dirección, con los funcionarios y con los monitores. Además, gozaba de algunos privilegios: dormía en una celda individual, disponía de un ordenador y su único trabajo conocido consistía en ocuparse de la biblioteca. Leía mucho. Una mañana, mientras estaba sentado al sol en un banco del patio principal con un libro en las manos, Melchor oyó que alguien le gritaba:

—¡Francés, deja ya de leer, que se te va a secar el cerebro!

El comentario provocó la aprobación de la concurrencia. Alzando los ojos del libro, el Francés identificó al bromista y preguntó:

—¿Sabes por qué leo tanto, Quesada?

—¿Por qué? —le desafió el otro, crecido por su éxito.

—Para perderos de vista a ti y a este agujero de mierda, capullo.

Días después ocurrió algo que le hizo recordar a Melchor ese intercambio de lindezas. Aquella tarde estaba prevista en la cárcel la charla de un escritor; la rutina de los reclusos toleraba pocas distracciones, así que, por más que a Melchor no le interesaran los libros, igual que muchos de sus compañeros asistió al evento.

Tuvo lugar en la biblioteca. El escritor anunciado apareció en compañía del director de la cárcel, un funcionario, varios monitores y una mujer. Todos se sentaron en una fila de sillas de tijera, frente a varias filas iguales ocupadas por internos; Melchor se sentó en la segunda de ellas. El escritor se llamaba Arturo Ventosa y, aunque contaba más de cincuenta años, vestía como un veinteañero: camiseta a rayas, tejanos cortados por las rodillas y caídos por detrás, zapatillas de deporte, gorra de béisbol con la visera del revés. La mujer era espigada y pelirroja, mucho más joven que él, y llevaba un ceñido vestido azul y unos zapatos de aguja. El director fue el primero en tomar la palabra. Aseguró que era un honor contar con aquel invitado, opinó que se trataba de uno de los grandes novelistas españoles de la actualidad, subrayó que era un intelectual comprometido con los problemas de su tiempo, «no uno de esos que viven en su torre de marfil». Dicho esto, presentó a la mujer —era profesora y crítica literaria, dijo— y le cedió la palabra. La profesora, que había estado cuchicheando con el novelista mientras el director hablaba, dio las gracias, desdobló unos folios y empezó a leerlos.

Era una mujer atractiva, así que, aunque nadie entendió una palabra de lo que dijo, todos los reclusos la escucharon con atención. Luego habló el novelista, quien agradeció la invitación del director y las palabras de la crítica, ensayó una broma que sólo rieron el director y la crítica y a continuación declaró que todo escritor tenía la obligación de solidarizarse con los desheredados y los perseguidos, y que por esa razón estaba él allí. Argumentó que, para él, un escritor era una persona como las demás, ni mejor ni peor, que había que ser conscientes de las limitaciones de la literatura y había que desterrar la presunción narcisista, petulante y trasnochada de que tuviera alguna utilidad, porque la literatura no era en el fondo más que un juego intelectual, un entretenimiento incapaz de enseñar nada a nadie o de cambiar nada. Concluyó que él tenía que aprender de ellos mucho más de lo que ellos tenían que aprender de él.

—También por eso he venido aquí —añadió—. He venido a aprender, no a enseñar. A escuchar, no a hablar.

Estas palabras finales activaron la curiosidad de Melchor, que oyó en ellas una nota flagrantemente falsa, como la que había oído tantas veces en boca de camellos trapaceros que intentaban embaucarle. Junto al novelista, la crítica literaria esbozaba una sonrisa cómplice. Melchor espió de reojo a sus compañeros, pero no percibió ni perplejidad ni sarcasmo ni reticencia, sino sólo un montón de miradas aburridas convergiendo sobre la expresión de falsa modestia del escritor, quien remató su discurso con un anuncio:

—Vosotros diréis.

Sólo entonces reparó Melchor en el Francés, que observaba la escena con expresión huraña, el torso derramado sobre su mesa de bibliotecario y una mejilla aplastada sobre la mano derecha. Asomando apenas detrás de él, un preso llamado Morales se esforzaba por atraer la mirada de la crítica literaria simulando con la mano y la boca una felación. El director intentó salir del aprieto en que le había metido el novelista organizando con ayuda de los monitores un diálogo entre el invitado y los internos. La improvisación fracasó, y lo único que consiguió el director fue que los internos se escudaran en la presencia del novelista para renovar en público, con una serie de intervenciones entrecruzadas e inconexas, en medio de una algarabía creciente, las protestas sobre el funcionamiento de la cárcel y las quejas sobre su situación personal que habían formulado en privado mil veces.

El evento se estaba desintegrando cuando el Francés levantó una mano educada y el director se apresuró a acallar el jaleo.

—Bueno, bueno —dijo, aliviado y sofocado, con la camisa oscurecida por grandes lamparones de sudor—. Por fin vamos a hablar de literatura. —Volviéndose hacia el novelista, señaló al Francés—: Guille es nuestro bibliotecario. Un lector empedernido. Y también escritor. Acaba de publicar sus memorias en una importante editorial francesa, ¿verdad, Guille?

—¿Puedo hablar o no? —preguntó el Francés.

—Por supuesto —contestó obsequioso el director.

El Francés recorrió con la vista la biblioteca hasta que se hizo un silencio razonable. Entonces empezó:

—De entrada, quería darle las gracias al señor novelista por venir a visitarnos. —El escritor correspondió a la bienvenida con un ademán irónicamente versallesco—. Y después quería decirle que estoy de acuerdo con él.

—¿En qué sentido, Guille? —le animó el director.

El Francés ignoró la pregunta.

—Esta semana he leído las dos novelas que su editorial tuvo la amabilidad de mandarnos —continuó, dirigiéndose ya en exclusiva al novelista—. Y le voy a dar mi opinión. La primera... *El descanso de los dioses* se titula, ¿verdad?

—Exactamente —asintió el director.

—Pues es una mierda —sentenció el Francés.

El veredicto provocó la risotada del público. A la izquierda del novelista, la crítica literaria se puso rígida, pero no perdió la sonrisa. El director volvió a intervenir, desolado:

—Guille, por favor.

—No, no —se interpuso el novelista, aferrando con una mano magnánima el brazo del director, igual que si quisiera impedir que éste le quitara la palabra al Francés, lo que no parecía su propósito—. La libertad de expresión, ante todo.

El Francés aguardó sin impaciencia que volviera la calma a la sala.

—Una verdadera mierda —repitió entonces, deletreando—. Eso la primera novela. ¿Y la segunda? ¿Cómo se llama la segunda? —Escamado, el novelista no le ayudó con la respuesta, tampoco la crítica literaria, ni el director—. Da igual, la segunda es todavía peor. Así que tiene usted razón: sus libros no tienen nada que enseñarle a nadie. Nada de nada. Pero eso no es porque usted sea igual que los demás. No, eso es porque usted es tan malo como sus libros. Usted, señor novelista, no es más que un puto farsante.

El director bufó y se revolvió en su asiento, pero sus argucias diplomáticas de anfitrión parecían agotadas, y no dijo nada; el funcionario permanecía impávido, como si la cosa no fuera con él; los monitores se miraban entre ellos sin saber qué cara poner; y a la crítica literaria se le había declarado un tic en el labio superior y guiñaba de vez en cuando el ojo izquierdo mientras Morales seguía al acecho detrás del Francés. En cuanto a los demás reclusos, pasado el primer momento de jolgorio se diría que aguardaban con genuina curiosidad que su compañero de internamiento continuase.

—¿Y sabe por qué es usted un farsante? —insistió—. Pues porque no dice más que mentiras. Usted no ha venido aquí a escucharnos ni a solidarizarse con nosotros ni toda esa mierda que nos ha contado. Usted ha venido para mirarnos como si esto fuera un zoológico y nosotros animales, y para poder volverse luego a su casa tan feliz, con su buena conciencia de izquierdista de escaparate limpita como una patena. ¿Se dice así...? —Antes de que alguien pudiera responder a su consulta filológica, puntualizó—: Ah, bueno, y para pasarse por la piedra a la señorita.

Morales reapareció detrás del Francés, aprobando con la cabeza y sonriendo de oreja a oreja. Abatido, el director no levantaba la vista del suelo. El novelista le había cogido la mano a la crítica literaria y le susurraba algo al oído, en un intento de consolarla o tranquilizarla. El Francés apostilló:

—Le acompaño en el sentimiento, señorita.

El director no pudo más:

—Basta ya, Guille.

Un coro de protestas interrumpió la interrupción del director, mientras Morales, sin abandonar su sonrisa lasciva, negaba con la cabeza detrás del Francés, aunque ya era imposible saber si la negativa se dirigía al director, al Francés, al novelista o a la crítica literaria, a quien se le había disparado el tic y guiñaba el ojo izquierdo sin control. Los monitores sofocaron las protestas.

—Sólo una cosa más, señor director —prosiguió impertérrito el Francés—. Si me da usted su permiso. —Con un gesto desdeñoso de capitulación, el director le animó a decir lo que quisiera—. Es para darle la razón al señor novelista en otra cosa. Mire, hace seis años, antes de entrar aquí, yo era el dueño de una empresa que tenía en nómina a ciento cincuenta trabajadores. Ha oído bien: ciento cincuenta. ¿Qué le parece? Increíble, ¿verdad? Pues así es. ¿Y sabe por qué le parece increíble? Pues porque ahora usted me ve como un monstruo, como un animal, como alguien que no tiene nada que ver con usted, y le parece increíble que hace seis años yo fuera como usted. ¿Qué digo como usted? ¡Entonces yo era veinte veces mejor que usted, que ni siquiera es capaz de escribir una novela decente, mientras que de mí dependía la vida de ciento cincuenta personas, de ciento cincuenta familias! ¡Usted es incapaz de imaginarse lo que es eso! Usted no puede creer que hace seis años yo tuviera una mujer, y una familia, y una vida como todas, mejor que muchas... No puede creerlo, ¿verdad? Pues es así. —El Francés hizo una pausa, y durante dos o tres segundos el silencio de la biblioteca pareció petrificarse—. Hasta que un día se me fue la olla y, zas, lo mandé todo al infierno —prosiguió—. Total, que aquí me tiene, encerrado hasta que me pudra. Y ¿sabe una cosa? Lo peor es que usted, que se cree tan listo y tan original, no es ninguna excepción. Usted es la norma. Quiero decir que lo que piensa usted es lo que piensan todos los que están fuera, o sea que nosotros, los que estamos aquí, somos distintos de ustedes, que somos de otra raza, peores que ustedes. Y no es verdad. Nosotros somos como ustedes, usted podría perfectamente estar en mi lugar y yo en el suyo. Así que le felicito, también llevaba usted razón en esto: nosotros tenemos muchas más cosas que enseñarle a usted que usted a nosotros.

La última frase provocó tal estallido de júbilo que hubo que dar por terminado el acto mientras el novelista se escabullía de la sala con la crítica literaria y los reclusos se arremolinaban en torno al director, el funcionario y los monitores, para continuar con sus quejas o sus solicitudes. En medio del tumulto, Melchor se quedó observando al Francés, que empezó a ordenar los libros que tenía sobre la mesa como si nada hubiera ocurrido, solo e indiferente a la algarada que había desatado.

El episodio dejó en Melchor un regusto impreciso de victoria y un sentimiento de adhesión al Francés.

Dos días más tarde regresó a la biblioteca. Al verle entrar, el Francés levantó la vista del libro que estaba leyendo a la luz del fluorescente del techo y le miró, pero en seguida volvió a sumergirse en la lectura. En esta ocasión no había nadie en la sala aparte del bibliotecario. Melchor dio un vistazo desorientado a las estanterías, bastantes a medio llenar, y se acercó a la mesa del Francés.

—Me gustaría leer tu libro —le espetó.

Era la segunda vez que le dirigía la palabra, pero la frase sonó como si se conocieran de toda la vida. El Francés lo miró de nuevo, enorme y suspicaz.

—¿Qué libro? —preguntó.

—El libro que escribiste. Tus memorias. El director dijo anteayer que...

—¿Para qué quieres leerlo?

Melchor se encogió de hombros. En los ojos del Francés, la suspicacia se había trocado en curiosidad. Bruscamente abrió un cajón, sacó un libro y lo puso encima de la mesa. Melchor leyó su título, lo hojeó.

—Está en francés —dijo.

—¿En qué quieres que esté?

—Es que yo no sé francés.

—No hace falta —dijo el Francés—. Léelo con atención y lo entenderás. En el fondo, el francés y el español son la misma lengua: latín mal hablado.

Melchor no entendió el chiste, suponiendo que fuera un chiste, pero aquel mismo día empezó a leer el libro. Muy pronto comprobó que el Francés no tenía razón; también, que no estaba por completo equivocado: Melchor no captaba el sentido de todas las palabras, pero sí el de algunas, y el de otras lo deducía del contexto. El juego le gustó y, aunque no le alcanzó para entender del todo el libro, sí le bastó para hacerse una idea aproximada de la biografía del Francés y en especial del momento en que, como le había dicho al novelista, se le fue la olla, cuando sorprendió a su mujer engañándole con un conocido y los mató a martillazos a los dos, un episodio narrado una y otra vez en el libro con un encarnizamiento delirante que dejaba en el lector la sensación vivísima de que el Francés no había parado de revivirlo un solo instante desde que ocurrió.

Melchor quiso devolverle el libro al Francés en cuanto terminó de leerlo.

—Es tuyo —lo rechazó el Francés—. Quédatelo.

Melchor aceptó el obsequio y preguntó:

—¿Todo es verdad?

—¿El qué?

—Lo que cuentas en el libro.

—Todo —dijo el Francés—. Yo no tengo imaginación.

Melchor asintió. Hubiera querido comentar que el libro le había gustado, o por lo menos que le había gustado lo que había entendido, pero al Francés no parecía interesarle su opinión y pensó que el comentario estaba fuera de lugar.

—Quiero leer otro libro —dijo.

—¿Con imaginación o sin imaginación?

Melchor pensó que el bibliotecario se burlaba de él, pero no se molestó. Tras un segundo, el Francés abarcó con un gesto vago la entera biblioteca.

—Ahí tienes donde escoger.

Eligió al azar un par de libros breves, que le aburrieron y que no terminó de leer. El día en que los devolvió a la biblioteca, el Francés estaba fichando un libro muy grueso, en dos volúmenes, titulado *Los miserables.* Inevitablemente, Melchor se acordó de la repetida admonición de su madre: «Si quieres ser un miserable como yo, no estudies».

—¿Lo has leído? —preguntó.

—Claro —contestó el Francés—. Es una novela muy famosa.

—¿Es buena?

—Depende.

—¿Depende de qué?

—Depende de ti —contestó el Francés—. La mitad de un libro la pone el escritor, la otra mitad la pones tú.

Aquella misma mañana empezó a leer la novela. Lo hizo con una falta total de convicción, pero, influido por el comentario del Francés, también lo hizo como si no fuera él quien leía la novela sino la novela quien le leía a él, y al cabo de cien páginas, al llegar al episodio en que Jean Valjean vaga por la ciudad de D en busca de refugio sin que nadie lo acoja, recién abandonado el presidio, hambriento, aterido, exhausto y andrajoso, notó que las lágrimas le corrían por las mejillas. Confundido, sin saber qué le pasaba, dejó de leer y se las secó. Luego continuó leyendo:

«De la sociedad no había recibido sino males. Los hombres no le habían tocado más que para maltratarle. Todo contacto que con ellos había tenido había sido una herida. Nunca, desde su infancia, exceptuando a su madre, nunca había encontrado una voz amiga, una mirada benévola. Así, de padecimiento en padecimiento, llegó a la convicción de que la vida es una guerra, y de que en esta guerra era él el vencido. Y, no teniendo más arma que el odio, resolvió aguzarlo en el presidio, y llevarlo consigo a su salida».

Estas palabras le enervaron, le sublevaron, le electrizaron, terminaron de compenetrarle con Jean Valjean, aquel convicto que jamás reía, hosco, desdichado, sombrío y absorto, que «parecía ocupado siempre en mirar cosas terribles». Se identificó por completo con él: la furia de Jean Valjean era su furia, el dolor era su dolor, el odio era su odio. La compenetración, sin embargo, duró poco. Apenas unas páginas después, Jean Valjean cambió de nombre y se convirtió en el señor Magdalena, el industrioso y virtuoso y santo y sabio y respetado señor Magdalena, y Melchor sintió que se le volvía un personaje ajeno y estomagante. Fue justo entonces cuando, venturosamente (al menos venturosamente para él), apareció en la novela Javert, un policía con ojos de ave rapaz, corazón de madera y cara de perro nacido de una loba, un desarraigado sin esperanza y sin futuro, hijo de un presidiario y una pitonisa, que encuentra su arraigo, su esperanza y su futuro en el apego intransigente a la causa de la ley y se convierte en el perseguidor inflexible de Jean Valjean, en su enemigo a muerte, en su Némesis.

Javert le encandiló. Lo que Melchor sentía por aquel ser marginal y marginado era mucho más complejo y más sutil que lo que había sentido por Jean Valjean. Javert era el malvado de la novela, el autor lo había creado para que atrajera el desprecio del lector con su rocosa antipatía, su vehemencia legalista y su fanatismo por momentos diabólico. Aquello estaba claro. Pero Melchor también sabía que, tal vez a despecho del autor, Javert tenía otra cara, y sentía que, en su terca defensa de las normas, en su empeño inflexible en combatir el mal y hacer justicia, había una generosidad y una pureza diamantinas, un afán idealista, caballeresco y sin dobleces por proteger a quienes carecían de otra protección que la ley, una conciencia heroica de que alguien debía sacrificar su reputación y su bienestar personal para preservar el bienestar común. Frente a la empalagosa virtud pública del señor Magdalena, Javert personificaba la virtud disfrazada de vicio, la virtud secreta, la verdadera virtud.

Terminó la novela conmocionado, con la certeza de que ya no era la misma persona que empezó a leerla, y de que nunca volvería a serlo. Esta vez, cuando devolvió el libro a la biblioteca, el Francés le preguntó qué le había parecido. Todavía trastornado por la lectura, Melchor sólo atinó con un exabrupto que le brotó de las entrañas:

—Es la hostia.

El Francés contestó con una risa bestial: era la primera vez que Melchor le veía reírse, y le impresionaron su boca cavernosa y sus dientes amarillos de depredador. Como se sentía incapaz de añadir nada sobre la novela, Melchor añadió:

—Me gustaría leer otro libro como éste.

—No hay ningún otro libro como ése —respondió el Francés.

A continuación, sin embargo, se puso a hablar de novelas. El Francés aseguró que las del siglo diecinueve eran las mejores y que casi todas las que se habían escrito más tarde carecían de interés, y al final le dio a Melchor una novela de Balzac, *Las ilusiones perdidas*, y otra de Dickens, *Historia de dos ciudades*. Melchor las leyó en un par de semanas.

—Están bien —le dijo al Francés al devolvérselas—. Pero no son como *Los miserables*.

—Ya te dije que no hay ninguna novela como *Los miserables* —le recordó el Francés—. En realidad, no hay dos novelas iguales ni dos personas que hayan leído la misma novela. Ni siquiera *Los miserables* es igual que *Los miserables*. Vuelve a leerla y verás.

Melchor quiso comprobar si el Francés tenía razón y se sumergió de nuevo en la novela. Ya había empezado el segundo volumen cuando una tarde, mientras leía en su celda, un funcionario le interrumpió para decirle que el director quería hablar con él y que le aguardaba en su despacho. Extrañado, Melchor preguntó para qué; el funcionario contestó la verdad: que no lo sabía. Mientras seguía al funcionario por los pasillos, tuvo un mal pálpito y, al entrar en el despacho y ver a Vivales allí, de pie junto al director, con una expresión desencajada, supo que en efecto algo malo había ocurrido.

Fue el propio Vivales quien le dio la noticia: su madre había muerto. De entrada, Melchor no reaccionó, no formuló pregunta alguna, no abrió la boca, y, como comentaron más tarde el abogado y el director, en aquel momento ambos intuyeron que algún fusible había saltado en su cabeza, que mentalmente se había ido. A pesar de ello, Vivales le contó a Melchor lo que sabía: al amanecer habían encontrado el cuerpo sin vida de su madre en un descampado de La Sagrera, en Sant Andreu, todo indicaba que la muerte había tenido lugar aquella misma noche, por ahora la policía no sabía mucho más, se habían abierto algunas líneas de investigación, no muchas, porque al parecer no abundaban las pistas. Aún no había acabado Vivales con sus explicaciones cuando la cara de Melchor se contrajo en un visaje anómalo, como si le hubiese picado un insecto o como si un temblor recorriese su cuerpo de pies a cabeza, casi al mismo tiempo exhaló una mezcla de aullido, de relincho y de sollozo y acto seguido la emprendió a patadas y puñetazos con cuanto encontró en el despacho, incluidos el abogado y el director, que sólo consiguieron frenar su arrebato de furia con la ayuda de tres funcionarios y de una inyección de Haloperidol que lo tumbó en un catre de la enfermería.

Lo sucedido durante las cuarenta y ocho horas posteriores estuvo siempre envuelto, para Melchor, en una lacerante neblina química. Cuanto recordaba lo recordaba de forma confusa: recordaba que le habían enyesado una mano en la enfermería y que, fuera de la cárcel, lo habían custodiado día y noche Vivales y dos policías; recordaba que Vivales había tratado de impedirle ver el cadáver de su madre, que lo había visto y que, a pesar de los esfuerzos de los embalsamadores de la funeraria, que lo habían lavado, limpiado y maquillado, la muerte había reducido a su madre a un espanto irreconocible, con el cráneo y la nariz rotos y el cuerpo tatuado de hematomas; recordaba que, aparte de los dos policías y de Vivales, al funeral no habían asistido más que un puñado de compañeras de trabajo y un puñado de vecinos de Sant Roc, a la mayoría de los cuales no conocía o apenas conocía de vista; recordaba que la noche del entierro, cuando todo terminó y por fin regresó a la cárcel, los reclusos con que se cruzó en los pasillos le dieron el pésame, y que el Francés se acercó por vez primera a su celda, le dijo que lamentaba la muerte de su madre y se quedó un rato sentado en silencio junto a él.

—Ahora ya eres un hombre, muchacho —le dijo al despedirse—. Bienvenido al club.

A raíz del asesinato de su madre, Melchor abandonó los talleres que frecuentaba y dejó de practicar deporte en las canchas de la cárcel. Se encerró en sí mismo. Engordó. No acertaba a controlar su pensamiento, así que era su pensamiento quien lo controlaba a él, un pensamiento mórbido e inalterable, obsesionado con lo que le había ocurrido a su madre, o con lo que imaginaba que le había ocurrido. Las dos únicas actividades que aliviaban en apariencia su fijación eran las que más la alimentaban: hablar con Vivales y leer *Los miserables*, que en aquellos días de luto dejó de ser para él una novela y se transformó en otra cosa, una cosa sin nombre o con muchos nombres, un vademécum vital o filosófico, un libro oracular o sapiencial, un objeto de reflexión al que dar vueltas como un calidoscopio infinitamente inteligente, un espejo y un hacha. Melchor pensaba a menudo en monseñor Myriel, el obispo que convierte a Jean Valjean en el señor Magdalena, el santo persuadido de que el universo es una inmensa enfermedad cuya única cura es el amor de Dios, pensaba en el obispo y se decía que era cierto que el universo era una enfermedad, como creía el obispo, pero que, a diferencia del obispo, él vivía en un mundo sin Dios, y que en ese mundo la enfermedad del universo no tenía cura. Por supuesto pensaba en Jean Valjean y en su certeza de que la vida era una guerra y de que en esa guerra él era el vencido, de que no tenía más armas ni más carburantes que el rencor y el odio, y sentía que Jean Valjean era él, o que no había ninguna diferencia esencial entre ambos. Pero sobre todo pensaba en Javert, en la rectitud alucinada de Javert, en la integridad y el desprecio por el mal de Javert, en el sentido de la justicia de Javert, en que Javert nunca permitiría que el asesinato de su madre quedara impune.

Eso en cuanto a *Los miserables.* En cuanto a Vivales, tras la muerte de su madre el abogado empezó a visitar a Melchor más a menudo, pero los temas de conversación entre ambos, que con el tiempo se habían diversificado y vuelto más personales, se restringieron hasta casi quedar reducidos a uno solo: el asesinato de su madre; o, más exactamente, lo que la policía estaba averiguando sobre el asesinato de su madre. A este respecto Vivales parecía dosificar la información que le proporcionaba a Melchor, como si no le creyese capaz de asimilarla de golpe o como si quisiese mantener su atención en el tiempo o como si él mismo se la sonsacase con cuentagotas a sus contactos en la policía y en el juzgado. Una tarde le contaba que había podido leer el informe del forense, según el cual su madre había sido asesinada a pedradas, pero no había sido violada. Otra tarde afirmaba que la noche del asesinato su madre había estado faenando en los alrededores del campo del Barça, como al parecer hacía con frecuencia en los últimos tiempos. Otra tarde le aseguraba que los investigadores habían identificado a tres testigos presenciales de aquella noche, dos mujeres y un hombre, y que, gracias a su testimonio, empezaban a reconstruir lo ocurrido: por lo visto, su madre había estado efectivamente rondando aquella noche el campo del Barça, sin captar un solo cliente, cuando hacia la una y media de la madrugada se subió a un automóvil donde viajaban cuatro hombres con quienes antes había negociado sus servicios, y a partir de aquel momento no había vuelto a saberse de ella hasta que horas después apareció su cadáver. Otra tarde le decía que, por desgracia, ninguno de los tres testigos de la desaparición de su madre recordaba la matrícula del automóvil en el que se montó, y que entre ellos había una total disparidad de opiniones sobre la marca y el color del vehículo:

una mujer recordaba un BMW marrón y la otra un Volkswagen oscuro, el hombre recordaba un Skoda negro. Otra tarde le explicaba que la policía había averiguado que, mientras su madre negociaba con los clientes sospechosos y cuando se montó en su automóvil, había una compañera con ella, pero que la compañera también había desaparecido aquella noche y que desde entonces nadie había vuelto a saber de su paradero. Este goteo de novedades se prolongó durante semanas, hasta que una tarde Vivales llegó al locutorio sin noticias, o con una noticia que no era una noticia, porque no era nueva. Días después reconoció que no había ninguna pista sólida sobre los asesinos; al cabo de un tiempo, que la investigación había alcanzado un punto muerto y que la policía iba a dar carpetazo al caso.

Para Melchor fue un jarro de agua helada, y durante varias semanas se negó a hablar con Vivales. No le hacía responsable de nada, no le culpaba de nada: simplemente no quería verle. De hecho, no quería ver a nadie. En esa época sólo abandonaba su celda por obligación, y se pasaba los días sentado en el suelo, desnudo y con la espalda contra la pared, como un faquir, leyendo *Los miserables.*

Mes y medio más tarde le pidió una cita al abogado. Vivales se presentó al día siguiente, y lo primero que hizo Melchor al entrar en el locutorio y verle allí, aguardándole, con su cara de indigestión, su indumentaria desastrada, su aire de charlatán de feria y su absurda paciencia, fue anunciarle una decisión irrevocable.

—Quiero estudiar —dijo—. Voy a ser policía.

3

—Buenas tardes, creo que ya más o menos nos conocemos todos —empieza el subinspector Gomà, frotando con un pañuelo los cristales de las gafas, recién empañados con su aliento—. Así que podemos ahorrarnos las presentaciones. Y, háganme un favor, pongan sus móviles en silencio y no los contesten a menos que sea imprescindible.

Sentado justo a la izquierda de Gomà, que ocupa la cabecera de la mesa, Melchor le ve calarse las gafas limpias y guardarse el pañuelo. Están en torno a una mesa rectangular, en la sala de reuniones de la comisaría de la Terra Alta, acompañados por otras nueve personas. Salvo el subinspector Barrera y el sargento Blai, todas ellas —tres mujeres y seis hombres— integran el grupo creado aquella mañana por el subinspector Gomà para investigar los crímenes de la masía de los Adell. De ese equipo improvisado, los dos únicos que no pertenecen a la Unidad Territorial de Investigación de Tortosa son el caporal Salom y Melchor, adscritos a la Unidad de Investigación de la Terra Alta, bajo el mando del sargento Blai. Melchor, que esa tarde ha intentado compensar una noche de guardia con una siesta demasiado breve, nunca ha trabajado con la mayoría de aquellos compañeros, y apenas los conoce de alguna reunión. Todos los presentes ponen sus móviles en silencio. Son las cinco y cuarto de la tarde del domingo: la reunión comienza con retraso por culpa del subinspector Gomà y de la sargento Pires, que acaban de llegar a la comisaría.

—Tampoco creo que haga falta que les recuerde la importancia del caso que tenemos entre manos —continúa Gomà, con su voz bien timbrada y su tono profesoral. No se ha quitado la americana, el nudo de su corbata parece recién hecho y su pelo recién peinado con la raya a la izquierda; tiene ante él un portafolios de cartulina azul y una libreta Moleskine abierta por una página con notas garabateadas a mano. Al lado del subinspector se sienta la sargento Pires, que ha dejado el móvil encima de un mazo de papeles, junto a su iPad—. Me imagino que a estas alturas todos ustedes ya se han hecho cargo de la repercusión que ha tenido y la alarma social que ha creado. Los jefes están inquietos, acaba de llamarme por teléfono el comisario y me ha pedido que no escatimemos en medios y que le mantenga informado... En fin, todos somos conscientes de cómo funcionan los periodistas, ya sabemos que estas cosas se van igual que llegan y que, según cuáles sean las noticias de los próximos días, la semana que viene ya nadie se acordará del asesinato de los Adell. Pero el caso es que de momento vamos a estar en todas las televisiones, en todas las radios y en todos los periódicos. En todos. —El subinspector hace una pausa, antes de reanudar su explicación—: Como saben ustedes también, ya ha trascendido que los Adell fueron torturados, y por ahí circulan relatos que, a juzgar por lo que he visto, se ajustan bastante a la verdad. Supongo que era inevitable. No sé quién se ha ido de la lengua, ni me voy a poner a averiguarlo. Lo único que me importa es que nos aislemos de todo ese ruido mediático. No quiero ni que confirmemos ni que desmintamos esas historias, no quiero que estemos pendientes de lo que dice o no dice la tele, de si hay alguna filtración que nos afecta y de cómo nos afecta, de los supuestos testimonios que recojan los periodistas de supuestos testigos y de toda la verborrea que esto va a generar. Quiero que nos centremos única y exclusivamente en lo nuestro, que no compartamos información con nadie, y cuando digo nadie quiero decir absolutamente nadie, ni siquiera nuestras familias. No sé si me explico.

El subinspector pasea una mirada severa en torno a él, tratando de medir el efecto de sus palabras. A excepción del subinspector Barrera, jefe de la comisaría de la Terra Alta, todos los presentes tienen menos de cincuenta años, y varios no superan los treinta, entre ellos Melchor. También a excepción del subinspector Barrera, que viste de uniforme, todos los presentes visten de paisano, de manera muy informal: vaqueros, camisas o blusas o camisetas veraniegas, zapatillas de deporte. A la espalda de Gomà, un gran ventanal por el que entra la luz plomiza de la tarde da a un parque infantil desierto y, más allá, a un solar infestado de malas hierbas y a las primeras casas del pueblo, una hilera de chalés adosados de construcción reciente. Aunque está a punto de empezar el verano, el día amaneció gris y sigue gris, pero las nubes no han descargado una gota de agua y desde hace unas horas sopla en la Terra Alta un ventarrón racheado que hace flamear dos banderas —una española, otra catalana— pendientes de sendos mástiles a la entrada de la comisaría, levantando de vez en cuando remolinos de polvo en el parque infantil.

—Supongo que sabrán también que el juez ha decretado secreto de sumario —prosigue Gomà—. Eso nos ayudará a evitar filtraciones. Por otra parte, la sargento Pires y yo centralizaremos toda la información. Yo estaré en contacto permanente con el juez, ella llevará la investigación y redactará el atestado, así que tiene que recibir todos los datos que recabemos, empezando por los que los científicos llevan recogiendo en la masía desde esta mañana. De las relaciones con la prensa se encargará el sargento López, que se ha quedado en Tortosa atendiendo a los medios. El caporal Salom se ocupará de mantener informada a la familia Adell. Es amigo íntimo del consejero delegado de Gráficas Adell, el marido de Rosa Adell, la única hija del matrimonio asesinado, ¿lo digo bien, caporal? —inquiere el subinspector dirigiéndose a Salom, que asiente—. Por cierto, ¿cómo han recibido la noticia?

—Mal —reconoce Salom—. Sobre todo, Rosa. La familia está en shock.

—¿Le ha tomado a Rosa Adell una muestra de ADN? —pregunta el subinspector Gomà.

—No sabía que fuera necesario hacerlo —contesta Salom.

—A lo mejor no lo es —dice el subinspector Gomà—. Pero quizá la necesitemos para identificar los cadáveres.

—Se la tomaré esta tarde, cuando Melchor y yo vayamos a entrevistarlos.

Gomà asiente y, mientras añade que Rosa Adell y su marido deberían examinar cuanto antes la masía de los Adell, Melchor oye vibrar, justo a su izquierda, el móvil de Viñas, una treintañera con una barriga inocultable de embarazada que consulta de reojo su aparato y rechaza la llamada entrante.

—Sobra decirles que los primeros días van a ser fundamentales —vuelve a hablar el subinspector—. Y que hay que poner toda la carne en el asador porque lo que no hagamos ahora difícilmente podremos hacerlo después. Así que les ruego que estén disponibles las veinticuatro horas del día. Es un esfuerzo que ya les he pedido a los científicos: todos siguen trabajando en la masía de los Adell y seguirán haciéndolo en los próximos días, he ordenado dejar precintada la casa hasta nueva orden. Y es un esfuerzo que ahora les pido a ustedes, empezando por el caporal Salom y por el agente Marín, que son nuestros hombres en la Terra Alta. —El subinspector los señala a ambos mientras sigue hablando para los demás—: Los dos van a ser fundamentales en la investigación. Ellos serán nuestros ojos y nuestros oídos en la Terra Alta. Por favor, ténganlo presente. Y hablando de esfuerzos —el subinspector enfoca ahora al subinspector Barrera y al sargento Blai, que están sentados frente a él, al otro extremo de la mesa—, a vosotros también tengo que pediros uno.

—Estamos a tu disposición —se apresura a declarar el subinspector Barrera—. Para eso mandas el operativo.

—Gracias, Tomás —dice el subinspector Gomà, y añade—: Lo que tengo que pediros es que abandonéis esta sala.

Barrera y Blai le miran sin entender, el subinspector con la boca entreabierta, el sargento sin disimular su contrariedad. Salvo la sargento Pires, el resto de los presentes se observan entre sí, tan perplejos como ellos.

—Lo siento —asegura el subinspector Gomà—. Ya os advertí que era un esfuerzo. Pero es por el bien de la investigación. Entendedme, por favor. No es que no me fíe de vosotros; es que quiero respetar a rajatabla las normas que me he impuesto. Nadie que no esté en la investigación debe saber nada de la investigación. Y vosotros no estáis en la investigación, así que es mejor que no sepáis más de lo que sabéis.

Los dos mandos de la Terra Alta intercambian una mirada fugaz, sin salir de su desconcierto. Melchor, que lleva cuatro años trabajando a las órdenes directas de Blai, sabe que el sargento sólo puede interpretar aquella decisión como una afrenta. Barrera inquiere:

—¿Estás seguro, Miquel?

—Completamente —contesta el subinspector Gomà—. Ahora mismo preferiría no tener que explicarte por qué. No nos sobra el tiempo. Si quieres, hablamos luego.

—Discúlpeme, subinspector —protesta el sargento, desviviéndose por no taladrar a Gomà con una mirada incandescente—. No estoy de acuerdo.

Antes de que Blai pueda argumentar su protesta, Barrera la corta en seco:

—Cállese, sargento.

La orden del subinspector tensa el cuerpo de Blai —sus puños se cierran, sus antebrazos tiemblan, su mandíbula parece a punto de desencajarse—, pero el sargento la obedece sin rechistar. Barrera se pone en pie; dirigiéndose al sargento, ordena:

—Vámonos. —Luego a quien se dirige es al subinspector Gomà—: Si me necesitas, estoy en mi despacho.

Gomà le da las gracias a su colega y, mientras el sargento Blai abandona cabizbajo la sala de reuniones detrás del subinspector Barrera, la sargento Pires alivia la incomodidad del silencio entregando a cada uno de los presentes cinco hojas grapadas y escritas a ordenador. El jefe de la Unidad de Investigación Territorial de Tortosa saca de su portafolios unos papeles como los que ha repartido la sargento y revisa las notas que ha tomado en su Moleskine.

—Bien —dice, segundos después—, vayamos al grano: ¿qué sabemos hasta ahora de nuestro caso? —Consultando de vez en cuando la libreta, recapitula—: Esta mañana, sobre las seis y cuarto, la cocinera de los Adell encontró los cadáveres del señor y la señora Adell en el salón de su casa. La cocinera es ecuatoriana y se llama María Fernanda Zambrano. Dice que anoche salió de la masía sobre las ocho y media, después de dejar preparada la cena. Dice también que no vio ni oyó ni notó nada raro, que todo estaba como siempre, que los Adell se quedaron sólo con la compañía de una criada, la mujer que encontramos muerta en su habitación con un tiro en la frente. Se llamaba Jenica Arba. La señora Zambrano llevaba ocho años trabajando para los Adell, vive en Gandesa con su marido y su hijo. La señora Arba era rumana, llevaba año y medio con los Adell y vivía sola en El Pinell de Brai, pero parece ser que tiene una hija en su país, en casa de sus padres, y que periódicamente le mandaba dinero. ¿Guardan relación con los crímenes estas dos mujeres? ¿Alguna de ellas estaba conchabada con los asesinos? —El subinspector hace un silencio, busca algo en su libreta, continúa—: Todas las alarmas y las cámaras de seguridad de la casa se desconectaron a las veintidós horas y cuarenta y ocho minutos del viernes. En ese momento la casa estaba llena de gente, porque, cada viernes por la noche, Francisco Adell cenaba allí con su mujer, con su hija y con los principales directivos de Gráficas Adell. Para esa cena tenían contratado un servicio de catering, con cocineros, camareros y demás. Habrá que hablar con ellos, con todos, y por supuesto con los invitados a la cena. Pero las dos empleadas estaban también allí, conocían muy bien la casa, se movían a sus anchas por ella y pudieron aprovechar la ocasión en que más gente había para desconectar las alarmas, de manera que las sospechas quedaran repartidas entre todos los presentes y no recayeran directamente sobre ellas. —El subinspector fija la vista en un agente con la cara picada de viruela, pelo largo y perilla, vestido con una camisa estampada de colores vivos y sentado a su izquierda, en el extremo de la mesa—. ¿Qué me dice, Ramos?

—Yo descartaría a la ecuatoriana —opina el aludido—. Viñas y yo la hemos interrogado este mediodía, a ella y a su esposo. Esa gente está muerta de miedo, es incapaz de matar una mosca.

—Incapaz —asiente Viñas, mirando a su compañero y acariciando su barriga de embarazada.

—Yo en cambio no descartaría a la rumana —interviene Claver, un tipo con un corte de pelo militar y una cara devorada por una barba de tres días, que mueve a un lado y a otro la cabeza mientras garabatea mecánicamente en los papeles que les ha entregado la sargento Pires—. No he conseguido localizar a sus padres, al parecer viven en un pueblecito cercano a Timişoara, pero sí he hablado con sus vecinos en El Pinell de Brai. Dicen que era buena gente, que no hacía cosas raras, ni siquiera llevaba a hombres a su casa, pero...

—Pero ¿qué? —le apremia Gomà.

—Estaba harta de vivir aquí —explica Claver, dejando de garabatear—: Quería volver a Rumanía, necesitaba dinero. Y la gente que necesita dinero es sensible a las buenas ofertas, vengan de quien vengan y aunque tengan un riesgo. Repito, yo no la descartaría.

—Descartamos a la cocinera, pero no a la criada —acepta el subinspector—. Pudo ser ella la que abriera a los asesinos, las puertas de la masía no han sido forzadas, ni la de la casa ni la de la finca. Pero, si es así, si la criada rumana abrió a los asesinos, ¿por qué la mataron? ¿Porque no querían dejar testigos que pudieran delatarlos? ¿Y por qué la mataron en su dormitorio y no en el salón, como hicieron con los viejos? Pero ¿y si no fue ella sino uno de los viejos el que abrió las puertas a los asesinos? ¿Y si los viejos conocían a quienes los mataron? Eso explicaría las puertas sin forzar, pero no las alarmas y las cámaras desconectadas, ¿no les parece?

Melchor cree que Gomà lleva razón, pero no dice nada; tampoco dice nada ninguno de los presentes. Lejos de alegrarse con la tácita aprobación cosechada por sus palabras, Gomà se enroca en un gesto reflexivo mientras pasa las páginas de su libreta como si buscara en ellas una respuesta explícita a su pregunta o como si aguardara algún comentario o alguna objeción. O como si no supiera por dónde continuar. Todos en la sala tienen la vista fija en él, salvo Salom, que, sentado frente a Melchor, consulta con disimulo su móvil.

—Está llamándome mi amigo —rompe el silencio el caporal—. Albert Ferrer, el yerno de los Adell.

Saliendo de su abstracción, el subinspector le indica que atienda el teléfono y el caporal se marcha de la sala.

—Sigamos —dice Gomà—. ¿Qué sabemos de la familia Adell? —Consulta otra vez sus notas, y en esta ocasión parece encontrar en seguida lo que busca—. Sabemos que las dos víctimas, Francisco y Rosa, eran los propietarios y únicos accionistas de Gráficas Adell, la empresa más potente de la Terra Alta. Gráficas Adell tiene dos fábricas en España, las dos en la Terra Alta, y cuatro fuera, una en Polonia, otra en Rumanía, otra en México y otra en Argentina. Las fábricas españolas dan trabajo a casi seiscientos trabajadores, y las extranjeras a más de cuatrocientos. Estamos hablando de una empresa que factura alrededor de setenta millones de euros al año. Y eso es sólo una parte de las propiedades de los Adell. En realidad, la mitad de esta comarca es suya. Tienen otras empresas más pequeñas, infinidad de propiedades, tiendas, fincas, casas, pisos. En fin. Lo que se llama un imperio. —El subinspector blande el puñado de hojas que ha sacado del portafolios, idéntico al que la sargento Pires acaba de repartir, y dice—: Aquí tienen entre otras cosas un informe provisional al respecto. Estúdienlo a fondo. Y quiero a dos de ustedes examinando al milímetro las cuentas de los Adell y de sus empresas.

La sargento Pires propone que quienes se encarguen de esa tarea sean Rius, un treintañero de cuerpo atlético, con la cabeza rapada y un labio leporino, y Gómez, una mujer pequeña, de pechos rotundos, ojos saltones y gafas negras, de pasta. Ambos tienen experiencia investigando delitos económicos, así que Gomà no pone objeciones a su elección y, dirigiéndose a ellos, les ordena verificar si en las últimas semanas las cuentas de los Adell han registrado ingresos o pagos importantes, movimientos extraños de dinero, operaciones anómalas.

—Tenemos ya la autorización judicial —les informa—. Así que pueden empezar a trabajar mañana por la mañana, en cuanto abran los bancos. Les digo lo mismo que a todos: sean meticulosos, no hay detalle banal, cualquier cosa puede ser importante.

Sentados casi frente a frente, Rius y Gómez asienten, primero mirando al subinspector y luego mirándose entre sí. Gomà espía con desazón la puerta de la sala, cuyos vidrios transparentan un pasillo inusitadamente concurrido en el que, sin embargo, no se distingue a Salom.

—Vamos a esperar un momento —dice—. A ver si vuelve el caporal.

Transcurren varios minutos durante los cuales Melchor se sumerge en los papeles que acaban de entregarles. Hay compañeros que le imitan; otros aprovechan para ir al baño o estiran las piernas o cuchichean entre sí; el subinspector Gomà revisa las notas de su libreta y la sargento Pires escribe en su iPad. Al rato reaparece Salom.

—Rosa Adell no está bien —anuncia, respondiendo al interrogante mudo del subinspector—. Mi amigo me ruega que dejemos para mañana por la tarde la entrevista, después de que vayan a la casa. —El caporal vuelve a sentarse frente a Melchor, justo al lado de Pires—. Le he dicho que sí. Me parece que más vale no agobiar a la familia.

El subinspector encaja la contrariedad entrecerrando los ojos con resignación. La sargento Pires le resume al caporal lo dicho en su ausencia y, cuando termina de hacerlo, el subinspector Gomà vuelve a hablar de los Adell, no sin antes pedirle a Salom que le corrija si se equivoca.

—Tienen sólo una hija —cuenta—. Se llama Rosa, está casada y tiene cuatro hijas. Vive cerca de Corbera d'Ebre, a quince minutos en coche de sus padres. Todo indica que es su heredera universal, aunque no es accionista de sus empresas. En cuanto al papel de su marido como consejero delegado de Gráficas Adell, es un cargo más bien decorativo, ¿no, Salom?

—En teoría no —contesta el caporal—. Pero en la práctica quien tomaba las decisiones importantes era el viejo. El señor Adell, quiero decir. Y quien lleva el día a día de la empresa es el gerente.

—Josep Grau —apunta el subinspector Gomà.

—Eso es —asiente Salom—. No le conozco personalmente, pero he oído hablar mucho de él. Grau lleva toda la vida en la empresa. En cambio, Albert sólo entró a trabajar allí cuando se casó con Rosa. Es economista. Con Grau también hablaremos mañana.

—Quiero que hablen ustedes también con los demás directivos de la empresa —dice el subinspector Gomà—. Y con los empleados, si hace falta. Los Adell eran gente austera, muy religiosa, que hacían poca vida social, pero el hombre había nacido en Bot, algún amigo debía de tener en el pueblo.

—Por lo que yo sé, pocos —dice Salom—. Ni en el pueblo ni en ninguna parte. Y los pocos amigos que tenía se murieron. El más cercano era Grau, el gerente. Pero, si le quedaba algún otro, lo encontraremos y hablaremos con él.

—Bien —dice el subinspector—. ¿Qué hay de la señora Adell?

—No sé mucho de ella —reconoce Salom—. No era de la Terra Alta, era de Reus. Pero llevaba la vida entera viviendo aquí. De todos modos, me enteraré.

El subinspector asiente.

—De momento quiero que usted y Marín se centren en la familia y los directivos de la empresa —dice, dirigiéndose a Salom—. En cuanto a ustedes tres —el subinspector señala a Ramos, Viñas y Claver—, lo que quiero que hagan es otra cosa. ¿Sargento Pires?

La sargento se atusa el pelo rizado mientras carraspea con la vista fija en su iPad. Desde su asiento, Melchor vislumbra un fragmento del tatuaje que luce en la clavícula, casi oculto por el cuello de su polo.

—Como sabéis, por ahora no tenemos ninguna pista —explica la sargento, levantando la mirada del iPad—. Salvo las huellas de neumáticos en la entrada, si es que son una pista. Hemos verificado que se trata de unos Continental, pero, claro, esos neumáticos los llevan miles de coches. Los vecinos más cercanos de los Adell viven a un par de kilómetros, son una pareja de médicos con dos hijos. —Se vuelve hacia Rius, que está sentado a su derecha, entre Salom y Claver—: Tú has hablado con ellos. ¿Sacaste algo en claro?

—Nada de nada —dice Rius, a la vez que niega con la

cabeza—. Anoche durmieron en casa, pero no vieron ni oyeron nada anormal. Eso sí, están bastante asustados.

La sargento Pires alza las cejas y por un segundo sus rasgos se suavizan, aunque recobra en seguida su frialdad profesional.

—En la masía hay montones de huellas dactilares —explica—. Como es natural, la mayor parte de ellas son de los viejos, de la criada y de la cocinera.

—¿Habéis tomado las de Rosa Adell y su familia? —pregunta Gomà.

—Lo hice yo —contesta Salom.

—Las de la cocinera también las tomamos —dice Viñas.

—Todas están ya metidas en la investigación —informa Pires.

—Has dicho la mayor parte de las huellas —le recuerda Gómez—. ¿Y las otras?

—Hay que averiguarlo —contesta la sargento Pires—. De momento son muy pocas. Pueden ser de familiares, de los directivos que cenaron el viernes en la casa, del personal que preparó y sirvió el catering... Parece que la mayoría de ellas se ve bien, pero hay algunas que están borrosas y a lo mejor no podemos identificarlas. —Dirigiéndose al subinspector Gomà, le advierte—: Ya le dije que los científicos están desbordados de trabajo.

—Yo puedo ir a ayudarlos cuando acabemos aquí —se ofrece Salom—. Trabajé durante años con ellos.

—De acuerdo —accede Gomà—. Écheles una mano. ¿Quién está a cargo de la recogida de pruebas?

—Sirvent —dice la sargento Pires.

—Hable con él —le ordena el subinspector Gomà a Salom—. Dígale que mañana podremos mandar a más gente de Tortosa. Y que, si es necesario, pediremos refuerzos a Barcelona.

Tras una pausa, le indica a Pires que continúe, y ella vuelve a concentrarse en su iPad mientras hace resbalar un dedo por la pantalla.

—Como acaba de explicar el subinspector —prosigue, levantando otra vez la vista hacia sus compañeros—, las cámaras de seguridad y las alarmas de la casa se desconectaron el viernes por la noche. Alguien las desconectó. El caso es que no funcionaban en el momento de los asesinatos. Y otra cosa: la cámara de seguridad más próxima a la casa está en Gandesa, así que no nos sirve para nada. Esto significa que sólo nos queda un instrumento para averiguar quién anduvo por las cercanías aquella noche.

—Los teléfonos móviles —conjetura Viñas.

—Exacto —asiente Pires, con un vistazo fugaz a su compañera, que sigue con la mano izquierda posada encima de su barriga—. Me han prometido que esta tarde tendremos el listado completo de los móviles que se conectaron aquella noche a las dos torres de comunicaciones más cercanas a la casa. Incluidos los móviles que no se usaron. En cuanto tengamos esa lista, podremos pedirles a los operadores de telefonía el nombre y la dirección de sus propietarios.

—Habrá que pedir también la autorización del juez —recuerda Ramos.

—No —le corrige la sargento Pires—. La autorización del juez sólo hace falta para acceder al contenido de las llamadas y los mensajes de los móviles, pero no para pedir esos datos. Si todo va bien, es posible que mañana mismo empecemos a recibir nombres y direcciones de los dueños de los números de teléfono.

—En ese caso, mañana mismo empezarán ustedes a interrogarlos —dice el subinspector Gomà, que vuelve a dirigirse a Ramos, Viñas y Claver—. Uno por uno.

—Pueden ser cientos —advierte Viñas, abriendo mucho los ojos y levantando la mano de su barriga, un poco escandalizada.

—Como si son miles —replica inflexible el subinspector—. Uno por uno. Luego, cuando hayamos identificado a los sospechosos, ya pediremos autorización al juez para entrar en sus móviles. Una cosa es segura: entre los propietarios de esos teléfonos está el asesino. O los asesinos. Suponiendo, claro está, que no hayan tomado la precaución de entrar en la masía de los Adell sin sus móviles, lo que reforzaría la hipótesis de que son profesionales.

—A mí no me extrañaría que lo fueran —dice Rius.

—A mí tampoco —le apoya Gómez—. Y, si son profesionales, la cosa se complica.

Varios de los presentes se suman a la hipótesis de los profesionales; otros la cuestionan. El subinspector Gomà mira a Melchor, tal vez preguntándose si no va a compartir con sus colegas su opinión sobre el asunto, pero Melchor se limita a seguir escuchando. En algún momento, Claver retoma la cuestión de los teléfonos.

—Lo que está claro es que los asesinos sabían que los móviles eran peligrosos para ellos, porque rompieron los de los Adell y el de la criada —observa—. Eso lo saben los profesionales.

—Es verdad —reconoce el subinspector Gomà—. Pero también hay aficionados que lo saben. Además, ¿los profesionales no cometen errores o qué? En fin, vayamos paso a paso y no nos pongamos por ahora en lo peor.

Gomà se calla y parece vacilar; la sargento Pires se inclina hacia él, le muestra su iPad y le señala un punto en la pantalla, lo que permite que Melchor vea fugazmente entero el corazón rojo atravesado por una flecha negra que la sargento lleva tatuado en la clavícula, aunque no acierte a leer qué hay escrito en él.

—Sí —prosigue el subinspector—. Otra cosa. El forense nos ha prometido que tendrá un informe completo pasado mañana, el miércoles como mucho, pero ya hay un par de datos importantes que sabemos con seguridad. El primero es que los Adell murieron entre las diez de la noche y las cinco de la madrugada. Esto podíamos imaginarlo, desde luego. Si la cocinera, la señora Zambrano, se marchó de la casa sobre las ocho y media y volvió sobre las seis y media, los crímenes tuvieron que cometerse en ese paréntesis de tiempo. El forense dice que, cuando termine de hacer la autopsia, quizá sea capaz de precisar un poco más, pero no mucho. La segunda cosa que sabemos puede ser más relevante para nosotros, y es que los Adell no murieron en seguida. Quiero decir que los asesinos no los mataron y luego mutilaron sus cadáveres. No, primero los torturaron y luego los mataron. El forense sostiene que lo más probable es que los torturaran durante mucho rato, que los mantuvieran vivos el máximo tiempo posible, para que sufrieran al máximo. Se estarán ustedes haciendo la misma pregunta que yo: ¿quién querría hacer sufrir así a dos ancianos? ¿Y por qué? ¿Por mero sadismo? ¿Los criminales eran sólo ladrones que por el motivo que fuese perdieron la cabeza y acabaron torturando a los viejos por pura maldad, por furia, o simplemente para divertirse? Sabemos que pusieron patas arriba la habitación de los Adell, pero no sabemos qué se llevaron, si es que se llevaron algo. Esperemos que su hija y su yerno nos ayuden a aclararlo. ¿O es que los asesinos andaban buscando algo en concreto y torturaron a los viejos para que les dijeran dónde estaba? Y, si es así, ¿qué es lo que buscaban? ¿Les dijeron los ancianos lo que querían saber? ¿Encontraron lo que buscaban y se lo llevaron? ¿O no lo encontraron y se fueron con las manos vacías? ¿Lo que buscaban estaba en la casa o fuera de la casa? Y, por cierto, ¿torturaron a los dos ancianos al mismo tiempo o uno detrás del otro? ¿Torturaron a uno en presencia del otro y luego, una vez que estuvo muerto el primero, torturaron al segundo? Lo de la tortura es terrible. Y desconcertante.

—¿Desconcertante por qué? —pregunta Ramos—. Si los asesinos buscaban algo y los Adell no querían dárselo, la tortura era un método para que cediesen. Al menos eso podían creer los asesinos.

—No digo que no —admite el subinspector—. Pero recuerde la forma en que los torturaron. Esa gente sufrió lo indecible antes de morir. ¿Cuadra una salvajada así con un interrogatorio?

Mirando a Gomà, Ramos se encoge de hombros y entrecierra los párpados en un ademán doblemente descreído: ¿por qué no?, significa.

—Eso sin contar con otra cosa —insiste Gomà—. Por lo que sabemos, los Adell eran gente querida en la Terra Alta, no parece que tuvieran muchos enemigos. Claro que quienes los mataron podían no ser de aquí, pero...

—Quizá no se les quería tanto —le interrumpe Melchor—. Sobre todo a él.

Es la primera vez que interviene en la reunión y aunque, más que hablar, ha murmurado, como si sus palabras sólo estuvieran destinadas a Gomà, todos los ojos confluyen en él. El subinspector le anima a explicarse. Melchor repite en voz alta lo que ha dicho.

—Hay quien piensa que Adell se comportaba como un cacique —añade—. Que lo acaparaba todo. Y hay quien piensa que explotaba a sus trabajadores y que su sombra era tan grande que no dejaba crecer nada a su alrededor.

—Lo de que acaparaba es seguro —dice Rius, enarbolando el informe sobre las propiedades de los Adell y dejándolo caer sobre la mesa.

—¿Quién piensa que Adell era un cacique? —pregunta Gomà—. ¿Gente que trabaja para él?

—Yo se lo he oído decir a gente de la comarca —contesta Melchor, que se resiste a alegar el nombre de su mujer—. Gente nacida y crecida aquí. Pero no creo que sea una opinión aislada.

Recordando sin duda lo que dijo Salom hace unas horas en la masía de los Adell («Yo creo que aquí más bien se les quería»), el subinspector consulta sin palabras con el caporal, que los ha escuchado rascándose la barba y que, antes de opinar, se retrepa en su asiento y con el dedo índice empuja las gafas sobre el puente de la nariz.

—Lo que dice Melchor es verdad —acepta Salom, mirando a Gomà—. Seguro que en la Terra Alta hay más de uno y más de dos que piensan eso de Adell. Es natural, ¿no le parece? Usted mismo lo dijo esta mañana, subinspector: los ricos suelen tener enemigos. Y Adell era muy rico. Además, el éxito siempre provoca envidias, no digamos el éxito de un hombre como Adell, que venía prácticamente de la nada y encima se quedó huérfano de niño, creo que su padre era jornalero... Adell era lo que se llama un hombre hecho a sí mismo. A esta clase de gente en otros países los admiran, pero en el nuestro no. Esto es así, para qué vamos a engañarnos. Y lo único que yo digo es que, aunque es imposible hacer una fortuna como la de Adell sin ganarte algún enemigo, algún competidor humillado o algún empleado despedido de mala manera, aquí en la Terra Alta lo que predomina es el aprecio y la gratitud por él, un hombre que al fin y al cabo ha traído prosperidad a esta tierra y ha dado trabajo a muchas familias. Pero quién sabe, quizá estoy equivocado.

—Eso es lo que tenemos que averiguar —se apresura a decir el subinspector, hablando para todos—. Si los Adell tenían enemigos, y qué clase de enemigos eran. Desde luego, si fueron ellos los asesinos, debían de ser enemigos terribles, eso está claro. ¿Tenían enemigos de esa clase los Adell? ¿Eran enemigos a cara descubierta o eran enemigos que pasaban por amigos y que fueron acumulando rencor durante años, en secreto, hasta que encontraron su oportunidad? ¿Por eso los Adell abrieron las puertas de su casa a sus asesinos la noche del crimen, suponiendo que las abrieran, porque creían que eran amigos suyos? ¿Fueron ellos mismos los que asesinaron a los Adell o le encargaron a alguien el trabajo? Fuera quien fuera el que matara o el que ordenara matar a los Adell, ¿los mató para robarles? ¿Los mató porque quería sonsacarles algo? ¿O los mató para vengarse? En fin, ésas son las hipótesis que de momento se me ocurren... Bueno, también se me ocurre otra.

El subinspector hace una pausa estratégica, un poco teatral. Sentado junto a Gomà, Melchor cree adivinar en qué está pensando, pero no lo dice; a su alrededor, todos aguardan en silencio, intrigados. Melchor observa que, al otro lado del ventanal, un sol tímido emerge entre las nubes; también, que la ventolera parece haber amainado: las banderas española y catalana languidecen a lo largo de sus mástiles, temblando apenas. Acaba de notar lo anterior cuando un golpe de viento embravece de nuevo las enseñas, las agita con violencia y levanta un remolino de polvo en el parque infantil.

—Un asesinato ritual —revela por fin el subinspector—. La verdad es que fue lo primero que pensé al entrar en la masía y ver esos cadáveres masacrados. Me consta que más de uno de ustedes también lo pensó. Claro, lo del ritual puede sonar peliculero, pero todos sabemos que a veces la realidad es peliculera. Y que hay gente a la que le encanta imitar a las películas. El caso es que los Adell eran muy religiosos, los dos eran miembros del Opus Dei. Eso no significa nada, por supuesto, pero... —Se queda mirando el vacío, y sus facciones se relajan hasta componer algo semejante a una sonrisa—. No sé quién decía que Dios y el diablo son dos caras de la misma moneda, y que quien tiene mucha relación con Dios acaba teniéndola con el diablo... En fin —añade, tal vez incómodo con sus propias palabras: de sus labios se ha esfumado cualquier atisbo de sonrisa—. Es sólo otra hipótesis. Pero también habrá que descartarla. O que confirmarla.

La conjetura del subinspector Gomà es acogida por un silencio durante el cual los miembros del grupo intercambian miradas que Melchor no sabe cómo interpretar. Tras unos segundos, Gomà examina otra vez sus notas, pasando las páginas de la libreta, e interroga a la sargento:

—¿Qué más, Pires?

Por toda respuesta, ella enarca las cejas y abre las manos y los brazos en un doble o triple gesto simultáneo, que Melchor traduce así: «Por mi parte, nada más». Gomà se dirige a todos los presentes:

—¿Alguna pregunta, algún comentario? —Recorre el grupo con un vistazo expectante y continúa—: Muy bien. Recuerdo entonces lo esencial. Tenemos que estar permanentemente disponibles. Tenemos que hablar mucho entre nosotros. Tenemos que intercambiar información. Es fundamental cruzar datos. Recuerden que dos cerebros piensan más que uno, y tres más que dos. Sobre todo, recuerden que somos un equipo. Aprovechemos estas primeras horas, estos primeros días. Concentrémonos en la financiación, en entrevistar a los propietarios de los móviles que anduvieron cerca de la masía durante el intervalo del crimen, en la familia y los colaboradores de los Adell. Ya sé que hasta mañana no podremos empezar a trabajar a todo gas, pero aprovechen esta tarde y esta noche para empaparse de los Adell: además de los papeles que les ha entregado la sargento, hay mucha información en internet. Y no hablen con nadie, por favor. Piensen que el país entero nos mira, y que nos estamos jugando el prestigio del cuerpo. Nada más. Manos a la obra.

Terminada la reunión, Melchor y Salom permanecen unos minutos en el pasillo, comentándola y repartiéndose el trabajo. En torno a ellos reina una agitación inusual, sobre todo para una tarde de domingo. El triple crimen de la masía de los Adell no sólo ha puesto en pie de guerra su Unidad de Investigación y la de Tortosa; ha revolucionado la comisaría entera. Melchor no recuerda un revuelo semejante en aquel edificio.

—Bueno —dice Salom—. Me voy pitando a la masía de los Adell.

—¿Quieres que te acompañe?

—No. Tú no tienes experiencia de científico. Además, si mañana vamos a entrevistar a los directivos de Gráficas Adell, es mejor que te empolles el informe sobre los negocios de la familia.

Se despiden en la escalera y, mientras Salom baja al sótano en busca de su coche, Melchor se encamina al despacho que comparte con el caporal y con los otros nueve miembros de la Unidad de Investigación de la Terra Alta (el sargento Blai, el jefe del grupo, disfruta de un despacho aparte), una vasta sala provista de cinco mesas, cinco ordenadores y varios ficheros. Allí se encuentra con Corominas y con Feliu, dos compañeros de la científica que están conversando y tomándose un café y que se apresuran a preguntarle si hay alguna novedad. Melchor les contesta que no y, como sabe que ellos aún deberían estar en la masía de los Adell, recogiendo indicios, les devuelve la pregunta. Corominas, un hombrón de cabeza redonda y nariz de boxeador, que coquetea con la obesidad, le contesta que allí tampoco hay ninguna novedad y añade que han venido a comisaría a archivar en el depósito las pruebas recogidas hasta el momento.

—Nos estamos tomando un breik —dice Feliu, levantando su vaso de café: es una rubia con aire de poligonera, vestida con ropa muy ceñida y peinada con una cresta casi punk—. Esto va para largo.

Corominas apoya la previsión de su colega y le pregunta a Melchor si él también cree que lo de los Adell ha podido ser un crimen ritual.

—No lo sé —responde Melchor, sentándose a su mesa—. ¿Por qué lo preguntas?

—Porque es un rumor que corre. Dicen que los muertos eran muy religiosos. Los dos viejos, digo.

—Eso dicen —reconoce Melchor.

—Pues te advierto una cosa —anuncia Corominas, dirigiéndose ahora a Feliu—. Si eso es verdad, a mí no me extrañaría un pelo que fuera un crimen ritual. ¿Sabes por qué?

—¿Por qué? —pregunta ella.

—Porque últimamente la religión vuelve loco al personal —contesta Corominas—. Te lo digo yo.

A continuación refiere la historia de un amigo suyo, un jardinero de Amposta que el verano anterior visitó Tierra Santa. Melchor duda por un momento si bajar a la cafetería en busca de un café, pero, al recordar el sabor inclemente que deja en la boca el aguachirle que sirve la máquina, decide abstenerse y, mientras prende el ordenador, se distrae escuchando el relato de Corominas.

—No era un tipo religioso —aclara su compañero, recostándose en el espaldar de su silla y cruzando los pies encima de su mesa—. Al contrario, había ido a un colegio de curas, pero más bien era anticlerical. Hizo el viaje por curiosidad. Y por hacer turismo.

Corominas cuenta que, al llegar a Jerusalén, su amigo se instaló en un hotel barato del centro y que una noche, al cabo de tres días pernoctando allí, una pareja de guardias le detuvo mientras deambulaba por la ciudad vieja envuelto en una sábana de su hotel y recitando fragmentos del segundo discurso del Deuteronomio. Por fortuna, le soltaron en seguida, porque hizo creer a las autoridades que era un seminarista en viaje de estudios y que aquello había sido sólo una broma sin importancia, pero al día siguiente alquiló una bicicleta y desapareció, y una semana después se lo encontraron subido a una roca del desierto del Néguev, convencido de que era el profeta Elías y de que un carro de fuego arrastrado por caballos de fuego estaba a punto de llevárselo al cielo envuelto en un torbellino. Lo ingresaron en el hospital psiquiátrico de Kfar Shaul de Jerusalén, y se pasó el resto de sus vacaciones tumbado en una cama junto a un norteamericano que se creía Sansón y había intentado derribar el Muro de las Lamentaciones, y cerca de una polaca que aseguraba que se había puesto de parto y que iba a dar a luz al Mesías. Pasado aquel tiempo, el jardinero volvió a su casa.

—Y ahí sigue el tío, tan campante —concluye Corominas—. Venid un día a Amposta y os lo presento, él mismo os contará la historia. Claro que lo que cuenta no es lo que le pasó, porque no se acuerda de nada, sino lo que le contaron que le pasó. Es lo que os decía: esto de la religión vuelve loca a la gente.

Feliu está todavía retorciéndose de risa con la historia del jardinero de Amposta («Lo curioso es que yo siempre le había visto un aire de profeta, con su cara de hambre y su barbita y tal», acaba de decir Corominas, tratando de explotar a fondo su éxito) cuando irrumpe en la sala el sargento Blai. La policía deja de reír en seco y Corominas baja los pies de la mesa, pero Blai no pregunta qué pasa: alterado, intranquilo, se limita a preguntarle a Melchor si ya ha terminado la reunión con el subinspector Gomà. Melchor contesta que sí y Blai le pregunta entonces por el caporal.

—Acaba de salir hacia la masía de los Adell —contesta Melchor—. Ha ido a echar una mano.

—Buena falta hace —dice Feliu, y arroja a una papelera su vaso de papel vacío—. Allí hay curro para una semana. ¿Vamos al tajo, Coro?

—Andando —dice Corominas, poniéndose en pie con un crujido de sus articulaciones—. Me parece que esta noche va a dormir su puta madre.

Indiferente a los comentarios de Feliu y Corominas, el sargento Blai le pide a Melchor que le acompañe a su despacho. Sólo una vidriera lo separa de la sala de los investigadores y, cuando Melchor entra, Blai está apoyado en el borde de su mesa abarrotada de papeles, esperándole con el cabreo pintado en la cara.

—Ese tío es un hijo de puta —dice el sargento, una vez que Melchor ha cerrado la puerta a su espalda.

—¿Qué tío? —pregunta Melchor, aunque conoce la respuesta.

—Gomà, ¿quién va a ser? —aclara Blai—. ¿No lo has

visto? Nos ha echado a la puta calle a Barrera y a mí. Delante de todos. Ni siquiera ha tenido el detalle de decírnoslo a solas. Menudo hijo de puta.

Resollando de furia, nervioso como un animal recién enjaulado, Blai da la vuelta a la mesa, se sienta tras ella y le indica a Melchor que tome asiento.

—Barrera es un blando, le faltan unos cuantos meses para jubilarse y no quiere meterse en líos —dice Blai, sin notar que Melchor no ha obedecido su indicación y permanece de pie—. Si es por mí, me habría quedado y le habría plantado cara. Mira que me lo habían advertido. «Ten cuidado con Gomà», me dijeron cuando llegó a Tortosa. «Es un trepa. Viene de buena familia y quiere ser comisario como sea.» Cabronazo. Un caso como Dios manda que nos cae en la Terra Alta y me quedo fuera porque ese figurín de mierda quiere toda la gloria para él. Maldita sea. ¿Y has visto a la mosquita muerta de Pires? Parece el perrito faldero de Gomà. Seguro que se la está cepillando.

Mientras recuerda el tatuaje de la sargento y se pregunta si Blai sólo quiere aliviar su irritación, Melchor se arma de paciencia oyéndole despotricar, fuera de sí, contra el subinspector Gomà, contra la sargento Pires, contra su mal fario. A su izquierda puede ver, al otro lado de la vidriera, el despacho común de los investigadores, desierto y con su ordenador todavía conectado. Delante de él, a la espalda del sargento, un gran ventanal se abre sobre el costado de la comisaría, mostrando un paisaje de extrarradio que, en la desolación vespertina de aquel domingo de junio, no difiere demasiado del que se veía hace un rato desde la sala de reuniones —casas adosadas, edificios en construcción, solares donde el cierzo levanta espesas nubes de polvo— y, más allá, el firmamento amputado por el contorno abrupto de las sierras, cuyas laderas ondean como un mar de árboles, trémulo y verde, salpicado de molinos de viento que, vistos desde aquella distancia, parecen gigantescos insectos metálicos con las aspas girando a toda velocidad. A su derecha, un panel abigarrado de corcho sujeto a la pared exhibe notas, fotografías, recordatorios, anuncios; en un extremo, bien visible, una pegatina con una bandera estrellada proclama:«Catalonia is not Spain». Melchor está indagando la forma de contener la mezcla de desahogo y de memorial de agravios con que le está avasallando el sargento cuando, sin previo aviso, éste vuelve a reparar en él.

—Tienes que hacerme un favor —dice.

Justo en ese momento tintinea en el silencio del despacho el aviso de que Melchor acaba de recibir un mensaje en el móvil.

—Es de Salom —explica.

El mensaje contiene dos números de teléfono, uno fijo y otro móvil, y un texto escrito sin mayúsculas ni acentos:

> son los telefonos de josep grau, el gerente de graficas adell. llamale tu, yo estoy liado. pidele una entrevista para mañana por la mañana. donde el quiera, siempre que sea a primera hora. luego no puedo. ok?

Melchor contesta: «Ok».

—¿Qué dice? —pregunta el sargento Blai.

—Nada —contesta Melchor.

—¿Ves? Eso es precisamente lo que te quiero pedir.

—¿Qué cosa?

—Que me tengas al día del caso Adell.

—Imposible. Ya oíste al subinspector Gomà: fuera del grupo, silencio total.

Blai se remueve en su silla, gesticula con desesperación, menea la cabeza.

—No me jodas, españolazo —replica—. ¿Tú también? ¿Qué mal puede haber en que me cuentes lo que averigüéis? Tú sabes que yo soy una tumba.

—Lo siento, sargento, no puedo hacer nada. Díselo al subinspector.

—¡A la mierda el subinspector! —grita Blai, dando una palmada colérica sobre el desorden de papeles que reina en su mesa—. Te lo estoy diciendo a ti. Tú me conoces, tú sabes que yo conozco de pe a pa la Terra Alta y que puedo ayudar. Y tú sabes también que ese cabrón me ha hecho una putada como una catedral. Hazme el favor, coño. Cuántos favores te he hecho yo desde que llegaste aquí, ¿eh? ¿Cuántos?

Melchor recuerda algunos favores que le ha hecho el sargento Blai, pero ninguno del calibre y la naturaleza del que él le está pidiendo. De todos modos, tampoco puede negar que, al menos en parte, lleva razón: Blai no es un incompetente, conoce como pocos la Terra Alta y acumula muchos años de experiencia, así que es una arbitrariedad perjudicial para el caso que el subinspector le haya dejado fuera de la investigación, porque tarde o temprano puede resultarles útil. Y entonces lamentarán no haber contado con él. Por lo demás, nadie más interesado que el sargento en mantener la discreción, como mínimo en este asunto.

—Está bien —concede Melchor—. Déjame pensarlo.

Al sargento Blai le cambia al instante la cara.

—Gracias, españolazo —dice, emocionado: se levanta y va hacia Melchor con los brazos abiertos—. Ya sabía yo que podía confiar en ti.

—Sólo he dicho que lo pensaré —le advierte, tratando de frenar su euforia.

—Okey, okey —se disculpa el sargento Blai. Pero, seguro ya de su triunfo, con la mano izquierda le agarra un hombro y con la derecha le aprieta con fuerza la mano; mirándole a los ojos, dice—: Tranquilo, te prometo que no te arrepentirás. —Y añade, desbordante de gratitud—: Hoy por ti y mañana por mí.

De regreso en su despacho, Melchor llama al número de teléfono móvil que le ha enviado Salom, pero está desconectado; luego llama al fijo, que suena durante varios segundos sin que nadie conteste. Sentado frente a su ordenador, consulta su correo electrónico y, mientras comprueba que no ha entrado ningún mensaje nuevo, el sargento Blai golpea con los nudillos la vidriera que separa ambos despachos y se despide de él, dando vueltas al índice en señal de que mañana hablarán y levantando luego el dedo pulgar en signo de victoria. No sin preguntarse si ha hecho bien cediendo a la presión del sargento, Melchor se sumerge en el informe sobre las empresas de los Adell que les ha entregado la sargento Pires, y se pasa el resto de la tarde leyendo sobre los Adell y sus negocios, navegando por internet en busca de información suplementaria y llamando de vez en cuando a los dos números que le ha proporcionado Salom, siempre en vano. Hasta que hacia las nueve y media de la noche, cuando el estómago empieza a crujirle de hambre y los párpados a pesarle de sueño, porque en las últimas cuarenta y ocho horas apenas ha dormido, alguien contesta el teléfono móvil que lleva media tarde marcando.

Melchor pregunta por el señor Josep Grau, gerente de Gráficas Adell. La voz, vieja, desmayada y rasposa, contesta que él es el señor Grau, y Melchor se presenta y le pregunta si podría conversar un rato con él mañana a primera hora.

—Es por la muerte de los señores Adell —aclara.

—Ya me imagino —dice Grau—. No, no tengo inconveniente. Venga a verme a mi despacho.

—Iré con un compañero.

—Venga con quien quiera. Mi despacho está en las oficinas de la empresa, al lado de la fábrica, al final del polígono de La Plana. No tiene pérdida. Estaré allí desde las ocho.

—¿Mañana abrirán la fábrica? —pregunta Melchor.

—Claro —contesta Grau—. ¿Serviría para algo que no abriésemos?

Melchor siente que esa pregunta no ha sido formulada para que él la conteste, y a punto está de despedirse cuando Grau vuelve a hablar:

—Y dígame, ¿tienen ya alguna pista sobre los asesinos?

—Ninguna —reconoce Melchor—. Y, si la tuviera, no podría decírselo.

—Dígame al menos si son verdad esas cosas que cuentan la radio y la televisión.

—¿A qué se refiere?

—A que los señores Adell fueron torturados antes de morir.

Melchor comprende que no tiene ningún sentido mentir o fingir ignorancia sobre ese punto concreto, ni ante el viejo ni ante nadie.

—Más o menos —responde.

Al otro lado de la línea se forma de golpe un silencio grávido, y por un instante Melchor piensa que Grau le ha colgado; luego le llega un rumor que primero parece un sollozo y después un chirrido como el que hace una silla al ser arrastrada.

—Entiendo —dice el anciano, con una voz endurecida, sin emoción—. Bueno, vengan mañana a verme. Haré lo que pueda por ayudarlos.

Melchor cuelga, descuelga y llama a Salom, que le contesta en seguida.

—Perfecto —dice el caporal cuando Melchor le describe la cita que ha concertado con el gerente de Gráficas Adell—. Quedamos a la entrada de las oficinas mañana a las nueve.

—De acuerdo. ¿Cómo van las cosas por ahí?

—Bien. Pero esta noche todavía tenemos para rato.

Melchor vuelve a ofrecer su ayuda y Salom vuelve a rechazarla.

—Vete a dormir —le aconseja—. Debes de estar muerto de sueño.

—He dormido la siesta.

—Da igual. Hazme caso y vete a dormir. Nos vemos mañana por la mañana en Gráficas Adell. Y dales recuerdos a tus chicas.

Melchor se queda un momento sentado ante su ordenador encendido, frotándose los ojos exhaustos y oyendo el silencio recobrado de la comisaría ya casi desierta. Luego apaga su ordenador y las luces de su despacho y, al salir del edificio, saluda al patrullero de guardia en la entrada, que le desea buenas noches. Mientras camina hacia el centro del pueblo por las calles mal iluminadas de los arrabales, el viento sigue soplando con fuerza en la Terra Alta.

4

Meses después del asesinato de su madre, Melchor le anunció a Domingo Vivales en un locutorio de la cárcel de Quatre Camins que tenía la intención de hacerse policía. El abogado puso cara de creer que bromeaba; miró a Melchor: no bromeaba.

—Me he informado y puedo hacerlo —argumentó Melchor, leyendo la perplejidad en su rostro—. Primero acabaré la ESO. Puedo hacerla desde aquí: he hablado con una monitora y me ha dicho que me ayudará. Al salir tendré que esperar dos o tres años para borrar mis antecedentes penales, pero luego podré hacer las pruebas de ingreso. No son difíciles. Las sacaré.

Vivales escuchaba con los ojos muy abiertos.

—¿Qué te parece? —preguntó Melchor.

—Bien. —El abogado parpadeó varias veces—. Estupendo.

—Me alegro, porque necesito que me pagues la matrícula —continuó Melchor, que parecía querer compensar la pasividad extática de los últimos meses con una determinación de hierro—. También necesito un ordenador. ¿Cuánto tiempo calculas que me queda de cárcel?

—Si todo va como hasta ahora, año y medio —calculó Vivales—. Quizá algo menos.

—En cuanto salga buscaré un trabajo —prometió Melchor—. Te devolveré hasta el último céntimo.

Aunque agotaron el tiempo de visita prescrito para sus encuentros, Vivales no se resolvió a preguntarle a Melchor por qué había tomado aquella decisión inverosímil, pero ya le conocía lo bastante para saber que era irreversible. Por su parte, Melchor ni siquiera mencionó *Los miserables.* Aquella misma semana recibió en su celda un ordenador portátil, se matriculó en el segundo curso de Enseñanza Secundaria Obligatoria del IOC, el Institut Obert de Catalunya, y empezó sus estudios por internet. Con sorpresa descubrió que le gustaban las asignaturas, que le gustaba estudiar, que le gustaba aquel sistema solitario de estudio. Abandonó los talleres ocupacionales para dedicarse en exclusiva a su nuevo quehacer. Al cabo de tres meses, de común acuerdo con la monitora de la cárcel y con su tutor en el IOC, se matriculó también en el tercer curso de ESO con el propósito de terminar todas las asignaturas de secundaria en un solo año y salir de prisión con el título de graduado en la mano. Para incredulidad de Vivales, pero no de su monitora ni de su tutor, lo consiguió. Recibió las notas la víspera del día en que cumplía veintiún años. A la mañana siguiente, Vivales fue a verle.

—Tu madre estaría orgullosa de ti —le dijo.

Los labios de Melchor se alargaron en una sonrisa mínima.

—Mi madre está muerta —respondió—. Y yo voy a encontrar a los hijos de puta que la mataron.

Pasó sus últimos meses de cárcel leyendo novelas decimonónicas y practicando deporte a brazo partido. Vivales seguía visitándole a menudo. Muerta su madre, era la única persona que lo hacía. A pesar de lo mucho que se frecuentaban, Melchor lo ignoraba casi todo del abogado, porque éste apenas hablaba de sí mismo y porque él nunca le preguntaba: sólo sabía que era un penalista con una fama acreditada de marrullero (tardó bastante en enterarse de que su verdadero apellido no era Vivales sino Perales, porque todo el mundo le llamaba Vivales; él mismo firmaba a menudo así, lo que facilitaba algunas de sus triquiñuelas jurídicas); también sabía que vivía en el barrio del Eixample, en la calle Mallorca esquina Cartagena, que le gustaban los habanos y el whisky irlandés, que se había divorciado tres veces y que no tenía hijos conocidos. Melchor agradecía su eficacia probada y su probada costumbre de ofrecer sólo aquello que podía cumplir, pero le exasperaba su propensión a entrometerse en sus asuntos y seguía perturbándole desconocer la naturaleza exacta de la relación que le había unido a su madre: no sabía si había sido uno de sus clientes, no quería pensar que había sido uno de sus amantes, no tenía la certeza de que le hubiera pagado por asumir su defensa legal (aunque tampoco tenía la certeza contraria), y no entendía por qué, una vez muerta ella, continuaba encargándose de su defensa, ni por qué le visitaba tan a menudo. Un día, durante una de aquellas conversaciones claustrofóbicas de locutorio, Melchor se lo preguntó a quemarropa.

—¿Quieres saber la verdad o prefieres una trola? —preguntó a su vez Vivales—. Te advierto que la verdad no te gustará.

Melchor se arrepintió al instante de su imprudencia, pero no tuvo el valor de retirarla, o no supo cómo hacerlo. Mientras notaba cómo le crecía en el estómago una espuma fría, mintió: dijo que prefería la verdad. Vivales lo miró con un desdén teñido de profunda misericordia.

—Porque eres un muerto de hambre, Melchor —contestó—. Y, si no te echo yo una mano, ya me contarás quién te la va a echar.

Poco después de infligirle sin anestesia esta verdad indiscutible —que Melchor encajó como una prueba de honradez y no como un intento de herirle—, Vivales se las arregló para que lo trasladaran a la cárcel Modelo de Barcelona, en el centro de la ciudad, donde empezó a disfrutar del tercer grado penitenciario, lo que significaba que únicamente debía dormir en prisión; también le consiguió un empleo en una copistería de la calle Riera de Sant Miquel, en el barrio de Gràcia. Así que, a partir de aquel momento, Melchor abandonaba la cárcel por la mañana y regresaba por la noche después de haberse pasado el día haciendo fotocopias. Este régimen de semilibertad duró poco tiempo. En vista de la conducta irreprochable de Melchor, al cabo de tres meses y medio el juez de vigilancia penitenciaria le concedió la libertad definitiva.

El día en que salió de la cárcel, Vivales le aguardaba a la puerta de la calle Entença, recostado contra la fachada de enfrente y fumando un Partagás Serie D4. Acababa de visitar al barbero y llevaba la gabardina en un brazo, un traje limpio y sin arrugas, una camisa flamante y una corbata con el nudo bien hecho y ajustado.

—¿Te llevo a tu casa? —preguntó, con una sonrisa triunfal. Melchor dejó sus bolsas en el suelo y le estrechó la mano—. Te he preparado un regalo de bienvenida —añadió.

Montados en el coche de Vivales, los dos hombres cruzaron Barcelona de punta a punta en silencio, mientras Melchor saboreaba sus primeros minutos de libertad irrestricta. El barrio de Sant Roc, en Badalona, no había cambiado mucho en su ausencia, tampoco la calle ni el bloque de pisos que alojaba su casa. Ésta, en cambio, sí parecía otra, o eso pensó Melchor mientras recorría con un peso en la garganta aquellos cuartos habitados por el triple fantasma de su madre muerta, de su infancia sin padre y de su adolescencia airada, y descubría que Vivales había comprado muebles nuevos, había hecho pintar las paredes y había llenado de comida la nevera.

Cuando terminó su inspección, Melchor abarcó con un gesto la casa, adecentada y lista para que él la habitara.

—¿Éste es el regalo? —preguntó.

La respuesta de Vivales consistió en sacar un papel doblado de su americana y entregárselo. Melchor lo desdobló y empezó a leerlo.

—Es tu certificado de cancelación de antecedentes penales —explicó el picapleitos—. Estás limpio.

Desconcertado, Melchor levantó la vista del papel. Vivales dio una calada al Partagás y exhaló una densa humareda. Melchor volvió a mirar el papel: ese documento implicaba que no tenía la obligación de esperar los tres años preceptivos que, según la ley, debía esperar al salir de la cárcel para presentarse a una convocatoria de plazas a un cuerpo de policía. Volvió a mirar a Vivales.

—¿Es auténtico? —preguntó.

—Sí, claro —contestó Vivales—. Y yo soy san José de Calasanz, ¿no te jode? Pero tranquilo: todo está controlado. Nadie va a descubrir que es una falsificación. Además, tu expediente ha desaparecido de los archivos policiales. Así que, para la policía, es como si nunca hubieras estado en la cárcel.

Sin salir de su estupor, Melchor agitó el documento:

—¿De dónde...?

Vivales no le dejó terminar.

—Hay otra cosa —continuó—. El gobierno autónomo acaba de convocar treinta plazas de mossos d'esquadra.

Los exámenes son dentro de tres meses. Si yo estuviera en tu lugar, hoy mismo empezaría a hincar los codos.

Melchor se quedó mirando a Vivales sin saber qué decir. El abogado dio otra calada a su Partagás y expulsó el humo.

—Bueno, creo que eso es todo, chaval —dijo—. Bienvenido a la libertad.

Cuando se quedó solo, Melchor se preguntó por vez primera en su vida si Vivales era su padre.

Durante los tres meses siguientes preparó los exámenes de ingreso en el Institut de Seguretat Pública, la escuela de policía. Se empapó de las leyes básicas, del código de circulación, del Código Civil y del Código Penal, del Estatuto de Cataluña y de la Constitución española; además, hizo cosas que no había hecho nunca, como leer cada día los periódicos, porque le dijeron que los exámenes podían incluir preguntas sobre noticias de actualidad. Los aprobó sin brillantez, le admitieron en la Escuela y dedicó otros nueve meses a asistir a clase en su sede, en Mollet del Vallès, cerca de Barcelona. Muchos de sus compañeros procedían de lugares alejados y vivían en la residencia de la Escuela o en pisos compartidos de la zona; él, en cambio, iba y venía a diario desde su casa, a poco más de media hora en coche. El horario diurno de las clases le obligó a abandonar su puesto en la copistería, pero pronto consiguió un empleo nocturno en una discoteca de Badalona llamada Scorpio's, donde trabajaba de portero cuatro noches a la semana. Dormía poco, pero las clases le gustaban mucho. Estudiaba a ratos perdidos. En parte porque la mayoría de sus compañeros eran más jóvenes que él y porque no disponía de ratos de ocio que compartir con ellos, en parte a causa de su carácter retraído, Melchor no trabó amistades en la Escuela. Tampoco destacó por nada especial, salvo por su elegancia para redactar y por su destreza en los ejercicios de tiro. Al terminar el primero de éstos, el instructor mantuvo una conversación con él.

—¿Dónde aprendiste a disparar? —le preguntó.

—Por ahí.

—¿Eres cazador?

—Más o menos.

—¿En qué quieres especializarte?

—En investigación.

—Si te apetece, puedo recomendarte para el GEI, el Grupo Especial de Intervención. Se corren riesgos, pero no te aburrirás. Y está bien pagado.

Melchor ni siquiera valoró la oferta.

—Gracias. Prefiero ser investigador.

Nueve meses más tarde, durante la ceremonia de graduación con que culminaba el período de adiestramiento en la Escuela, el instructor de tiro le reiteró su propuesta y Melchor le reiteró su negativa.

—Tú sabrás, Marín —se lamentó el instructor—. De todos modos, hazme caso y cuida esa puntería. Es oro en paño.

Poco después Melchor empezó sus prácticas de patrullero en Cornellà de Llobregat, otra ciudad obrera del cinturón metropolitano de Barcelona. La comisaría estaba ubicada en la calle Travessera, muy cerca de la carretera de Esplugues, y el compañero que le asignaron como guía o asesor de sus primeros pasos profesionales fue un viejo guardia civil reconvertido en mosso d'esquadra. Se llamaba Vicente Bigara. Era treinta años mayor que Melchor, no creía en su oficio y se burlaba del reglamento; también era bebedor y putero, y fumaba como una chimenea.

«Vive y deja vivir» era la consigna que repetía con cualquier excusa y aplicaba a rajatabla no sólo con sus mandos y sus compañeros, sino sobre todo con los delincuentes. «Si tú no les tocas los cojones —le dijo el primer día a Melchor, hablando de éstos—, ellos no te los tocan a ti. Y, si te los tocan, un par de hostias y al trullo. ¿Estamos?»

Melchor le decía a todo que sí. Bigara se reía a mandíbula batiente del legalismo de Melchor, a quien nunca llamaba por su nombre: le llamaba «pardillo». A pesar de que eran diferentes en todo (o precisamente por eso), se llevaban muy bien, formaban una buena pareja profesional y nunca tuvieron un problema entre ellos. Por eso a Melchor le disgustó que, una vez acabadas las prácticas, no le permitiesen quedarse en Cornellà y le destinasen a Nou Barris, un distrito de emigración situado al norte de Barcelona. Compensó la contrariedad presentándose tan pronto como pudo a una oposición de investigador criminal; la superó sin problemas, y durante tres meses volvió a asistir a clases en la escuela de policía. Esta vez las aprovechó a conciencia, tratando de aprender cuanto pudo, y, apenas terminó el cursillo, concertó una cita con Bigara y le anunció que tenía que pedirle un favor.

—Tú dirás —dijo el viejo guardia civil.

—¿Tienes amigos en la comisaría de Sant Andreu?

—Yo tengo amigos en todas partes, chaval.

—Necesito que me consigas una copia del expediente de un caso de asesinato. Se cometió hace cuatro años en Sant Andreu.

—¿Y por qué no se lo pides a tus superiores?

—Porque no puedo. Nadie debe saber nada de esto, y menos mis superiores. Voy a investigar el caso por mi cuenta.

Bigara le escrutó a través del humo de su cigarrillo.

Estaban sentados a la barra del Bacarrà, un local de striptease que el viejo guardia civil solía frecuentar, cerca del Turó Parc. Bigara bebía whisky y Melchor Coca-Cola. Se acababan de poner al día de sus vidas y Bigara acababa de felicitarle por su ascenso a investigador. Por eso le preguntó:

—¿Se te ha subido el éxito a la cabeza o qué?

Entonces Melchor hizo con Bigara algo que no había hecho con nadie: le habló del asesinato de su madre, le contó dónde, cómo y cuándo había ocurrido y le dijo que el expediente que necesitaba era el de aquel caso. Cuando Melchor terminó de hablar, el viejo guardia civil dio una vuelta completa en su taburete giratorio y, sin decir nada, se quedó mirando a las chicas que bailaban desnudas o semidesnudas a lo largo de una ancha pasarela iluminada, en el centro del local. Pasados unos segundos, durante los cuales pareció seguir con la máxima atención las evoluciones de las bailarinas, se volvió otra vez hacia la barra, se bebió de un trago el whisky y pidió otro.

—Cuenta con ello —le dijo a Melchor.

Una semana después se citaron en el mismo local y Bigara le entregó una carpeta que contenía cinco folios escritos con ordenador y marcados con el sello de la comisaría de Sant Andreu.

—No se mataron mucho, que digamos —opinó, vaso de whisky en mano, mientras Melchor examinaba con avidez el expediente; añadió—: ¿Qué piensas hacer?

—Encontrar a los asesinos de mi madre —contestó Melchor sin mirarle.

—¿Y luego?

—Luego ya veremos.

El viejo guardia civil cabeceó afirmativamente, con el labio inferior montado sobre el superior y el vaso de whisky descansando sobre la protuberancia de la barriga. Más que obeso estaba inflado y, bajo las luces estroboscópicas, rojas y azules, su cara blancuzca y su papada cardenalicia le prestaban un aire taciturno de batracio.

—Ten cuidado, pardillo —le recomendó.

Fue a partir de entonces cuando Melchor empezó a investigar el asesinato de su madre. Lo hacía en su tiempo libre, a escondidas de sus compañeros y sus mandos, consciente de que al investigar un caso que no le había sido asignado, y para colmo relativo a un miembro de su familia, obraba de forma irregular («Al loro, chaval —le advirtió varias veces Bigara—. Como te pillen, te cae un paquete que te cagas»). El expediente que le había entregado Bigara contenía el informe del forense, y lo primero que pensó Melchor al leerlo fue que, cuando Vivales le hablaba de él en sus charlas de Quatre Camins, a raíz de la muerte de su madre, el abogado no hacía más que engañarle, suavizando o endulzando su contenido. Porque, aunque el informe consignaba que su madre había muerto a causa de un traumatismo craneoencefálico, como le había dicho Vivales, también recogía algo que éste le había escamoteado, y es que el fallecimiento había tenido lugar después de que la víctima hubiera sido violada varias veces, anal y vaginalmente, lo que le había provocado diversas desgarraduras en ambos orificios. Por lo demás, aparte del susodicho informe, el expediente apenas contenía las declaraciones de tres testigos y poco más, y Melchor se asombró de que aquellos cuatro datos mal cosidos le hubieran alcanzado a Vivales para alimentar, años atrás, tantas conversaciones de locutorio, y para hacerle concebir tantas esperanzas infundadas.

Tras leer el expediente, Melchor se entrevistó con el forense y con los tres testigos que se citaban en él. El forense había olvidado el caso, pero lo recordó al releer su informe, al que sólo pudo añadir que se trataba de un caso flagrante de ensañamiento con la víctima. En cuanto a los testigos, se trataba de dos prostitutas y un proxeneta, y los tres repitieron de manera tan invariable las remotas declaraciones recogidas en el expediente, que Melchor comprendió que su recuerdo se había fosilizado, y que lo que le contaban no era lo que recordaban, sino lo que habían contado otras veces. Aun así, las dos mujeres añadieron un dato decisivo, que para estupefacción de Melchor no figuraba en el expediente: la prostituta que acompañaba a su madre cuando negociaba con sus últimos clientes se llamaba Carmen Lucas.

Aquel hallazgo lo cambió todo. Una vez realizado, Melchor se consagró al cien por cien, durante el tiempo que le dejaba libre su trabajo, a la búsqueda de Carmen Lucas, convencido de que aquella mujer debía conocer algún detalle importante sobre la muerte de su madre y de que, precisamente por eso, se había eclipsado tras su asesinato.

No encontró el menor rastro de ella en los archivos policiales, ni tampoco en internet, pero no estaba dispuesto a dejarse derrotar por el primer contratiempo, así que resolvió hablar con todas las prostitutas que trajinaban alrededor del campo del Barça en la época de su madre, con todos los macarras, los propietarios de locales de alterne y las mujeres que en aquellos tiempos habían vivido de la prostitución o alrededor de la prostitución; en definitiva, con todos los habitantes de la Barcelona noctámbula, incluidos sus propios compañeros de oficio, que hubieran podido relacionarse con su madre y tener alguna noción del paradero de Carmen Lucas.

Por entonces, mientras intentaba llevar a cabo aquella empresa imposible, comía de vez en cuando con Vivales, que era consciente de sus pesquisas oficiosas y a quien seguía pidiendo ayuda e información de vez en cuando, a pesar de que el abogado se había negado en redondo a que le abonara sus honorarios acumulados de defensor y le devolviera el dinero que le había prestado hasta que pudo valerse económicamente por sí mismo. También en aquella época empezó a perseguirle por la comisaría de Nou Barris una fama antitética de matón intelectual. Sus compañeros lo conocían por tres cosas. Las dos primeras eran públicas y todos le felicitaban por ellas: su talento para redactar informes claros, sucintos y precisos, y su astucia de interrogador capaz de doblegar a los detenidos mejor blindados contra el desahogo de la confesión («No es cuestión de astucia —discrepaba Melchor—. Es cuestión de ponerse en su lugar»). La tercera cosa, en cambio, era secreta, y por ella no es que nadie lo felicitara, sino que todos hacían la vista gorda, empezando por sus jefes directos: todos ellos sabían que, después de cada denuncia por maltrato que presentaba una mujer en comisaría, el maltratador se llevaba una paliza, y todos sabían que, a pesar de que el maltratador maltratado nunca denunciaba a Melchor, el responsable de la paliza era él. Un viernes de madrugada, mientras volvía a casa tras haberse pasado la noche preguntando en vano por Carmen Lucas en varios clubes nocturnos de Gavà, le llamaron por teléfono para decirle que acababan de encontrar el cadáver de Vicente Bigara en el Night Club Montcada, al otro extremo de la ciudad. Cuando Melchor llegó allí, había dos coches patrulla aparcados a la entrada, todas las luces del local estaban encendidas y la música apagada, y un grupo de chicas murmuraba junto a la barra sin camareros. El cuerpo de Bigara se hallaba en una de las habitaciones, tendido boca arriba sobre una cama deshecha, en una posición artificial, con la boca y los ojos todavía abiertos y el sexo al aire; en el pasillo y dentro de la habitación había varias personas, entre ellas una chica muy joven que hacía pucheros en brazos de una señora, tres patrulleros y el forense, que seguía examinando el cadáver.

—Le ha reventado el corazón —dictaminó el médico, una vez concluido el reconocimiento—. Demasiados años, demasiada coca y demasiado whisky.

Melchor se quedó en el cuarto hasta que el juez ordenó levantar el cadáver, incapaz de dejar solo el cuerpo sin vida del viejo guardia civil, y al día siguiente comprendió por qué a alguien se le había ocurrido la idea de llamarle a él en cuanto Bigara falleció: en ningún momento aparecieron por el tanatorio ni su mujer, de la que llevaba mucho tiempo separado, ni sus hijos, a los que nadie pudo localizar porque no los veía nunca; así que Melchor comprendió que, si no se hubiera ocupado él de la burocracia de la muerte, nadie lo hubiera hecho. No hubo funeral digno de tal nombre, y a la incineración sólo asistieron, además de Melchor, tres policías de paisano, uno de ellos llegado en autobús desde Medinaceli, en la provincia de Soria, justo a tiempo para asistir a aquel remedo de ceremonia y para preguntarle a Melchor de qué había muerto su amigo. Cuando Melchor repitió el diagnóstico del forense, con la tripleta de abusos que había terminado parando el corazón del guardia civil, el policía soriano pronunció las únicas palabras que la memoria de Melchor retendría de aquellas horas.

—Sí —dijo—. Y demasiada soledad.

Poco después de la muerte de Vicente Bigara, Melchor recibió en comisaría la visita de un sargento de Asuntos Internos. Era uno de esos tipos que tienen la edad que aparentan, alto, pálido y con la cara alargada, que dijo llamarse Isaías Cabrera y preguntó a Melchor si podían hablar a solas, en un lugar discreto. Estaban en el despacho del grupo de investigación, rodeados de varios policías que en seguida comprendieron o sospecharon o imaginaron quién era el intruso, aunque no qué hacía allí. Melchor le llevó a una sala de interrogatorios y, apenas se sentaron uno frente al otro, con la mesa de por medio, el sargento empezó a divagar. Melchor le escuchó durante un rato, al cabo del cual le interrumpió: le preguntó qué quería. Cabrera sonrió, incómodo. Como si necesitara meditar la respuesta, o como si la buscara a su alrededor, el sargento paseó la vista por aquella sala ascética, de paredes desnudas, sin más muebles que una mesa y tres sillas; del suelo subía un leve perfume a amoníaco.

—Nos han llegado informaciones sobre ti —explicó Cabrera con las manos en el regazo, invisibles para Melchor—. Cosas que se dicen.

—Ah, ¿sí? —preguntó Melchor—. ¿Y qué cosas se dicen?

—Por ejemplo, que andas por ahí haciendo preguntas sobre asuntos que no son de tu incumbencia. —Cabrera hizo una pausa y añadió—: Pero no es cierto, ¿a que no?

Melchor le sostuvo un momento la mirada: el sargento tenía unos ojos claros, estrechos, indagadores.

—No —mintió.

—Claro que no —dijo Cabrera, con expresión de alivio—. Estaba seguro. Porque si fuera cierto, sería gravísimo. Lo sabes, ¿verdad?

Melchor asintió.

—Tan grave que podríamos tener que abrirte un expediente informativo —continuó Cabrera—. Y, cuando se abre un expediente, nunca se sabe lo que se va a encontrar. Te lo digo por experiencia. El pasado es una caja de sorpresas. Entiendes lo que quiero decir, ¿verdad?

Llevado por una especie de inercia, Melchor siguió asintiendo. Hasta que Cabrera esbozó otra vez una sonrisa, sacó las manos de su regazo y se las mostró.

—Estupendo —dijo—. Celebro que nos entendamos tan bien. Te soy sincero: ojalá fuera así con todo el mundo.

Aparentemente satisfecho, el sargento se levantó, le dio la mano y se despidió de él, pero antes de salir del despacho quedó un segundo inmóvil, con la puerta entreabierta; la cerró y se volvió hacia Melchor.

—Hablando del pasado —dijo. Su expresión había vuelto a cambiar: ahora era de contrariedad, casi de dolor—. Pasaste unos años en la cárcel, ¿no?

Melchor se atornilló a su silla, sintiendo que acababan de quitarle el suelo bajo los pies y que estaba a punto de caer al vacío. Cabrera sonrió de nuevo; por primera vez su sonrisa parecía franca.

—No pongas esa cara, hombre —reclamó divertido—. El certificado de penales con que te presentaste a los exámenes de la escuela de policía era una falsificación. Una buena falsificación, eso hay que reconocerlo. Pero una falsificación. Tu expediente desapareció de nuestros archivos, no de los del juzgado. Ahí sigue. ¿A que eso no lo sabías?

Cabrera sondeó sin éxito la reacción de Melchor; en sus ojos había más curiosidad que reproche: era evidente que, ahora, se encontraba a gusto.

—¿Ves como el pasado es una caja de sorpresas? —dijo antes de cambiar de tono—: Pero no te preocupes. ¿Qué te parece si nos guardamos esto en secreto? Tú y yo, quiero decir.

Melchor aquilató la oferta durante unos segundos. No se había puesto en pie, así que miraba a Cabrera de abajo arriba, sin disimular su desconfianza.

—¿A cambio de qué? —preguntó.

Esta vez Cabrera se rio abiertamente.

—No seas suspicaz, hombre —contestó, abriendo otra vez la puerta y dando por zanjada la discusión—. A cambio de nada.

Después de marcharse Cabrera, Melchor permaneció todavía unos minutos en la sala de interrogatorios. Estaba perplejo e inquieto. No le sorprendía que le hubiesen denunciado por andar buscando por su cuenta y riesgo a los responsables de la muerte de su madre: al fin y al cabo, a aquellas alturas había hablado ya con demasiada gente como para que no hubieran llegado noticias de sus averiguaciones a los oídos equivocados; lo que le sorprendía era que supiesen que había sido un presidiario y que había falsificado su certificado de penales para presentarse al examen de la escuela de policía. ¿Cómo lo habían averiguado? ¿Quién se lo había dicho, si él no se lo había dicho a nadie y, hasta donde alcanzaba, sólo lo sabían Vivales y quienquiera que hubiese ayudado a Vivales a falsificar el documento? ¿O lo habían averiguado por pura casualidad? En cuanto a la inquietud, no provenía tanto del expediente que le pudiesen abrir y de las consecuencias que pudiera tener para él como de la evidencia de que, a partir de aquel momento, su futuro dependía de que Asuntos Internos guardara silencio sobre el fraude en que había incurrido para lograr su ingreso en la Escuela, porque no era menos evidente que, si esa trampa de origen salía a la luz, lo más probable era que fuese de inmediato expulsado del cuerpo. La evidencia que se desprendía de las dos anteriores era que estaba a expensas de los caprichos de Asuntos Internos —o más bien de aquel individuo siniestro que de manera velada acababa de amenazarle—, y que eso le dejaba en una posición frágil e incómoda, sobre todo si quería seguir investigando el asesinato de su madre.

En su siguiente comida semanal con Vivales, Melchor le habló de la visita de Cabrera, y el abogado, que no supo a quién o a qué atribuir la filtración del fraude que había maquinado años atrás para que él pudiera ingresar sin demora en la policía, exhortó a Melchor a que, al menos durante una temporada, no se desviase un milímetro del cumplimiento de sus obligaciones laborales, que dejase de investigar lo que no le correspondía investigar y que esperase acontecimientos. Melchor siguió su consejo, aunque lo hizo durante mucho menos tiempo del que Vivales le aconsejó y, al cabo de mes y medio sin noticias de Cabrera ni de Asuntos Internos, reinició su ronda aleatoria de pesquisas.

Vivales había intentado disuadirle desde el principio de su empeño de encontrar el rastro de los asesinos de su madre, porque lo consideraba una pérdida de tiempo que podía acabar transformándose en una obsesión autodestructiva, pero él nunca perdió la esperanza; no obstante, más de una noche —mientras vagaba por bares, discotecas, casas de masaje, burdeles, clubes de acompañantes y salones de baile, así como por calles, encrucijadas, carreteras y caminos flanqueados de prostitutas de todas las clases y condiciones, en los que alguna vez habló con gente que recordaba a su madre, pero nunca con nadie que hubiese oído mencionar a Carmen Lucas— pensó que el dicho «buscar una aguja en un pajar» se había acuñado para él, y que sólo encontraría alguna pista de aquella mujer evanescente si el azar le regalaba un pequeño milagro.

Finalmente se lo regaló, o él pensó que se lo regalaba.

Fue a mediados de agosto de 2017, cuando a Melchor le faltaban un par de días para tomarse una semana de vacaciones. Esa tarde se le ocurrió darse una vuelta por las proximidades del cementerio de Montjuïc, donde pululaban a diario tres o cuatro decenas de prostitutas. El cementerio se extiende en la falda de la montaña y frente al mar, al este de la ciudad. Está lejos de Nou Barris, pero Melchor conocía el lugar porque años atrás, cuando trabajaba para el cártel de colombianos, los camellos que distribuían su droga le contaban con nostalgia que a principio de siglo todavía funcionaba muy cerca de él, en las últimas casas baratas de la Zona Franca, el mayor supermercado de la droga de España, tal vez de Europa. De hecho, las prostitutas que todavía quedaban en torno al cementerio, todas o casi todas toxicómanas, eran el último rastro de aquel emporio del narco, y también el más degradado: allí se practicaban felaciones a todas horas del día por cuatro o cinco euros, por un par de cigarrillos, por unas pocas caladas de un canuto de coca.

Melchor se detuvo ante la primera mujer que encontró en la subida al cementerio y la interrogó sin salir del coche. La mujer introdujo más de la mitad de su cuerpo por la ventanilla abierta y, después de hacerle toda clase de ofertas sexuales y de convencerse de que no iba a aceptar ninguna, volvió a sacarlo. Melchor optó entonces por salir del coche, y al instante, sin saber cómo, se vio rodeado por un grupo alborotado de mujeres pintarrajeadas, gritonas y semidesnudas que exhibían como trofeos de una guerra perdida sus cuerpos indeseables, adornados de colgajos y abalorios, exhaustos, masacrados. En medio de aquel guirigay de gineceo, mientras unas y otras le interpelaban y se interpelaban entre sí, Melchor vio bajar a otra mujer y su cliente por un pequeño talud que da a unas vías del tren que sólo se usan para el transporte de mercancías de la Zona Franca y el puerto. El hombre, cabizbajo y presuroso, se alejó en dirección a su coche, pero ella fue hacia el grupo al llegar a la carretera y, cuando estuvo cerca de él, inquirió:

—¿Qué pasa con Carmen Lucas?

Era gorda sin paliativos, de ojos negros y pelo negro, con grandes gafas de pasta, grandes pendientes en forma de ancla y un medallón encajado en el canalillo de los pechos. Todo el grupo se volvió hacia ella, mientras Melchor sentía con un estremecimiento de júbilo que acababa de encontrar la aguja proverbial.

—¿Sabes quién es? —preguntó una de las mujeres, a todas luces un transexual.

—Aquí este guapetón la está buscando —dijo otra, con un fuerte acento andaluz: era la más joven de todas y apenas vestía unos zapatos de tacón muy alto y un culotte de ciclista.

La mujer acabó de llegar al grupo y se quedó mirando a Melchor.

—Tú qué eres, nene —le preguntó—. ¿Guripa?

Melchor dijo que sí, pero añadió que no buscaba a Carmen Lucas por motivos profesionales sino personales: porque era amiga de su madre.

—¿La conoces? —preguntó, refiriéndose a Carmen Lucas.

La actitud de las mujeres no cambió al saber que Melchor era policía, lo que tal vez significaba que todas lo sabían o lo imaginaban desde el principio.

—La conocía —contestó la mujer—. Pero hace mucho que no la veo. Le llamaban la Niñata.

—¿Sabes dónde puedo encontrarla? ¿Tienes alguna dirección, algún teléfono?

La mujer seguía mirándole, reticente, y, sin forzar la imaginación, Melchor adivinó que, bajo aquel pedazo de carne devastada, en su día hubo una criatura hermosa.

—No lo sé —dijo la mujer—. Pero si quieres te hago una mamada que flipas, nene.

El ofrecimiento desencadenó otro alboroto, hecho de nuevos ofrecimientos, de gritos, de ofertas, de insultos, de risotadas y empujones, y Melchor tuvo por un momento la impresión de haberse metido sin querer en la trifulca privada de una familia unisexual, desastrada y visceralmente excéntrica (pero no ajena a él). Iba a repetirle a la mujer las preguntas que le había hecho cuando ésta dio en voz alta por cumplida su jornada de trabajo y le preguntó a Melchor si la llevaba a su casa.

La mujer, que dijo llamarse Sara, le pidió que se dirigiera a la calle Parlamento y, mientras Melchor conducía hacia allí, le contó sin que él se lo pidiera que hacía cinco años que trabajaba en la subida al cementerio, después de haberlo hecho en los alrededores del campo del Barça y en las callejas del Raval, le dijo que tomaba a diario dos autobuses para llegar hasta allí a primera hora de la mañana y otros dos para marcharse a última hora de la tarde, le aseguró que había estado enganchada al crack pero que no consumía drogas desde hacía bastante tiempo y le habló de una fundación de ayuda a los drogadictos a cuya sede acudía cada semana para abastecerse de preservativos, someterse a controles sanitarios y charlar con los asistentes.

—Aparca ahí. —Señaló un trozo de acera en la avenida del Paralelo, de donde en ese momento salía un coche—. Mi casa está al lado.

Él aparcó y, sin hacer preguntas, fue tras ella. Subieron por la escalera oscura y maloliente de un edificio viejo, y Melchor se sorprendió de la limpieza y el orden que reinaban en la habitación que Sara tenía alquilada allí, en el tercer piso, un cuarto sin baño pero con cocina y con vistas y balcón a la calle. Melchor no sabía para qué le había hecho acompañarla, aunque empezó a intuirlo cuando la mujer se puso a hurgar en una pila de papeles que se levantaba en una esquina de la estancia, junto a una cama bien hecha. Por el balcón abierto entraban la luz del atardecer y los rumores de la calle.

—Aquí está —dijo Sara al rato, blandiendo un sobre—. Sabía que la tenía.

Sacó una carta del sobre y la leyó, cabeceando afirmativamente.

—Claro, me escribió para mandarme un dinero que me debía —dijo. Le entregó el sobre a Melchor y añadió, mirándole con una especie de orgullo de clase—: Carmen era así.

Melchor cogió el sobre. Ya sin asombro comprobó que la remitente era, en efecto, Carmen Lucas; su dirección, calle la Vereda, 95, El Llano de Molina.

—¿Te sirve eso? —preguntó Sara.

Melchor asintió: la carta le ardía en las manos como un tesoro. Memorizó el remite y se la devolvió a Sara. Luego sacó su cartera y le entregó veinte euros; la mujer no los rechazó.

—¿Estás seguro de que no quieres que te haga una mamada, nene? —preguntó, con una sonrisa maternal—. Si no quedas satisfecho, te devuelvo el dinero.

El Llano de Molina es una pedanía de Molina de Segura, una ciudad situada a quince kilómetros de Murcia y a seis horas en coche de Barcelona. Melchor hizo casi todo el viaje por la autopista del Mediterráneo, dejando atrás Tarragona, Castellón y Valencia y adentrándose en un paisaje cada vez más árido a medida que descendía hacia el sur. Salió de la autopista no lejos de Molina de Segura, y al acercarse a la ciudad empezó a dominar el verde de las huertas, bañadas por las aguas del río Segura. Melchor llegó allí a las seis y media de la tarde, cuando el sol de agosto era todavía una bola de fuego en el cielo, en seguida encontró el rumbo de El Llano y, después de deambular unos minutos por el pueblo, yendo y viniendo por callecitas sin nadie sumidas todavía en el sopor de la siesta, dio con la dirección que buscaba, ya casi en la linde del campo, junto a un letrero: «Camino del Caserío». Melchor bajó del coche y llamó a la puerta de una casa modesta, con las paredes recién encaladas, de una sola planta y construcción reciente. Una mujer le abrió. Melchor le preguntó por Carmen Lucas.

—Soy yo —contestó.

Era morena, de piel tostada y ojos tranquilos, y llevaba una bata azul a rayas que ocultaba sus formas y unas chancletas de goma. Melchor no hubiera sabido qué edad atribuirle a simple vista. Incrédulo, volvió a preguntarle si de verdad era Carmen Lucas; la mujer volvió a responderle que sí, esta vez con menos convicción. Él se presentó, mencionó el nombre de su madre. Apenas lo oyó, ella se puso en guardia y sus ojos cambiaron la tranquilidad por una especie de suspicacia.

—No tiene nada que temer —se apresuró a decir Melchor—. Vengo de Barcelona. Sólo quiero hablar un momento con usted.

La mujer se quedó mirándole un segundo en silencio, y él tuvo el presentimiento inmediato de que, igual que él llevaba mucho tiempo buscándola a ella, ella llevaba mucho tiempo esperándole a él, íntimamente convencida de que aquel pasado no había pasado para ella, y de que tarde o temprano iba a volver. Lo cierto es que, después del primer instante de recelo, la mujer le hizo entrar. Melchor la siguió casi a oscuras por un zaguán y un comedor, hasta que salieron a un patio lleno de plantas, sombreado por una enramada; el piso de baldosas estaba recién regado y exhalaba un aliento húmedo. La mujer le indicó una silla de anea y le preguntó si quería beber algo; Melchor aceptó el ofrecimiento, pero permaneció de pie. Segundos más tarde, tras desaparecer por una puerta que daba al interior de la casa, la mujer volvió con un vaso lleno de agua. Melchor se la bebió de un solo trago. Estaba fresca.

—¿Cómo me has encontrado? —preguntó Carmen Lucas.

Melchor se lo contó, todavía acalorado por el viaje. Cuando terminó de hacerlo, Carmen Lucas le quitó de las manos el vaso vacío y le preguntó si quería otro. Melchor dijo que no. Hubo un silencio.

—No sabes cuánto sentí lo de tu madre —dijo entonces Carmen Lucas—. Éramos buenas amigas.

Melchor hizo un gesto de conformidad.

—No quiero molestarla —aseguró—. Si llevo tanto tiempo buscándola es porque usted fue la última persona que vio con vida a mi madre y quiero saber si tiene alguna idea de quién la mató, o alguna sospecha, si puede darme alguna pista. Lo que sea. Todo puede servir.

La mujer se sentó en la silla que le había indicado a Melchor, y él se sentó en otra, frente a ella. Más allá, bajo el sol todavía poderoso de la tarde, se extendía un corral; en un rincón había un gallinero de rejilla, donde, aparte de un gallo, siete u ocho gallinas picoteaban la tierra.

—He dado muchas vueltas a aquella noche —recordó Carmen Lucas, depositando el vaso vacío en el suelo todavía brillante de humedad—. A veces me he dicho que pude evitarlo, porque tuve un mal presentimiento y no le hice caso. Pero otras veces me digo que no es verdad, que el mal presentimiento me lo inventé luego, para sentirme culpable. No lo sé.

La mujer le refirió a Melchor lo que recordaba de la noche en que murió su madre. Según ella, al principio fue una como tantas, con la única diferencia de que su madre, que solía captar clientes con cierta facilidad, aquella noche no captó a ninguno.

—Estaba cabreada —dijo Carmen Lucas—. Si no, no se habría subido en aquel coche.

—¿Recuerda usted su matrícula? —la interrumpió Melchor.

—No.

—¿Recuerda el modelo? ¿Vio a alguno de sus ocupantes?

Carmen Lucas contestó que no: no recordaba nada salvo que era un coche oscuro, de gama alta y con los vidrios de las ventanillas tintados, y que dentro había varios hombres. Ellas tenían como norma no montarse nunca en ningún coche a menos que no vieran la más mínima señal de riesgo o que fuera el de un conocido, y Carmen Lucas sabía que su amiga dudó mucho antes de entrar en aquél, de hecho había rehusado en una ocasión la oferta de sus ocupantes, al principio de la noche; pero cuando volvieron a aparecer, ya hacia las tres y media o las cuatro, con la jornada de trabajo acabándose, la oferta fue mucho más tentadora o su madre estaba desesperada, y acabó aceptándola. Carmen Lucas recordaba lo que su madre le había dicho después de rechazar a sus futuros asesinos, la primera vez que la abordaron aquella noche.

—Cuando volvió de hablar con ellos le pregunté quiénes eran —explicó Carmen Lucas—. «Nadie», me dijo. «Una panda de niños bien que han salido a divertirse con el coche de papá. No me fío.» Eso fue lo que me dijo. Con esas palabras: me acuerdo como si acabara de decírmelo. Por eso me extrañó tanto que luego se subiera al coche. Y creo que por eso tuve un mal presentimiento.

Aquello era todo lo que la mujer recordaba sobre la noche del asesinato. Melchor se lo hizo repetir varias veces, asediándola a preguntas sobre su madre, sobre ella misma y sobre sus compañeras y clientes de aquella época en los alrededores del campo del Barça. Cuando aún estaba interrogándola oyeron que se abría la puerta de la calle.

—Es Pepe —le anunció la mujer—. Mi marido.

El marido de Carmen Lucas resultó ser un hombre más bajo y más joven que ella, robusto y casi calvo, pero de aladares poblados; vestía unos pantalones de tergal y una camisa sudada en las axilas, y estrechó con fuerza la mano de Melchor, a quien Carmen Lucas presentó como hijo de una vieja amiga de Barcelona. Melchor miró su reloj: eran las nueve.

—No te irás a marchar ya, ¿verdad, chaval? —dijo Pepe.

Insistieron en que se quedara a cenar y a dormir con ellos, invitación que Melchor aceptó sin dudarlo porque tenía la certeza de que le quedaban muchas cosas que hablar con Carmen Lucas. Pero, como imaginó que Pepe no debía de saber de qué manera se ganaba la vida su mujer una década atrás en Barcelona, prefirió no volver sobre su asunto hasta quedarse otra vez a solas con ella. Durante la cena se enteró de que Carmen y Pepe llevaban casi cuatro años viviendo juntos, de que no tenían hijos, de que Pepe trabajaba en el servicio de mantenimiento de una empresa de transporte con sede en el polígono industrial La Serreta, en Molina de Segura, y de que Carmen se ocupaba de la casa y de un huerto que ambos cultivaban muy cerca de la casa.

—Mañana te lo enseño —le prometió Carmen.

Aunque de lo que sobre todo hablaron aquella noche fue de Melchor. Porque, en cuanto Pepe se enteró de que era policía y trabajaba como investigador en Barcelona, igual que si quisiera devolverle el trato que él le había dispensado a su mujer empezó a acribillarle a preguntas, devorado por una curiosidad natural nutrida por las series de televisión. La velada se prolongó hasta las doce, pero Melchor tardó una eternidad en conciliar el sueño: primero, porque sólo un tabique separaba su dormitorio del de Carmen y Pepe, y durante un tiempo que le pareció interminable los oyó follando, hablando y riéndose, como si no les importara su presencia en el dormitorio de al lado o como si no imaginaran que podía estar escuchándolos; y segundo porque, una vez terminado el bullicio de sus anfitriones, le desveló el silencio del pueblo.

Cayó dormido al amanecer, justo cuando Pepe se levantaba para acudir a su trabajo, y no despertó hasta el mediodía. Para entonces Carmen había salido a hacer sus recados, pero antes le había dejado el desayuno servido en la cocina. Melchor tomó un café y la esperó curioseando por la casa, el patio y el corral.

La mujer llegó a las dos, cargada con varias bolsas de la compra, y le pidió a Melchor que la ayudara a preparar la comida. Comieron los dos solos —según explicó Carmen, Pepe había tenido que ir a Murcia y no regresaría hasta la noche—, y después de comer volvieron a hablar de la madre de Melchor y éste volvió a pedirle a Carmen que le contara lo ocurrido la noche del asesinato. Carmen volvió a contárselo; también le habló de la amistad que había mantenido con Rosario desde que coincidió con ella en un burdel del barrio chino de Barcelona, y de sus largos años en la ciudad, adonde había llegado siguiendo a un hombre a quien había conocido de adolescente en una discoteca de Molina de Segura. Melchor le preguntó por qué había desaparecido tras la muerte de su madre.

—Ya te lo dije ayer —contestó Carmen—. Porque me entró miedo. No es que nadie me amenazara. Es que pensé que, si le había pasado a ella, también podía pasarme a mí. —Tras una pausa agregó—: Bueno, y porque estaba harta. Llevaba más de media vida haciendo algo que me daba asco y vergüenza hacer, pero que no sabía cómo dejar. La muerte de tu madre me ayudó a dejarlo.

Se quedaron mirándose en la penumbra del comedor, donde las persianas entornadas frenaban el embate rabioso de la canícula. Melchor tenía las manos cruzadas encima de la mesa camilla; Carmen alargó una de las suyas, hasta tocárselas.

—Tu madre me salvó la vida, Melchor —dijo, sin dejar de mirarle—. Si no hubiera sido por ella, todavía estaría allí.

Melchor supo que Carmen mentía, pero la mentira le gustó, y no pudo evitar acordarse de Sara y sus compañeras del cementerio de Montjuïc, ni pudo evitar que le inundase una avasalladora gratitud por ellas, como si esas perdedoras sin redención fueran todo lo que había sobrevivido de su madre en la Tierra.

Carmen Lucas siguió hablando, aunque Melchor dejó de escucharla hasta que, al cabo de unos segundos, la amiga de su madre se levantó y dijo:

—Bueno, ha llegado la hora de que te enseñe mi huerto.

Salieron al sol abrasador de las cinco y media, torcieron a la derecha por el Camino del Caserío y en seguida empezaron a alejarse de la aldea entre huertas, naranjales y acequias. Poco después, justo al sobrepasar una alameda, se hallaba el huerto de Carmen. Era pequeño, cuadrado y tenía en un extremo un cobertizo de madera que albergaba los utensilios de labranza; por lo demás, no hacía falta ser un experto para advertir que aquel pedazo de tierra estaba atendido con una ternura y un discernimiento heredados de generaciones de huertanos.

Casi sin que Melchor se diera cuenta, Carmen se puso a trabajar, y a medida que lo hacía le fue mostrando matas grávidas de tomates, pepinos, berenjenas, pimientos y calabacines, y él terminó por olvidarse de la razón por la que estaba allí, a seiscientos kilómetros de Barcelona, mientras se dejaba dominar por el placer casi físico de ver trabajar a Carmen. Ésta, sin abandonar la faena, le contó que había nacido en El Llano, le habló de sus padres, que siempre se habían ganado el sustento criando gusanos de seda, y de la vida de Pepe y ella en el pueblo, rodeados de jóvenes parejas con niños que se habían asentado allí para llevar una plácida existencia rural.

Volvieron al pueblo cuando la luz empezaba a menguar. Por el camino, cargados ambos con cestos de mimbre rebosantes de hortalizas, Carmen volvió a hablar de la madre de Melchor y de su época de Barcelona, y Melchor dedujo de sus palabras que, contra lo que había supuesto la víspera, Pepe sí era consciente de cómo se había ganado la vida su mujer durante los años que pasó en la ciudad.

—Claro que lo sabe —se rio Carmen, cuando Melchor se lo preguntó—. Pepe lo sabe todo de mí.

Le contó que Pepe también había nacido en El Llano, que los padres de ambos eran vecinos y amigos y que ellos dos se conocían desde que tenían uso de razón, que casi se habían criado juntos. Le contó que Pepe la perseguía desde niño y que ella siempre le había evitado, entre otras razones porque le llevaba seis años, y contó que, cuando dejó Barcelona y volvió al pueblo, después de más de veinte ejerciendo de puta, envejecida, rota, asustada y derrotada, allí estaba él, esperándola.

—Qué raro es todo, ¿verdad? —dijo Carmen, sonriendo con melancolía—. Me fui a la otra punta de España detrás del hombre de mi vida, y no me di cuenta de que lo tenía a mi lado.

Al llegar a la casa, Melchor descubrió que tenía cinco llamadas perdidas en el móvil, todas procedentes de la comisaría de Nou Barris. Devolvió la llamada.

—¿Cómo que qué pasa? —le contestaron—. Debes de ser la única persona de este país que no se ha enterado.

Aquella tarde se había producido un ataque islamista en Barcelona, había varios muertos, llevaba varias horas en marcha un operativo policial destinado a capturar a los terroristas.

—¿Dónde estás? —le preguntaron.

Melchor se lo dijo.

—Coge ahora mismo el coche y vente para acá.

Se despidió de Carmen y le rogó que le despidiera de Pepe. Carmen apuntó su número de teléfono en un papel.

—Llámanos —le dijo al dárselo—. Ven a vernos. A Pepe le gustará.

Melchor hizo la primera parte del viaje escuchando la radio. Las noticias sobre el atentado todavía eran escasas y contradictorias: había tenido lugar en la Rambla, poco antes de las cinco de la tarde, cuando una furgoneta había bajado a gran velocidad por el paseo atropellando a todo el que se cruzaba en su camino; se hablaba de una decena de muertos y varias de heridos, aunque a cada momento aumentaba el número de unos y otros; aún no se había detenido a los responsables de la masacre, pero uno de ellos estaba al parecer atrincherado en un restaurante del casco antiguo, con varios rehenes, y la policía había blindado la ciudad instalando controles de entrada y salida que estaban provocando atascos kilométricos. Esto era lo esencial. A medida que caía la noche los locutores empezaron a repetir noticias casi idénticas, y Melchor se cansó de oír siempre lo mismo y acabó apagando la radio.

Entonces volvió a pensar en Carmen Lucas y en su madre y, poco a poco, empezó a sentirse mal. Comprendió que todo había acabado. Comprendió que, a pesar de haber localizado a Carmen Lucas, no tenía ninguna pista sobre los asesinos de su madre, y que ya no iba a tenerla. Comprendió que Carmen Lucas era su última esperanza y que la había perdido. Retrospectivamente comprendió que su búsqueda estaba de antemano condenada al fracaso, que en su fuero interno lo había sabido desde el principio y que, a pesar de saberlo, había seguido adelante. Comprendió que nunca encontraría a los asesinos de su madre. Comprendió que no iba a haber justicia para ella. Pensó en Javert y sintió odio, un odio frío e indiscriminado, sólo comparable al odio de Jean Valjean contra el mundo. También sintió un furioso, abstracto deseo de hacer daño. Y sintió que se quedaba sin aire, que el odio y la furia y la apetencia de destrucción le asfixiaban. Condujo muchos kilómetros en una especie de estado de apnea, con la garganta bloqueada por la angustia, buscando aire en el interior del coche, casi incapaz de respirar.

Poco después de la una de la madrugada volvieron a llamarle de comisaría y volvieron a preguntarle dónde estaba; contestó que a veinte kilómetros de Tarragona.

—Perfecto —le dijeron—. Desvíate hacia Cambrils. Parece que puede haber otro atentado terrorista.

—¿Voy a comisaría?

—No hay tiempo. Ve directamente a la avenida de la Diputació. La encontrarás en seguida, es paralela a la playa.

Van a montar un control allí: a ver si puedes echarles una mano. Por lo visto tienen a la mitad de la gente de vacaciones.

A partir de este momento todo ocurrió muy deprisa. Ahogándose, respirando con mucha dificultad, Melchor abandonó la autopista por la salida de Cambrils. Al llegar a la avenida de la Diputació todavía estaban instalando el control, y él se presentó a la sargento uniformada que lo organizaba, quien le pidió que ayudara a colocar la banda rugosa, la barrera de pinchos y los conos. Aún no había terminado de hacerlo cuando, saliendo de la nada, un Audi embistió uno de los dos coches patrulla que regulaban el paso, se llevó por delante a la sargento y se dirigió a toda velocidad hacia el paseo marítimo. En medio del revuelo, Melchor se acercó a la suboficial, comprobó que sólo tenía un golpe y, con la adrenalina disparada y el corazón latiéndole en la boca como un pájaro vivo, echó a correr por el paseo detrás del Audi mientras, gesticulando con la pistola desenfundada, gritaba a todo el mundo que se escondiera o se tirara al suelo.

Unos metros más allá vio que el Audi arrollaba a dos transeúntes, y al final le vio volcar en una rotonda, junto al Club Náutico. Según se acercaba al lugar, los ocupantes empezaron a salir del vehículo. Dos de ellos se dirigieron hacia algunas personas que observaban el accidente y que comenzaron a gritar y a correr, pero otro salió disparado hacia él. Melchor se dio cuenta de que era casi un niño y de que llevaba un cuchillo de carnicero en la mano y, atado a la cintura, algo que parecía un cinturón de explosivos; en ese instante, una frase atravesó como un rayo su cerebro («Para disparar a un hombre no necesitas apuntar bien: sólo necesitas la sangre fría suficiente para acercarte lo máximo a él») y, en vez de retroceder, se fue hacia el muchacho. Cuando lo tuvo a apenas unos metros se frenó, afianzó las piernas en el asfalto, apuntó a su cabeza, disparó. El ruido de la detonación multiplicó el griterío y atrajo la atención de los otros dos terroristas, que echaron a correr hacia él, blandiendo armas blancas y lanzando gritos de guerra, con el tórax envuelto también en cinturones explosivos. Melchor avanzó hacia ellos, al cabo de unos metros se detuvo, afianzó las piernas en el asfalto, apuntó a la cabeza del primer terrorista y disparó, luego apuntó a la cabeza del segundo, que ya estaba muy cerca de él —tuvo tiempo de ver que tampoco era más que un adolescente—, y volvió a disparar. Aún tenía las piernas flexionadas cuando advirtió que un cuarto muchacho, recién salido del Audi, se abalanzaba sobre él gritando, y apenas alcanzó a apuntar y disparar antes de que le cayera encima.

Ahí acabó todo.

Durante unos segundos permaneció inmóvil en la calzada, de pie y jadeando, con los cadáveres de los terroristas tirados en el asfalto en torno a él, la rotonda y el paseo sumidos en un silencio que no había oído nunca, un silencio ensordecedor, saturado de gritos de pánico, de aullidos de sirenas policiales, del estruendo de las aspas de un helicóptero sobrevolando su cabeza. Le parecía que el corazón estaba a punto de estallarle, pero por fin podía respirar.

Melchor vivió los días que siguieron a los atentados terroristas en el vórtice de una confusión total. El balance de los ataques fue devastador: dieciséis muertos y un centenar de heridos en Barcelona; un muerto y seis heridos en Cambrils. En total, seis terroristas abatidos, cuatro de ellos por Melchor. (El resto de los terroristas de la célula que organizó y protagonizó los hechos, hasta llegar a doce, también resultaron muertos o apresados.) Para Melchor, en cambio, el balance fue distinto. A pesar de que desde el primer momento se intentó preservar el secreto de su identidad, a fin de evitar posibles represalias islamistas, de un día para otro se convirtió en el héroe oficial del cuerpo: le llovían felicitaciones de sus compañeros, de sus mandos policiales y de sus mandos políticos, que en seguida buscaron la forma de explotar su hazaña. A su modo, la prensa también intentó explotarla. Lo bautizaron como «el héroe de Cambrils», y no tardaron en circular rumores sobre él: se dijo que era una mujer, se dijo que había sido legionario y que por eso era un experto en el manejo de las armas y había reaccionado como lo había hecho, se dio por supuesto que estaba adscrito a la comisaría de Cambrils.

Melchor no se sentía particularmente orgulloso de lo que había hecho, y vivía la situación con un desasosiego creciente, paralizado por aquel alboroto que le impedía pensar mientras una frase de *Los miserables* no paraba de martillearle el cerebro: «Es un hombre que hace el bien a tiros». Así que tuvo que ser Vivales quien tomara cartas en el asunto y exigiera al sindicato de policía que dirigiese un escrito de protesta a la Consejería de Interior en el que se lamentaba que el gobierno catalán hubiera filtrado a la prensa algunos datos personales y una imagen de Melchor, de espaldas y casi de perfil, recibiendo el aplauso de sus compañeros, de sus mandos y hasta del presidente de la Generalitat, Carles Puigdemont, lo que entraba en flagrante contradicción con el propósito teórico de protegerle de los secuaces de los terroristas; asimismo, la misiva del sindicato instaba a la Consejería a poner en marcha las medidas oportunas para garantizar el total anonimato y la seguridad de Melchor.

La carta surtió efecto. Días después de recibirla, la dirección de los Mossos d'Esquadra convocó a Melchor a una reunión en la sede central del cuerpo, en el complejo Egara, cerca de Sabadell. Al encuentro asistió un comisario de Información llamado Enric Fuster y dos de sus ayudantes, un inspector y un subinspector. Después de felicitarle por lo que denominó su hazaña, Fuster —un cuarentañero pelirrojo, cordial y fortachón, de cara rectangular y barbita de chivo— le explicó que se había convertido en una persona fundamental para el cuerpo, que la dirección estaba resuelta a velar por su seguridad y a impulsar su carrera y que, para ello, lo mejor por ahora era trasladarle de destino, enviarle a un lugar tranquilo, aislado y alejado de la capital, donde sólo unas pocas personas, muy pocas, conocerían su identidad y sabrían por qué había sido destinado allí. Fuster recalcó que se trataba de una solución provisional, que duraría lo indispensable para que las aguas regresasen a su cauce y todo se calmara, momento en el cual Melchor podría volver a Barcelona y recuperar el destino que había abandonado u optar con las máximas garantías al que más le conviniese.

—Creemos que es lo mejor para usted —concluyó Fuster—. Pero no haremos nada sin su consentimiento. —Añadió—: Puede pensarse su respuesta el tiempo que necesite.

Melchor había acudido a la reunión acorazado por toda su desconfianza. La propuesta que le hizo Fuster (o la que le hizo la dirección del cuerpo a través de Fuster) lo pilló por sorpresa y le pareció de entrada un desatino. No obstante, en seguida comprendió que recuperar el anonimato era preferible a seguir girando en medio de aquel torbellino, transformado en el foco de atención de todo el mundo y en el objeto (o la víctima) de todos los halagos. Nunca había vivido fuera de la metrópoli y, aunque acababa de ser testigo de la bucólica felicidad de Carmen y Pepe, creía saber que el campo no estaba hecho para él o que él no estaba hecho para el campo, y tenía la certidumbre de que allí se sentiría desplazado, fuera de lugar; pero se dijo que, como había asegurado Fuster, se trataba sólo de una solución transitoria, que en cualquier caso lo que le proponían era mejor que lo que tenía, y que, tras el fracaso final de todas sus pesquisas sobre la muerte de su madre, su vida había perdido la dirección y el propósito que la habían gobernado en los últimos años, y concluyó que un cambio momentáneo de escenario, concebido como una especie de largas vacaciones, no podría hacerle mal.

—No tengo nada que pensar —contestó—. ¿Cuándo me voy?

En aquella misma reunión le propusieron varios destinos. A ciegas, sin haber estado nunca allí, sin siquiera haber oído hablar de aquel lugar, eligió la Terra Alta.

Al día siguiente fue a la comisaría para comunicarles a sus mandos y sus compañeros que se marchaba y para traspasarles los casos que tenía pendientes. Estaba recogiendo las cosas de su mesa cuando apareció Isaías Cabrera. Eran casi las nueve de la noche, y en la oficina de la Unidad de Investigación sólo quedaban un par de compañeros. Melchor miró sin cordialidad al sargento de Asuntos Internos.

—No te preocupes, sólo he venido a despedirme —intentó tranquilizarle Cabrera—. Te marchas mañana, ¿verdad?

Melchor asintió y, pasado un momento, continuó recogiendo sus pertenencias. Sin pedir permiso a nadie, Cabrera se sentó en una silla, cruzó las piernas y añadió después de observarle un rato en silencio:

—Me han dicho que te vas a la Terra Alta. —Melchor no dijo nada y siguió limpiando su mesa y metiendo sus cosas en la caja—. Buen sitio. De un tiempo a esta parte hacen un vino estupendo, y en verano representan la batalla del Ebro, con el paso del río y tal. Montan un buen pollo, te gustará. Aunque, ahora que lo pienso, tú sólo bebes Coca-Cola, y la historia te importa un pito. La verdad, Marín: no entiendo qué coño les ves a las novelas.

Cabrera siguió observándole, con cara de aburrimiento y sin pronunciar palabra, hasta que Melchor cargó con la caja de sus pertenencias, dispuesto a marcharse. Entonces el sargento descruzó las piernas, se levantó, sacó un papel del bolsillo interior de su americana y se lo alargó. Melchor lo observó como si fuera material radioactivo.

—¿Qué es eso? —preguntó.

—Tu expediente penitenciario —contestó Cabrera, agitando el papel—. El del juzgado, quiero decir. Estás limpio.

Todavía sin comprender, Melchor volvió a dejar la caja en la mesa y cogió el papel, lo leyó, comprobó que el sargento no mentía y buscó en su cara una explicación.

—¿Cómo te llaman los periódicos? —preguntó Cabrera: una sonrisa ladina le achinaba los ojos—. El héroe de Cambrils, ¿no? —Se encogió de hombros—. Pues eso.

Melchor asintió varias veces, pero tardó en darle las gracias.

—No me las des a mí —dijo Cabrera, cuando por fin lo hizo—. Si por mí fuera, te habría empapelado. Pero órdenes son órdenes. De todos modos, la cabra tira al monte, y tengo la impresión de que volveremos a vernos. ¿Tú qué crees?

Melchor metió el expediente doblado en la caja de cartón y, sin darle la mano a Cabrera, cargó otra vez con ella. Se despidió del sargento con tres palabras:

—Váyase a cagar.

5

En el patio de Gráficas Adell quedan todavía aparcamientos libres, pero Melchor prefiere estacionar su coche en la calle. Como le advirtió Grau por teléfono la víspera, en ese punto termina el polígono industrial La Plana Parc; más allá empieza el campo abierto, y a lo lejos se yerguen las primeras estribaciones de la sierra, coronada por una hilera de molinos de viento con las aspas inmóviles bajo el sol flamante de la mañana.

Las oficinas de la fábrica quedan a la entrada del patio, nada más cruzar una verja, en un edificio de piedra gris y forma octogonal. Tras él se extienden las naves pintadas de blanco, sin ventanas. A la izquierda de las escaleras de acceso a las oficinas, una especie de monolito también pintado de blanco exhibe el logotipo de la empresa, un águila negra con las alas desplegadas, y anuncia en letras rojas y negras: «Gráficas Adell, SA».

Al bajar Melchor del coche, aparca tras él una camioneta de la televisión catalana de la que comienzan a salir técnicos y reporteros. En el mostrador de la entrada hay dos recepcionistas, Melchor le dice quién es a una de ellas y le pregunta por el gerente; la recepcionista —gruesa y atractiva, muy pintada, con el pelo teñido de un rubio caoba— le mira con curiosidad, contesta que el señor Grau le está esperando en su despacho y le alarga una tarjeta plastificada de visitante con que abrir la barrera automática que permite el acceso a las instalaciones. Melchor da las gracias, dice que subirá en cuanto llegue su compañero y se pone a matar el rato mirando por las ventanas del vestíbulo. Armado de cámaras y micrófonos, el equipo de la televisión catalana se dirige hacia los corrillos de trabajadores que se han formado en el patio. Aparte de eso, nada delata el hecho de que los propietarios de la empresa fueran asesinados hace poco más de veinticuatro horas: tal y como debe de ocurrir en un día de trabajo habitual, por la puerta de la fábrica entra y sale gente, coches, motos, alguna camioneta, un tráiler. Por deformación profesional, Melchor repara en que las medidas de seguridad de las instalaciones son más bien escasas —no ve cámaras por ninguna parte, tampoco alarmas, e incluso la valla que rodea el complejo posee una altura humana— y se dice que, si alguien quisiera entrar allí a la brava, le resultaría fácil conseguirlo.

Salom no llega hasta las nueve y media.

—Perdona el retraso —le dice a Melchor, un tanto agitado, mientras suben las escaleras desde el vestíbulo—. Anoche salí de comisaría muy tarde. No voy a poder liarme mucho. He quedado con Rosa Adell y con Albert a las once y media. Tengo que tomarle la muestra de ADN a Rosa, y luego iré con ellos a la masía. Gomà nos estará esperando allí.

—¿Quieres que vaya contigo?

—No, prefiero que te quedes aquí, a ver con quién puedes hablar. Nos vemos para comer después en el Terra Alta y me cuentas.

Siguiendo las instrucciones de la recepcionista rubia, al llegar al primer piso giran a la izquierda hasta que, en un ensanchamiento del pasillo convertido en sala de espera, ven dos puertas abiertas. Detrás de la primera vislumbran a una mujer llorando, acompañada por dos hombres, uno de los cuales se inclina sobre ella como intentando consolarla; detrás de la segunda puerta hay una mujer mayor, vestida de gris estricto y con aire de monja, que resulta ser la secretaria del gerente y que, una vez que se identifican, les pide que aguarden un momento fuera.

Lo del momento no es una hipérbole. Apenas han salido del antedespacho del gerente, su secretaria los llama y los hace pasar.

—Llegan ustedes tarde —los saluda Grau extendiéndoles la mano y ofreciéndoles asiento—. Convendrán conmigo en que esto de retrasarse es una falta de respeto, ese tipo de cosas a las que recurre, para hacerse la interesante, la gente que no tiene ningún interés. Pero no se disculpen, por favor, en este país todo el mundo llega tarde. Es la costumbre, ¿no? ¿Desean tomar un café?

Grau pide tres cafés a su secretaria y los dos policías se sientan en un sofá de cuero negro, a un lado del despacho, una amplia estancia rectangular donde parecen mezclarse sin orden ni concierto, como en un palimpsesto defectuoso, muebles nuevos y antiguos, lámparas de araña y lámparas ultramodernas, maderas nobles, cueros viejos y metales brillantes, todo ello iluminado por la claridad matutina de un ventanal abierto sobre el patio de la fábrica.

—¡Qué horror lo de Paco y Rosa! —exclama Grau, en un tono imperioso en el que Melchor no detecta el horror, como tampoco en sus ojitos, acerados e incisivos tras las gafas metálicas—. Todavía no me he hecho a la idea. Uno sabe que a cierta edad el fin está cerca, pero ¿morir de esta manera? ¡Qué espanto! ¿Saben ustedes cuánto tiempo llevaba trabajando yo para Paco Adell? Más de cincuenta años. ¡Más de cincuenta! Se dice pronto, ¿eh? Toda una vida. —El viejo suspira recostándose en su sillón, cruza unas piernas delgadas como cañas y dice—: Bueno, cuéntenme lo que saben.

Salom no cede a la tentación de compensar a Grau por la espera contándole más de lo que debe, así que sólo le cuenta lo que desde hace veinticuatro horas están contando todos los periódicos, las radios y las televisiones. Mientras habla el caporal, Melchor escanea al gerente. Es un anciano minúsculo y cargado de espaldas, un pellejo pálido, arrugado y sostenido por un armazón de huesos de apariencia muy frágil. Luce un luto cerrado, aunque todas sus prendas le quedan demasiado holgadas: los pantalones del traje, el chaleco, la corbata, la camisa blanca, los zapatos relucientes. De su cuello pende un cordón, al extremo del cual se bambolean las dos mitades de otras gafas, éstas de pasta y de color rojo. Melchor no ha acabado todavía de examinar al gerente cuando su secretaria regresa al despacho y deposita ante ellos, sobre una mesa baja de cristal, una bandeja con un juego de café de alpaca, les sirve el café en tazas de loza con adornos florales y vuelve a dejarlos solos.

—Es más o menos lo que sabía —dice Grau al concluir Salom su improvisado resumen, removiendo todavía el café con su cucharilla—. En fin, díganme ustedes en qué puedo serles de ayuda.

En ese momento vibra el teléfono de Melchor, que ha tenido la precaución de ponerlo en silencio; comprueba que es Domingo Vivales y decide no contestar.

—¿Quieren saber dónde estuve la noche del asesinato, como dicen en las películas? Pues se lo digo: en mi casa, escuchando ópera. ¿Quieren saber qué ópera era? *El ocaso de los dioses,* del maestro Wagner. Caramba, ahora que lo pienso parece una premonición, ¿verdad? Por desgracia no tengo nadie que pueda confirmar mi coartada, así que no podrán eliminarme de la lista de sospechosos. En fin, pregunten, pregunten lo que quieran. Eso sí, ya les digo de entrada que no tengo ni idea de quién puede ser el responsable de semejante barbaridad.

—¿El señor Adell tenía enemigos? —le toma la palabra Melchor, un poco desconcertado por la desenvoltura irónica de Grau—. Gente que le odiase. Competidores, por ejemplo. Empresarios que se sintieran perjudicados por su éxito, gente a la que le había ido mal porque a él le había ido bien...

—Pero ¿cómo no iba a tener enemigos? —le interrumpe el gerente, que deja la cucharilla en un plato, da un sorbo de café y continúa—: La valía de un hombre se mide por la cantidad de enemigos que tiene. Y Paco Adell valía mucho, de eso puede estar seguro. Los catalanes, como políticos, somos muy malos, pero como empresarios somos buenísimos. Él era un ejemplo de eso. Ahora, si se refiere a enemigos aquí en la Terra Alta...

Grau parece reflexionar mientras se pasa una mano por un espolón de pelo liso que le nace casi a la altura de la frente y que, meticulosamente peinado hacia atrás, se le ensancha a lo largo del cráneo hasta morir en la nuca. Observándole, Melchor recuerda lo que leyó la víspera sobre él, que no es mucho porque el gerente parece aún más celoso de su privacidad que los Adell, o quizá es que nadie se ha interesado por ella porque siempre ha vivido a la sombra de su jefe: de hecho, todo lo que Melchor sabe sobre Grau está vinculado a su relación con Adell, de quien se le considera mano derecha y hombre para todo, y de quien unos destacan su fidelidad canina y otros su inteligencia, su astucia y su falta de escrúpulos.

El gerente vacía de un trago su taza de café y la deja sobre la mesa. De pronto sonríe.

—¿Recuerdan ustedes al general Narváez? —pregunta.

Ni Melchor ni Salom contestan. Grau menea un poco la cabeza, como decepcionado por la ignorancia de los policías.

—Tiene mala fama, pero fue un buen militar y un buen político —opina—. Murió en 1868, un 23 de abril, de una pulmonía, si no recuerdo mal. Cuando estaba en el lecho de muerte, su capellán le pidió que perdonara a sus enemigos. «No puedo, señor», contestó el general. «Los he matado a todos.» —El gerente ríe con una especie de graznido que parece una tos terminal de fumador; los dos policías se miran un segundo, de reojo—. Bueno, pues si hubiera estado en la misma situación que Narváez, Paco habría podido contestar lo mismo. Cuando fundó esta empresa, había varias más o menos parecidas en la Terra Alta. Ahora las que quedan son insignificantes, tan pequeñas por comparación con la nuestra que ni siquiera pueden odiarnos. Sería como si una hormiga odiase a un elefante.

—¿Y fuera de la Terra Alta? —pregunta Salom.

—Ah, eso es distinto —responde Grau—. Pero el problema es que, en nuestro negocio, todo el mundo odia a todo el mundo, y todo el mundo tiene razón. Supongo que los demás negocios funcionan igual, en eso al fin y al cabo consiste el capitalismo, ¿no?, en organizar una guerra de todos contra todos para que sobreviva el más fuerte. Así que, si buscan enemigos de Gráficas Adell, empiecen ustedes por las empresas punteras del sector en España y sigan con las de todos los países donde tenemos filiales. A todas les hemos hecho putadas, y todas nos las han hecho a nosotros. Empiecen por ahí, y luego sigan.

—¿Alguna de esas empresas odiaba tanto al señor Adell como para matarle? —pregunta Melchor.

—No lo sé. —Se encoge de hombros Grau y guarda silencio unos segundos antes de repetir—: No lo sé. La verdad es que tengo la impresión de que, cuanto más viejo me hago, menos entiendo a los seres humanos. —Descruza las piernas, se inclina hacia la mesa, pregunta—: ¿Más café?

Grau rellena las tres tazas.

—Si le entiendo bien —conjetura Salom—, lo que quiere usted decir es que, fuera de la Terra Alta, el señor Adell tenía tantos enemigos que le resulta difícil señalar a uno en concreto.

—Me entiende usted muy bien. Cuando uno tiene tantos enemigos, es como si no tuviera ninguno.

—Pero dentro también podía tenerlos, ¿no? —insiste Melchor. Los dedos del viejo vuelven a remover la cucharilla en el café: unos dedos finos y artríticos, de uñas bien cuidadas—. Aquí en la Terra Alta, quiero decir. Hay quien dice que Gráficas Adell es como un árbol tan grande que no deja crecer nada a su alrededor. —Duda un momento antes de añadir—: Y que el señor Adell explotaba a sus trabajadores.

—Eso mismo se dice de todas las empresas, ¿no? —interviene Salom, tratando de suavizar la aspereza de la afirmación—. Y de todos los empresarios.

—Y es verdad —dice Grau—. Es lo que intentaba explicarles antes: que así es como funciona el capitalismo. —El gerente vuelve a dejar la cucharilla en el plato, vuelve a coger la taza y mira con curiosidad a Melchor: tras los cristales de las gafas, sus párpados, pálidos y arrugados, se entornan, y sus ojos se estrechan hasta convertirse en ranuras—. Usted no es de aquí, ¿verdad?

—No —contesta Melchor.

—No —asiente Grau, volviéndose hacia Salom con una sonrisa cómplice, ligeramente malévola—. No habla con acento de aquí.

Salom no reacciona, y por un instante Melchor está a punto de explicar que, aunque no nació en la Terra Alta, lleva cuatro años viviendo allí; pero él tampoco dice nada. Grau da un sorbo de café, lo paladea, deja la taza en el plato y el plato en la mesa. El sol de la mañana entra con fuerza creciente por el ventanal del despacho, caldeándolo.

—Mire —se dirige el viejo a Melchor, didáctico—, ésta es una tierra inhóspita, muy pobre. Siempre lo ha sido. Una tierra de paso en la que sólo se quedan los que no tienen más remedio que quedarse, los que no tienen otro sitio adonde ir. Una tierra de perdedores. A esta comarca no la quiere nadie, ésa es la verdad, y la prueba es que sólo se acuerdan de nosotros para bombardearnos. ¿Por qué se nos conoce fuera de aquí? Por la batalla más feroz que se ha librado nunca en este país, una tormenta de fuego como un castigo bíblico, un apocalipsis que mató a muchachos de medio mundo. Por supuesto, nosotros ni pinchamos ni cortamos en ella, pero nos dejó esta tierra convertida en un erial todavía más negro de lo que era, un sitio donde ochenta años después todavía puede encontrar usted metralla en los montes, y si no encuentra mucha más es porque durante años nosotros mismos nos encargamos de recogerla y venderla, para no morirnos de hambre. Eso es la Terra Alta. Y, en un sitio así, una empresa como la nuestra es una bendición, casi un milagro. —Calla un momento, mirando fijamente a Melchor—. ¿Que había muchas personas que no querían a Paco y que decían pestes de él? Pues claro. ¡Cómo no! La gente se queja siempre del que manda, y con razón. Para eso está el que manda: para que los que no mandan se quejen de él. Pero le desafío a que haga usted un experimento. Dígale hoy a cualquiera que se encuentre por la calle en Gandesa que Gráficas Adell se marcha de la Terra Alta. Verá lo que le contesta. ¿Sabe usted cuántos empleos directos o indirectos hemos creado sólo aquí? ¿Sabe usted cuántas familias se ganan la vida gracias a nosotros? —Hace otra pausa; la sonrisa ha desaparecido poco a poco de su boca arrugada, sustituida por un rictus vindicativo—. Créame, si no fuera por Paco Adell, la Terra Alta estaría muerta. Es la pura verdad. Todo lo demás son cuentos.

Mientras escucha a Grau, Melchor no puede evitar preguntarse de dónde saca tanta energía aquel anciano escuálido; también se pregunta qué clase de relación tenía con Adell, y si su asesinato no le habrá afectado mucho más de lo que su orgullo le autoriza a aparentar. Cuando Grau termina su apología, Salom le pregunta cómo conoció a Adell, cómo empezó a trabajar con él.

—Ah, ésa es una historia interesante —contesta Grau, volviendo a cruzar las rodillas y volviendo a sonreír—. Déjeme que se la cuente.

Grau explica que a mediados de los años sesenta, no mucho después de terminar la carrera de Economía en Barcelona, él trabajaba en Gráficas Sintes, a la sazón la mayor de las empresas de artes gráficas de la Terra Alta. Por aquel entonces Adell acababa de comprar a precio de saldo una empresa en quiebra, que se llamaba Gráficas Puig y a la que de inmediato bautizó como Gráficas Adell. Lo ignoraba todo del negocio, pero en poco tiempo saneó su empresa y la puso a competir de tú a tú con todas las de la comarca, salvo con Gráficas Sintes. Un día Adell se enteró de que Grau había tenido un encontronazo con su jefe y fue a verle a su despacho. Los dos hombres habían nacido en la Terra Alta —Adell en Bot, Grau en Arnes—, pero no se conocían personalmente. Adell, que era once años mayor que Grau, le habló sin embargo como si le conociera de toda la vida. «Esta empresa no es digna de ti —le largó de entrada—. Además, se va a hundir. Húndete con ella o vente conmigo: tú eliges.» Grau había oído hablar mucho de Adell, pero le impresionaron su aplomo sin fisuras y la autoridad que desprendía; a pesar de ello, le dio las gracias por su propuesta y le dijo que no la aceptaba. «Te pagaré el doble de lo que ganas aquí», subió la apuesta Adell. «No puedes pagarme eso», la rebajó Grau, que conocía las cuentas de Gráficas Adell. «Es verdad —concedió Adell—. Te pagaré el doble de lo que gano yo. Ahora y durante todo el tiempo que trabajes para mí.» Grau soltó una carcajada, pero, dándole otra vez las gracias a Adell por su oferta, volvió a rechazarla. Incapaz de encajar la negativa, durante las semanas y meses siguientes Adell insistió una y otra vez, llamándole por teléfono, visitándole y haciéndose el encontradizo, hasta que Grau riñó de nuevo con su jefe y acabó yéndose a trabajar con él.

—Nunca supe si la trifulca con el señor Sintes la provocó Paco —se rio Grau—. Pero tengo que decir que cumplió a rajatabla su promesa: hasta hoy sigo cobrando el doble de su sueldo. Y eso no es lo más gracioso —añade—. Lo más gracioso es que, como él mismo me contó después, cuando fue a verme a mi despacho en Gráficas Sintes Paco no sabía que la empresa tenía problemas. Pero los tenía. La prueba es que suspendió pagos cuatro años después. Ésa es otra cosa que hay que tener en los negocios y que Paco tenía a manos llenas: suerte.

Grau ilustra la buena fortuna de Adell contando una segunda historia, ésta relativa a la filial de su empresa en

Córdoba, Argentina, y, cuando se dispone a contar la tercera, suspende su anecdotario.

—No me malinterpreten —les ruega—. No estoy diciendo que Paco hiciera todo lo que hizo sólo porque era un hombre de suerte. Digo que sin suerte no hubiese podido hacerlo. Sin suerte y sin audacia. Y sin una seguridad aplastante en sí mismo.

Grau se calla. Por un momento tuerce la mirada hacia su izquierda, donde su mesa de trabajo y su ordenador flotan en un lago de luz dorada, y su cara se vacía de expresión. Melchor y Salom se observan fugazmente otra vez, pero no intervienen.

—Ayer me pasé el día viendo la tele, oyendo la radio y leyendo los periódicos en casa de Rosita Adell —dice Grau, de vuelta de su ensimismamiento—. ¿Y saben una cosa? Lo que más me sorprendió fue que a tanta gente le sorprendiese que un hombre pobre y sin estudios como Paco Adell creara casi de la nada Gráficas Adell y todo lo demás. —Su mirada brinca inquieta de Melchor a Salom y de Salom a Melchor mientras descruza las piernas, se incorpora en su sillón y apoya los antebrazos en los muslos—. ¿Sorprendente por qué? Paco hizo lo que hizo precisamente porque era pobre y porque no tenía estudios. La gente pobre es más fuerte que la rica, sobre todo si encima tiene la mala suerte de ser huérfana y de conocer una guerra en su infancia, como le ocurrió a Paco. Los ricos están demasiado bien acostumbrados y tienen mucho que perder; eso los vuelve blandos, vulnerables. Los pobres no son así. Paco sabía lo que era la miseria, lo que son el hambre y el frío, porque convivió con ellos. No les tenía miedo. En realidad, no he conocido a nadie con menos miedo, y un hombre sin miedo es capaz de todo. Además, Paco trabajó toda su vida quince horas diarias cada día de la semana, festivos incluidos. ¿Conocen a alguien así? En cuanto a los estudios, no sé ustedes, pero yo he tratado a muchos mequetrefes adornados de matrículas de honor. Y puedo asegurarles una cosa: Paco Adell era exactamente lo contrario.

Melchor y Salom aceptan sin discutirlo el dictamen de Grau, que, tal vez por ello, acto seguido se presta de buen grado a responder sus preguntas sobre las finanzas de Gráficas Adell. El gerente les habla de inversiones, de cuentas de resultados, de las filiales en el extranjero, de la relación de Gráficas Adell con las demás empresas de la familia. Lo hace con una precisión apasionada y rigurosa, como si tuviese un ordenador escondido en la cabeza, pero al cabo de un rato parece cansarse o aburrirse del tema y les pide que cambien de tercio, escudándose tras el argumento de que los números de todas sus empresas son públicos y de que, si a Melchor y a Salom les interesa conocerlos, basta con que acudan al Registro Mercantil.

—Además —añade tras consultar sin disimulo su reloj, un artefacto de caja dorada y correa de cuero que a Melchor le parece por un instante un extraño parásito aferrado a su muñeca de niño—, dentro de unos minutos tendrán que disculparme. He prometido atender a los periodistas. ¿Ven lo que ocurre por llegar tarde? Vamos, vamos, pregunten.

—Esta tarde hablaremos con la hija del señor Adell —vuelve a tomarle la palabra Melchor—. Me gustaría saber qué clase de relación tenía el señor Adell con su familia.

—Normal. Buena —dice Grau.

—¿Y usted? —vuelve a preguntar Melchor.

—¿Con la familia de Paco?

Melchor asiente.

—Buena también —asegura Grau—. En fin, Rosa era una pánfila, la pobre, pero no hacía daño a nadie y nos llevábamos bien. En el fondo nunca dejó de ser una señorita pija de Reus; su padre era notario, creo que por eso se enamoró Paco de ella, suponiendo que se enamorase, claro, y no se casara con ella porque a los cincuenta años, justo cuando más enfrascado estaba en los negocios, se le metió en la cabeza que necesitaba descendencia y se agenció a una mujer de buena familia, quince años más joven que él... Su hija, Rosita, es mejor, de niña era un encanto. Y muy lista. La verdad es que yo siempre pensé que sería ella la que se haría cargo de la empresa. Pero se casó con ese idiota de Ferrer, empezó a tener hijos y la cosa se estropeó. El matrimonio es un error, las personas no estamos hechas para eso, ¿no les parece? Mírenme a mí: soltero y feliz de la vida.

—¿Cree usted que Albert Ferrer es un idiota? —pregunta Melchor.

—No le quepa la menor duda —contesta Grau—. Un idiota y un inútil. Naturalmente, como todos los idiotas y los inútiles, tiene un concepto muy elevado de sí mismo, pero eso es lo que es.

—También es consejero delegado de Gráficas Adell —recuerda Salom, saliendo en defensa de su amigo.

—Como si fuera capitán general —contraataca Grau—. ¿Cuántos idiotas con cargazos conoce usted? Paco lo nombró para contentar a Rosita y para que se callara, pero en esta empresa no pinta nada. Se pasa el día jugando al golf, luciendo palmito y andando por ahí con chicas que podrían ser sus hijas.

—¿Eso lo sabía el señor Adell? —pregunta Melchor.

—¿Que andaba por ahí con señoritas? —pregunta Grau—. Claro.

—¿Y qué le parecía?

—¿Qué le iba a parecer? —El viejo se encoge nuevamente de hombros—. Una vez habló con él, trató incluso de amenazarle, pero a Ferrer le dio igual. ¿Qué quería que hiciese Paco? ¿Partirle las piernas? Lo hubiera hecho, créame, pero era el padre de sus nietas y el marido de su hija, y Paco adoraba a Rosita. En fin, si la empresa queda en manos de ese badulaque, ya podemos despedirnos de Gráficas Adell.

—¿Cree que eso es lo que va a pasar? —pregunta Salom.

—¿El qué?

—Que Albert Ferrer pasará a dirigir la empresa.

Grau compone una expresión donde a partes iguales se mezclan el escepticismo y la indiferencia.

—No lo sé —dice—. Y, para serles sincero, me la refanfinfla. Yo por mí ya estaría jubilado. Así que, si Rosita me pide que me marche, me marcho y en paz. En realidad, no tendrá ni que pedírmelo: al primer síntoma de que sobro, cojo la puerta. Pero no sé si va a hacerlo, ya les digo que no es tonta, aunque se haya casado con un tonto. Hay quien piensa que una empresa como Gráficas Adell, con su historia, su cartera de clientes y su infraestructura, funciona sola. Se equivocan. Es muy difícil crear una empresa como ésta, y muy fácil destruirla. Pero, bueno, si se destruye tampoco pasa nada, las empresas son como los imperios: aparecen y desaparecen, igual que las personas. Así es la vida. Y, nos guste o no, así seguirá siendo. —Grau consulta otra vez su reloj—. Bueno, creo que ya hemos charlado suficiente. Ahora tendrán que disculparme...

—¿Podríamos hablar con los otros dos gerentes? —le impide terminar Melchor—. Por debajo de usted sólo tiene dos, ¿verdad? He visto que la estructura de la empresa es muy sencilla.

—Es el secreto de la eficacia —dice Grau levantándose

de su asiento—. Lo sencillo es eficaz, lo complicado es ineficaz. ¿Quiere hablar con los dos? ¿Cuándo?

—Por mí, ahora mismo —dice Melchor, poniéndose también de pie.

Mientras Grau se sienta a su mesa y marca un número de teléfono, Melchor y Salom se acercan a una pared casi cubierta de fotografías enmarcadas, junto a un viejo aparador de roble transformado en mueble bar y abarrotado de libros: Melchor reconoce en casi todas las imágenes a Grau, a veces mucho más joven pero nunca con un aspecto muy distinto del actual (es como si siempre hubiera sido viejo, piensa, o como si siempre hubiera aspirado a parecerlo), a menudo en compañía de Francisco Adell, otras veces acompañado de personas distintas, incluida la familia Adell al completo; en una se ve a Adell saludando al presidente de la Generalitat de Cataluña, Jordi Pujol; en otra, saludando al rey de España, don Juan Carlos de Borbón; en otra, Adell y su mujer posan junto al papa Benedicto XVI.

—Arreglado —anuncia Grau—. Pueden ir a hablar con ellos ahora mismo. Mi secretaria les indicará dónde están sus despachos. —Al llegar junto a los dos policías, señala con un dedo sarmentoso la foto del papa—. Eso fue cuando el décimo aniversario de la canonización de Escrivá de Balaguer.

Grau se acerca a la foto, se quita las gafas que lleva puestas, une por su conexión magnética las dos mitades de las gafas de pasta que penden de su cuello, se las calza y se concentra unos segundos en la imagen; luego, sonriendo y moviendo apenas la cabeza a un lado y a otro, se aparta de ella mientras se quita las gafas de pasta y vuelve a ponerse las otras.

—¿Quién nos iba a decir que acabaría convertido en un santurrón?

—¿Se refiere al señor Adell? —pregunta Melchor, sabiendo la respuesta.

—No lo era cuando yo lo conocí —explica Grau—. Más bien al contrario. Rosa sí, lo fue siempre, pero él no. El caso es que hace unos años tuvo un problema de salud. Los médicos no acertaban con el diagnóstico y le ingresaron en un hospital de Barcelona para hacerle todo tipo de pruebas. Al final resultó que no era nada, pero en esa temporada, no sé cómo, conoció a un cura que lo cameló.

—¿Fue entonces cuando se hicieron del Opus? —pregunta Salom.

—Eso parece —responde Grau—. La verdad es que yo tardé en saberlo, porque en la práctica no cambió nada. Paco llevaba el asunto con mucha discreción. De vez en cuando decía cosas raras, hablaba de santificar el trabajo y de patochadas así, o desaparecía una semana y luego me enteraba de que había estado en unos ejercicios espirituales. ¡Paco Adell de ejercicios espirituales, Dios santo! Al principio me reía de él, hasta que me di cuenta de que era mejor no hacerlo. Además, ya le digo que eso no se traducía en nada práctico, él siguió siendo el mismo de siempre y haciendo las mismas cosas de siempre. —De pronto, un chispazo sardónico fulgura en la mirada de Grau—. ¿Saben por qué creo que se convirtió Paco?

Melchor y Salom no responden. Justo en ese momento se abre la puerta: es la secretaria de Grau, los periodistas han llegado. El gerente asegura que va en seguida y la secretaria vuelve a cerrar la puerta.

—Por miedo —dice Grau, respondiendo su propia pregunta—. Se convirtió por miedo.

—Antes dijo que el señor Adell no conocía el miedo —le recuerda Salom.

—Y es verdad —dice Grau: su sonrisa se ha contagiado de la mordacidad de sus ojos—. Pero eso fue de joven. De viejo sí lo conoció, como todo el mundo, ya lo creo que lo conoció. Y por eso se convirtió. ¿Han leído ustedes a Pascal?

Ante el silencio previsto de sus dos visitantes, Grau chasquea la lengua contra el paladar.

—Me lo temía —se lamenta, con un deje de irónica reconvención—. Deberían hacerlo. Pascal dice que creer en Dios es una apuesta segura: si pierdes, no pierdes nada; si ganas, lo ganas todo... Ahí lo tienen: ése era el lenguaje de Paco, que no había leído a Pascal, pero era pascaliano. Así razonó siempre. No sé si me explico.

Sin aguardar respuesta, Grau cede el paso a los dos policías y sale con ellos hasta la sala de espera, donde ya aguarda un grupo de periodistas. Grau los saluda y les pide que esperen un minuto. Luego estrecha la mano de los agentes.

—Vuelvan a verme cuando quieran —se despide—. Estoy a su disposición. Eso sí, háganme un favor: cojan cuanto antes a la gente que mató a Paco.

—Lo haremos —le promete Salom—. Pero permítame una última pregunta.

—La última —concede Grau.

—¿Se consideraba usted amigo del señor Adell?

La pregunta sorprende a Melchor, como si le pareciera superflua o impertinente; tiene incluso la impresión de que sorprende a Grau, que suspira y, echando una rápida ojeada a los periodistas, agarra a ambos hombres del brazo y los atrae hacia él hasta que consigue susurrar a su oído:

—Paco Adell no tenía amigos, caporal —dice—. Los hombres como él no tienen amigos. —Sin soltarles el brazo, se separa un poco de ellos, los mira a los ojos y añade—: Me comprenden, ¿verdad?

Melchor cruza frente a la barra del bar Terra Alta, saluda a un grupo de jugadores de dominó y a la entrada del comedor vislumbra una mesa vacía, junto a una ventana, y se sienta a ella. El patrón se le acerca en seguida. Es un hombre patizambo y cachazudo, con una barriga que tensa hasta el límite los botones de su camisa.

—Menudo lío, ¿no?

Melchor no pregunta a qué se refiere el patrón: desde hace día y medio, en la Terra Alta sólo se habla del asesinato de los Adell.

—Imagínatelo —contesta.

—¿Se sabe algo?

—No. Y, si se supiera, tampoco te lo diría.

El patrón suelta una risa sincera.

—¿Comes solo?

—No. Salom debe de estar al llegar.

—¿De beber lo de siempre?

Melchor hace un gesto afirmativo. Pese a que el Terra Alta está situado en Corbera d'Ebre, a casi cinco kilómetros de Gandesa, el bar constituye un punto de encuentro habitual para la gente de la comisaría, pero en aquel momento, en plena animación de la hora del almuerzo, Melchor no identifica a ninguno de sus compañeros. Un runrún de conversaciones y cubiertos domina el comedor y, aunque sólo hay tres hombres sentados en los taburetes de la barra, tras ella la actividad es intensa: el patrón y los camareros entran y salen cargados de platos por la puerta batiente de la cocina, tiran cervezas de barril, sacan helados prefabricados de un congelador, se afanan con la cafetera. Justo encima de los jugadores de dominó, en una pantalla de televisión, un puñado de futbolistas celebra un gol sobre el césped de un estadio con las gradas hirvientes de hinchas en éxtasis. Encima de la pantalla, un reloj de pared señala las dos y veinticinco. Por la ventana entra una dura luminosidad de mediodía, y al otro lado de los cristales se abre un corral que da a unas casas, más allá de las cuales se ve una hilera de viñas y, más allá todavía, las montañas y el cielo.

El patrón le sirve a Melchor una Coca-Cola y extiende ante él dos manteles de papel con dos servilletas, coloca dos vasos y dos juegos de cubiertos y le entrega un par de folios con el menú escrito a ordenador en ellos. Aún no ha terminado el policía de leerlo cuando Salom se sienta frente a él.

—¿Qué tal? —pregunta Melchor.

Sin mirarle siquiera, el caporal echa un vistazo al menú con expresión desmoralizada.

—Rosa Adell no se encuentra bien —contesta—. Se ha mareado cuando salíamos de la masía. Está atiborrada de tranquilizantes, pero, si sigue así, la van a tener que ingresar.

El patrón saluda a Salom y les toma a los dos el pedido: Salom pide una cerveza, fideuá con alioli y calamares rellenos; Melchor, ensalada verde y bistec con patatas.

—La cerveza es urgente —dice el caporal.

—Viene volando —asegura el patrón, mientras recoge los folios del menú y se aleja hacia la barra.

Salom se quita las gafas, se frota los ojos y el puente de la nariz con el índice y el pulgar, se vuelve a poner las gafas.

—Estaba pensando en no hacer lo de esta tarde —reflexiona en voz alta.

—¿Te refieres a interrogar a Rosa Adell y a tu amigo? —pregunta Melchor.

—Sí —contesta Salom—. Ya he hablado con ellos. Deberíamos dejarlos en paz. Esa gente está hecha polvo y no tiene nada que ver con esto.

—¿Quién ha dicho que tengan que ver? —pregunta Melchor—. Pero seguro que pueden contarnos cosas útiles.

—Ya nos las han contado a Gomà y a mí.

El patrón deposita una copa de cerveza ante Salom. «La caña más rápida de la Terra Alta», alardea. Melchor espera a que su compañero dé el primer sorbo de cerveza, un trago largo y saboreado que parece entonarle un poco, si no reconciliarle con la realidad, y que le deja un rastro de espuma en el bigote y la barba.

—¿Qué os han contado? —pregunta Melchor.

Salom deja la copa sobre el mantel.

—Falta dinero en la masía de los Adell —dice, limpiándose la espuma de la cara con un dedo experto—. No mucho: mil, mil quinientos euros quizá. También faltan joyas.

—¿Tus amigos creen que podría ser un robo?

—Es una posibilidad —reconoce Salom levantando otra vez la copa, cuya base ha grabado en el mantel un círculo de humedad—. Pero hay otras.

El caporal da un segundo trago. Melchor lo observa impaciente.

—¿Qué otras? —pregunta.

Salom posa los ojos en él y, aunque es imposible que nadie pueda escucharlo en medio del guirigay que reina en torno a ellos, baja la voz para contestar:

—Grau.

No han pronunciado una palabra más cuando el patrón les sirve el primer plato. Mientras Salom intercambia una broma con él, Melchor mira un momento por la ventana: encima de la sierra acaban de aparecer unas nubes algodonosas, de un blanco sucio o de un gris blancuzco, que amenazan lluvia. Cuando el patrón se retira, retoma el tema:

—¿Tu amigo piensa que ha sido cosa de Grau?

—No lo dice así —contesta Salom, mezclando con el tenedor los fideos y el alioli—. Y menos delante de Rosa: para ella Grau es como un tío, lo ha tenido en casa desde niña. No lo dice, pero lo piensa. ¿Qué impresión te ha dado a ti el viejo esta mañana?

Melchor recapacita con el vaso de Coca-Cola en la mano, mientras Salom se lleva un tenedor cargado de fideos a la boca.

—Me pareció un tipo inteligente —resume—. Y me pareció que hablaba de Adell como si fuera Napoleón. Por eso no entendí que al final le preguntaras si se consideraba su amigo.

—Se lo pregunté para que me contestara como me contestó —dice Salom—. O sea, como si Adell fuera de verdad Napoleón y su asesinato un magnicidio. Y sobre todo para que confirmara lo que los dos estábamos pensando, y es que Grau no se sentía amigo suyo, aunque llevara cincuenta años trabajando con él.

—Cincuenta años trabajando con él y viéndolo cada día y teniendo una relación casi familiar con él.

—Exacto. No sé qué opinas tú, Melchor, pero yo no me fío de ese hombre. ¿Sabes lo que me dio mala espina de verdad?

Melchor inquiere en silencio, alzando las cejas mientras mastica.

—Todo eso de que no le importa el futuro de Gráficas Adell —contesta Salom—. Eso de que él no tiene aspiraciones y de que se irá a su casa en cuanto vea que sobra. Es lo que suelen decir los más ambiciosos, sobre todo si son viejos; la pantalla de desinterés detrás de la que quieren esconder su ambición, la típica trampa para incautos. ¿Cómo no va a importarle una empresa que casi ha levantado y en la que lleva cincuenta años de gerente? Apuesto lo que quieras a que está seguro de que Rosa le pondrá al mando de Gráficas Adell, porque piensa que hoy por hoy es el único que puede manejarla.

—¿Y es lo que piensa ella?

—No lo sé, pero seguro que es lo que piensa Grau. Más claro no ha podido decirlo. ¿No te das cuenta? La muerte de Adell le deja en la mejor situación posible.

—Desde luego, no parecía muy afectado. O quizá es que no quería aparentarlo.

—Ni lo aparentaba ni tenía por qué estarlo. Esa muerte le beneficia, Melchor. Es lo que él cree. Sin contar con que lleva la vida entera debajo de la bota de Adell, que era una bestia de cuidado y que según Albert lo trataba de mala manera.

—¿A él también? Los otros dos gerentes dicen que a quien maltrataba de verdad era a tu amigo.

—¿A Albert?

—Eso dicen. Que no le dejaba hacer nada, que le ridiculizaba en las reuniones, que se reía de él. Quizá por eso aparecía tan poco por la fábrica.

—Adell debía de tratar mal a todo el mundo.

—Es probable. Olga dice que de joven tenía un lema: «El día que no jodo a nadie, no soy feliz».

—¿Olga lo conocía?

—Su padre y él fueron amigos. El caso es que los trabajadores no hablan tan mal de Adell. Estuve con unos cuantos y, si les tiras de la lengua, todos te cuentan que la empresa los explota y se cagan en ella, pero todos dicen que Adell era estupendo, simpático y cariñoso, que iba a sus comidas y cenas de empresa y que tenía todo tipo de detalles con ellos. Me parece que son sinceros. He sacado la conclusión de que Adell era duro con sus colaboradores inmediatos y blando con todos los demás.

Poco después el patrón recoge sus platos vacíos. Salom se rasca la barba con suavidad y dice:

—No te he contado una cosa.

—¿El qué?

—¿Sabes de qué marca son los neumáticos que lleva el coche de Grau?

Melchor se le queda mirando. Salom asiente sin dejar de rascarse.

—¿Cómo lo sabes? —pregunta Melchor.

—Su coche estaba en el aparcamiento de la fábrica.

—¿Hay forma de averiguar si es el que buscamos?

—No, pero...

El patrón les sirve el segundo y les pregunta si quieren más bebida. Los dos hombres responden al unísono que no y se ponen a comer sin levantar la vista del plato, rumiando. Trabajan juntos a diario desde que Melchor llegó a la Terra Alta, y están tan habituados a aquel silencio común que ya no les incomoda. Al principio, además de ser el caporal de Melchor, Salom fue su guía, pero desde hace tiempo es el compañero con quien lo habla todo, con quien lo consulta todo, con quien todo lo discute y con quien pone a prueba todas sus teorías o hipótesis sobre los casos que les toca en suerte investigar. Aunque por edad Salom podría ser casi su padre, Melchor tiene una confianza ciega en él, además de una sintonía personal que, piensa, nunca ha tenido con nadie, ni siquiera con Vicente Bigara, ni siquiera con Domingo Vivales. Pensar en el abogado le recuerda su llamada matinal; también, que tiene que devolvérsela. Cuando termina de comerse el bistec, Melchor se limpia los labios con una servilleta y pregunta:

—¿De verdad crees que fue el viejo?

—No lo sé —responde Salom, cruzando sus cubiertos sobre el plato vacío—. Es una posibilidad.

Melchor asiente.

—También son una posibilidad Silva y Botet —dice.

Salom le mira sin entender.

—Así se llaman los dos gerentes —aclara Melchor—. O subgerentes. Los que están por debajo de Grau. Ellos también hablan de Adell como si fuese Napoleón, y ellos también vivían bajo su bota. Y además son jóvenes y ambiciosos. Puestos a especular, incluso Ferrer sería una posibilidad, ¿no?

—¿Albert? —Salom sonríe, perplejo—. No lo conoces. Es un zascandil simpático pero inofensivo. Un tarambana. De joven era listo, estudió Empresariales y podría haber hecho cosas importantes, estoy seguro. Pero se lio con la rica de la comarca, comprendió que no iba a tener que preocuparse por nada y se dio a la buena vida. Es lo que decía esta mañana Grau: cuando te ponen las cosas demasiado fáciles, se acabó. En eso tenía razón el viejo. —Hace una pausa y añade—: Y tú también tienes razón al querer conocer a Albert. Iremos a verle como habíamos quedado. Si no podemos hablar con Rosa, hablaremos sólo con él. Nos contará cosas de Grau y de Silva y Botet. Los conoce bien.

—¿Y tú? ¿De qué conoces tú a Ferrer?

—De lo que nos conocemos en la Terra Alta: de toda la vida. Su familia y la mía eran amigas. Pero yo soy algo mayor que él, y sólo nos hicimos amigos de verdad en Barcelona, cuando estudiábamos. Compartimos piso dos años. Él estaba en la universidad y yo en la escuela de policía y luego en la comisaría de Nou Barris, durante el año de prácticas. Allí se hizo novio de Rosa. Olga también te lo puede contar. Pregúntaselo.

Mientras se toman el postre y el café, Salom le habla a Melchor de su relación con Albert Ferrer y Rosa Adell, y luego Melchor le extracta a Salom su entrevista de aquella mañana con Silva y Botet, los dos subgerentes de Gráficas Adell.

Llueve a cántaros cuando frenan ante el gran portón de hierro y Salom llama por teléfono a Albert Ferrer, que está aguardándolos en el interior de la casa. Son poco más de las cinco de la tarde. No vienen directamente de comer en el Terra Alta, sino de comisaría, donde Melchor ha dejado su coche y ha tenido tiempo de redactar un resumen apresurado de sus averiguaciones matinales en Gráficas Adell y de mandárselo a la sargento Pires para que lo incorpore a la investigación. Mientras tanto, Salom conversaba con los compañeros de la policía científica a los que ayudó la víspera en la masía de los Adell; también habló por teléfono con Albert Ferrer y, en un par de ocasiones, con el subinspector Gomà y con la sargento Pires. De camino hacia su cita vespertina, Salom le ha contado que los operadores de telefonía móvil ya han empezado a facilitar nombres y números de teléfono de clientes que el sábado por la noche anduvieron por las cercanías de la masía de los Adell. Pires y Gomà le han urgido a que empiecen a interrogarlos cuanto antes, porque Ramos, Viñas y Claver no darán abasto en los próximos días.

Se abre el portón de hierro y avanzan lentamente por

un sendero de gravilla que cruje bajo los neumáticos del coche, adentrándose en un jardín frondoso y acribillado por la lluvia y dejando al lado una vieja masía de tres plantas hasta llegar a una especie de pabellón de caza. Allí, con la puerta entreabierta, aguarda Ferrer, que les indica por señas que aparquen junto a un Porsche Panamera rojo. Lo hacen y, aunque salvan a la carrera los pocos metros que los separan de la puerta, la cruzan mojados y maldiciendo.

—¡Menudo chaparrón! —los saluda Ferrer—. ¿Queréis una toalla?

Los dos policías rechazan el ofrecimiento y, cuando se recomponen un poco, Ferrer le alarga una mano a Melchor.

—¡Por fin! —dice, sonriendo con amplitud—. No sabes cuántas ganas tenía de conocerte. Ernest me ha hablado mucho de ti, pero por lo visto te quiere para él solo. Siempre ha sido muy egoísta.

Se estrechan la mano. Ferrer tiene apenas un año menos que Salom, pero hacen que parezca mucho más joven su apostura de galán, su cuerpo sin un gramo de grasa y su ceñido atuendo juvenil: polo verde, pantalones blancos, zapatillas Nike. Lleva el pelo corto y negro, peinado con la raya a la derecha, y sus ojos miran con una intensidad de seductor innato.

—Sólo lamento que tengamos que conocernos en estas circunstancias tan dramáticas —añade—. Pero siéntate, por favor. Y considérate en tu casa: yo me tomo muy en serio eso de que los amigos de mis amigos también son amigos míos.

Lo que a simple vista parecía una especie de pabellón de caza es en realidad una especie de estudio provisto de un gran ventanal abierto sobre el jardín, con las paredes forradas de madera y las estanterías abarrotadas de discos compactos y de vinilo. En el centro hay una mesa de madera maciza, con un ordenador portátil sobre ella y, a su espalda, un equipo de música escoltado por dos torres de sonido y dos amplificadores. La tarde se ha ensombrecido, y la estancia parece envuelta en una luz azulada y submarina. Por indicación de Ferrer, Melchor y Salom toman asiento en un viejo sofá de piel raída, y su anfitrión enciende junto a ellos una lámpara de pie con pantalla dorada, que disipa la penumbra, al tiempo que les ofrece cafés, licores, agua. Melchor y Salom aceptan café, y Ferrer se aleja hasta una zona donde hay una cafetera, un aparador y un mueble bar.

—Éste es mi refugio secreto —le explica Ferrer a Melchor, encajando una cápsula de Nespresso en la cafetera y cerrando la tapa—. Aunque la verdad es que de secreto tiene poco, ¿verdad, Ernest?

El caporal contesta que sí y se interesa por la esposa de Ferrer; éste responde que Rosa Adell está dormida, que no ha querido molestarla y que ha dejado dicho en la casa que, si despierta, la avisen de que ellos dos han llegado. Mientras oye hablar a Ferrer y a Salom, Melchor se acuerda del modo en que Olga los describió la víspera («Son como el día y la noche») y se pregunta cómo es posible que sean tan amigos aquellos dos hombres en apariencia tan dispares.

—No has debido hacerlo —le recrimina Salom a Ferrer—. Rosa necesita dormir. Y no que nosotros la molestemos.

—No es ninguna molestia —dice Ferrer—. Está deseando ayudaros. Es sólo que... —Se vuelve hacia Melchor—. Está destrozada. Quería mucho a sus padres, a su padre sobre todo. Esto la va a matar.

—Ya se lo he explicado —dice Salom.

—A mis hijas también les ha afectado mucho —continúa Ferrer—. Las dos mayores llegaron ayer de Barcelona, aunque quiero que vuelvan en seguida. Mañana mismo, si puede ser, después del entierro. La vida tiene que seguir para todos, pero sobre todo para ellas, ¿no te parece?

El interrogante está dirigido a Melchor, que no responde. Salom se levanta, coge las dos tazas llenas de café, le alcanza una a su compañero y se queda con la otra.

—Con vuestro permiso me sirvo un whisky —dice Ferrer, al tiempo que echa dos cubitos de hielo en un vaso cuadrado, de cristal grueso—. Si no, esto no hay quien lo aguante.

Mientras se sirve una dosis generosa de Lagavulin y se deja caer en un sillón, Ferrer cuenta que su mujer y él han estado sopesando la posibilidad de contratar un abogado para que ejerza de portavoz de la familia.

—Es una buena idea —dice Salom. Ha vuelto a sentarse junto a Melchor—. Así no os molestará nadie.

—Pero luego se me ha ocurrido que el portavoz podrías ser tú, Ernest. —Ferrer da un sorbo de whisky y deja el vaso sobre la mesa—. Y a Rosa le ha parecido una idea estupenda.

Ferrer está explicando por qué Salom les parece la persona ideal para llevar a cabo esa tarea cuando el caporal le interrumpe:

—Si es lo que vosotros queréis, lo haré encantado. —Luego añade—: No es lo habitual, pero no creo que haya ningún inconveniente. De todos modos, déjame preguntárselo al subinspector Gomà.

—Pregúntaselo, por favor —dice Ferrer—. Ojalá le parezca bien. Para nosotros sería lo mejor. Y estoy seguro de que a Rosa la tranquilizaría.

—Salom me ha contado que ha echado cosas de menos en la masía de sus padres —comenta Melchor—. Tu mujer, digo. Joyas y dinero.

—Sí. —Ferrer coge de nuevo el vaso de whisky, aunque sin llevárselo a los labios: detrás de él, al otro lado del ventanal, la lluvia sigue golpeando las flores y los árboles del jardín, cada vez más empapado y más brumoso—. No solían tener mucho dinero en casa, pero el viernes por la tarde Rosa vio un sobre lleno de billetes en el dormitorio de su madre. No lo sé, tendrían que pagar algo...

—¿Ése fue el último día que estuvisteis en la casa? —pregunta Melchor.

—Sí —contesta Ferrer, y Melchor repara en las uñas de sus manos, ínfimas y roídas a dentelladas—. Mi suegro tenía la costumbre de cenar cada viernes en su casa con la plana mayor de la empresa, para hacer balance de la semana.

—Me lo han contado Silva y Botet. En esa cena también estuvo Arjona, ¿no? Además de Grau.

—¿Arjona es el jefe de la fábrica? —pregunta Salom.

—Sí —contesta Ferrer—. Él también asistía a esas cenas, al menos últimamente. Igual que mi suegra y mi mujer, aunque como te digo eran sobre todo encuentros de trabajo. Las dos únicas excepciones eran el día de Navidad y el de Santa Rosa, cuando celebrábamos el santo de mi suegra y mi mujer con las familias de los directivos y aquello se convertía en una fiesta.

Ferrer se explaya unos minutos sobre las reuniones semanales en la masía de los Adell y, mientras lo hace, Melchor nota que de vez en cuando hace un brusco, casi imperceptible movimiento de cabeza, como si fuera víctima de un espasmo nervioso o como si tuviera el oído obturado por el agua y quisiera desatascarlo. Vuelve a preguntarle por las joyas.

—Según Rosa, las mejores están en una caja de seguridad, en el banco —contesta Ferrer—. Pero las que había en casa no eran baratijas. Y han desaparecido todas.

—¿Sabes si tus suegros guardaban allí algo de valor, alguna cosa en la que alguien pudiera estar muy interesado, algún objeto, alguna contraseña o algo así, algo que justifique que los torturasen antes de matarlos?

—No lo sé. —Ferrer cruza el tobillo derecho sobre la rodilla izquierda, lo que deja a la vista unos calcetines blancos, finos, impolutos—. Claro que, si ellos hubiesen tenido algo así, yo no lo sabría. Rosa quizá, pero yo no. De todos modos, Rosa tampoco tiene ni idea.

—¿Qué tal te llevabas con tus suegros?

Ferrer no parece comprender la pregunta y, mordiéndose el interior de una mejilla, se vuelve hacia Salom, que en ese momento se levanta con la taza vacía en las manos y se dirige hacia el mueble bar.

—Cuéntale la verdad, Albert —le anima el caporal—. No tienes nada que ocultar.

Ferrer descruza el tobillo y remueve el vaso de whisky, haciendo entrechocar los pedazos de hielo.

—Con ella, bien —contesta, los ojos fijos en Melchor y las mandíbulas endurecidas—. Muy bien, en realidad. Era una mujer buena, y me quería igual que a un hijo. Con él era otra cosa. —Durante un par de segundos mira a Melchor, que siente que Ferrer no le ve, que ve a otra persona o que tal vez se ve a sí mismo. Pero en seguida bebe otro trago de whisky y vuelve a sonreír—. En fin, no hay que darle muchas vueltas: supongo que nunca soportó que me acostase con su hija. Es así de simple, y en el fondo así de vulgar, ¿no? A lo mejor acaba pasándome a mí también, sólo que a mí me pasaría por cuadruplicado.

Ferrer suelta una carcajada artificial, que dura poco,

nadie secunda y suena a hueco contra el golpeteo numeroso de la lluvia en los cristales. La tormenta arrecia unos segundos, pero en seguida se calma. Salom se ha servido un vaso de agua, y ahora observa a su amigo con él en la mano, apoyado contra una estantería. Melchor ha dejado enfriarse su café en la taza, y ya no le apetece tomárselo.

—Paco Adell era un tipo duro —continúa Ferrer—. Creo que me despreciaba. Bueno, quita ese creo.

—Paco Adell despreciaba a todo el mundo —le apoya Salom.

—Es posible. —Ferrer apura el whisky y se pone en pie—. Dicho esto, era el padre de mi mujer y el abuelo de mis hijas, y no me alegra nada lo que le ha pasado. No estoy seguro de que todo el mundo pueda decir lo mismo.

—¿Estás pensando en Grau? —pregunta Melchor.

Ferrer vuelve a morderse el interior de la mejilla y vuelve a buscar con la vista a Salom, que asiente.

—Se lo he contado —dice.

Ferrer agrega otro pedazo de hielo a su vaso.

—¿En quién voy a pensar, si no? —pregunta, sirviéndose un nuevo chorro de Lagavulin—. La relación entre esos dos hombres... —Da un sorbo de whisky y se sienta otra vez en su sillón, frente a Melchor—. En fin, alguien debería escribir un libro sobre eso. En cierto modo eran la pareja perfecta: uno un sádico y el otro un masoquista. Por eso aguantaron tanto tiempo juntos, supongo. Por eso y porque los dos eran unos perturbados que sólo vivían para trabajar, como si fueran dos monjes, o dos cruzados. Nunca he visto a nadie que se explotase a sí mismo de esa manera. Total, ¿para qué? Mi suegro todavía tenía una familia, pero Grau ni eso. No me explico para qué quiere tanto dinero, si no tiene tiempo de gastarlo.

—Melchor dice que Grau habla de Adell como si fuera Napoleón —apunta el caporal.

—¡O como si fuera Jesucristo! —exclama Ferrer—. No os podéis imaginar el grado de devoción que le tenía, los extremos de servilismo a que llegaba. Daba asco, la verdad. Y no hace falta que os recuerde quién vendió a Jesucristo.

—¿Estás diciendo que Grau pudo tener algo que ver con el asesinato?

—Estoy diciendo que de la devoción al odio sólo hay un paso. Y que, después de cincuenta años de tortura diaria, Grau pudo darlo. A mí por lo menos no me extrañaría. ¿No habéis encontrado las huellas de los neumáticos de su coche en el jardín de mis suegros?

—No estamos seguros de que sea su coche —puntualiza Salom—. La marca de los neumáticos es la misma, Continental, pero es imposible demostrar que el coche que los llevaba fuera el de Grau. —De repente incómodo, el caporal se aparta de la estantería, deja el vaso mediado de agua en el mueble bar, dice—: Bueno, creo que deberíamos irnos.

En ese instante Melchor advierte que casi ha dejado de llover y que, por encima de la exuberancia del jardín chorreante, el manto de nubes que tapaba el sol se ha roto y asoma tras él un retazo de cielo satinado y luminoso, de un azul muy vivo.

—¿No deberíamos esperar a su mujer? —pregunta, dirigiéndose a Salom.

—No va a venir —responde el caporal—. Y lo que deberíamos hacer nosotros es empezar a interrogar cuanto antes a los propietarios de los móviles.

—No sé si Rosa está para contestar muchas preguntas —conviene Ferrer—. Pero ¿por qué no os tomáis una copa antes de marcharos? Lo de que los policías no bebéis estando de servicio es cosa de las pelis, ¿no?

Ninguno de los dos acepta el ofrecimiento, pero Melchor aprovecha para preguntarle por su trabajo en Gráficas Adell. Ferrer explica que ha ido cambiando con el tiempo y que, en los últimos años, sobre todo a partir del momento en que Adell y Grau dejaron de viajar por cuestión de edad y a él lo nombraron consejero delegado, se ha ocupado principalmente de labores de representación y coordinación con las filiales del extranjero, lo que le ha obligado a ausentarse con frecuencia y a desplazarse mucho por la Europa del Este y por Latinoamérica. Oyendo a Ferrer, Melchor se dice que a eso es a lo que Grau debe de llamar «lucir palmito».

—Digamos que de unos años a esta parte he sido para muchos la cara visible de la empresa —sintetiza Ferrer—. No es un trabajo que me disguste, porque me encanta viajar y porque soy una persona sociable. Se me podrá acusar de muchas cosas, pero no de ser antipático, ¿verdad, Ernest? Eso sí, tampoco voy a mentirte: me hubiera gustado trabajar más dentro de la empresa, en tareas ejecutivas y tal.

—¿Y por qué no lo hiciste? —pregunta Melchor.

Ferrer vuelve a reírse, ahora con ganas, y ladea bruscamente la cabeza, víctima otra vez de un movimiento espasmódico o de un atasco auricular.

—¡Cómo se nota que no conocías al viejo! —dice después de otro trago, la boca torcida en una mueca agria—. Era incapaz de trabajar en equipo, no sabía delegar, tenía que controlarlo todo y todo tenía que hacerse a su manera. Lo que se llama un tirano. Estar a sus órdenes era una pesadilla.

—Pero la empresa funciona bien —objeta Melchor.

—¡Funcionaba! —le corrige Ferrer, agitando un vaso

de whisky donde ya sólo sobreviven dos trozos de hielo—. Se ha quedado obsoleta. Opera con métodos del siglo veinte. Del veinte no: ¡del diecinueve! Adell no tenía ni idea de las nuevas formas de gestionar una empresa, y no le interesaban nada. Además, no confiaba en nadie, ni siquiera en Grau.

Mientras Ferrer desgrana una anécdota con la que quiere ejemplificar la desconfianza ecuménica de Adell y su tortuosa relación con Grau, Melchor ve a través del ventanal que, a la espalda de su anfitrión, una mujer sale por la puerta de la masía y camina hacia el estudio por un sendero encharcado. Ha cesado la lluvia, pero la mujer se protege bajo un paraguas.

—Ahí viene Rosa —dice Salom, yendo hacia la puerta.

Ferrer y Melchor se levantan. Salom saluda con un beso en la mejilla a Rosa Adell, que pliega el paraguas y lo deja en un paragüero, a la entrada del estudio. Ferrer se la presenta a Melchor, y ambos se dan la mano.

—Íbamos a marcharnos —dice Salom.

—Sentaos, por favor —pide Rosa Adell.

Ella también se sienta. Aunque tiene un aspecto demacrado y viste de cualquier manera —falda larga y gris, camisa negra y rebeca también gris—, a Melchor le impresiona su belleza serena y diáfana, que no recuerda de las fotos que ha visto de ella: la cara ovalada, los ojos profundos y grandes, de párpados un poco hinchados, los labios carnosos, la nariz casi recta, la piel oscura, sedosa. Es evidente que ha estado llorando, pero también que intenta disimularlo. Sentado en el sofá junto a ella, Ferrer le rodea los hombros con un brazo y con el otro señala a Salom.

—Ernest ha aceptado hacer de portavoz de la familia —anuncia.

—¿Lo harás? —pregunta Rosa Adell.

—Claro —contesta Salom—. Si me autoriza el subinspector Gomà, por mi parte no hay inconveniente. Al contrario.

—No sabes cuánto te lo agradezco, Ernest —asegura Rosa Adell—. Habíamos pensado en un abogado, pero es mucho mejor que lo hagas tú y no un extraño. —Tras un largo silencio, que los tres hombres respetan, murmura—: Es que no entiendo lo que ha pasado. No puedo entenderlo. Mis padres... —Parece que va a echarse a llorar, pero aprieta los labios y no llora—. No sé qué decir, Ernest.

—No hace falta que digas nada.

La mujer asiente, se encoge un poco, se tapa con la rebeca y se cruza de brazos, como si tuviera frío. Luego recapacita y prosigue:

—Sí, claro que tengo que decir. —Mira a Melchor—. Me imagino que tendréis muchas preguntas. Preguntad lo que queráis, por favor.

—No queremos molestarte, Rosa —insiste Salom—. Además, tenemos prisa.

—Si estás preocupado por lo que me pasó esta mañana, haces mal —dice Rosa Adell—. Estoy mucho mejor. Además, vosotros tenéis que hacer vuestro trabajo. El problema es que no sé cómo ayudaros, no se me ocurre quién puede ser el responsable de este horror. Lo único que sé es que ni María Fernanda ni Jenica tienen nada que ver con él. La pobre Jenica.

—Ya que insistes —cede Salom—, hay una cosa que no te he preguntado esta mañana.

—¿Qué cosa? —pregunta ella.

—¿Recuerdas cuándo fue la última vez que hablaste con tu madre?

—El sábado por la tarde sería. No lo sé. Hablábamos

constantemente. Me llamaba a todas horas. Esa noche cenamos pronto y luego Irene y Ana se fueron a sus habitaciones y nosotros vimos una serie.

—*Mad Men* —precisa Ferrer.

—Yo me dormí mientras la estábamos viendo, y luego me fui a la cama y Albert se vino aquí a escuchar música. Fue un sábado normal y corriente. El domingo habíamos quedado a comer con ellos. Con mis padres, quiero decir.

—¿Estás segura de que no hablaste con ellos después de cenar? —pregunta Salom.

—No. Creo que no. Pero no estoy segura. Si quieres, luego lo compruebo. La llamada habrá quedado registrada en el móvil.

—Compruébalo, por favor —pide Salom—. Dime otra cosa. ¿Notaste raros a tus padres en los últimos días? Como si tuviesen alguna preocupación o algo así.

—No. —Volviéndose hacia su marido, pregunta—: ¿Tú los notaste raros?

Ferrer niega con la cabeza.

—Hacían una vida muy tranquila —dice Rosa Adell—. Mi padre seguía yendo cada día al trabajo. Mi madre ya casi no salía de casa, ni siquiera cuidaba el jardín, que antes le gustaba mucho. Los dos estaban muy mayores, sobre todo mi padre, aunque ninguno tenía problemas serios de salud.

—Nos han contado que tampoco tenían muchos amigos —dice Melchor—. Que no hacían vida social.

—Nunca la hicieron —dice Rosa Adell, centrando la vista en él—. Y, a su edad, aún menos. Mi padre perdió a sus padres muy pronto, eran de Bot. A su padre lo mataron en la guerra. De su madre no sé nada, no la conocí y mi padre no hablaba nunca de ella. Con la familia de mi madre tuvimos mucha más relación. Eran de Reus. Cuando yo era niña íbamos a ver a mis abuelos y a mi tía allí. Luego los tres se murieron y dejamos de ir. Nosotros éramos la vida social de mis padres, Albert, yo y nuestras hijas.

—Y Josep Grau —añade Melchor.

—Es verdad —asiente Rosa Adell—. El señor Grau también es de la familia. ¿Habéis hablado con él? Ayer se pasó todo el día aquí. No derramó una lágrima, pero yo sé que por dentro está roto.

La mujer enmudece, su mirada se extravía y un silencio sólido se apodera del estudio, mientras los tres hombres la observan. Es Melchor quien rompe el mutismo:

—¿Ha pensado qué va a ocurrir con la empresa?

Volviendo en sí, Rosa Adell le escruta en silencio, con el ceño arrugado.

—Pregunta si has pensado qué vas a hacer con Gráficas Adell —repite Ferrer.

Ella relaja la expresión y se encoge de hombros.

—¿Te refieres a quién va a sustituir a mi padre? —plantea, sin apartar la mirada de Melchor—. No lo sé. No lo he pensado. Si te digo la verdad, ahora mismo me da igual.

—Ya habrá tiempo de pensar en eso —la apoya Ferrer, apretándola de nuevo contra él—. Ahora no es el momento. Pero, eso sí, más pronto que tarde tendrás que tomar una decisión, aunque sólo sea por tu padre.

Rosa Adell responde con un gesto impreciso, que denota incapacidad o angustia (o ambas cosas), y su marido le ofrece algo de beber, ofrecimiento que ella rechaza. Justo entonces, el móvil de Melchor vibra en su bolsillo: por tercera vez aquel día, vuelve a ser Vivales. Tampoco ahora contesta, y Salom, haciendo ademán de ponerse de pie, afirma que deberían marcharse. Rosa Adell le mira con una fatiga que parece decepción, pero que probablemente es alivio.

—¿No queréis saber nada más? —pregunta.

—Ya te he dicho que tenemos prisa, Rosa —dice Salom—. Otro día volveremos.

—Yo sí quiero saber algo —interviene Melchor—. ¿Ustedes también son miembros del Opus?

De nuevo, la mujer le mira extrañada, y Melchor teme de nuevo que no le haya entendido. A su lado, Ferrer niega con la cabeza.

—No —contesta Rosa Adell—. Eso era cosa de mis padres. A nosotros ni siquiera intentaron convencernos de que hiciéramos lo que ellos.

—¿Estaban ustedes casados cuando sus padres entraron en el Opus?

—Claro —dice la mujer—. De eso hará sólo diez o doce años.

—El señor Grau dice que la vida de su padre no cambió en nada importante cuando se hizo del Opus —recuerda Melchor.

—Es verdad —dice la mujer—. Y la de mi madre tampoco. Ella siempre fue religiosa, los domingos y los días de fiesta íbamos a misa, pero a eso se limitaba todo. Nunca rezábamos en casa, por ejemplo. Ahora sí lo hacían, aunque lo hacían ellos solos, cada noche antes de dormir, nunca nos mezclaban a nosotros. De vez en cuando se iban con otras parejas mayores a hacer ejercicios espirituales por ahí. Ese tipo de cosas. Pero nada más.

—¿Conocieron ustedes a alguna de esas parejas?

—A ninguna. De hecho, cambiaban de parejas cada vez. Y no creo que hicieran amistad con ninguna de ellas. Mi madre me lo habría contado. Aunque la verdad es que mi madre me hablaba de todo, menos de eso. Y yo aceptaba su silencio.

—¿Cree que se avergonzaban de ser del Opus?

—Creo que pensaban que era una cosa suya, muy íntima. Y que no tenían que meter a nadie en eso, ni siquiera a mí. Y también creo que... —Respira hondo, endurece la expresión, continúa—: Creo que lo del Opus fue su manera de prepararse para la muerte. Lo que no podían imaginar...

En esta ocasión no es capaz de contenerse: sus labios tiemblan y se contraen, sus ojos se anegan de lágrimas y rompe a llorar. Ferrer vuelve a cogerla del hombro y la atrae hacia sí mientras ella saca un pañuelo de papel del bolsillo de su rebeca, se enjuga las lágrimas con él, balbucea una disculpa. Salom contesta que no tiene por qué disculparse y, cuando ella deja de llorar, se pone en pie.

—Bueno, ahora sí nos vamos —anuncia—. Ya hemos molestado bastante.

Melchor se levanta con él y ambos se despiden de Rosa Adell.

—Os acompaño —dice Ferrer.

Los tres salen al jardín y caminan hacia el automóvil de los policías, que está aparcado junto al Porsche Panamera de Ferrer. Melchor aspira el aroma intenso de la tierra húmeda, de los árboles y las flores empapados por el chaparrón; una luz turbia, color herrumbre, lo barniza todo. Ferrer le estrecha una mano y con la otra le coge el brazo.

—Lo siento, ya te dije que Rosa no se encuentra bien —se disculpa—. A ver si pasa pronto todo esto y quedamos a cenar y a tomarnos unas copas. ¿De acuerdo? Invito yo.

Mientras Ferrer y Salom se despiden, Melchor vuelve la mirada hacia el estudio y, a través del ventanal, ve a Rosa Adell sentada todavía en el sofá, cabizbaja y de espaldas a él. Luego sus ojos se fijan en los neumáticos del Porsche Panamera: no son Continental sino Pirelli.

—Cosette te ha estado esperando —dice Olga—. Pero al final se ha quedado dormida.

—No he podido terminar antes —se disculpa Melchor—. Me parece que estos días vais a tener que olvidaros de mí.

—¿Por qué no le has dicho a Salom que suba a comer algo? También había preparado cena para él.

—Se lo he dicho. Pero estaba cansado y ha preferido irse a su casa.

Melchor devora una francesa y una ensalada de tomate y lechuga cortados en trozos muy pequeños, salpicada de pollo, queso, frutos secos y aguacate, todo aliñado con aceite de oliva y vinagre de Módena. Olga le observa comer acariciando el tallo de una copa mediada de vino tinto. Están sentados a la mesa de la cocina, bajo una lámpara que arroja una luz cóncava sobre el mantel a cuadros; una penumbra doméstica impera en el resto de la estancia.

Su mujer le pregunta por la investigación de los asesinatos.

—Mejor hablamos de otra cosa —la esquiva Melchor, terminando de masticar con una lata de Coca-Cola en la mano—. El juez ha decretado secreto de sumario. Cuanto menos te cuente del asunto, mejor. ¿Qué tal te ha ido a ti?

—Bien —dice Olga—. Ha llamado Vivales.

—Joder, es verdad. Lleva llamándome todo el día. ¿Qué quiere?

—¿Qué va a querer? —sonríe ella—. Lo de siempre: saber si todo está controlado. Y pegar la hebra un rato con Cosette, que lo adora. Yo también charlé un poco con él. De los Adell, claro. Y de ti: dice que hace dos semanas que no habláis.

Melchor asiente.

—Luego le llamo.

Olga empieza a contarle qué tal le ha ido el día y Melchor intenta centrarse en su relato, pero en seguida se distrae —sin quererlo, el pensamiento se le desvía hacia los Adell, hacia Grau, hacia Ferrer, hacia Silva y Botet—, hasta que en determinado momento cree oír un nombre conocido.

—¿Quién? —pregunta.

—Arturo Ventosa —repite Olga—. El escritor. El concejal de Cultura es un fan suyo. Llevaba tiempo persiguiéndole para que viniera a presentar alguno de sus libros a la biblioteca, y por fin se ha salido con la suya. ¿Tú lo has leído?

—No.

—¿Entonces por qué sonríes?

Melchor duda un instante si contarle o no a Olga la visita de Ventosa a la cárcel de Quatre Camins, en lo que ahora le parece su vida anterior.

—Por nada —responde—. ¿Podrás apañártelas sin mí en la biblioteca? No creo que pueda ayudarte a preparar la presentación. Ya te digo que, a menos que tengamos mucha suerte, esta semana no voy a estar para nada.

—No te preocupes —le tranquiliza Olga—. Además, todavía no sé cuándo presentaremos su libro. Antes del otoño, imposible.

Olga habla de Ventosa o de la presentación de Ventosa, o quizá del concejal de Cultura y admirador de Ventosa, mientras Melchor termina de comerse la ensalada, de nuevo abstraído. Luego él se levanta y abre la nevera.

—¿Tú conoces a Ferrer? —pregunta de golpe.

Olga le mira sin sorpresa, como si en el fondo supiera que Melchor no estaba escuchando lo que decía.

—¿Te refieres a Albert Ferrer? ¿El marido de Rosa Adell?

Melchor dice que sí.

—Un poco —reconoce ella—. Quien lo conoce mucho es Salom, son muy amigos, ya te lo dije ayer, te lo habrá dicho él también. Yo a la que conozco más es a su mujer, aunque ahora hace siglos que no la veo. ¿Eso no te lo dije? Fuimos juntas al colegio. Su mejor amiga fue siempre Helena, la mujer de Salom. Supongo que en parte por eso Salom y Ferrer se hicieron tan amigos.

La alarma de la nevera empieza a sonar; Melchor saca un yogur de su interior, cierra la puerta y la alarma se desactiva. Coge una cucharita de un cajón y vuelve a sentarse.

—¿Qué sabes de él? —pregunta otra vez.

—¿De Ferrer? —Melchor asiente, empezando a comerse el yogur—. Lo que todo el mundo.

Olga se lleva la copa a los labios, pero no bebe de ella, como si necesitase meditar su respuesta.

—Salom dice que es un tarambana —la ayuda Melchor.

—Si él lo dice... —concede Olga. Por fin da un trago de vino—. Ya te digo que yo le conozco poco. Muchos hablan mal de él, eso sí, pero ya sabes cómo es la gente, y más en los pueblos. Supongo que le tienen envidia, y por eso se ha formado esa leyenda a su alrededor.

—¿Qué leyenda?

—La leyenda de que no da un palo al agua, de que se gasta fortunas jugando, de que engaña a su mujer con la primera que pasa... Qué sé yo. —Olga termina de beberse su copa; ahora es ella la que sonríe, tal vez un poco achispada—. Era tres años mayor que nosotras, y una cosa sí te digo: en el colegio todas andábamos loquitas por él. Era guapo, alegre, simpático... y encima luego va y se casa con la rica del pueblo. ¿Cómo quieres que la gente no le tenga envidia?

—El gerente de Gráficas Adell dice que lo de sus líos de faldas es verdad.

—¿Has hablado con el señor Grau? Ese hombre sí que tiene una leyenda, y bien negra.

—¿Él también?

—También. Esto es la Terra Alta, Melchor, aquí todo el mundo tiene su leyenda.

—¿Incluida Rosa Adell?

—Claro, sólo que en su caso la leyenda es buena. Y con razón. En el colegio era una chica estupenda y, por lo que sé, aún lo es. Me acuerdo de que, cuando le hablaba a mi padre de ella, siempre me decía: «Por suerte esa niña ha salido a su madre». En fin, no sé por qué, pero me da la impresión de que Ferrer no te ha hecho mucha gracia.

—Grau tampoco.

—¿Y Rosa?

—He hablado con ella y con Ferrer esta tarde. —Melchor rebaña el yogur a conciencia—. Esa mujer lo está pasando mal. La han atiborrado de tranquilizantes.

—De joven era muy guapa.

—Todavía lo es.

Olga se queda mirando a Melchor, que saborea la última cucharada de yogur.

—¿Tengo que ponerme celosa? —pregunta.

Melchor no contesta. Olga sigue con la vista fija en él, hasta que su marido repara en el silencio.

—Perdona —dice como si despertara—. ¿Qué decías?

—Que si tengo que ponerme celosa de Rosa Adell.

Melchor explora su mirada, tratando de entender; en

seguida entiende y, a cámara lenta, una sonrisa maliciosa alegra su cara.

—Depende de cómo te portes esta noche.

Olga niega con la cabeza, muy seria, y da un golpecito en la mesa con la copa vacía.

—Esto no es una casa decente —se ríe—. Es un picadero.

SEGUNDA PARTE

1

Melchor y Salom entran en el despacho del subinspector Gomà, que se incorpora lo justo para darles un apretón de manos e indicarles dos sillas. Los dos policías toman asiento frente a él, ante una mesa en la que conviven un ordenador, varias torres de carpetas de cartulina y un bote de metal con los colores del Barça rebosante de lápices y bolígrafos.

—Les he hecho venir hasta aquí para darles una noticia —dice, apartando el teclado de su ordenador—. Podría habérsela dado por teléfono o por correo electrónico, pero he preferido hacerlo en persona.

El subinspector apoya los codos en la mesa y entrelaza los dedos de las manos a la altura de su boca, como si quisiera esconder la muesca color sangre que le ha abierto el afeitado de la mañana en la lisura del mentón. A pesar del aire acondicionado que refrigera su despacho, lleva las mangas de la camisa remangadas, el botón superior desabrochado y el nudo de la corbata flojo; tras los cristales de las gafas, sus ojos examinan sin afecto a los dos policías. Una ventana rectangular, a su espalda, enmarca un paseo bordeado por una hilera de plátanos polvorientos, que soportan impávidos el sol candente de aquel mediodía de julio.

—El juez y yo hemos decidido de común acuerdo cerrar el caso Adell —anuncia—. Sobra decirles que se trata de un cierre provisional. Si algún día aparece una pista, y ojalá aparezca pronto, lo abriremos de nuevo. Mientras tanto, lo mejor es aparcarlo y dedicar nuestros esfuerzos a otros asuntos que los están reclamando con urgencia. Es lo que nos parece más razonable después de seis semanas dedicados a éste, a tiempo completo, sin ningún resultado tangible. —Hace una pausa y añade—: Por cierto, deberíamos decírselo cuanto antes a la familia.

—Lo hago yo —se ofrece Salom.

—Será lo mejor —asiente el subinspector Gomà—. Al fin y al cabo, ha sido usted quien los ha mantenido informados todo este tiempo.

—No se preocupe. Esta misma tarde iré a verlos. ¿Se lo comunico también a la prensa?

—No hace falta. ¿Para qué informarles si ellos no preguntan? Además, en los últimos días se habían olvidado del tema, ya saben ustedes cómo son los medios, con el caso este del niño de Riumar en el candelero... En fin, lamento que la investigación no haya acabado como queríamos, pero al menos nadie podrá reprocharnos no haber puesto todo lo posible de nuestra parte. —El subinspector Gomà descruza los dedos y abre las manos en un gesto de resignación—. Bueno, creo que eso es todo lo que tenía que decirles. Eso, y gracias por su ayuda: ha sido un placer trabajar con ustedes.

Se dispone a estrecharles de nuevo la mano, para despedirse de ellos, cuando interviene Melchor.

—Disculpe —dice—. Creo que nos estamos equivocando.

Gomà parpadea varias veces.

—¿Perdón? —pregunta.

—Digo que no me parece una buena idea cerrar el caso. Creo que deberíamos seguir investigando.

Ahora su superior enarca las cejas y sonríe vagamente, con aire de ligero fastidio.

—No sé por qué, pero no acaba de sorprenderme lo que dice. —Se vuelve hacia Salom—. ¿Piensa usted lo mismo, caporal?

Salom se acaricia la barba sin contestar, y Melchor comprende que está buscando la cuadratura del círculo: una respuesta veraz que no perjudique a su compañero, o que como mínimo no le deje solo.

—El caporal y yo llevamos cuatro años trabajando juntos a diario y hemos discrepado muchas veces —se adelanta Melchor, tratando de sacar a Salom del aprieto—. Ésta sólo es una más.

Salom respalda en silencio el comentario, y Gomà asiente, consulta su reloj y vuelve a mirar a Melchor.

—Así que opina usted que deberíamos seguir investigando.

Melchor afirma con la cabeza.

—¿Investigando el qué? —pregunta el subinspector—. ¿El qué, a quién, cómo, dónde? —insiste. Melchor le aguanta la mirada; cuando está a punto de responder, Gomà se vuelve hacia Salom, luego mira otra vez a Melchor y continúa—: Oiga, Marín. Usted sabe que hemos hecho todo lo posible. ¿Hace falta que se lo recuerde? —Se coge el dedo meñique de la mano izquierda con el índice y el pulgar de la derecha—. Hemos examinado milímetro a milímetro la masía de los Adell y hemos encontrado montones de indicios, pero ninguno útil, ni siquiera la famosa huella de neumático Continental, que no sirve para nada porque podría ser de cualquier coche. —Suelta el dedo meñique y se coge el dedo anular—. Hemos mandado gente a

Gdansk y a Timişoara, a Córdoba y a Puebla, para hablar con los responsables de las filiales que Gráficas Adell tiene allí, y hemos revisado del derecho y del revés las cuentas de todas las empresas de la familia y no hemos encontrado nada ni a nadie sospechoso, ni un movimiento extraño de dinero, ni un euro fuera de su sitio. —Suelta el anular y se coge el dedo corazón, con énfasis—. Hemos interrogado sin el más mínimo resultado a todos los visitantes de la masía de los Adell en los días anteriores al asesinato, y también a las casi doscientas personas que, según sus teléfonos móviles, anduvieron por los alrededores de la masía aquella madrugada, y sólo hemos encontrado a un chaval que cree haber visto desde la carretera un coche entrando en la masía de los Adell, pero no se acuerda de la marca ni del color del coche ni de qué hora era cuando creyó verlo. —Suelta el dedo corazón y se coge con más énfasis todavía el dedo índice—. Hemos hablado con los responsables del centro del Opus Dei de Reus con el que tenían relación los Adell y no hemos sacado absolutamente nada en claro, salvo que los viejos eran socios numerarios del Opus y que el Opus los trataba a cuerpo de rey. —Suelta el índice, se coge el pulgar, lo agita con un énfasis casi dramático, levanta el tono de voz y añade separando mucho las palabras y abriendo mucho los ojos—. Hemos intervenido durante casi cuatro semanas los teléfonos de los principales responsables de Gráficas Adell, incluyendo al yerno de Francisco Adell. ¿Y qué hemos sacado en claro? —Gomà suelta el dedo pulgar, abre otra vez las manos y le enseña a Melchor las palmas vacías—. Nada de nada. ¿Quiere que siga?

Melchor no contesta. Tras un silencio, el subinspector respira hondo y se queda mirando el bote de metal con los colores del Barça, luego saca de él un lápiz de punta muy afilada y, cogiéndolo por los extremos, se pone a darle vueltas sobre su eje.

—Mire, su primera impresión era buena —dice, en tono conciliador—. Todo indica que los asesinos de los Adell eran profesionales. Es más, tenemos una idea bastante aproximada de lo que pasó aquella noche. La última llamada de la señora Adell a su hija fue a las diez y pico, y el forense sitúa los crímenes entre la medianoche y las cuatro. Los asesinos debieron de llegar a la casa cuando todos estaban durmiendo, o al menos cuando todos estaban en la cama. Alguien debió de abrirles. No es muy probable que fuera la criada rumana, porque la mataron en su habitación. Claro que tampoco es imposible que fuera ella: quizá la mataron allí precisamente para que no creyéramos que había sido ella quien los había abierto. A lo mejor los que abrieron a los asesinos fueron los propios Adell, que los conocían. O quizá los asesinos tenían las llaves de la casa, aunque sabemos que, aparte de ellos y de la cocinera, sólo su hija tenía copias. Sea como sea, lo más probable es que los asesinos buscaran objetos de valor, dinero, joyas, cosas así, quizá alguien les había informado de que los Adell guardaban algo en la casa, o ellos se lo imaginaban, o quizá buscaban algo que no estaba en la casa, no sabemos qué. El caso es que quizá lo encontraron, porque los viejos les dijeron dónde estaba, o quizá no lo encontraron, porque los viejos resistieron la tortura o porque no había nada que encontrar y los asesinos los torturaron para vengarse de ellos, o para desahogarse o para divertirse. En fin, eso fue lo que debió de ocurrir, o algo muy parecido.

—A mí no me parece creíble —disiente Melchor.

El subinspector deja de dar vueltas al lápiz y, detrás de sus gafas, su mirada recobra la frialdad inicial. En ese momento, alguien llama a la puerta y, cuando Gomà comprueba que es la sargento Pires, su expresión cambia de nuevo: se torna cálida, acogedora, casi dulce.

—¿Ya han llegado? —pregunta.

—Han tenido un problema —contesta Pires, con la puerta entreabierta—. Nada grave. Dentro de cinco minutos estarán aquí.

El subinspector Gomà trata de mostrarse contrariado, de endurecer de nuevo el gesto, pero apenas lo consigue. Por un instante se diría que duda.

—Pase, Pires, por favor, no se quede ahí —dice, venciendo su indecisión; la sargento obedece—. Llega justo a tiempo. ¿Sabe? Aquí el héroe de Cambrils sostiene que no hay que cerrar el caso Adell. Y acabo de decidir que le ha tocado la lotería: vamos a darle cinco minutos para que nos convenza de que estamos equivocados. ¿Qué le parece?

—Me parece una idea excelente, subinspector —contesta la sargento Pires.

Melchor percibe menos irritación que curiosidad en el tono sarcástico con que el subinspector Gomà ha usado el sobrenombre con que le bautizó la prensa cuatro años atrás, después de los atentados islamistas, un apodo que no ha vuelto a oír desde que llegó a la Terra Alta, aunque en este tiempo se haya ido corriendo entre sus compañeros la voz de que fue él quien abatió a los cuatro terroristas de Cambrils.

—Adelante entonces, Marín —le anima Gomà—. Tiene cinco minutos.

Melchor señala a Pires, que se ha sentado junto al subinspector.

—Hubiera preferido que los demás también estuviesen aquí —dice—. Me refiero a...

—Ya sé a quién se refiere —le corta el mando—. ¿Está

de broma o qué? Esto es la policía, Marín. Aquí las decisiones no se toman en asamblea. Las tomo yo.

—Claro. Sólo lo decía porque quizá alguno de ellos también piensa que no hay que cerrar el caso.

—Todos sus compañeros saben que vamos a cerrarlo y ninguno ha protestado. Le advierto que está corriendo el tiempo.

El subinspector Gomà devuelve el lápiz al bote de metal y se retrepa en su butaca mientras, a su lado, la sargento Pires cruza los brazos sobre el pecho. Melchor repara un segundo en el corazón rojo atravesado por una flecha negra que la sargento lleva tatuado en la clavícula y, al levantar la mirada, se da cuenta de que ella le ha visto reparar en él; una sonrisa zumbona ronda sus labios. Sentado junto a Melchor, Salom intenta disimular su incomodidad fingiendo que se interesa menos por lo que ocurre en el despacho que por lo que ocurre al otro lado de la ventana, en el paseo bordeado de plátanos, donde no ocurre nada.

—Yo también creo que los asesinos eran profesionales —empieza Melchor—. Lo que no me convence es que fueran simples ladrones.

—¿Por qué no? —inquiere el subinspector.

—Porque me parece inverosímil que unos ladrones se entretuvieran en torturar de esa manera a unos ancianos.

—A mí también me lo parece —tercia Pires—. El problema es que la realidad está llena de inverosimilitudes. En eso no se parece a las novelas, ¿verdad?

Melchor está acostumbrado a que sus mandos y compañeros ironicen sobre su fama de lector. No le molestan las ironías, y no suele esquivarlas.

—A las buenas no —responde—. Pero sí a las malas.

—Entonces debería usted leer novelas malas, Marín —dice el subinspector Gomà—. Aprendería más. Aprendería por ejemplo que la realidad es un sitio donde hay de todo, incluidos un montón de tarados y de psicópatas que no atienden a ninguna regla. Y menos a las de las novelas.

—Las novelas no tienen reglas —replica Melchor con suavidad—. Ahí está su gracia. Pero da igual. Ni siquiera en una novela malísima hubieran torturado a los Adell unos simples ladrones. No tiene sentido. Si querían arrancarles algún secreto, no habría hecho ninguna falta torturarlos: lo hubiesen contado a la primera. Eran personas mayores, ¿no se da cuenta? Además, ¿de qué secreto hablamos? ¿Qué sabían los Adell que tanto podía interesar a alguien? Que sepamos, nada. Y, si no se trataba de arrancarles ningún secreto, todavía tiene menos sentido que los torturaran. Una cosa está clara: los dos viejos sufrieron muchísimo, y a las personas se las hace sufrir así porque se las odia. La otra cosa que también está clara es que quienes más razones tenían para odiar a Francisco Adell no eran sus competidores sino sus colaboradores, la gente más próxima a él.

—Por eso les pedimos sus móviles —razona la sargento Pires—. Para averiguar dónde habían estado aquella noche. Y por eso pedimos permiso al juez para pinchar sus teléfonos. ¿Y qué sacamos en limpio de todo eso?

—No mucho —concede Melchor.

—No mucho, no —le rebate ella—. Nada.

—De acuerdo —admite Melchor—. Pero, sea como sea, ésa es la única pista que tenemos. Deberíamos haber continuado con las escuchas, deberíamos agotar las líneas de investigación.

—¿Qué líneas? —pregunta Pires—. ¿No bastan cuatro semanas de escuchas para convencerte de que no tienen nada que ver con el asunto?

—No —contesta Melchor, y en ese momento cruzan

su mente unas palabras del sargento Blai: «¿Y has visto a la mosquita muerta de Pires? Parece el perrito faldero de Gomà. Seguro que se la está cepillando». En las últimas semanas Melchor ha hablado muy a menudo con Gomà y con Pires, sobre todo por teléfono, y, aunque sólo los ha visto juntos tres o cuatro veces, nunca se ha preguntado si el sargento Blai tenía razón respecto a ellos y si su absoluta compenetración refleja algún tipo de complicidad sentimental, o por lo menos sexual. Tampoco se lo pregunta ahora que la sargento parece haberse hecho cargo de darle la réplica a él con la anuencia implícita de Gomà—. Quizá pensaban que los estábamos escuchando —prosigue Melchor—. Si alguno de ellos tuvo algo que ver con los asesinatos, seguro que tomó todas las precauciones habidas y por haber. Además, Botet y Arjona pueden explicar dónde estaban aquella noche, y sus teléfonos les dan la razón, pero los de Grau y Silva estaban desconectados. Ellos no tienen coartada. Y la de Ferrer no es inatacable.

—A mí me lo parece —replica Pires.

—Pues a mí no —replica Melchor—. Es verdad que aquel sábado por la noche estaba en su casa, con su mujer y dos de sus hijas. Pero las niñas se fueron a sus habitaciones al terminar la cena, su mujer se retiró también después de ver una serie de televisión y él se fue a un estudio que tiene fuera de la casa, en el jardín. Eso debió de ocurrir sobre las once, quizá las once y media. No sabemos a qué hora se acostó Ferrer, pero sabemos que de su casa a la de los Adell no hay más de quince minutos en coche. Así que pudo perfectamente salir de su casa, ir a la de sus suegros y volver otra vez, todo en tres cuartos de hora o una hora y sin que ni su mujer ni sus hijas se enteraran. A las doce y media o la una estaría en su cama como si nada hubiese pasado.

—Los neumáticos del coche de Ferrer no son Continental —le recuerda Pires.

—Sí, pero aquel día pudo usar otro coche —dice Melchor, que prosigue antes de que Pires intente rebatirle de nuevo—. No me malinterpreten. No estoy diciendo que Ferrer fuera el asesino, o que ayudase a los asesinos. Estoy diciendo que pudo ayudarlos. Mejor dicho, estoy diciendo que no sabemos lo suficiente para poder descartar del todo que los ayudara. Y lo mismo pasa con Grau y con Silva, sólo que corregido y aumentado. Quiero decir que Grau y Silva lo tuvieron todavía más fácil que Ferrer. De hecho, yo ni siquiera descartaría a Botet y Arjona. Al fin y al cabo, los cinco estuvieron el viernes por la noche en la masía de los Adell, y cualquiera de ellos pudo desconectar el sistema de seguridad.

—De acuerdo, no podemos descartarlos del todo —transige Pires—. Pero no tenemos ni una sola pista un poco sólida que apunte de verdad hacia ellos. Y nuestros recursos no son infinitos, así que...

—No estoy reclamando nada del otro mundo. Estoy pidiendo otro par de semanas de trabajo y una orden judicial para entrar en los despachos y los ordenadores de los cinco, si hace falta en sus casas. No pido más.

Pires renuncia a seguir discutiendo con él: es evidente que la protesta de Melchor ha dejado vista para sentencia la disputa, a la espera del veredicto del subinspector Gomà. Éste ha escuchado a sus subalternos con atención, aunque ahora, de golpe, parece desinteresado o fatigado o irritado, como si le diese pereza tener que ser él quien resuelva la controversia, o como si aquello hubiese sido un espejismo de controversia y estuviese resuelto mucho antes de empezar. Pero en seguida recobra la compostura, carraspea, cruza una mirada fugaz con la sargento Pires y vuelve a apoyar los codos y a entrelazar los dedos de las manos a la altura de la boca, tal vez tratando de ocultar de nuevo la herida del afeitado matinal.

—Quítese esa idea de la cabeza —dictamina, dirigiéndose a Melchor—. El juez no va a autorizar lo que usted quiere, y yo no se lo voy a pedir. Ya me costó lo mío que nos permitiera intervenir los teléfonos, así que olvídese de volver a hacerlo, y más todavía de molestar otra vez a los Adell. A esa gente ya la han machacado bastante entre unos y otros, no tengo ninguna intención de seguir haciéndoles sufrir. Porque ésa es la cuestión —continúa el subinspector, mirando un momento a Salom y luego otra vez a Melchor, que se dice para sus adentros que lo que va a hacer sufrir a Rosa Adell no es que siga la investigación, sino que no siga y que los asesinos de sus padres no paguen por lo que hicieron—. No es que no haya una sola pista que señale a los subordinados de Adell. Es que, en el fondo, esa hipótesis no tiene sentido. Al principio también era la mía, se lo confieso, pero ya no lo es. Mire, quien más quien menos, todo el mundo odia a su jefe, pero no por eso acaba matándole. ¿Verdad, Pires? —Encantada, la sargento sonríe, y Gomà le corresponde, antes de continuar—: ¿Que Adell era un tirano con sus colaboradores, sobre todo con sus colaboradores más próximos? ¿Que algunos, como Grau, llevaban toda la vida soportando humillaciones y desprecios de él? Sí, ¿y qué? Dígame, ¿qué ganaban Silva o Botet o Arjona con la muerte de Adell? ¿Arriesgarse a perder un trabajo que muchos envidian con razón? Porque eso es lo que les puede pasar ahora. ¿Y cree usted que gente como ésa sería capaz de meterse en un asunto tan serio sólo por vengarse? Yo no. Y tampoco veo a Grau capaz de hacerlo. ¡Pero si ese viejo no es nadie sin Adell! ¡Pero si llevaba toda la vida a su lado y le admiraba mucho más de lo que lo odiaba, suponiendo que lo odiase! En cuanto a Ferrer, me arrepiento incluso de haber pinchado su teléfono. Porque, de todos, era el que menos razones tenía para querer la muerte de Adell. Cierto que era su suegro además de su jefe, y que le maltrataba a conciencia. Pero, por mal que se llevara con él, sabía que el viejo tenía más de noventa años, que no era eterno y que su hija le heredaría cuando muriera. ¿Por qué iba a arriesgarse a perderlo todo complicándose en un asesinato si, con un poco de paciencia, podía ganarlo todo sin hacer nada? Ferrer puede ser un frívolo, un cantamañanas y un jeta, pero no un tonto del culo ni un chiflado. ¿Es verdad o no, caporal?

Salom entorna los ojos y aprieta los labios en un ademán de conformidad, como si lamentase verse obligado a darle la razón.

—No tiene ni pies ni cabeza —insiste el subinspector Gomà, mirando de nuevo a Melchor—. No digo que, si dispusiésemos de tiempo y de recursos suficientes, no mereciese la pena seguir investigando. Pero, como decía la sargento Pires, tiempo y recursos son precisamente lo que nos faltan, por lo menos aquí en Tortosa. Ya sé que en la Terra Alta las cosas son distintas, allí les sobra el tiempo para todo, incluso para leer novelas, pero aquí las cosas son como son, y esta investigación la llevamos desde aquí. Créame, yo también lo siento. —Antes de que Melchor pueda reaccionar, el subinspector se levanta de su asiento y se vuelve hacia Pires—. Bueno, han pasado los cinco minutos. Seguro que ya están aquí.

Salen de Tortosa sin pronunciar una palabra, y sin pronunciar una palabra recorren los primeros kilómetros en dirección a Gandesa, hasta que, no lejos de Xerta, Salom se resuelve a romper el silencio.

—Deja de darle vueltas de una vez, ¿quieres? —dice—. Gomà tiene razón.

En el asiento del copiloto, Melchor mira fijamente al frente, como hechizado por el asfalto de la carretera, donde el reverbero del sol crea charcos temblorosos de agua ilusoria. A un lado y otro de la calzada se suceden hileras de naranjos que sobresalen de la tierra sedienta. Salom conduce con la mano derecha en el volante y con el antebrazo izquierdo en el reborde de la ventanilla. Todavía no han entrado en la Terra Alta.

—No sé por qué te pones así —prosigue—. Esto se veía venir desde el principio. Lo sabemos de sobra: si no aparecen pistas sólidas los primeros días, empieza a despedirte. Al final de la primera semana ya estábamos bloqueados, y a partir de ahí ya ha sido todo dar palos de ciego. Bastante ha hecho Gomà con lo que ha hecho. Lo normal hubiese sido cerrar el caso antes. Piénsalo bien, es lo que cualquier otro hubiese hecho.

—Éste no es un caso normal —masculla Melchor.

—¿Por qué? ¿Porque salía en la tele? Cuentos. En el fondo todos los casos son iguales, por lo menos para nosotros. La única diferencia es que unos los resolvemos y otros no. Y éste no vamos a resolverlo. No te lo tomes tan a pecho, no puedes dejar que cada vez que pasa una cosa así te salga el justiciero que llevas dentro. ¿Cómo lo llama Olga?

Melchor no contesta, ensimismado, sin apartar la vista de la carretera. Salom deja pasar unos segundos antes de reformular la pregunta.

—Javert —contesta Melchor—. Es el policía de *Los miserables.*

—Eso —dice Salom—. Como te dejes arrastrar por él, vas a amargarte la vida. La tuya y la de tu familia.

Otra vez en silencio, dejan atrás Xerta, cuyas casas parecen dormitar a la derecha de la carretera, en el bochorno vertical de las dos de la tarde, y, cuando ya no falta mucho para llegar a Benifallet, suena el móvil de Melchor. Es el sargento Blai, impaciente por saber qué ha ocurrido en la reunión con Gomà. Melchor se lo cuenta, esforzándose al máximo por mantener la ecuanimidad.

—¿Entonces se acabó? —pregunta Blai al final—. ¿Ha dado definitivamente carpetazo?

—Definitivamente no —contesta Melchor—. O eso dice. Pero, sí, de momento el caso está cerrado.

—¡Menudo hijo de puta! —exclama el sargento—. De todos modos, no será porque no te lo advirtiese, ¿eh? Cuando encontraron el cadáver del niño en Riumar, te lo dije: prepárate, esto es el final de lo vuestro. Y así ha sido. Los periodistas se tiraron sobre el caso y, ¿quién se acuerda ya del asesinato de los Adell? En cuanto dejó de aparecer en televisión, a Gomà dejó de interesarle. Así que allá va nuestro subinspector favorito cayendo con toda la caballería sobre el caso de Riumar, como loco por salir en la foto y por tapar su fracaso en un asunto ruidoso con otro más ruidoso todavía. La madre que lo parió.

—No dispone de recursos suficientes para trabajar en los dos casos —alega Melchor en funciones de abogado del diablo—. Eso viene a decir. Aunque de lo de Riumar no ha dicho ni pío.

—¡Y una mierda! —se enfurece Blai—. ¿La Unidad Territorial de Investigación de Tortosa no dispone de recursos? ¡Ja! Dispone de todos los que le da la gana. Y, si no los tiene, puede pedirlos a Barcelona. Es lo que acabo de decirte: lo que le pasa a Gomà es que no tenía ni repajolera idea de por dónde tirar con el caso Adell y no le ha quedado más remedio que esconder ese fiasco detrás de lo que sea. Aunque sea el cadáver de un niño.

—Ésa es la otra razón que da para cerrar el caso —dice Melchor—. Que no sabía por dónde tirar.

—¡Nos ha jodido! —se lamenta el sargento, más furioso todavía—. Si no nos hubiera apartado desde el principio a nosotros, otro gallo cantaría. Pero, claro, tenía que acaparar todo el protagonismo, no podía meter en el caso a nadie que pudiera hacerle sombra, y además ya se sabe, los de la Terra Alta somos de segunda, se lo dije a Barrera para que se lo dijese a él, que Gomà necesitaba más gente sobre el terreno, que hacía falta más personal que conociese bien la Terra Alta y os echase una mano a ti y a Salom, que eso de mandar dos tíos a la Argentina y otros dos a Rumanía o a donde fuese quedaba muy bien en los telediarios pero sólo servía para gastar dinero y perder un tiempo precioso; pero ya sabes cómo es Barrera, otro que tal baila, este hombre no quiere líos con nadie, y menos con Tortosa. Y menos todavía cuando está a punto de jubilarse. Y te digo otra cosa, Marín. Juégate lo que quieras a que ahora Gomà sí me abre el caso, seguro que a partir de este momento ya no me restringe el acceso a la información y me deja entrar con mi clave en lo que habéis investigado, como si me dijese: «Ahí te dejo ese marrón, cabrito, a ver si tú eres capaz de arreglarlo, a ver si tú, que tanto largas contra mí, encuentras algo, eso sí, sin medios ni gente ni leches, ahora que ya está todo resuelto y no hay donde rascar». Si puede, va a intentar cargarme el muerto. Te apuesto lo que quieras.

Como el sargento Blai continúa desahogándose, Melchor se aparta un poco el teléfono de la oreja. Al hacerlo recuerda un detalle ocurrido hace apenas unos minutos, ya terminada la reunión en el despacho del subinspector Gomà, y es que, mientras se despedía de la sargento Pires, ésta se le ha acercado tanto que por vez primera Melchor ha podido leer las palabras escritas en el tatuaje que luce en la clavícula; las palabras decían: «Amor eterno». Melchor las ha vuelto a leer, una, dos veces, y, cuando ha levantado la vista del tatuaje, ha tenido la impresión de que la sargento le guiñaba un ojo.

—Melchor, ¿estás ahí? —pregunta Blai.

—Sí —contesta, no del todo seguro de haber vivido la escena que acaba de recordar.

—Ah, creí que esto se había cortado. En fin, lo dicho, que no te hagas mala sangre. Ajo y agua, españolazo: a joderse y a aguantarse. ¿Estás todavía con Salom? —Melchor vuelve a decir que sí—. Yo he quedado a comer con Corominas y con Feliu. ¿Nos vemos en el Terra Alta?

—Prefiero comer en casa. Si no te importa.

—No me importa —dice Blai—. Nos vemos mañana en comisaría. Y dale recuerdos de mi parte a Olga.

Melchor encuentra un hueco en el aparcamiento, deja el coche allí y camina a paso vivo hacia el juzgado, un edificio de dos plantas y paredes color crema que se alza en la avenida Joan Perucho, a las afueras de Gandesa. Salva de dos en dos los escalones de acceso, ceñidos por parterres, y entra por la puerta principal, bajo dos mástiles donde ondean sendas banderas, una de España y otra de Cataluña. Son casi las diez de la mañana y en el vestíbulo del juzgado, a la puerta de la sala de audiencias, se ha reunido un grupo numeroso de personas, la mayoría gitanos. Melchor saluda a distancia a un par de compañeros uniformados, sube por las escaleras hasta el primer piso y llama al despacho del juez, que todavía no ha llegado. Se lo dice su secretaria, una mujer de cuarenta y tantos años, alta e imperativa, de pelo rojizo, cara cuadrada y voz de contralto, que le conoce bien.

—Mal día para imprevistos, chato —le advierte cuando Melchor pregunta si puede hablar con su jefe—. Tiene un juicio a las diez: si no le pillas antes de que empiece, olvídate en todo el día.

Melchor da las gracias y baja al vestíbulo, donde la aglomeración ha crecido a ojos vistas frente a la sala de audiencias; sus compañeros de uniforme, en cambio, parecen haberse evaporado. Después de buscarlos en vano, sale a la calle y aguarda al juez recostado contra una de las dos columnas falsamente clásicas que sostienen el porche de entrada, bajo las banderas. Está seguro de lo que va a hacer. Anoche, mientras daba vueltas en la cama junto a Olga, aún tenía dudas; se ha decidido esta mañana, después de dejar a Cosette en la guardería, mientras tomaba café en la pastelería Pujol. «Un último intento», piensa. «No pierdo nada», piensa. «El no ya lo tengo», piensa también. Hay gente que entra en el juzgado, pero nadie sale; la madre de un camello imberbe al que detuvo hace unos meses —una mujer joven, flaca y guapa, vestida con un traje estampado— le saluda con una mirada arrogante. De vez en cuando, un coche cruza frente a él por la avenida. Más acá, en los parterres que descienden hacia la calzada, se yerguen dos hileras de cipreses con varios arbustos de lavanda a sus pies, el tallo verde y la flor violeta. A su izquierda, una empalizada de pinos protege unas instalaciones deportivas; a su derecha se ve la estación de autobuses de Gandesa. Unas hilachas de nubes ponen una pincelada blanca en el azul del cielo.

No ha transcurrido más de un cuarto de hora cuando

el Citroën negro del juez estaciona en el aparcamiento reservado para el personal del juzgado y Melchor se precipita a abrirle la puerta.

—Gracias, hijo —dice el juez, saliendo trabajosamente del auto con la ayuda de Melchor—. Llego tarde, ¿no?

Sin contestar a la pregunta del magistrado, Melchor le da los buenos días, le pregunta si tiene un minuto para él, le recuerda quién es y, mientras ambos suben las escaleras del juzgado, a toda prisa le dice que cree que están cometiendo un error con el caso Adell, le explica que deben seguir investigando, le pide autorización para entrar en los despachos y los ordenadores de los directivos de Gráficas Adell.

El juez se detiene en el porche; jadea, y una gruesa gota de sudor baja desde su sien hacia su mejilla recién afeitada, hidratada y perfumada.

—¿Quién me ha dicho que es usted? —le pregunta a Melchor.

Él repite su nombre y su empleo. Mientras recobra el aliento y se enjuga el sudor de la cara con un pañuelo, el juez parece por fin reconocerlo, y su extrañeza se trueca en severidad.

—Usted sabe que no debería estar hablándome de esto, ¿verdad? —pregunta—. Y menos aquí, a la entrada del juzgado.

—Tiene razón, señor juez —reconoce Melchor—. Le pido disculpas. Pero...

—No hay pero que valga —le ataja el otro, sin alterarse—. Lo que está usted haciendo es totalmente irregular, y lo sabe: si sus superiores se enterasen, podría tener problemas. —Agitando el pañuelo hacia él, se apresura a tranquilizarle—: No se preocupe, no se van a enterar. —Luego continúa—: Voy a cerrar ese caso, sí. Ha sido decisión mía, no del subinspector Gomà, aunque él está de acuerdo conmigo. De todos modos, si cree usted que me equivoco, si piensa que no debo cerrarlo, siga el conducto reglamentario y dígaselo a su mando. Es él quien debe hablar conmigo, no usted. Lo entiende, ¿verdad?

Melchor abre la boca como si fuera a decir algo, aunque en seguida la cierra y cabecea arriba y abajo con la vista fija en los zapatos del juez, negros y lustrosos. En ese momento se abre la puerta del juzgado y asoma la secretaria del juez, cargada con un mazo de documentos.

—Vamos tarde, señoría —dice—. Le estamos esperando.

El juez se mete el pañuelo en el bolsillo del pantalón y hace el gesto de seguir a su secretaria. Pero no la sigue. Aunque es dos palmos más bajo que Melchor, debe de pesar casi el doble que él; lleva un traje azul oscuro de buen paño y una camisa blanca con unos tirantes negros, ambos planchados con pulcritud.

—Mire, hijo —le reconviene, asiendo los tirantes con sus manos regordetas—. En nuestro oficio hay que aprender a convivir con la frustración. En el suyo y en el mío. Y en cualquiera. Como decía uno de mis maestros, en eso consiste la vida civilizada: en aprender a convivir de manera razonable con la frustración. En cuanto al caso Adell, créame, no íbamos a ninguna parte, así que lo razonable era cerrarlo. Más adelante, quién sabe, a lo mejor tenemos suerte y salta la sorpresa justo cuando menos lo esperamos. No sería la primera vez. Pero ahora lo sensato es lo que hemos hecho. No le quepa duda. De modo que hágame caso, olvídese del asunto y disfrute de la juventud. No es tan corta como decimos los viejos, pero casi.

La secretaria vuelve a asomar por la puerta y, con expresión de no dar crédito a lo que está ocurriendo, fulmina al juez con la mirada mascullando algo que Melchor no alcanza a entender. Ahora el magistrado sí la sigue.

—Ya voy, ya voy —rezonga, caminando tras ella—. Pero no empecemos el día riñendo, ¿eh?

Melchor intenta seguir el consejo del juez, olvidarse cuanto antes del asesinato de los Adell y retomar su vida de siempre en la Terra Alta. No lo consigue. El caso ha desaparecido de las televisiones, las radios, los periódicos y las redes sociales desde que, una semana atrás, una pareja de turistas noruegos encontró el cuerpo descuartizado de un niño de cinco años en la playa de Riumar, en el delta del Ebro, no lejos de la Terra Alta, y, aunque Melchor acude sin falta a comisaría, trabaja en los casos que se le asignan y vuelve a redactar informes y a participar en el pase cotidiano de novedades, en las reuniones de grupo y en las patrullas diarias o casi diarias con Salom, es incapaz de arrancarse de la cabeza la muerte de los ancianos y de su criada rumana. Por fortuna, nadie a su alrededor se percata de su obsesión, salvo Olga, que, cada vez que le sorprende con la mirada perdida y la expresión ausente, le devuelve a la realidad con una broma privada:

—¿Qué tal, Javert?

Hasta que, al cabo de un tiempo, Melchor se rinde a su propia obsesión y, pese a que el caso está oficialmente archivado, decide volver a sumergirse en él, cosa que equivale a volver a sumergirse en el océano de informes y documentos que el grupo de investigación dirigido por el subinspector Gomà reunió durante seis semanas de trabajo intensivo, un grupo en el que llegaron a colaborar de manera más o menos continuada u ocasional casi cuarenta personas, según hace constar al principio de la investigación la sargento Pires.

Melchor trabaja a ratos perdidos y a espaldas de sus compañeros. Es consciente de que esas incursiones subrepticias dejan huella informática y de que cualquiera de sus superiores podría detectar que ha seguido hurgando en la investigación a destiempo y sin que nadie se lo ordenara, lo que podría acarrearle problemas; pero ni siquiera se plantea si está dispuesto a correr el riesgo que está corriendo y a lidiar con las consecuencias: simplemente lo corre. Tiene la prudencia, eso sí, de no llamar por teléfono ni de visitar a Ferrer, porque está seguro de que se lo contaría a Salom. Tampoco vuelve a Gráficas Adell para entrevistar a Grau, Silva, Botet o Arjona, pero una noche incurre en la temeridad de llamar por teléfono al viejo gerente con el fin de formularle dos preguntas. La primera es vaga: qué recuerda de la cena del viernes anterior al asesinato de los Adell. La segunda es concreta, y es si cree que algún directivo de Gráficas Adell puede estar implicado en el crimen. Grau responde a la primera pregunta que no recuerda nada en particular, que fue una cena absolutamente normal, como tantas que a lo largo de los años se celebraron cada viernes por la noche en la masía de los Adell, sin ningún hecho singular que la distinguiese de las precedentes. El segundo interrogante lo acoge con una carcajada ronca y resabiada.

—Si hubieran podido matar a Paco sin que nadie se enterase, apretando un botón, cualquiera lo habría hecho —contesta—. Puede estar seguro. Pero, como eso es imposible, la respuesta a su pregunta es que ninguno tiene lo que hay que tener para hacer algo así. Bueno, ninguno no. Hay uno que sí hubiese sido capaz de hacerlo.

—¿Quién?

—Yo.

Aquella noche Melchor cuelga el teléfono convencido de que es imposible que Grau esté implicado en el asesinato de Adell, porque ningún asesino se señalaría a sí mismo como asesino, y menos ante un policía. La convicción le dura poco, porque comprende de inmediato que señalarse a uno mismo como asesino, y más ante un policía, puede ser el abrigo más seguro contra las sospechas, la mejor forma de alejar cualquier suspicacia.

Días después, un encuentro casual le ratifica en su intuición. Ocurre a las nueve de la mañana, cuando acaba de dejar a Cosette en la guardería y se dirige al Terra Alta, donde se ha citado con Salom para tomar café de camino a una reunión en la subcomisaría de Móra d'Ebre, y, justo al pasar frente a la estación de autobuses, reconoce el Porsche Panamera de Albert Ferrer en el aparcamiento. Indeciso, no se detiene, aunque al llegar a la altura del hotel Piqué da media vuelta, regresa y aparca junto al deportivo. Entra en la cafetería de la estación y al instante ve a Rosa Adell, sentada junto a un ventanal que da a la carretera y tecleando en un teléfono móvil, ante una taza de té y un florero de cristal con una flor de plástico fucsia envuelta en un trozo de tul. Melchor se acerca a ella, que deja de escribir y levanta la vista de la pantalla; al principio parece no reconocerlo, pero en seguida sonríe débilmente y le saluda.

—¿Puedo sentarme? —pregunta Melchor.

—Por favor —contesta Rosa Adell, señalando una silla frente a ella—. Estaba a punto de marcharme.

Melchor pide un café mientras Rosa termina de escribir en su móvil.

—Espero no molestarla —dice él.

—No me molestas —contesta al tiempo que se sirve en

su taza el té que queda en la tetera—. Siempre que no me trates de usted. Tampoco soy tan mayor, hombre.

—No te trataba de usted porque seas mayor —se apresura a disculparse—. Es sólo una costumbre.

—Una mala costumbre, sobre todo con las mujeres. —Mientras se bebe su té, le acecha por encima del borde de la taza y Melchor percibe un brillo irónico en sus grandes ojos ovalados—. Albert me ha dicho que estás casado con Olga Ribera. ¿Sabes que ella y yo éramos amigas? —Melchor dice que sí; Rosa Adell baja la taza y le mira de frente, ya sin rastro de ironía—. Íbamos juntas al colegio. Nos llevábamos muy bien. Luego..., en fin, ya sabes cómo son estas cosas: creces, haces tu vida y acabas perdiendo a la gente de vista. A Olga hace mucho tiempo que no la veo. ¿Está bien? Tenéis un hijo, me han dicho.

—Una hija —dice Melchor—. Se llama Cosette.

—¿Cosette? Es un nombre francés, ¿no?

Melchor asiente, pero no aclara el origen del nombre porque la encargada del bar aparece con su café. Mientras Rosa habla un momento con ella, Melchor observa a la hija de los Adell. Apenas parece la misma persona que conoció casi dos meses atrás, en el estudio de su marido, y Melchor se dice que aquella nueva apariencia, más alegre, más fresca y más joven que entonces, no es sólo obra del tiempo transcurrido desde el asesinato de sus padres; también, del color que realza sus labios, sus pestañas, sus pómulos, o de que en su atuendo no dominan, como entonces, el gris y el negro del luto: hasta donde puede ver, lleva una blusa blanca, de seda y manga corta, tiznada por un pequeño broche negro como una esquirla postrera del duelo. Del respaldo de su silla cuelgan una chaqueta veraniega y el asa de un bolso; de los lóbulos de sus orejas, dos perlas naturales.

—¿No está tu marido? —pregunta Melchor, de nuevo los dos a solas—. He visto su coche fuera.

—Lo he cogido para ir buscarle a Barcelona —responde Rosa—. Llega esta noche de México. De paso, durante el día haré unos recados y comeré con mis hijas. —Señala su móvil sobre la mesa, quieto como un reptil dormido—. Precisamente estaba escribiendo a la pequeña cuando entraste. En fin, trato de distraerme un poco.

—Lo comprendo. —Le asalta el impulso solidario de hacerle saber que no habla por hablar, que la comprende de veras, que cree saber lo que siente o algo muy parecido a lo que siente, que a su madre también la mataron y que su asesinato también quedó impune. Pero el impulso se desvanece como una llamarada, o tal vez Melchor lo sofoca. Se oye decir—: ¿Puedo hacerte una pregunta?

Ella le mira con interés.

—Es sobre la última vez que viste a tus padres —especifica—. Sobre la cena de aquel viernes en su casa, con tu marido y Grau y los demás. Me gustaría saber qué recuerdas de aquella noche. Grau dice que fue una noche normal, que no recuerda nada fuera de lo común, y ninguno de los otros directivos me dijo nada sobre ella, aunque yo tampoco insistí mucho. Es sólo en los últimos días cuando he empezado a pensar que a lo mejor no le dimos toda la importancia que merece. ¿Recuerdas tú algo que la hiciera distinta?

Rosa Adell continúa observándole un par de segundos, ya no con interés sino con desencanto. Aparta la vista y recorre con ella el salón, una estancia poblada por mesas blancas rodeadas de sillas blancas y fucsias en las que se sientan parejas de turistas con pantalones cortos y camisetas veraniegas. En la pared del fondo, una pantalla anuncia salidas de autobuses hacia Barcelona, Tarragona, Tortosa y los pueblos de la Terra Alta; debajo de la pantalla hay un aparador lleno de botellas de vino de la Terra Alta y un retrato de Audrey Hepburn hecho a pluma. Cuando vuelve a mirarle, en sus ojos el desencanto se ha convertido en pesadumbre.

—Creí que habíais cerrado la investigación —dice.

—Y está cerrada —reconoce Melchor—. Pero la cerramos en falso, no debimos hacerlo. Yo creo que...

—Salom nos dijo que no podíais ir más allá, que topasteis con un muro —le ataja, bajando la vista hacia el florero con la flor de plástico fucsia—. Dijo que ya no sabíais por dónde seguir, y que ibais a dejarlo. ¿Y sabes una cosa? —Vuelve a mirarle—. Puede que sea lo mejor. Cuanto más tiempo esté abierta la investigación, más sufrimiento. Ahora por lo menos los periodistas nos han dejado en paz, y mi familia empieza a recuperar la tranquilidad. Todo eso que hemos ganado.

—Yo hubiera preferido que se hiciera justicia.

—¿Y crees que yo no? —pregunta, acercando su cara a la de Melchor, que sólo entonces repara en un detalle: el broche negro que mancilla el blanco inmaculado de la blusa de su interlocutora es una miniatura de un águila con las alas desplegadas, el logotipo de Gráficas Adell—. Pero ¿qué quieres que haga? ¿Exigir que continuéis cuando ya no sabéis por dónde continuar? ¿Contratar a un detective privado? No creas que no lo pensé, pero Salom me convenció de que no serviría para nada. Si no habéis llegado a ninguna parte vosotros, ningún detective privado va a hacerlo: al fin y al cabo, vosotros conocéis mejor que nadie la Terra Alta y tenéis mucha más gente y muchos más medios que nadie. Además, ni siquiera la justicia va a devolverme a mis padres. Ni va a ahorrarles a ellos...

No termina la frase, contrae los labios y separa el torso

de la mesa al tiempo que baja otra vez la vista hacia la flor de plástico rodeada de tul. Temiendo que rompa a llorar, Melchor siente la tentación de cogerle una mano, pero no cede a ella.

—Perdona —se excusa Rosa Adell, forzando una sonrisa.

—Perdóname a mí —se excusa Melchor.

Esta doble disculpa genera un silencio inesperadamente cómodo, durante el cual vuelve a atraer la atención de Melchor el logotipo de Gráficas Adell prendido en la blusa de la heredera de la empresa.

—Hay algo que me intriga —dice Melchor, cuando ella parece recompuesta—. No te preocupes, no tiene nada que ver con tus padres.

De los labios de Rosa no ha desaparecido la sonrisa.

—¿Por qué no has querido trabajar en Gráficas Adell? —pregunta—. Conoces la empresa desde siempre, a tu padre le hubiese gustado que la llevases, eres economista como tu marido...

—Precisamente por eso no quise —dice ella—. Demasiados economistas en casa, demasiada gente trabajando en la empresa. No quería trabajar con mi padre y con Albert. Además, me apetecía dedicarme a mi familia. Ya sé que hay gente que esto no lo entiende, pero me da igual. ¿Sabes? Desde niña yo siempre he sabido que era una privilegiada, y de mayor he querido que mis hijas disfruten de ese privilegio. No me arrepiento. Aunque a lo mejor de ahora en adelante las cosas tienen que cambiar.

—¿Qué quieres decir?

—Que a lo mejor tengo que implicarme más en los asuntos de la empresa, ahora que mi padre no está y que mis hijas ya no me necesitan tanto como antes. No lo sé. Ya veremos.

Rosa Adell guarda silencio un momento. Melchor la observa preguntándose cómo es posible que una mujer como ésa se haya enamorado de un hombre como Albert Ferrer, y notando un peso en el estómago al recordar que Ferrer la engaña con otras mujeres; aunque desde que se casó con Olga ha dejado de pegar palizas clandestinas a los hombres que maltratan mujeres, también se pregunta si alguna vez Ferrer ha pegado a su esposa. La mujer suspira tras consultar su reloj:

—Bueno, tengo que marcharme.

Melchor se levanta con ella, se deja invitar al café y ambos salen juntos a la calle, donde una dura luz matinal, seca y sin viento, anuncia un día sofocante en la Terra Alta. De pie junto al Porsche Panamera de su marido, con la chaqueta bajo el brazo, Rosa Adell se entretiene hurgando en su bolso mientras un autobús aparca tras ella, en uno de los andenes de la estación, y él presiente que no ha dado por terminado su encuentro. Por fin, la mujer saca del bolso las llaves de su coche y unas gafas de sol con las varillas blancas y muy anchas; se cala las gafas, como parapetándose tras ellas, y, cuando vuelve a mirar a Melchor, éste se reconoce a sí mismo en la negrura reflectante de sus lentes.

—El señor Grau tiene razón: fue una cena como todas —refiere Rosa Adell, contestando la pregunta postergada—. Era una costumbre de mi padre, supongo que te lo habrán contado. Cenábamos cada viernes en casa, él y sus colaboradores más cercanos, mi madre y yo. Aunque yo no empecé a asistir a esas reuniones hasta que cumplí quince años, antes no me dejaban, y me moría por saber de qué hablaban allí. —Calla un instante; los dedos juguetean con la llave automática del coche—. No sé, si acaso la única diferencia entre esa cena y las demás fue que Albert y yo nos marchamos los primeros.

—¿Eso no era habitual?

—No. Normalmente, nosotros y el señor Grau nos quedábamos hasta que todo el mundo se iba, charlábamos un rato con mis padres, comentábamos la cena, quien quería se tomaba un whisky, hablábamos de las niñas, qué sé yo. No sé lo que pasó aquella noche para que nos fuéramos tan pronto. Quizá influyó que Albert estaba nervioso, antes de la muerte de mis padres pasó una mala temporada.

—¿Sabes por qué?

—No. El trabajo, supongo.

—Me han contado que dedicaban las cenas a hacer balance de la semana —intenta espolear su memoria Melchor—. ¿Es lo que hicisteis aquel día?

—Más o menos —explica Rosa Adell—. Aunque quienes hacían balance eran ellos, los que tenían puestos de responsabilidad en la empresa, mi madre y yo apenas interveníamos. Pero sí, eso es lo que hicieron, lo mismo que cada viernes. Hablar y discutir.

—¿De qué discutieron? ¿Quién discutió?

—Todos, pero sobre todo mi padre y el señor Grau. Eran los que siempre llevaban la voz cantante. Te lo habrán contado también. Se conocían de toda la vida, y yo siempre los vi discutiendo. Siempre. De vez en cuando, si la cosa se ponía demasiado caliente, alguien trataba de mediar entre ellos, me acuerdo de que Albert lo intentó algunas veces al entrar a trabajar en la empresa. Yo le decía que no lo hiciera, que ésa era la forma que mi padre y el señor Grau tenían de relacionarse, funcionaban así. El caso es que al final lo dejó por imposible, todos los acababan dejando por imposibles. Era como tratar de mediar en una pelea de gallos.

—¿Quieres decir que eran discusiones violentas?

—¿Violentas? —Los labios de ella vuelven a alargarse en una tenue sonrisa—. ¡No! Eran fantásticas. Cuando empecé a ir a esas cenas, de adolescente, yo creía que aquellas discusiones no iban en serio, que mi padre y el señor Grau discutían para divertirse, o más bien para divertirnos a los demás. Y a lo mejor es verdad, pero el caso es que así tomaban siempre las decisiones importantes: discutiendo hasta el agotamiento.

—¿De qué discutieron aquella noche?

—De muchas cosas, creo que sobre todo de lo que siempre discutían de un tiempo a esta parte: de la filial de México. Mi padre llevaba meses dando vueltas a la idea de cerrarla, últimamente había entrado en pérdidas, pero el señor Grau sostenía que era un error y había conseguido convencer a todos los demás de que era un error y de que había que seguir... —Hace una pausa—. Bueno —se corrige—, a todos salvo a Albert.

—¿Eso es raro? —pregunta Melchor.

La mujer tarda un par de segundos en contestar; por la megafonía de la estación anuncian la partida de un autobús con destino a Tarragona.

—No —contesta—. Supongo que no. Es sólo que, bueno, en este asunto Albert había estado siempre del lado del señor Grau, siempre se había opuesto a cerrar la fábrica de Puebla, de hecho el señor Grau se apoyaba en Albert porque él viaja allí a menudo y conoce bien aquello... Pero esa noche Albert se puso del lado de mi padre y en contra del señor Grau. Creo que fue la primera vez, y por eso me sorprendió. Claro que Albert acababa de estar en México y seguramente había comprendido que mi padre tenía razón y que lo mejor era cerrar la fábrica. No lo sé. Deberías preguntárselo a él.

—¿Crees que esa discusión guardaba relación con el

nerviosismo de tu marido, quiero decir con la mala temporada que pasó antes de la muerte de tus padres, o con el hecho de que os marcharais antes de tiempo aquella noche? ¿Recuerdas si Albert se marchó enfadado? ¿Te comentó algo mientras volvíais a casa?

—No. No lo sé. La verdad es que no lo recuerdo. ¿Es importante?

—Podría serlo. Pero déjame hacerte otra pregunta: ¿recuerdas si alguien se levantó de la mesa durante la cena y estuvo fuera del comedor más rato de lo normal? Para hablar por teléfono, para ir al baño...

Antes de que Melchor agote sus conjeturas, Rosa Adell deja de juguetear con las llaves del coche, se quita las gafas y compone una sonrisa diáfana.

—Mira, a esa pregunta sí puedo contestarte —dice—. No conozco a nadie que vaya tanto al baño como el señor Grau.

—No lo noté el día que estuve en su despacho.

—Porque no se tomaría una copa. En cuanto se la toma, empieza el desfile. Desde que tengo uso de razón padece de próstata, mi padre se reía siempre de él, decía que por eso se quedó soltero: porque todas las mujeres a las que invitaba a cenar acababan pensando que tenía algo raro. Siempre se estaba burlando del señor Grau, pero le quería mucho, era su compinche de toda la vida... Oye, ¿por qué hemos acabado hablando de esto? Ah, sí. —Rosa vuelve a calarse sus gafas de sol y Melchor vuelve a ver en la opacidad de sus lentes un reflejo sombrío de sí mismo—. En fin, vas a tener que disculparme. Ya es hora de que me vaya. Me ha gustado mucho volver a verte. ¿Le darás recuerdos de mi parte a Olga?

—Tengo que pedirte una cosa, Salom —dice Melchor.

—¿Qué cosa? —pregunta el caporal.

—Que me consigas una llave de las oficinas de Gráficas Adell. Voy a entrar.

Acaban de salir de Gandesa y circulan por la carretera de El Pinell de Brai, con el macizo verde y marrón de la sierra de Cavalls a su izquierda, plagado de molinos de viento cuyas aspas giran a un ritmo calmoso. Son las nueve de la mañana, brilla el sol y el cielo es de un celeste intenso, casi metálico. El aire acondicionado del coche no funciona, así que Salom ha bajado la ventanilla del conductor y un aire que aún no ha perdido del todo la frescura de la noche le despeina un poco y le agita el pelo de la barba. El caporal cruza una mirada con Melchor.

—¿Te has vuelto loco o qué?

—Sólo quiero echar un vistazo. Nada más.

—Eres un insensato —le espeta Salom, volviendo la vista hacia la carretera—. ¿Sabes lo que puede pasar si te pillan? Como mínimo, un expediente. A lo mejor te ponen en la calle.

—No me van a pillar —asegura—. En las oficinas no hay cámaras de seguridad. No hay alarmas. Lo vi el día que estuvimos allí. Para entrar sólo necesito una llave.

—No cuentes conmigo, Melchor.

—No te estoy pidiendo que me acompañes —aclara—. Sólo te pido que me consigas una llave. Mejor una llave maestra. Ferrer seguro que la tiene.

Salom cabecea mientras se cruzan con un camión que transporta electrodomésticos, seguido muy de cerca por una furgoneta de reparto, y el caporal se ve obligado a arrimarse a su derecha para dejarlos pasar, porque la carretera es angosta y carece de arcén.

—Maldita sea —dice una vez realizada la maniobra,

golpeando el volante con un puño irritado—. ¿A qué viene ahora esta gilipollez? ¿Cuándo piensas sentar cabeza? Tienes una mujer y una hija, vas a cumplir treinta años. No puedes andar por ahí haciéndote el listo, hostia, ya no eres una criatura. ¿Le has contado a Olga lo que piensas hacer?

Salom cierra su ventanilla, como si le molestase el viento, y el escándalo del coche circulando se reduce de golpe a un zumbido de fondo.

—¿Vas a ayudarme o no vas a ayudarme? —pregunta Melchor.

—El caso está cerrado —responde su compañero—. ¿Se puede saber por qué quieres seguir metiendo las narices en él?

—Porque no está cerrado. Tú y yo sabemos cuándo un caso está cerrado, y éste no lo está. Por eso quiero seguir. Por eso y porque no quiero quedarme con esto dentro.

—¿Con qué?

—Con la sensación de que no hice todo lo que pude por resolverlo —dice Melchor, el puño cerrado sobre la boca del estómago. Luego explica—: Hace unos días me encontré por casualidad con Rosa Adell. Estuvimos hablando de la última noche que vio a sus padres, de la cena del viernes con la gente de la empresa. Por lo visto, su padre y Grau discutieron.

—Esos dos viejos se pasaban la vida discutiendo —le recuerda Salom—. ¿Ahora te enteras?

—Discutieron sobre la filial de México —continúa, sin hacer caso al caporal—. Hablaban de la posibilidad de cerrarla. Al parecer el asunto venía de lejos. Grau estaba a favor de dejarla abierta, Adell en contra. Todos los demás apoyaban a Grau, excepto Ferrer, que justo aquella noche cambió de opinión.

—¿Y?

—No sé —reconoce Melchor—. Pero era un asunto importante, es posible que tuviera muy inquieto a Ferrer, ¿no te parece raro que nadie nos haya hablado de eso? A mí, sí. Quiero saber de qué va, quiero saber por qué nadie lo ha mencionado. Llámalo una corazonada. Y súmalo a que alguno de los que estaba en esa cena pudo desconectar las cámaras de seguridad y las alarmas. Grau, sin ir más lejos. Conoce muy bien la casa y aquella noche se levantó un montón de veces de la mesa para ir al baño. Padece de la próstata.

—Las cámaras de seguridad y las alarmas las pudo desconectar cualquiera, empezando por la criada rumana. ¿Cómo se llamaba?

—Arba. Jenica Arba.

—Eso. En cuanto a Grau, no digo que no puedas tener razón. Si descartamos la hipótesis del robo, para mí sigue siendo el principal sospechoso. El problema es que no tenemos ni una sola prueba sólida contra él. Ni una. Y que las corazonadas no sirven.

—Por eso quiero entrar en su despacho, para encontrar la prueba que necesitamos. Si no la encuentro, la buscaré en los despachos de los demás.

—¿Y si tampoco la encuentras en los de los demás?

—Entonces se acabó. Punto final. Lo dejo. Éste es mi último intento: si no sale bien, me olvido para siempre del asunto. Te lo prometo. ¿Qué dices, vas a ayudarme o no?

—Ni hablar.

—Por favor, Salom. Piénsalo bien.

—No tengo nada que pensar.

—Te lo pido por favor. No hace falta que me respondas ahora. Pero piénsalo, ¿de acuerdo? Sólo te pido eso.

—Aquí tienes —dice Salom, entregándole al cabo de unos días un llavín argentado, de cabeza rectangular y cuerpo liso—. Esto abre todas las puertas de Gráficas Adell, salvo la del patio.

—No te preocupes —dice Melchor—. La valla es baja. No tendré ningún problema para saltarla.

Salom le entrega también una tarjeta plastificada a nombre de Albert Ferrer, con una foto tamaño carné de su dueño y dos palabras estampadas en ella: «Consejero delegado».

—Y esto sirve para la barrera de entrada, para la del vestíbulo y para conectar los ordenadores —dice Salom—. Vale para todos: en cuanto se encienden, ya están conectados a la red de la empresa. No tengo las contraseñas de los correos electrónicos, pero da igual, esa gente está tan obsesionada con los piratas informáticos que cambia las contraseñas cada semana, así que seguro que las tienen apuntadas en alguna parte, porque es imposible que las recuerden. Búscalas, seguro que las encuentras en algún post-it o algo por el estilo. ¿Qué más?

—¿Cómo has conseguido todo esto? —pregunta Melchor.

—Es mejor que no lo sepas. Ah, sí, otra cosa. Tenías razón: no hay alarmas ni cámaras de seguridad. Aunque sí hay un vigilante. Está más pendiente de la fábrica que de las oficinas, pero más te vale tener cuidado, sobre todo al entrar. Me parece que eso es todo. Bueno, todo no. Si te pillan, yo no sé nada de esta locura. Supongo que eso lo tienes claro.

—Clarísimo —dice Melchor—. Pero no te preocupes: no pasará nada.

—Eso espero —dice Salom—. Me debes otra. ¿Cuántas van ya?

Melchor aparca su coche entre dos tráileres, a varias manzanas de Gráficas Adell, y echa a andar a paso vivo rumbo a la fábrica. Es noche cerrada, y el polígono industrial La Plana Parc está desierto y casi a oscuras, porque, aunque luce en el cielo una luna como una gran moneda de plata, su resplandor no alcanza a suplir la escasez del alumbrado público. El aire es cálido y denso, aterciopelado, y de vez en cuando arrastra vaharadas de un perfume acre de arbustos y tierra seca.

Melchor camina por una larga avenida asfaltada y flanqueada de pinos y, en cuanto aparecen a su izquierda las naves de Gráficas Adell, se agacha tras el murete de piedra que las circunda, previo a una valla metálica. No ha visto a nadie hasta ese momento, pero durante unos segundos inspecciona los alrededores en medio de un silencio sólo roto por un bordoneo lejano e inidentificable, como de un generador, y, cuando se ha cerciorado de que no hay nadie a la vista, salva con agilidad el murete y luego la valla, cae en el patio asfaltado y corre agachándose hasta la pared de una nave de la fábrica. Pegado a ella, protegido por su sombra de la luz de la luna combinada con la de las farolas, avanza hasta el edificio octogonal de las oficinas, pasa junto al monolito donde está grabado en piedra el logotipo y el nombre de la empresa y, dejando a su derecha el aparcamiento (cuya estructura metálica a oscuras le trae por un segundo a la mente la osamenta hueca de un dinosaurio), sube los escalones de la entrada y sin ninguna dificultad abre la puerta con la llave maestra. Cruza el vestíbulo en tinieblas, abre la barrera automática con la tarjeta plastificada de Albert Ferrer, la rebasa y, al llegar a la espesa oscuridad de la escalera, prende la linterna de su móvil. Alumbrado por el cilindro de luz que brota de ella, sube la escalera, al llegar al primer piso tuerce a la izquierda y sigue el pasillo hasta el ensanchamiento que hace las veces de sala de espera. Frente a él hay dos puertas. Abre la del antedespacho de Grau, también con la llave maestra, y luego la del despacho, y se encierra dentro.

Inundado por la claridad cenicienta que fluye a través de los ventanales, el despacho de Grau parece más pequeño y más abarrotado de lo que lo recordaba, y su penumbra evoca la penumbra húmeda de un acuario. Melchor aspira hondo varias veces y, acicateado por la adrenalina de la clandestinidad, se pone a trabajar.

Primero revisa los papeles que cubren la mesa del despacho, en torno al ordenador, y luego los que encuentra en los cajones; a continuación explora el contenido de dos archivadores que no recuerda de su primera visita al despacho, quizá porque entonces no se hallaban en él o más probablemente porque no los vio, confinados como están en un rincón. Procede sin prisa, con el máximo cuidado, encendiendo la linterna sólo cuando resulta indispensable y asegurándose de que su luz no pueda verse a través de los ventanales. Ese examen inicial no le depara ningún hallazgo —ninguno de los archivos que ha visto se refiere a las filiales extranjeras de Gráficas Adell, tampoco a la de Puebla, que es la que más le interesa—, salvo una libreta de tapas marrones donde figuran apuntadas a mano, en letra minúscula, una serie de contraseñas, todas tachadas excepto la última, que Melchor deduce que es la actual.

Para verificarlo, vuelve a sentarse a la mesa del despacho, frente al ordenador, un iMac nuevo, y lo conecta introduciendo la tarjeta de Albert Ferrer por una ranura lateral. Al segundo aparece en la pantalla la portada de la página web de la empresa, con el nombre en letras rojas y negras, y, en primer plano, una imagen de dos bizcochos rociados de nueces, almendras, pasas y fruta escarchada, ambos envasados en cápsulas de cartulina marrón, una en forma de bandeja y la otra en forma de blonda. «Packaging al servicio de la industria moderna», reza en letras grandes el lema publicitario de la página. En la parte superior de la portada hay diversas pestañas. Aprieta en la que dice «Directorio»; al entrar en éste aprieta en la que dice «Identificación» y al instante surge en el centro de la pantalla un rectángulo donde escribir una contraseña. Melchor ilumina con la linterna del móvil la última contraseña de la libreta de tapas marrones, la escribe en el rectángulo y aparece en seguida el buzón de entrada del correo electrónico de Grau.

Contiene casi mil mensajes, el último de hace sólo unas horas, el primero de hace cuatro meses. Preguntándose si podrá hacer en una sola noche todo lo que se ha propuesto, selecciona los mensajes procedentes de México, que son los que acaban con las letras *mx*; para su alivio, resultan ser sólo cuarenta y seis. Empieza a leerlos por el último, pero aún no ha terminado de leer los cinco primeros cuando cree oír un ruido. Deja de leer, se queda inmóvil, aguza el oído. Al cabo de unos segundos, durante los cuales no oye nada o sólo oye el silencio, se pone otra vez a leer mensajes, seguro de que no ha oído ningún ruido, sino que sólo lo ha imaginado. Son sobre todo mensajes del gerente y el administrador de la fábrica de Puebla, aunque también hay algunos del encargado de personal y de un par de jefes de sección, mensajes en su mayoría protocolarios o anodinos o en respuesta a preguntas muy concretas de Grau. Algunos los lee de arriba abajo, otros únicamente por encima, otros apenas los lee y descarta al momento.

Todavía le quedan unos cuantos mensajes por leer

cuando cree oír de nuevo un ruido, esta vez con más claridad, un ruido como el girar de un gozne mal engrasado o como un crujir profundo de madera o de huesos. Melchor suspende otra vez la lectura, contiene la respiración y vuelve a aguzar el oído, pero en seguida se convence de que la imaginación ha vuelto a jugarle una mala pasada y se aplica de nuevo a leer. Minutos después termina el último mensaje, apaga el ordenador sacando la ficha de su costado y cierra la tapa del aparato. Está a punto de levantarse de la mesa en el momento en que se abre de golpe la puerta del despacho y, casi al mismo tiempo, le deslumbran varios focos de luz cenital, como un múltiple reflector apuntando hacia él. El vano de la puerta no enmarca a Josep Grau, sino a Albert Ferrer.

—¿Qué haces aquí? —pregunta.

2

Dos semanas después de los atentados islamistas de Barcelona y Cambrils, Melchor llegó a la comisaría de la Terra Alta tras conducir primero por la autopista del Mediterráneo, luego por una carretera nacional que serpenteaba entre montañas y bosques y al final por una carretera secundaria que bajaba hasta el Ebro, cruzaba el río por Móra d'Ebre y se adentraba en la Terra Alta, entre colinas rocosas, profundos barrancos, despeñaderos pelados y plantaciones de viñas, almendros, olivos, pinos y árboles frutales. Era la primera vez que pisaba la comarca, y, aunque apenas se hallaba a dos horas y media en coche de Barcelona, aquel territorio abrupto, yermo, inhóspito, agreste y aislado que se alargaba al sur de Cataluña, justo en la frontera con Aragón, del que apenas sabía que ochenta años atrás, hacia el final de la guerra civil, había sido el escenario de la batalla más cruenta de la historia de España, le pareció el fin del mundo. No se arrepentía sin embargo de la decisión que había tomado. Aunque siempre había sido un urbanita alérgico al campo, le apetecía alejarse de la ciudad hasta que se aplacase el tumulto que había producido en torno a él su papel en los ataques terroristas, y había llegado a la conclusión de que una temporada lejos de Barcelona era necesaria, si no para su seguridad personal (como parecía pensar todo el mundo), al menos para conservar la cordura. Por lo demás, su cerebro seguía repitiéndole la misma frase de *Los miserables* que le repetía desde que mató a cuatro terroristas en el paseo marítimo de Cambrils: «Es un hombre que hace el bien a tiros».

El edificio de la comisaría era un cubo flamante de dos pisos, de grandes paredes grises interrumpidas por grandes ventanales, que se levantaba en medio de un descampado, ya en el extrarradio de Gandesa. El agente de guardia observó a Melchor con curiosidad tras los vidrios blindados de la recepción y le preguntó si era el nuevo. Él asintió.

—Te están esperando.

Siguiendo las indicaciones de su compañero, avanzó por un pasillo de paredes revestidas por planchas de madera, hasta que la pared de la izquierda se convirtió en un inmenso ventanal abierto sobre un patio interior, que parecía iluminar el edificio entero con una claridad diurna. Al final del pasillo subió unas escaleras, llamó a una puerta, aguardó. A su derecha se abría otra puerta, que daba a un cuarto pequeño, poco más que un locutorio; a su izquierda vio un despacho mucho más grande, ocupado en aquel momento por dos hombres y una mujer. Reinaban un silencio y una quietud insólitos, o como mínimo insólitos para Melchor, habituado al bullicioso ajetreo de la comisaría de Nou Barris. Clavado en la pared, un letrero declaraba: «Sgt. Blai. Jefe de la Unidad de Investigación». Llamó de nuevo y esta vez oyó:

—¡Adelante!

El sargento Blai ni siquiera hizo ademán de levantarse cuando Melchor abrió la puerta: desorientado, se limitó a enarcar las cejas sin disimular su disgusto, mientras él se presentaba. Hasta que, de repente, el suboficial pareció caer en la cuenta.

—¡Hostia! —exclamó, sobresaltado—. ¿Melchor Marín, dices? Joder, claro, pasa, pasa.

El sargento Blai le estrechó la mano con firmeza, le ofreció una silla y volvió a sentarse mientras apartaba un poco el caos de papeles que abarrotaba su mesa y cogía un vaso de cartón de color naranja, mediado de café.

—Disculpa —se excusó—. El comisario Fuster me llamó anteayer para decirme que llegabas esta mañana, pero se me fue de la cabeza. —Pasado el primer momento de confusión, el sargento se repantingó en su butaca, sonrió mostrando una dentadura saludable y, casi como si Melchor y él fueran viejos colegas, dijo—: Bueno, cuéntame, ¿qué se siente siendo un héroe?

Melchor se quedó mirándolo sin saber qué decir.

—Vamos, vamos, chaval —le animó Blai—. No seas modesto. Todos estamos orgullosos de ti, la verdad es que yo todavía me pregunto cómo pudiste cargarte a cuatro tíos de una tacada. Y vaya cuatro... ¿Tú sabes cuántas vidas pudiste salvar?

El sargento continuó glosando lo que denominaba su gesta. Apenas vio una oportunidad, Melchor le preguntó cuántos en la comisaría estaban al corriente de quién era él y de por qué había sido destinado allí.

—Sólo el subinspector Barrera y yo —le tranquilizó Blai—. El subinspector es el jefe. Fuster quería que sólo lo supiese él, eso me dijo, pero como está de vacaciones decidió contármelo a mí también. Nadie más se va a enterar, si es por eso no te preocupes. A tus compañeros sólo les dije que te mandan como refuerzo durante unos meses, por lo del proceso independentista y tal. Trabajabas en la comisaría de Nou Barris, ¿no?

Melchor asintió.

—Ya te digo de entrada que esto y Nou Barris se parecen como un huevo a una castaña. Mil veces mejor esto, claro, empezando por las mujeres. No estás casado, ¿verdad? Mucho mejor. Sólo te digo que yo vine soltero y me casé aquí. Es una lástima que no puedas decir quién eres, porque las volverías locas a todas.

El sol entraba a raudales por un ventanal que daba a un baldío en el que terminaba el pueblo, más allá del cual se perfilaba la sierra de Pàndols contra el cielo inmaculado de la mañana, erizada de blancos molinos de metal cuyas aspas giraban con el viento. A la izquierda del sargento, un panel de corcho sujeto a la pared exhibía notas, recordatorios y anuncios; en un extremo, bien visible, una pegatina con la bandera independentista catalana proclamaba «Catalonia is not Spain». El sargento Blai dejó de hablar, se volvió hacia la pegatina y luego otra vez hacia Melchor.

—¿Qué estás mirando? —preguntó, con una sonrisa pícara—. ¿La bandera?

Melchor no contestó. La voz del sargento se preñó de ironía.

—Tú no serás un españolazo, ¿verdad?

Esta vez Melchor se sintió obligado a contestar.

—Yo no entiendo de política —dijo.

—Ya —dijo el sargento Blai, levemente sarcástico—. Pues yo tengo una teoría, ¿sabes? Yo creo que el que dice que no es ni independentista ni españolista es que es españolista. Y que el que dice que no entiende de política es que es un españolazo de cojones. ¿Qué te parece?

Melchor se encogió de hombros. Blai escrutó su reacción sin perder la sonrisa y, después de pasarse la mano por el cráneo rasurado, golpeó con los nudillos la mesa y se bebió de un trago el resto del café.

—Ven conmigo —dijo, levantándose—. Te voy a presentar a la peña.

Los dos hombres irrumpieron en el despacho de al lado. Allí estaban, todavía, las tres personas que Melchor había divisado desde el pasillo mientras aguardaba a entrar en el despacho del sargento. Éste hizo las presentaciones: presentó a Melchor como nuevo miembro del grupo y a Feliu y a Corominas como policías científicos.

—Aunque aquí todos hacemos de todo —le advirtió Blai—. Ya te digo que esto no es Nou Barris.

—¿Vienes de Nou Barris? —intervino el tercero.

—Tú estuviste allí, ¿verdad? —le preguntó el sargento Blai.

—Hace siglos —contestó el aludido—. Seguro que ya no queda nadie de mi época.

Recordó un par de nombres, que Melchor no había oído nunca, y el sargento Blai le cogió del hombro.

—Y éste es Ernest Salom —dijo—. Tu caporal. Él te contará cómo funcionamos. En vuestro grupo hay dos tíos más: Martínez y Sirvent. Luego hay otro grupo... Oye, Salom, ¿por qué no se lo cuentas tú y de paso le enseñas también la comisaría?

Era una orden disfrazada de pregunta. Antes de que el caporal pudiera contestarla, el sargento Blai alegó un compromiso y se despidió:

—Bienvenido a la Terra Alta, chaval.

—¿Le has pillado dormido? —preguntó Feliu, apenas salió el sargento del despacho.

—No te preocupes —contestó Corominas—. Blai se tira las mañanas sobando.

—Y las noches follando —dijo Feliu.

—En cuanto termina el pase de novedades, se queda frito. Agotado de tanto follar.

—Eso sí —puntualizó Feliu—. Sólo folla con su mujer.

—¡Puagggg! —exclamó Corominas, la cara contraída en un gesto de asco—. ¿No le dará vergüenza? ¿Es delito el incesto? Alguien debería empurar a esos dos por incesto.

—No hagas caso de estos descerebrados —intervino Salom—. Blai es un profesional de primera y un tipo estupendo.

—Como ves, nuestro querido caporal es un pelota —dijo Corominas—. De todos modos, tiene razón en una cosa: Blai es un buen tipo. No como nosotros.

—Es lo más sensato que te he oído decir este año —opinó Salom—. Y, por cierto, ¿vosotros dos no tendríais que estar ya en la cooperativa?

Salom, Feliu y Corominas hablaron durante un par de minutos sobre una denuncia presentada por una cooperativa vinícola de El Pinell de Brai. Antes de marcharse, Corominas le aconsejó a Melchor que se buscase un piso en Gandesa.

—Hazle caso a Coro —asintió Feliu—. Si pudiera, hoy mismo me mudaba. Estoy hasta el chocho de ir y venir cada día de Tortosa.

—Tienen razón —dijo Salom, ya a solas con Melchor—. No sé cuánto tiempo vas a quedarte aquí, pero en Gandesa todo te resultará más cómodo. ¿Tienes donde dormir esta noche? Si quieres, hay sitio en mi casa. Vivo solo.

—Gracias —contestó Melchor—. He reservado una habitación en el hotel Piqué.

—Como quieras. —El caporal anotó algo en un papel y se lo entregó—. Ahí tienes la dirección de una inmobiliaria. Diles que vas de mi parte, me conocen.

Le aclaró que había nacido y crecido en Gandesa y que toda su familia era de allí, y luego le ilustró sobre detalles que ya conocía, porque se los había adelantado el comisario Fuster: que aquella comisaría no sólo velaba por la comarca de la Terra Alta, por ejemplo, sino también por la de la Ribera d'Ebre, o que existía una subcomisaría dependiente de ella en Móra d'Ebre y que la suya estaba subordinada a su vez a la comisaría de la región, con sede en Tortosa. Igualmente contó cosas que ignoraba: que la Unidad de Investigación, al mando del sargento Blai, disponía de un total de once efectivos, o que se dividía en dos grupos, cada uno de ellos al mando de un caporal.

—Nos organizamos en turnos semanales —explicó—. Esta semana nos toca a nosotros el turno de mañana, de siete a tres. La semana que viene nos tocará el de tarde, de tres a once. Y luego están las guardias, claro.

Melchor formuló algunas preguntas: pocas y breves; Salom las contestó con la misma brevedad. Luego le asignó una de las mesas que había en el despacho y le dijo que debería compartirla con un compañero; también tendría que compartir el ordenador.

—No sé cómo está ahora la cosa en Nou Barris, pero aquí somos pobres como ratas —se lamentó—. En la comisaría y fuera de la comisaría. Sobre todo, fuera de la comisaría. En fin, vamos a dar una vuelta. Te enseñaré esto.

Salom le mostró las salas y despachos del piso de arriba y le presentó a los compañeros, mandos y oficinistas con los que se cruzaron. En la planta baja le abrió la sala de reuniones, el vestuario, el armero y, mientras se demoraban en el comedor —una estancia provista de varias mesas, varias máquinas expendedoras, dos neveras, un fregadero y un microondas—, le advirtió:

—Vete haciendo a la idea de que esto no es Barcelona. ¿Con cuánta gente de investigación trabajabas en Nou Barris? ¿Cincuenta, sesenta personas?

—Más o menos —respondió Melchor.

—Las mismas que trabajamos aquí en toda la comisaría. Dime otra cosa, ¿a cuánta gente deteníais allí en un fin de semana? ¿A quince, a veinte?

—Por ahí —respondió Melchor.

—Pues ésa es más o menos la cantidad de gente que detenemos aquí en todo un año. Y seguro que en Nou Barris teníais a diario diez o doce robos violentos, si no más, mientras que aquí ni siquiera en un mal año llegamos a eso. ¿A que no adivinas cuánta gente con antecedentes tenemos localizada en toda la Terra Alta? —Ahora Melchor permaneció en silencio—. No llega a cien personas. ¿A cuántas teníais allí? ¿A dos mil? —Salom reanudó el paseo—. En fin, esto no es un balneario, aunque la verdad es que se le parece bastante. También tenemos muchos menos recursos que en otros sitios, por supuesto, pero...

La conjunción adversativa quedó en el aire, resonando en el hueco de las escaleras por las que bajaban hacia el sótano.

—La pura verdad es que aquí vivimos bastante bien —continuó el caporal—. Hasta el sueldo cunde un poco más. Claro que eso no nos saca de pobres, sobre todo si te pasa como a mí, que tengo dos hijas estudiando en la universidad. Entonces te das cuenta de lo que significa ser policía en este país. De lo mal que nos tratan, de lo que nos machacan. Sí, claro, cuando las cosas se ponen feas recurren a nosotros para que los protejamos y nos juguemos el tipo por ellos. Pero, mientras tanto, nos consideran escoria, nos pagan sueldos de miseria, nos humillan y, si pudieran, nos tendrían escondidos, porque les damos vergüenza. Qué asco, Dios. Cuando pienso estas cosas se me quitan las ganas de ser policía, la verdad. Pero, en fin, por lo menos aquí en la Terra Alta vivirás algo mejor que en Barcelona, sobre todo si vives solo.

Echaron un vistazo al almacén donde guardaban las pruebas de las investigaciones en curso y el material antidisturbios; también entraron al garaje, en aquel momento vacío de coches patrulla.

—Dime —habló Salom, abriéndole una puerta de hierro—, ¿dónde has visto una comisaría con luz natural hasta en los calabozos?

Los calabozos eran cinco —uno para menores y mujeres y cuatro para hombres— y estaban efectivamente iluminados por luz natural, lo mismo que la zona de entrada o de reseña, donde se registraba e identificaba a los detenidos («No me digas que, comparado con Nou Barris, esto no es un puto hotel de lujo», dijo Salom). Ni en los calabozos ni en la zona de reseña había un solo prisionero, y todo olía a desinfectante.

Subieron de nuevo a la planta baja.

—Tómate un par de días para instalarte —le dijo Salom—. Y cuando te apetezca te invito a cenar en mi casa. Soy un buen cocinero.

Mientras le acompañaba hasta la salida, el caporal mencionó los destinos por los que había pasado después de trabajar en Nou Barris —Palamós, la Seu d'Urgell— y comentó que durante años había realizado labores de policía científico. Al final volvió a hablar de la Terra Alta.

—Blai nos ha dicho que estás de paso —se despidió de Melchor en el vestíbulo, tendiéndole la mano—. Da igual, vas a tener tiempo de aburrirte, ya lo verás. Aquí nunca pasa nada.

Aquella primera noche, en su habitación del hotel Piqué, Melchor no durmió un solo minuto. Tampoco la noche siguiente, ya en un piso alquilado a las afueras de Gandesa, por la carretera de Bot. Fue allí donde supo, mientras daba vueltas en la cama, exasperado por su segunda madrugada consecutiva en vela, que lo que le impedía dormir era lo mismo que le había impedido hacerlo en casa de Carmen Lucas, en El Llano de Molina: el silencio, aquella ausencia total de ruido. Salvo en las noches de viento, cuando las ráfagas del cierzo azotaban con furia la comarca y aliviaban aquella quietud sobrenatural (lo que le permitía conciliar el sueño), durante las semanas siguientes Melchor combatió el insomnio con unos somníferos demoledores que le sumían por momentos en un estado casi catatónico, agudizado por una cierta sensación de irrealidad. No era una sensación injustificada: al fin y al cabo, en la Terra Alta todo era nuevo y extraño para él. Esto no le incomodaba; o quizá sí, pero, como sabía que la incomodidad era temporal, intentaba disfrutar de ella.

A algunas cosas le costó trabajo adaptarse. En Barcelona ninguno de sus vecinos sabía que él era policía, y con la mayor parte de ellos apenas se saludaba; en cuanto se instaló en la Terra Alta, en cambio, todo el mundo empezó a darle los buenos días, las buenas tardes y las buenas noches, y al cabo de un par de semanas ninguno de sus vecinos ignoraba cuál era su oficio. En Barcelona iba a todas partes con su pistola reglamentaria en la sobaquera, una Walter P99 de 9 milímetros; en la Terra Alta, en cambio, la pistola parecía superflua, y además se dio cuenta en seguida de que era muy difícil pasar inadvertido con ella, de que, por más que tratase de esconderla, llamaba la atención en todas partes, así que decidió imitar a sus compañeros y llevar la pistola sólo cuando estaba de servicio. Por supuesto, se sentía observado, inseguro y vulnerable sin la permanente protección de su anonimato y de su arma, pero, en cuanto se acostumbró a prescindir de ambos, comprendió que aquella temporada alejado de Barcelona podía ser, más que las vacaciones convencionales que había imaginado, unas vacaciones de sí mismo, y creyó entender la felicidad transitoria de Jean Valjean cuando, al principio de *Los miserables,* cambió su lugar de residencia, dejó atrás su pasado oprobioso de presidiario y empezó una vida nueva convertido en un hombre nuevo, dotado de una nueva identidad: el señor Magdalena. Por lo demás, sólo mantuvo el contacto con dos personas de su vida anterior: Domingo Vivales, que de vez en cuando le llamaba por teléfono para preguntarle si todo estaba controlado, y Carmen Lucas, que le escribía correos electrónicos contándole cosas de su madre y de su vida con Pepe en El Llano de Molina.

No obstante, lo que más transformó su vida en la Terra Alta fue que nunca había dispuesto de tanto tiempo para sí mismo. Trabajaba sólo por las tardes o sólo por las mañanas y, como ya no tenía que ocupar sus horas de inactividad con pesquisas sobre el asesinato de su madre, el resto de la jornada quedaba a su disposición. No le costó ningún esfuerzo rellenar el vacío de ocio cotidiano que se abrió ante él. Cuando trabajaba en el turno de tarde, se despertaba muy temprano y salía a trotar al amanecer siguiendo un sendero que ascendía suavemente en zigzag por la falda de una colina, mientras dejaba atrás masías aisladas, bosquecillos de pinos y robles y matas de romero y de lavanda, hasta que coronaba una cima desde la que se vislumbraba Gandesa, con las casas apiñadas en torno a la torre de la iglesia y el perfil quebrado de la sierra de Pàndols detrás, punteado de molinos de viento. En ese lugar daba media vuelta y regresaba haciendo a la inversa el mismo trayecto. Al llegar a su casa se duchaba, desayunaba y se tumbaba a leer en el sofá del comedor. Allí solía quedarse hasta las doce. Más o menos a esa hora iba a la plaza y se sentaba en la terraza del bar, donde pedía una Coca-Cola y se la bebía mientras continuaba leyendo —un libro siempre, nunca el periódico: no le interesaban los periódicos—. A la una o una y media pedía otra Coca-Cola y algo de comer, normalmente una ensalada y un bistec, y, después de tomarse dos cafés consecutivos, pagaba y se marchaba hacia comisaría, adonde llegaba con puntualidad a las tres.

Ésa era su rutina matinal cuando trabajaba por las tardes; cuando trabajaba por las mañanas, la rutina se mantenía, aunque con ligeras variaciones: como no podía correr al alba, corría al anochecer (pero el itinerario era siempre el mismo); como no podía comer en el bar de la plaza, cenaba en él (pero el menú también era siempre el mismo); como no podía leer por la mañana, leía por la tarde (pero la lectura no variaba: las novelas que se había traído de Barcelona). Melchor también se acopló sin dificultad a los hábitos de la comisaría, al fin y al cabo no muy distintos de los de las demás comisarías: el pase de novedades cotidiano, las reuniones de grupo, la redacción de informes, las patrullas en coche. Gracias a éstas, yendo y viniendo por los pueblecitos de la comarca —de Arnes a Vilalba dels Arcs, de Bot a Prat de Comte, de Corbera d'Ebre a Horta de Sant Joan—, empezó a familiarizarse con la geografía de la Terra Alta y con los confidentes, chorizos, camellos y estafadores que la poblaban.

En cuanto a sus compañeros, casi en seguida sintió que formaban un núcleo más compacto que el de Nou Barris, donde cada uno iba bastante a su aire. El sentimiento resultó ser exacto, como demostró el hecho de que el grupo ni siquiera se agrietara en los días anteriores y posteriores al referéndum independentista del 1 de octubre, poco después de su llegada a la Terra Alta, cuando el Tribunal Constitucional suspendió la consulta, los jueces ordenaron a los Mossos d'Esquadra que impidieran la votación y, presionados por los políticos independentistas que habían convocado el plebiscito ilegal desde el gobierno autónomo, los mandos del cuerpo dieron a sus subordinados instrucciones soterradas pero suficientes de que no obedecieran a los jueces, o no demasiado, o no del todo. Esta discrepancia entre las órdenes explícitas de la judicatura y las órdenes implícitas de los mandos provocó tensiones en casi todas las comisarías del cuerpo; también en la de la Terra Alta. Quien más las padeció en la Unidad de Investigación fue el sargento Blai, que se enzarzó en varios altercados verbales con compañeros de Seguridad Ciudadana partidarios de facilitar la celebración del referéndum, como mínimo de no impedirlo. Melchor y Salom asistieron a una de esas trifulcas mientras tomaban café una mañana en el comedor de la comisaría; luego, ya a solas los tres, el caporal trató de apaciguar al sargento quitando hierro a la disputa y bromeando con su condición de independentista. La broma acabó de soliviantar a Blai.

—Me cago en Dios, Salom —dijo, agarrando al caporal de la solapa de su camisa—. Yo soy independentista desde que mi madre me parió, no como esta panda de conversos que nos gobiernan y que nos dejarán en la estacada en cuanto puedan. Pero antes que independentista soy policía, y los policías estamos para hacer cumplir la ley, o sea para hacer lo que digan los jueces, no lo que nos salga de los cojones. Y si los putos jueces me ordenan que cierre los colegios, yo me pongo en primer tiempo de saludo, me meto mi independentismo por el culo, cierro los colegios y en paz. ¿Ha quedado claro?

Salom mostró las palmas de las manos en señal de aquiescencia. No contento con ello, Blai se volvió hacia Melchor.

—¿Ha quedado claro, sí o no? —preguntó.

Melchor compuso una mueca apática. El sargento soltó a Salom y, todavía iracundo, por un momento pareció dispuesto a abalanzarse sobre Melchor; no lo hizo: sin apartar la vista de él, su respiración se fue ralentizando mientras su cabeza oscilaba a izquierda y derecha, hasta que sonrió como si se diese por vencido. Antes de marcharse escupió:

—Vete a tomar por culo, españolazo.

Esto ocurrió a finales de septiembre. Para entonces, las cuatro semanas que Melchor llevaba en su nuevo destino habían tejido entre él y Salom una complicidad estrecha y asimétrica. Durante ocho horas diarias, apenas se separaban, pero siempre o casi siempre —mientras trabajaban en el despacho común o circulaban por las carreteras de la comarca o desayunaban o tomaban café o comían o cenaban en el Terra Alta— era Salom quien hablaba y Melchor quien escuchaba o fingía escuchar. Este régimen de palabra no difería en lo esencial del que años atrás había gobernado su relación con Vicente Bigara, pero, a diferencia del viejo guardia civil, que estaba encantado con el silencio casi perpetuo de Melchor, Salom lo soportaba con menos paciencia, sobre todo al principio. Luego, cuando comprendió que el mutismo de su nuevo compañero no era una forma de menosprecio sino apenas un ingrediente de su temperamento, aprendió a contrarrestar sus silencios con monólogos, y hasta dejó de molestarle que Melchor se hiciera el sordo o le diera largas cada vez que le invitaba de nuevo a cenar en su casa, o que no contestara o contestara con vaguedades cuando le preguntaba si era verdad que, tal y como había explicado el sargento Blai sin que nadie le creyera, lo habían destinado a la Terra Alta por razones políticas.

Los temas de las peroratas de Salom eran variados, pero siempre desembocaban en dos: la familia y el dinero (o, más bien, la falta de dinero). Así se enteró Melchor de que, cinco años atrás, Salom se había quedado viudo, de que su mujer era maestra y originaria como él de Gandesa, y de que había muerto de un cáncer de pecho tras una larga agonía; se enteró de que tenía dos hijas, Claudia y Mireia, de que ambas vivían en Barcelona y sólo volvían en vacaciones a Gandesa, de que Claudia estaba estudiando el segundo año de Física y Mireia el primero de Ingeniería aeroespacial; y se enteró de lo difícil que era, para una familia en la que sólo entraba un sueldo de caporal, mantener a dos hijas en Barcelona. Por lo demás, Melchor comprendió muy pronto que Salom no había exagerado un ápice al pronosticarle que en la Terra Alta tendría tiempo de aburrirse, porque allí nunca ocurría nada.

Al menos durante el primer mes que pasó en la comarca, así fue. De hecho, él y Salom apenas investigaron un par de denuncias formales en todo ese tiempo: una por el robo de unas joyas en una masía cercana a La Fatarella y otra por la paliza de muerte que recibió un hombre al terminar una confusa pelea multitudinaria desencadenada a la salida de una discoteca. El robo de La Fatarella lo resolvieron en menos de una semana, gracias a que Salom conocía a las víctimas y a que casi de inmediato comprendió que el responsable del robo era el menor de sus cuatro hijos, un adicto a la cocaína que vivía la mayor parte del año en Reus y que sólo aparecía por casa de sus padres para darles sablazos de supervivencia. Tardaron más tiempo en resolver el incidente de la discoteca, una antigua granja convertida en local ultramoderno que se levantaba en medio de un prado, entre Corbera y Móra d'Ebre, y que atraía a noctámbulos de toda la provincia. Aun así, tras llevar a cabo algunas averiguaciones y tomar declaración a la víctima y a varios protagonistas y testigos de la pelea, concluyeron que el responsable de la agresión sólo podía ser un veinteañero sin antecedentes a quien ya habían interrogado en una oportunidad, un tipo que trabajaba en una empresa de paquetería con sede en un polígono industrial de Amposta, llamado Riu Clar. Le interrogaron de nuevo, esta vez en comisaría, o más bien le interrogó Salom, que durante casi tres horas estuvo asediándole en vano a preguntas. Desalentado, el caporal salió del cuarto de interrogatorios junto a Melchor.

—Es increíble —bufó, tratando de desahogar su rabia—. Ese hijo de puta es de hierro. A este paso se nos escapa.

—No se nos escapa —dijo Melchor—. Es un buen chaval. Está deseando confesar.

Salom se detuvo y le buscó los ojos. Melchor repitió lo que acababa de decir.

—El problema es que no sabe cómo hacerlo —añadió.

Salvo ellos dos, no había nadie en el pasillo del primer piso. Eran más de las once de la noche y en la comisaría reinaba un silencio de fin de jornada.

—Déjame probar a mí —pidió Melchor—. Date una vuelta por el pueblo, cena algo y vuelve. Con una hora me conformo.

Al cabo de una hora, cuando volvió Salom, Melchor le esperaba sentado en el despacho común, cabizbajo y con el móvil en la mano.

—Te advertí que es de hierro —dijo el caporal, confundido por el aire de derrota de su compañero—. ¿Dónde tienes a nuestro amiguito?

Melchor se guardó el móvil y cogió un papel recién vomitado por la impresora.

—Durmiendo en el calabozo. —Le tendió el papel a Salom—. Ahí tienes su confesión.

El caporal empezó a leer el documento.

—¿Cómo lo has hecho? —preguntó, atónito—. No le habrás pegado.

Moviendo vagamente la cabeza en dirección al sótano, Melchor dijo:

—Baja a verle, si quieres.

—¿Entonces?

—Ya te he dicho que estaba deseando confesar. Es sólo que... Bueno, creo que le daba vergüenza confesarte a ti lo que hizo. Y por qué lo hizo.

—¿Y por qué lo hizo?

Melchor señaló el papel:

—Acaba de leer.

Salom acabó de leer y levantó la vista.

—¿Estuvo a punto de matar a aquel tipo porque se había pasado la noche contando chistes misóginos? —preguntó.

—Eso parece —contestó Melchor.

Salom se sentó en una silla, rascándose la barba.

—¿Y por qué no le ha dado vergüenza contártelo a ti?

Melchor se encogió de hombros.

—No lo sé —dijo—. Supongo que porque le convencí de que, si yo hubiera estado en su lugar, habría hecho lo mismo.

Salom dejó de rascarse la barba y asintió, dudoso. Los dos se quedaron mirándose un par de segundos, durante los cuales Melchor vio cómo una sombra de inquietud oscurecía los ojos del caporal.

—Le engañaste, ¿verdad?

Melchor sonrió de manera inexpresiva.

—¿A ti qué te parece? —Suspiró—: Bueno, ahora me toca cenar a mí. ¿Te encargas tú del papeleo?

A mediados de octubre, mes y medio después de su llegada a la Terra Alta, Melchor ya había terminado de leer todas las novelas que se había traído consigo de Barcelona. Un día acudió a la única librería de Gandesa. Era pequeña y estaba mal surtida y, después de curiosear un rato, no encontró ningún libro que le apeteciese leer; tampoco se animó a preguntar al librero. Poco después oyó que la mejor librería de la Terra Alta se hallaba fuera de la Terra Alta, en un pueblo llamado Valderrobres o Vall-de-roures, al otro lado de la raya de Aragón, pero no se decidió a visitarla porque estaba a casi una hora en coche de Gandesa.

Una mañana resolvió acercarse a la biblioteca pública. Aún no eran las nueve y media y la encontró cerrada. Se tomó un café en la pastelería Pujol y volvió poco después de las diez. Esta vez la encontró ya abierta, aunque vacía. De repente, por una puerta salió una bibliotecaria, reparó en él, parado en la entrada, y con un gesto le animó a que pasase. La biblioteca consistía en un gran espacio diáfano, de grandes paredes de ladrillo visto y techo muy alto, iluminado por una gran fachada de vidrio que dejaba entrar un sol otoñal. Melchor se internó en las hileras de estanterías y se quedó en la zona dedicada a las novelas. Pasado un rato, salió con las manos vacías, y ya iba a marcharse cuando decidió acercarse al mostrador de la bibliotecaria.

—¿Puedo ayudarte? —preguntó ella.

—Sí —dijo Melchor—. Busco un libro.

—¿Qué libro?

—No lo sé.

La bibliotecaria levantó la vista del ejemplar que estaba fichando y le observó por encima de sus gafas de leer.

—¿No sabes qué libro buscas?

—No —contestó Melchor—. Pero me gustan las novelas.

—¿Qué clase de novelas?

—Las del siglo diecinueve. No tienes muchas. Y las que tienes ya las he leído.

La bibliotecaria se quitó las gafas. Era morena, muy delgada, con una cara agradable y unos ojos oscuros bajo los cuales se acumulaban sendas bolsas de tristeza o de fatiga; llevaba el pelo recogido en un moño y vestía una camiseta blanca de tirantes que le marcaba unos pechos pequeños. Melchor tuvo la impresión de que ella le reconocía.

—¿Sólo lees novelas del siglo diecinueve?

—Sí —contestó Melchor—. Un amigo me dijo que las que se han escrito después no merecen la pena.

La bibliotecaria arrugó el ceño, como temerosa de que Melchor estuviera tratando de tomarle el pelo; cuando comprendió que no era así, dijo:

—Espera un momento.

Caminando con unos pasos cortos y apresurados que a Melchor le recordaron un pájaro o una niña, fue a los estantes y volvió con un libro.

—Es muy corto —dijo Melchor, sosteniéndolo en las manos.

—Muy corto pero muy bueno —replicó ella—. A ver si te gusta.

Melchor leyó el título: *El extranjero.*

—¿Va con segundas? —preguntó.

La bibliotecaria sonrió. Tenía unos labios carnosos y perfilados, que al sonreír formaban una fina red de pliegues en sus comisuras. Melchor no supo qué edad atribuirle.

—No —respondió ella—. Aunque ya sé que eres nuevo aquí. Te he visto leyendo en el bar de la plaza. Trabajas con Ernest Salom, ¿no?

—¿Le conoces?

—Aquí nos conocemos todos. Su mujer era amiga mía.

Melchor asintió mientras hojeaba el libro. «Hoy mamá ha muerto», rezaba la primera frase. No le gustó, pero dijo:

—Me encanta cómo empieza.

Se pasó el resto de la mañana leyendo en un rincón de la biblioteca, junto a un ventanal que daba a un patio empedrado de gravilla. Poco después del mediodía le devolvió el libro a la bibliotecaria.

—¿Qué te ha parecido? —preguntó ella.

—Es el segundo libro que más me ha gustado en mi vida —mintió.

La bibliotecaria volvió a sonreír.

—¿Y cuál es el primero?

—*Los miserables* —contestó Melchor—. ¿Lo has leído?

—No —dijo la bibliotecaria—. Pero he oído hablar mucho de él.

Melchor le preguntó qué había oído decir y la bibliotecaria le contó una anécdota. Al parecer, Victor Hugo estaba exiliado en Bélgica cuando *Los miserables* se publicó y, ávido por conocer cómo había sido acogida su novela, escribió al editor una carta que constaba de un solo signo: el signo de interrogación; el editor contestó a Hugo a vuelta de correo y con otra carta que constaba también de un solo signo: el signo de admiración. La novela había sido un éxito clamoroso. Melchor se rio: era la primera vez que se reía desde la muerte de su madre.

—Dicen que es la correspondencia más breve de la historia —añadió la bibliotecaria.

Por consejo de ésta, Melchor se llevó a su casa *El doctor Zhivago*, de Boris Pasternak, y aquella tarde, mientras patrullaba con Salom por la carretera que une Prat de Comte con El Pinell de Brai, le contó al caporal que había estado con una amiga de su mujer.

—¿Qué amiga? —preguntó Salom.

—No sé cómo se llama —respondió Melchor—. Trabaja en la biblioteca municipal.

—Ah, es Olga Ribera —dijo Salom—. Y es verdad: Helena y ella eran amigas.

En vez de seguir preguntando, Melchor se limitó a volver la vista hacia su ventanilla, fingiendo darse por satisfecho con el parco diálogo que acababan de mantener. Atardecía. El sol declinante manchaba de un rojo pálido unos viñedos cargados de uvas y el armazón de una masía en ruinas; más allá arrancaba una arboleda umbrosa y luego la falda escarpada de un cerro en cuya cresta giraban molinos de viento. Melchor confiaba en que Salom, resignado a sus monólogos ambulantes, continuaría hablando sobre la bibliotecaria en cuanto se convenciese de que él iba a seguir encerrado en su laconismo. No se equivocó.

—Muy amigas —continuó el caporal, las manos en el volante y la mirada en la carretera—. Iban juntas al colegio. Luego se separaron porque mi mujer se fue a estudiar a Tarragona y Olga a Barcelona. Biblioteconomía o como se llame lo que estudian los bibliotecarios. Después mi mujer y yo nos casamos y estuvimos años viviendo fuera.

Olga también se casó, pero se separó al poco tiempo. Más tarde vivió con varios tipos. El último se llamaba Barón. Luciano Barón. Vivían en Tortosa. Estuvimos en su casa tres o cuatro veces. Era un mal bicho de cuidado. El tipo, quiero decir. No daba golpe, vivía del sueldo de ella. Le pegaba. Le dejaba unos moretones tremendos. Mi mujer le dijo muchas veces a Olga que le denunciara y yo se lo dije también, pero no nos hizo ni caso. Un clásico, vamos. El tal Barón era un botarate, le tenía comida la moral. Por suerte la dejó por otra, porque ella hubiese sido incapaz de dejarle a él.

Salom se calló. Melchor seguía mirando por la ventanilla: el cielo de la Terra Alta exhibía un azul virginal, sin una sola nube. Circulaban muy despacio. De vez en cuando se cruzaban con un coche; de vez en cuando, un coche los adelantaba. Melchor se volvió hacia el caporal, que notó su mirada y retomó el relato:

—Volvió a instalarse en Gandesa más o menos cuando mi mujer enfermó. Vivía con su padre. Iba y venía cada día a Tortosa, hasta que tuvo la suerte de que abrieron aquí la biblioteca. Su padre no tardó en morirse. Y mi mujer tampoco. Ahora hace tiempo que no la veo, no sé qué tal estará.

Melchor no contestó la pregunta, suponiendo que se tratase de una pregunta, y ambos permanecieron un rato en silencio. Al salir de El Pinell de Brai empezaba a caer la noche, y las luces de su Opel Corsa se encendieron de manera automática.

—¿Cómo has dicho que se llamaba el tipo? —preguntó Melchor.

—¿Qué tipo? —contestó Salom.

—El que vivía con tu amiga bibliotecaria —dijo Melchor—. El que le pegaba.

—Barón —contestó el caporal—. Luciano Barón. ¿Por qué lo preguntas?

—Por nada.

No volvió a la biblioteca hasta que terminó de leer *El doctor Zhivago*. Olga estaba sentada detrás del mostrador: la llamó por su nombre, le devolvió el libro, le dijo que le había gustado mucho.

—Parece una novela del siglo diecinueve escrita en el siglo veinte —dijo.

—¿Cómo sabes que me llamo Olga? —preguntó ella.

—Soy policía, ¿recuerdas? Además, tenemos amigos comunes. Me gustaría leer más novelas de Pasternak.

—Va a ser difícil —dijo Olga—. Sólo escribió una y acabas de leerla.

—¿De verdad?

—De verdad.

Melchor puso cara de desilusión.

—Estas cosas no pasaban en el siglo diecinueve —dijo.

Olga sonrió, y Melchor se fijó en la red de arrugas que brotaba junto a sus labios. Como la semana anterior, la biblioteca acababa de abrir; como la semana anterior, estaban solos.

—Pasternak era poeta —dijo Olga—. ¿Te gusta la poesía?

—No mucho —reconoció Melchor, que apenas había leído poesía—. Los poetas me parecen novelistas perezosos.

Olga se quedó pensativa.

—Puede ser —dijo—. Aunque a mí casi todos los novelistas me parecen poetas que escriben demasiado.

Hablaron un rato de la novela de Pasternak. Melchor

se dio cuenta de que, si descontaba las conversaciones telegráficas que había mantenido con el Francés en la biblioteca de la cárcel de Quatre Camins, era la primera vez que hablaba con alguien de sus lecturas. Aquella mañana Olga llevaba una blusa azul y el pelo suelto; las bolsas oscuras bajo sus ojos habían desaparecido, o un maquillaje invisible las había ocultado. Mientras hablaban, Melchor pensó que le gustaría acostarse con ella, y en determinado momento, temiendo que la conversación languideciese, mencionó una película basada en *El doctor Zhivago*, de la que había oído hablar vagamente.

—Ahí la tienes —dijo Olga, señalando una estantería llena de DVD—. Pero no te aconsejo que la veas.

—¿No te gusta el cine? —preguntó Melchor, que apenas veía cine.

—Me encanta. Pero no me gusta ver películas basadas en novelas que ya he leído. —Se tocó la frente con el índice y explicó—: Para qué, si yo ya me he hecho la película a mi medida.

—Eso decía un amigo mío —replicó él—. Que la mitad de una novela la pone el que la escribe, y la otra mitad el que la lee.

—Ése sí que era un amigo inteligente —dijo Olga—. No el que decía que después del siglo diecinueve no se han escrito buenas novelas.

—Bingo: eran dos amigos distintos —volvió a mentir Melchor—. Tienes dotes de adivinación.

—Y un cuerno —se rio Olga—. Si tuviera dotes de adivinación ya sabría cómo te llamas. Te habrán dicho muchas veces que en este pueblo en seguida se sabe todo, pero ya ves que no es verdad.

Melchor dijo su nombre.

—Bueno, Melchor —dijo Olga, saliendo del mostrador y encaminándose hacia las estanterías—. Voy a darte otro libro que te va a gustar.

Volvió con un volumen de tapas azules.

—Ahí tienes —dijo—. Otra novela del siglo diecinueve escrita en el siglo veinte.

Melchor leyó el título y el autor: *El Gatopardo*, de Giuseppe Tomasi di Lampedusa.

—¿También es la única novela que escribió este tipo?

—También.

—Menuda panda.

Olga volvió a reírse; Melchor sintió unas ganas locas de besarla, y ya iba a preguntarle a qué hora terminaba de trabajar, para invitarla a tomar el aperitivo, cuando Olga le dio la noticia.

—Por cierto —dijo—. Ayer empecé a leer *Los miserables*.

Melchor decidió aplazar la invitación, pero a partir de aquella mañana se dejó caer por la biblioteca casi a diario.

—¿Qué tal *Los miserables*? —preguntaba.

—Dame tiempo —contestaba Olga—. Es muy larga.

—A mí siempre se me hace corta —decía Melchor—. ¿Por dónde vas?

Olga se lo contaba y Melchor volvía a preguntar, ansioso, si le estaba gustando.

—Sí —decía ella—. Pero es rara.

—¿Rara? —se inquietaba todavía más Melchor, o fingía inquietarse.

—Déjame acabar de leerla y hablamos.

Eran poco más de las diez y media de la noche cuando aparcó frente a un edificio de tres plantas, en el extrarradio de Tortosa. Al otro lado de la calle mal iluminada, más allá de una fila de árboles espectrales, el Ebro fluía caudalosamente, plateado por la luz de la luna.

Bajó del coche, se acercó a la puerta del edificio y llamó al portero automático. Nadie respondió. Volvió a llamar: nadie. Miró a izquierda y derecha. Además de mal iluminada, la calle estaba desierta. Regresó al coche, puso la radio, buscó una emisora musical, la encontró y la escuchó unos segundos, apagó la radio. Se arrellanó en el asiento del conductor y aguardó.

Al otro lado del río brillaban las luces de la ciudad. El silencio era denso, casi perfecto. Al cabo de un rato pasaron junto a su coche un hombre y un perro, un viejo labrador, sujeto por una correa. Unos metros más allá, el animal se detuvo, se arrimó a un árbol, husmeó el tronco y los alrededores del tronco, se agachó y defecó. Cuando terminó, el perro y el hombre se marcharon. En seguida surgieron por un extremo de la calle dos automóviles, uno tras otro; circulaban a toda velocidad, y sus dos parejas de focos iluminaron al pasar a su lado el interior del coche, cegando por un momento a Melchor. Luego regresaron el silencio y la penumbra. Hasta que de repente, como salido de ninguna parte o del fondo de la noche, un hombre apareció caminando en dirección a la puerta del edificio.

Melchor saltó del coche y, mientras se dirigía hacia el tipo, dijo:

—Eh, Luciano.

El otro se dio la vuelta y miró a Melchor, que preguntó:

—¿Eres Luciano Barón?

El hombre sólo tuvo tiempo de decir que sí, porque de inmediato recibió una patada directa en los testículos y cayó al suelo doblado de dolor. Se retorcía como una lombriz, gimiendo:

—¿De qué vas, tío? ¿Se te ha ido la olla o qué?

Rodilla en tierra, Melchor le dio tres bofetadas y le obligó a levantarse.

—No grites —le dijo, con la cara a un centímetro de su nariz—. Si vuelves a gritar, te mato.

Barón se protegió con las dos manos los testículos doloridos.

—No sé quién eres, tío —dijo, con un hilo aterrado de voz—. Te has confundido. Yo no he hecho nada.

Melchor le cogió del cuello con la mano izquierda y con la derecha le propinó un puñetazo en el estómago; y, cuando instintivamente Barón trató también de protegerse esa zona del cuerpo con las manos, le pegó otra patada en los testículos, más fuerte todavía que la primera. El otro volvió a retorcerse en el suelo, volvió a gemir de dolor. Entonces Melchor lo agarró con una mano de la camisa y con la otra del pelo, lo arrastró quince metros por la acera y lo tiró en un descampado. Allí volvió a pegarle en los testículos, en el estómago, en la cara. Cuando se cansó de pegarle, Barón parecía un saco de carne palpitante. Agarrándolo otra vez por la pechera, Melchor lo incorporó un poco y lo sentó en el suelo con la espalda apoyada contra la pared de un cobertizo, uno de esos barracones improvisados que usan los albañiles para guardar herramientas. Se acuclilló frente a él. El tipo jadeaba y sollozaba: tenía un ojo inflado y medio cerrado y sangraba por una ceja, por la nariz, por el labio inferior.

—Escúchame, basura —le dijo. Le dio otra bofetada y le obligó a girar la cara hacia él—. Mírame bien, pedazo de mierda. ¿Me oyes?

Barón asintió, sin fuerzas: una pequeña burbuja de saliva brotó sin querer de su boca y estalló al instante.

—¿Sabes por qué te pasa esto? —preguntó Melchor. No esperó respuesta—. Porque eres un cobarde de mierda y te gusta pegar a las mujeres. ¿A que sí? ¿A que te pone pegar a las mujeres?

En la cara a oscuras de Barón las lágrimas se mezclaban con la sangre. Antes de hablar, hurgó con la lengua en su boca y escupió algo, un trozo de carne o de diente.

—Yo no he hecho nada —sollozó.

Melchor volvió a acercarse a su cara hasta casi rozarla.

—No me mientas —susurró—. Como vuelvas a mentirme te inflo a hostias. Dime, ¿te pone pegar a las mujeres, sí o no?

Sin dejar de gimotear, Barón asintió de nuevo.

—Así me gusta —dijo Melchor—. Con la verdad por delante. Y ahora atiende bien otra vez, porque no pienso repetírtelo: si vuelvo a enterarme de que le pones la mano encima a una mujer, lo que ha pasado hoy te parecerá una broma. ¿Ha quedado claro?

Barón volvió a asentir.

—Muy bien —dijo Melchor—. ¿Alguna pregunta?

Barón negó con la cabeza. Melchor le dio una palmadita en la cara y se puso de pie.

—Estupendo —dijo. Mientras se quitaba el polvo de los pantalones añadió—: Por cierto, esto es mejor que quede entre tú y yo, más que nada por el qué dirán. Lo entiendes, ¿verdad?

Barón asintió por última vez. Melchor abandonó el descampado, volvió a su coche y se fue.

A la mañana siguiente, mientras Melchor estaba leyendo *El Gatopardo* en su casa, el sargento Blai le llamó por teléfono, le informó de que una anciana acababa de denunciar una estafa, le dio una dirección de Corbera y le dijo que esa tarde se acercasen él y Sirvent a tomarle declaración. Melchor llamó a Sirvent y quedaron a las cuatro en el Terra Alta para ir juntos.

Melchor compareció puntual en el bar, pidió un café y se sentó junto a un grupo de jubilados que jugaban al dominó. Se había mitigado ya el frenesí del almuerzo en el Terra Alta; de hecho, en el comedor no quedaba más que una pareja tomando café. Él ya se había tomado el suyo cuando entró en su móvil un mensaje de Sirvent: había tenido un problema con su hijo, iba a retrasarse un poco. Contestó el mensaje y pidió otro café. Los jubilados terminaron de jugar su partida y, mientras uno de ellos mezclaba las fichas para volver a empezar, conversaron. Alguien mencionó a un hombre que acababa de morir con más de cien años en El Pinell de Brai. Al parecer, era o había sido pastor, y varios de los jubilados habían tenido tratos con él; dos de ellos ponderaron su profundo conocimiento de la sierra de Pàndols.

—La conocía tan bien que durante la batalla del Ebro fue enlace de Líster —comentó el jubilado que mezclaba las fichas. En seguida, como si acabase de recordar algo, dejó de mezclarlas. Tenía los ojos muy azules y la piel cuarteada por el sol, y parecía el más viejo del grupo, o el que gozaba de más autoridad; como sea, todos callaron en cuanto habló—: Un día estuve con él en la ermita de Santa Magdalena y me contó una historia.

El jubilado refirió que todo había empezado en el puesto de mando de Líster, en el pueblo de Miravet, en plena batalla del Ebro. Según él, al atardecer de aquel día el general republicano, que por entonces mandaba el V Cuerpo del Ejército del Ebro, le ordenó a su enlace que subiera hasta la ermita de Santa Magdalena del Pinell, donde una de sus compañías llevaba peleando desde el amanecer para conservar una cota cercana. «Averigua qué ha pasado —le ordenó Líster a su enlace—. Si han perdido la posición, dile al oficial que la recuperen como sea.» Y, para que no hubiera dudas, el general le entregó un papel donde había escrito la orden de su puño y letra. El enlace obedeció, subió la montaña, llegó a la ermita. El espectáculo que allí le aguardaba era desolador: tumbado contra el tronco de un ciprés, un capitán republicano jadeaba con la cara tiznada y el uniforme en ruinas, manchado de polvo y de sangre; a su alrededor, quince o veinte soldados deshechos por el combate sobrevivían aquí y allá, ocultos entre los árboles. El enlace de Líster le preguntó al capitán dónde estaba el resto de la unidad y el capitán le dio a entender que todos estaban muertos o desaparecidos, a pesar de lo cual el enlace le comunicó la orden de Líster y luego le entregó el papel donde el general la había puesto por escrito. El capitán leyó la orden. Una vez leída, pareció quedarse unos segundos en blanco, ausente, y a continuación empezó a mover a un lado y a otro la cabeza, como negándose en silencio a acatarla, o como si estuviese a punto de enloquecer. Luego, pasado un lapso de tiempo que el enlace no sabía si computar en minutos o en segundos, el capitán se levantó y, caminando como un sonámbulo, se acercó a donde se hallaban los hombres que le quedaban, los reunió y les dijo: «Me acaban de dar la orden de recuperar la cota». Un silencio incrédulo acogió la noticia; el capitán hizo una pausa para que sus soldados la asimilasen, tal vez para terminar de asimilarla él mismo, hasta que por fin añadió: «Yo la voy a cumplir. El que quiera seguirme que me siga. El que no, que se pierda por ahí». Siempre según el jubilado (o siempre según el relato que el enlace le hizo al jubilado), el capitán dijo esto último con un ademán indiferente que parecía querer abarcar la sierra y, una vez lo hubo dicho, desenfundó la pistola y echó a andar montaña arriba hacia la cota ocupada por los franquistas, sin mirar atrás ni tomar precauciones, sin saber si subía solo o si alguno de sus soldados caminaba tras él. El enlace vio entonces cómo, uno a uno, aquel puñado de soldados exhaustos, famélicos y polvorientos se levantaba y seguía a su capitán, vio que todos se desplegaban trepando por la ladera desprotegida, subiendo hacia la cumbre en medio de un silencio mortal, como una comitiva de fantasmas vagando en el crepúsculo de la sierra, seguros de que ofrecían un blanco fácil y de que todos iban a morir. Y en aquel momento ocurrió un milagro o algo que el enlace, paralizado de terror entre los cipreses de la ermita, temblando de pies a cabeza pero incapaz de apartar los ojos de la carnicería que estaba a punto de presenciar, sólo pudo interpretar como un milagro, y es que los franquistas que ocupaban la cota no dispararon contra aquel montón de desharrapados con los que llevaban matándose desde la salida del sol, no los masacraron a placer sino que se retiraron sin oponer resistencia, como si se rindieran ante aquel suicidio colectivo o como si estuviesen igual de hartos de guerra que sus enemigos y ya no les quedasen ánimos para seguir matando.

—Así que los quince o veinte soldados republicanos tomaron la cota sin pegar un solo tiro —terminó el jubilado.

El final de la historia fue acogido con una serie de comentarios entrecortados y melancólicos, que Melchor aprovechó para poner un mensaje a Sirvent. Éste le contestó que estaba a punto de llegar y le pidió que le esperara a la puerta del Terra Alta. Mientras los jubilados volvían a su partida de dominó, él pagó sus dos cafés y se sentó en una silla a la entrada del bar, al borde de la carretera, hasta que el coche de Sirvent se detuvo ante él.

—Lo siento, tío —se disculpó el compañero—. Mi hijo se ha roto un dedo jugando al balonmano.

—No te preocupes —le tranquilizó Melchor, poniéndose el cinturón de seguridad—. He estado muy entretenido escuchando a unos viejos.

—Te apuesto doble contra sencillo a que hablaban de la guerra.

Melchor se volvió hacia él.

—¿Cómo lo sabes?

—No te jode —dijo Sirvent—. Porque aquí los viejos no hablan de otra cosa. Parece que en la Terra Alta no haya pasado nada en los últimos ochenta años. Bueno, ¿adónde vamos?

3

—¿Se da cuenta de lo que ha hecho? —dice el subinspector Barrera—. Podríamos haberle abierto un expediente disciplinario. Podría haber perdido su trabajo y arruinado su carrera. Podrían haberle procesado por allanamiento de morada. ¿Se puede saber adónde iba?

Melchor tampoco responde a esta pregunta, que, igual que la primera, no ha sido formulada para ser respondida sino para quedar en el aire como lo que es: un reproche.

Están en la oficina del subinspector, de pie y frente a frente, Barrera mirándole de abajo arriba y Melchor mirando al vacío, por encima del cráneo casi sin pelo de su superior. También de pie, el sargento Blai y el caporal Salom asisten a la escena con cara de circunstancias. De los cuatro, sólo el subinspector Barrera viste de uniforme, un uniforme que, debido a sus problemas de sobrepeso, le queda un poco estrecho.

—Tiene usted mucha suerte con sus superiores —continúa, sin mencionar al sargento Blai y al caporal Salom—. Le han defendido a ultranza. Han conseguido incluso que la familia Adell no presente una denuncia. No sé si yo habría sido tan generoso. Hasta el comisario Fuster ha llamado desde la central, alguien ha debido de avisarle, por lo visto sigue usted significando algo en el cuerpo... En fin, no me gusta nada lo que ha hecho, pero por esta vez haré la vista gorda. Con la condición, eso sí, de que no vuelva a actuar por su cuenta. Y de que se olvide de los Adell. Hasta nueva orden, ese caso está cerrado y bien cerrado. ¿Entendido?

—Descuide, subinspector —se apresura a asegurar Blai—. Esta vez Marín ha aprendido la lección.

—Preferiría oírselo decir a él —replica el subinspector.

Barrera no aparta la vista de Melchor, que tarda un par de segundos en contestar.

—Entendido.

Aparentemente satisfecho, el subinspector Barrera se quita las manos de la espalda y las muestra como si acabara de realizar un pase de magia y necesitara probar que no esconde nada en ellas.

—Muy bien —zanja—. Pueden marcharse. Eso era todo lo que tenía que decirles.

Barrera les da la espalda y rodea la mesa de su despacho mientras el sargento Blai, el caporal Salom y Melchor se dirigen a la puerta. Todavía no han salido cuando el subinspector habla otra vez.

—Marín —dice.

Los tres hombres se vuelven hacia él. Barrera se ha sentado en su butaca, detrás de su ordenador y de las pilas de carpetas y papeles que ocupan su mesa. Se está acariciando el bigote.

—¿Sabe cuánto hace que soy policía? —pregunta—. Cuarenta años. ¿Y sabe una cosa que he aprendido en ese tiempo? —Levanta la vista hacia Melchor y fija en él una mirada envejecida, un poco triste—. Mire, hacer justicia es bueno. Para eso nos hicimos policías. Pero lo bueno llevado al extremo se convierte en malo. Eso he aprendido en estos años. Y también otra cosa. Que la justicia no es sólo cuestión de fondo. Sobre todo, es cuestión de forma. Así que no respetar las formas de la justicia es lo mismo que no respetar la justicia. Lo comprende, ¿verdad? —Melchor no dice nada; el subinspector esboza una sonrisa tolerante—. Bueno, ya lo comprenderá. Pero acuérdese de lo que le digo, Marín: la justicia absoluta puede ser la más absoluta de las injusticias.

—Hay que joderse con Barrera —gruñe el sargento Blai, en cuanto se han alejado lo suficiente del despacho del subinspector—. Nos ha salido filósofo.

—Barrera tiene razón —dice Salom, dirigiéndose a Melchor—. Has tenido mucha suerte.

—Ya lo creo —le apoya Blai—. Por mucho menos he visto yo empapelar a más de uno. A ver si aprendes de una puta vez, españolazo. Bueno, ¿hace un café?

Durante las semanas siguientes, mientras Olga vuelve a leerle por las noches *Los miserables*, como hizo años atrás cuando estaba embarazada de Cosette, Melchor intenta olvidar el caso Adell. Para su sorpresa lo consigue, en parte porque ha desaparecido de las conversaciones de la Terra Alta y de los medios de comunicación del país entero, pero sobre todo porque un nuevo caso absorbe por completo su interés.

Al poco tiempo del incidente de Gráficas Adell, Melchor y Salom se encargan de investigar la denuncia de un robo con fuerza en una casa de La Pobla de Massaluca. Dos días más tarde reciben una denuncia parecida, esta vez referente a una masía próxima a Arnes, y Melchor y Salom no tardan en relacionar ambos hechos, tanto por el modo de operar de los delincuentes, de noche y rompiendo las cerraduras de las puertas, como por el objetivo del robo: las dos viviendas pertenecían a veraneantes o visitantes de fin de semana, y las dos estaban vacías cuando fueron desvalijadas. Aquella misma semana creen ver confirmada su hipótesis cuando llega de la subcomisaría de Móra d'Ebre la noticia de que no hace mucho se produjo un robo de parecidas características en Flix, al norte de la Ribera d'Ebre, y en los días siguientes reciben denuncias semejantes de Prat de Comte y Vinebre. Para entonces han saltado todas las alarmas en la comisaría y el sargento Blai ha puesto a cinco de sus hombres a trabajar en el caso y ha tomado personalmente el mando de la investigación, una investigación que concluye poco después, cuando, gracias al chivatazo de un camarero de un prostíbulo cercano a Ascó, detienen a un grupo de georgianos muy jóvenes, tres hombres y una mujer, en un piso de las afueras de Móra d'Ebre.

Aún tienen encerrada a la banda de georgianos en los calabozos de comisaría, a fin de aclarar todos los delitos que han cometido antes de ponerlos a disposición del juez, cuando el caso Adell vuelve a Melchor.

Ocurre un domingo por la mañana en la pastelería Pujol, en la plaza de la Farola, en pleno centro de Gandesa. Melchor está eligiendo el postre de la comida frente al mostrador, acompañado por Cosette, cuando aparece a su lado Daniel Silva, gerente de finanzas de Gráficas Adell. Tiene cuarenta y tres años y es el alto directivo más joven de la empresa, además de un hombre apuesto, casado y con tres hijos, que vive en el campo, cerca de Bot, y lleva toda su vida laboral empleado en Gráficas Adell. Hasta entonces sólo se han visto en una ocasión, cuando Melchor interrogó a Silva en su despacho la misma mañana en que se entrevistó con Grau y con los demás directivos de la empresa, pero ambos se reconocen y se saludan. Luego el gerente se acuclilla para hablar con Cosette, que se esconde detrás de las piernas de su padre, espiando al desconocido con una mezcla de vergüenza, de curiosidad y de coquetería. Mientras Melchor pide un roscón relleno de nata y la dependienta se lo envuelve, Silva se incorpora y le pregunta si hay novedades en el caso Adell.

—Ninguna —contesta Melchor—. ¿Y en la empresa?

—Ninguna tampoco —dice Silva—. Al menos por ahora.

Melchor enarca las cejas en un gesto inquisitivo. Relajado, Silva sonríe: luce una dentadura blanquísima y una piel bronceada, y viste con una elegante informalidad dominical que delata el alivio por librarse del traje y la corbata obligatorios de los días laborables.

—Bueno, ya sabes cómo son estas cosas —explica, entornando los ojos con una expresión de malicia irónica—. Desaparece el rey y se declara la guerra.

—¿La guerra?

—Entre Grau y Ferrer —aclara Silva—. Nadie cree que Ferrer se resigne a seguir sin pintar nada en la empresa, y nadie cree que Grau vaya a permitir que le quiten de en medio por las buenas. Ha llegado su oportunidad, más pronto de lo que esperaban, y ninguno de los dos la va a desaprovechar. De todos modos, hasta que no pase el luto y Rosa Adell no empiece a dar señales de vida no empezarán las hostilidades. Este otoño se presenta interesante.

La dependienta le entrega a Melchor su roscón, envuelto en un papel con el nombre de la pastelería impreso y atado con una cinta azul; Melchor lo paga y Silva se despide de él y se apresura a ocupar su sitio ante el mostrador.

Padre e hija abandonan el local y echan a andar hacia su casa, pero aún no han salido de la plaza de la Farola cuando Melchor le dice a la niña que se le ha olvidado algo, dan media vuelta y llegan a la entrada de la pastelería justo cuando Silva sale por ella.

—Perdona —le aborda Melchor—. ¿Tienes un momento?

La expresión de Silva transita en un segundo de la sorpresa al deseo de agradar.

—Claro —dice.

Para no entorpecer el paso, se apartan un poco de la entrada de la pastelería. Melchor sostiene con una mano el roscón y con la otra la mano de Cosette; Silva tiene también ocupadas ambas manos: una con una bandeja envuelta en papel, la otra con una bolsa de plástico de la que sobresale una barra de pan. El sol de finales del verano cae a plomo sobre la plaza, y las carrocerías de los coches centellean en torno a la rotonda de la Farola.

—La última vez que estuviste con Adell —empieza Melchor, sin saber por dónde empezar—. Me refiero a la cena que hubo en su casa. He oído que hablasteis de la filial de México.

—Es verdad —dice Silva; tal vez previendo una larga conversación, sujeta la bolsa del pan entre las piernas y se coge la bandeja con la otra mano—. En los últimos tiempos hablábamos mucho de eso.

—También he oído que el viejo Adell quería cerrar la filial —continúa Melchor—. Y que Grau y Ferrer se oponían y que esa noche Ferrer cambió de opinión. —Silva asiente—. ¿Os sorprendió ese cambio?

—Claro.

—Papá, ¿vamos? —pregunta la pequeña, tirando de la mano de su padre.

—Un momento, Cosette —dice Melchor.

—¿Cómo no nos iba a sorprender? —dice Silva, ahora sin prestar atención a la niña—. Ferrer llevaba meses apoyando a Grau en este asunto, desde que Adell empezó a hablar de cerrar la fábrica. Y ahora, de repente, después de su último viaje a México, zas, se acabó. Claro que fue una sorpresa. Piensa que para Ferrer la fábrica de Puebla no es sólo la fábrica de Puebla.

—¿Qué quieres decir?

—Que Ferrer tenía otros proyectos en México, hace tiempo que dice que hay que diversificar las inversiones, que el que no crece decrece y que México es el país ideal para crecer. Varias veces había propuesto que entráramos en el negocio de la comunicación, por lo visto ha hecho amistades en la radio y la tele mexicanas.

—¿Y qué decía Adell de todo eso?

—Te lo puedes imaginar —dice Silva—. No quería ni oír hablar del asunto, le parecían las típicas gilipolleces de su yerno. Y entonces, de buenas a primeras, Ferrer se echa atrás y se pone de parte del jefe. ¿Cómo quieres que no nos extrañase?

—¿Y a qué atribuyes tú ese cambio?

—No lo sé. A lo mejor lo hizo para joder a Grau. A lo mejor se dio cuenta de que su suegro tenía razón, o a lo mejor se hartó de darse de cabezazos contra él, que era terco como una mula. ¿Quién sabe?

—Me han dicho que en esa época Ferrer estaba nervioso.

—Ferrer siempre está nervioso. Ese hombre nació nervioso y se morirá nervioso. Pero sí, es posible que en aquella época estuviese más nervioso que de costumbre.

—¿Tú crees que tenía que ver con ese asunto?

—Puede ser. Al fin y al cabo, lo de México era muy importante para él. Allí tenía mucha más libertad que aquí, debía de sentirse una especie de virrey. Veremos qué pasa ahora.

Cosette vuelve a tirar de la mano de Melchor.

—Sí, ya nos vamos —la tranquiliza Silva, despeinándola un poco y recogiendo luego la bolsa del pan—. Yo también tengo que marcharme, me están esperando en casa. —Dirigiéndose a Melchor, añade—: Si quieres, hablamos otro día.

—Sólo una cosa más —le retiene él—. ¿Por qué no me contaste esto cuando hablamos en tu despacho?

Aunque están a la sombra, Silva pestañea varias veces, como si le molestase el sol.

—Porque no me lo preguntaste —dice.

Al día siguiente, Melchor revisa a escondidas la investigación del caso Adell; en concreto, relee las declaraciones de los asistentes a la cena de la víspera del asesinato, así como las de todas las personas que aquella noche estuvieron en la masía de los Adell. Llama también por teléfono a Botet, gerente de personal de Gráficas Adell, y concierta una cita con él para una semana después en un mesón llamado Can Lluís, en El Pinell de Brai. Faltan aún varios días para ese encuentro cuando una mañana, mientras está tomándose un café con Salom en el comedor de la comisaría, el caporal le dice que tenga cuidado con lo que está haciendo. Los dos hombres se miran y, como sabe que es inútil fingir que no entiende a qué se refiere, Melchor le pregunta cómo se ha enterado.

—Esto es la Terra Alta, chaval —contesta Salom en tono ligero, casi de broma, aunque Melchor le conoce lo suficiente para saber que está de verdad enfadado—. Nunca entenderás que aquí siempre se acaba sabiendo todo. Además, ¿se te ha olvidado que dejas marca informática cada vez que te metes en la investigación? Procura que nadie se dé cuenta, sobre todo que no se dé cuenta Barrera, no vaya a ser que nos busques la ruina a Blai y a mí.

—No te preocupes...

—Pues si no quieres que me preocupe, deja ese asunto de una puta vez —le ataja Salom, que termina de tomarse de un trago el café, arroja con furia el vaso a la papelera y masculla mientras abandona el comedor—: A ver si al final vas a obligarme a hacer lo que no quiero hacer, coño.

La advertencia de Salom surte efecto: convencido de que el caporal se ha enterado por Silva de que ha vuelto a investigar por su cuenta el caso Adell, Melchor cancela por teléfono su entrevista con Botet, y durante unos días intenta olvidarse otra vez del asunto. Sólo lo consigue a medias. Un atardecer, cuando se dispone a ir a buscar a Cosette a casa de Elisa Climent, su compañera de colegio, le llaman de comisaría para decirle que Olga ha sufrido un accidente.

—¿Qué ha pasado? —pregunta Melchor.

—No lo sé, acaban de llamarme —dice el agente de guardia en el vestíbulo de comisaría—. Parece que la ha atropellado un coche. La están llevando en ambulancia al hospital de Móra d'Ebre. Es mejor que vayas para allá.

Conduciendo su coche a toda prisa, con las piernas flojas y el corazón palpitándole como un sapo en la garganta, Melchor telefonea a la madre de Elisa Climent, le explica lo ocurrido y le pide que se quede con su hija hasta que él pase a recogerla. La mujer le dice que no se preocupe por Cosette y, quince minutos después, Melchor aparca delante del hospital.

A la entrada le aguardan dos patrulleros, que le dicen que Olga ha sido trasladada desde urgencias hacia la zona quirúrgica y, mientras recorren con él un largo pasillo y dos tramos de escaleras, le cuentan lo que han podido averiguar: a las ocho, justo después de que Olga cerrase la biblioteca, un coche la ha arrollado en la avenida Catalunya, cuando caminaba hacia su casa, y se ha dado a la fuga. Hay cuatro testigos del atropello: una pareja de estudiantes del instituto, el conductor de una furgoneta y una anciana, y todos recuerdan que el coche se subió a la acera y que era de color negro, pero ninguno de los cuatro puede precisar su marca ni su número de matrícula.

Cuando llegan a la zona quirúrgica, una enfermera abre las puertas y sale y, después de que Melchor se presente, les anuncia que Olga va a ser intervenida de urgencia.

—¿Por qué, qué tiene, qué le van a hacer? —pregunta él.

—Espere aquí un momento —contesta la enfermera—. Ahora se lo explicará el doctor.

El doctor aparece unos minutos después. Es un hombre joven, rollizo y de piel oscura, que protege su cuerpo con una bata verde, su cabeza con un gorro igualmente verde y sus manos con unos guantes blancos, y que, hablando con acento colombiano, le explica a Melchor que Olga ha llegado inconsciente al hospital y sigue inconsciente, que tiene una fractura en el cráneo y que hay que operarla de inmediato porque su estado es grave.

—¿Quiere decir que se va a morir?

—Quiero decir lo que he dicho —contesta el médico.

Melchor se queda mirando al hombre como si la Tierra estuviera a punto de chocar contra el Sol y él fuera la única persona en el universo capaz de evitar la catástrofe.

—Sálvela, doctor —suplica.

—Haré lo que pueda.

Melchor pasa las horas siguientes sentado en la sala de espera del quirófano, junto a unas puertas de cristal translúcido por las que entran y salen médicos y enfermeros. Detrás de él, unas ventanas apaisadas dan a un patio interior poblado por plantas de interior y alumbrado por focos de luz cruda. De vez en cuando aparecen compañeros de Melchor, empezando por Salom y por Blai, que son dos de los primeros en llegar. Hacia las once y media, cuando Melchor lleva más de dos horas allí, aguardando el desenlace de la operación, aparece el subinspector Barrera, que le saluda con una palmada en el hombro, le pregunta cómo está su mujer y qué ha ocurrido. Como tarda en responder (de hecho, apenas ha reparado en la presencia del subinspector: ni siquiera se ha levantado para saludarlo, ni siquiera le ha mirado), es el sargento Blai quien lo hace.

—No ha sido un accidente —le interrumpe Melchor, cuando el sargento llama así a lo ocurrido.

Barrera ha oído muy bien a su subordinado, pero pregunta:

—¿Qué?

—Que no ha sido un accidente —repite, levantando la cabeza, mirando a los ojos al subinspector y poniéndose en pie—. El coche se subió a la acera y la arrolló, los cuatro testigos están de acuerdo. Eso no es un accidente. Y usted y yo lo sabemos.

En aquel momento hay cinco personas en la sala de espera, todos compañeros de Melchor, pero el silencio que sigue a sus palabras es tan sólido como un bloque de acero.

—Está usted nervioso, Marín —dice el subinspector Barrera, esforzándose en dar calidez a su voz—. Y cansado. Entiendo cómo se siente. Pero no debe preocuparse, su mujer sólo tiene un golpe, todo saldrá bien. Haya sido un accidente o no, encontraremos a quien ha hecho esto, y lo pagará. Se lo garantizo. Yo me encargaré de eso.

Melchor mueve la cabeza a un lado y a otro.

—No —dice—. Me encargaré yo.

—Es mejor que lo hagamos nosotros —insiste con suavidad el subinspector Barrera—. Precisamente porque es su mujer. —Hace un silencio, da un paso hacia él y le coge de un brazo—. Debería salir a despejarse. Aquí no puede hacer nada. Vamos, le acompaño.

—Quíteme las manos de encima.

—Tranquilo, Melchor —tercia Salom, interponiéndose entre él y Barrera.

Sólo en ese instante repara Melchor en que el médico acaba de salir por la puerta del quirófano y se encuentra justo frente a él, detrás de la muralla que forman sus compañeros; igual que la enfermera que le acompaña, no lleva puesto el gorro verde ni los guantes, pero sí la bata. Melchor no sabe cuánto tiempo lleva allí (no sabe si acaba de llegar a la sala o si ha oído su último intercambio de palabras con el subinspector Barrera), pero sabe lo que va a decirle en cuanto la muralla se abre y el hombre avanza hacia él y puede mirar sus ojos de cerca.

—Lo siento mucho —dice el doctor—. No hemos podido hacer nada.

A continuación, empieza a darle explicaciones, pero, por más que se esfuerza, Melchor es incapaz de entenderlas; mejor dicho: entiende las palabras una a una, pero no entiende lo que significan en conjunto, como si hubiese perdido la capacidad de relacionarlas. Luego deja incluso de escuchar las palabras, porque lo único que le ocupa la cabeza es la voz de Olga leyéndole, hace sólo unos días, un fragmento de *Los miserables*: «Le ha acontecido todo lo que podía acontecerle. Todo lo ha sentido, todo lo ha sufrido, todo lo ha experimentado, todo lo ha soportado, todo lo ha perdido, todo lo ha llorado. Es un error sin embargo creer que la suerte se agota, y que se toca el fondo de ninguna situación, cualquiera que sea. El que esto sabe ve en toda oscuridad». Pero en ese momento Melchor no ve nada.

Las horas posteriores a la muerte de Olga son confusas, o así va a recordarlas siempre Melchor. A las cinco de la mañana de aquella misma noche, es detenido en un burdel a las afueras de Móra d'Ebre. Está completamente ebrio, ha ocasionado destrozos en el local, se ha peleado con varios clientes, con los dos encargados y con los patrulleros que lo detienen sin saber quién es y lo encierran en los calabozos de la subcomisaría del pueblo, de donde a la mañana siguiente lo saca Salom y, sin hacerle preguntas, lo lleva a su casa, le mete en la ducha, le da ropa limpia y lo acompaña al tanatorio de Gandesa.

A partir de ese instante Melchor ya no vuelve a perder el control de sí mismo y, con absoluta frialdad, se ocupa de los pormenores del entierro y el funeral, que tiene lugar aquella misma tarde y al que asisten vecinos y compañeros que se llevan la impresión unánime de que ha encajado aquella desgracia con serenidad y entereza admirables. Una vez que ha enterrado a Olga, Melchor llama por teléfono a Domingo Vivales, le cuenta lo ocurrido y le pregunta si puede quedarse con Cosette durante un tiempo.

—Por supuesto —contesta Vivales—. Tráeme a la niña cuando quieras.

Melchor dice que es mejor que se la entregue a medio camino de Barcelona, Vivales acepta y quedan al mediodía siguiente en un área de descanso de la autopista del Mediterráneo llamada El Mèdol y situada poco antes del desvío que conduce a la Terra Alta. Aquella noche, en su casa, Melchor apenas duerme, pero bebe mucho, intentando anestesiarse contra un dolor que está más allá del dolor y una culpa que está más allá de la culpa, y a la mañana siguiente pasa a buscar a Cosette por la casa de Elisa Climent. Es la primera vez que ve a su hija desde la muerte de Olga, y casi lo primero que le dice, después de sentarla en su sillita del asiento trasero y de ceñirle los cinturones de seguridad, mientras conduce en dirección a Barcelona, es que su madre ha muerto. Cosette se queda mirándole por el espejo retrovisor; Melchor intenta explicarle el significado de lo que acaba de decir.

—¿Entonces no vamos a ver a mamá? —pregunta la niña.

—No —contesta Melchor—. A partir de ahora sólo estaremos tú y yo.

Intrigada y extrañada, pero sin llorar, Cosette empieza a hacer preguntas y durante el resto del viaje Melchor las contesta o hace lo posible por contestarlas.

Vivales aún no está en el área de descanso cuando llegan allí, de modo que entran en la cafetería y Melchor pide un Cacaolat y un whisky con hielo y, mientras espera a que se los cobren, la niña descubre una zona infantil en el interior del local. La zona cuenta con una mesa de juegos y dos toboganes de plástico, y Cosette se dedica a subir y bajar por éstos. Melchor la vigila sentado a una mesa cercana, dando sorbos de whisky y tratando de concentrar toda su atención en las evoluciones de su hija, que de vez en cuando se acerca hasta su mesa para beber su Cacaolat y volver luego a los toboganes con los labios manchados de chocolate. Un niño algo mayor que ella se incorpora a la zona infantil al cabo de unos minutos, y poco después aparece Vivales. Al verlo, Cosette salta del tobogán y se echa en sus brazos. La niña y el abogado hablan, o más bien el abogado pregunta y la niña contesta. Hasta que se cansa de contestar, da otro trago de Cacaolat y vuelve corriendo a la zona infantil.

—¿Lo sabe? —le pregunta Vivales a Melchor cuando se ha alejado Cosette.

—Claro —contesta Melchor.

El abogado se sienta a la mesa frente a él. Parece abatido. No se ha afeitado ni peinado, pero viste una camisa limpia y un traje sin manchas; como de costumbre, lleva el nudo de la corbata flojo, casi suelto. A aquella distancia, Melchor percibe un tufo a sudor rancio, como una bocanada de mal aliento, y se pregunta si Vivales se ha duchado, si aquella noche él tampoco habrá dormido. Los dos hombres permanecen unos segundos en silencio.

—No sé qué decir —reconoce Vivales.

—No digas nada —dice Melchor—. ¿Qué quieres beber?

—Nada —dice el abogado, reparando en el whisky de Melchor—. ¿Se sabe algo más?

Él niega con la cabeza y da un largo trago de whisky.

—No creo que beber vaya a ayudarte mucho —masculla Vivales—. Te lo digo por experiencia.

—¿Has venido a echarme una mano o a sermonearme?

El otro pega un respingo, como si acabaran de despertarle de golpe. Luego mueve a un lado y otro la cabeza, con cara de pocos amigos, y anuncia mientras se levanta:

—Me parece que yo también voy a cascarme un lingotazo.

Regresa de la barra con una taza de café y un vaso corto de whisky, y los dos se ponen a hablar sobre Cosette. Melchor le da unas cuantas instrucciones a Vivales y Vivales le hace unas cuantas preguntas a Melchor.

—Bueno —pregunta el abogado cuando terminan de intercambiar información sobre la niña—, ¿y ahora qué piensas hacer?

Han pedido otros dos whiskies, uno en vaso largo y con hielo y el otro en vaso corto y sin hielo. Melchor se bebe de un trago la mitad del suyo, pero no medita su respuesta. Dice:

—Volver a la Terra Alta y encontrar a los que han matado a Olga.

—¿Estás seguro de que la han matado?

—Completamente.

—¿Qué opinan tus compañeros?

—Nada.

—¿Nada?

—No me interesa lo que opinen.

Ahora es Vivales quien asiente, saboreando el whisky y curvando su bocaza en una mueca descreída. Por un momento Melchor contempla con él, a través del ventanal, el aparcamiento donde acaban de dejar sus coches y más allá, junto a la autopista, la gasolinera con sus surtidores rojos, su techo rojo sostenido por columnas grises y su panel rojo y blanco de CEPSA, todo bañado en la luz grisácea de aquel mediodía nublado y sin viento.

—Si de verdad es eso lo que quieres hacer, vas a necesitar ayuda —dice el abogado, volviéndose hacia Melchor—. Te propongo una cosa. Nos vamos los tres a Barcelona y dejamos a la niña con unos amigos. Son personas de toda confianza. Te gustarán. Luego volvemos aquí y nos ponemos a buscar a los que han matado a Olga. Entre los dos los encontraremos.

—No lo entiendes —dice Melchor—. Esa gente es peligrosa.

—Da igual —dice Vivales—. Tengo un arma. Sé disparar.

Melchor mira a Vivales, sin entender: por enésima vez se pregunta si aquel hombretón cínico, desastrado y trapacero es su padre; por primera vez siente ganas de abrazarlo.

—¿Ah, sí? —se oye decir—. ¿Dónde aprendiste? ¿En una caseta de feria?

El sarcasmo alivia un instante su pena, y los dos hombres se escrutan durante unos segundos eternos. Odiándose a sí mismo, Melchor reprime una disculpa.

—Es mejor que te quedes con Cosette —dice—. La niña estará más segura contigo. Y yo más tranquilo.

Vivales acepta sin protestas el argumento de Melchor; luego saca una llave del bolsillo de su pantalón y se la entrega.

—Es de mi casa —dice—. Por si acaso. ¿Necesitas dinero?

—De momento no. Pero, si lo necesito, te lo pediré. —Termina de beberse el whisky y dice—: Bueno, tengo que irme.

Lo primero que hace Melchor al volver a la Terra Alta es vaciar su casa, depositar todas las pertenencias de su familia en un guardamuebles y quedarse sólo con lo indispensable. A la mañana siguiente alquila un apartamento en Vilalba dels Arcs, un piso barato y amueblado con una mesa, dos sillas de tijera, un microondas y un colchón, y durante las jornadas siguientes se consagra día y noche a investigar la muerte de Olga. Lleva otra vez sobaquera y pistola a todas partes, como cuando llegó a la Terra Alta, pero no vuelve por la comisaría, y, aunque recibe varias llamadas de Salom y del sargento Blai, no las contesta. Por lo demás, tiene la absoluta seguridad de que la muerte de Olga está vinculada al caso Adell, o más exactamente a su insistencia en investigar el caso Adell, pero por ahora se concentra en la primera y deja para más adelante el segundo, convencido además de que en la solución de la primera está la solución del segundo.

Interroga a los cuatro testigos del atropellamiento, ninguno de los cuales recuerda más de lo que recordó en los primeros interrogatorios, es decir, que el coche que mató a Olga se subió a la acera por donde ella caminaba hacia casa, en la avenida Catalunya, y que era de color negro. Hecho esto, Melchor empieza a entrar en todos los bares, tiendas y hasta pisos y casas particulares de los alrededores y a interrogar a todo el mundo, con la esperanza de encontrar más testigos, alguien que recuerde algún detalle revelador o fuera de lo ordinario, un coche que circulaba demasiado deprisa o que hizo un movimiento extraño, algo. Todavía no ha encontrado nada cuando una noche reconoce a Salom plantado a la entrada del edificio donde vive, bajo la luz amarillenta de una farola. Melchor lo observa unos segundos desde lejos; luego se acerca y, por todo saludo, inquiere:

—¿Qué haces aquí?

El caporal contesta esa pregunta con otra pregunta:

—¿Podemos hablar un minuto?

Mirando con desconfianza al caporal, Melchor saca unas llaves y, mientras se dispone a abrir la puerta, dice:

—Mejor lo dejamos para otro día.

Salom frena a Melchor agarrándole por el brazo; casi murmura a su oído:

—¿Se puede saber qué te pasa?

—Pasa que han matado a mi mujer —contesta Melchor—. Eso es lo que pasa.

Salom no le suelta. Sólo el cerco de luz de la farola separa a los dos hombres, que se oyen mutuamente respirar. En torno a ellos, el pueblo está casi a oscuras, en silencio.

—Yo también quería a Olga —le recuerda Salom—. Y

también quiero encontrar a los que la mataron. Déjame ayudarte.

—Si quieres ayudarme, lárgate de una vez y déjame en paz.

—No seas cabezota —insiste—. Tú solo no vas a poder hacer nada.

Melchor aparta la mano de su compañero, habla entre dientes («Eso ya lo veremos») y termina de abrir la puerta. Antes de que la cierre tras él, el caporal pronuncia de nuevo su nombre; Melchor se da la vuelta.

—Hay novedades —anuncia Salom.

Nada más entrar en su casa, seguido por el caporal, Melchor aprieta un interruptor, y una bombilla que cuelga solitaria del techo ilumina pobremente un rectángulo de paredes desnudas, con una ventana que da a la noche y el suelo sembrado de cajas de cartón para pizzas, latas de cerveza y botellas de whisky vacías o semillenas. En un extremo, también tirado en el suelo, hay un colchón sin sábanas, alrededor del cual se amontonan varias prendas de vestir, y en el otro una mesa con un ordenador, un flexo, dos sillas. El aire huele a humedad, a restos de comida y a encierro.

Melchor se sienta a la mesa, prende el flexo, conecta el ordenador y, mientras aguarda a poder usarlo, vacía de un trago una lata de cerveza abierta y arroja al suelo el envase. De pie en medio de aquella sucia desolación, Salom pregunta:

—¿Y Cosette?

—Por ahí. En un lugar seguro.

—¿Tampoco te fías de mí?

Melchor entra por fin en su correo electrónico, que contiene varios mensajes rutinarios de la comisaría pero ninguno de las personas a las que ha estado interrogando en relación con la muerte de Olga y a las que ha dado su dirección por si recuperan algún recuerdo vinculado con ella. Borra sin abrirlos los mensajes de la comisaría, se vuelve hacia Salom y, sin ofrecerle siquiera un asiento, le dice:

—Bueno, ¿cuáles son las novedades?

Manoseándose la barba, el caporal echa un vistazo en torno a él para volver a ver lo que ya ha visto, o más bien para que le vea verlo Melchor, y vuelve a contestar con otra pregunta:

—¿No deberías limpiar un poco esto?

—Eso no es asunto tuyo.

Salom pone cara de pensar que a Melchor no le falta razón, pero en seguida coge una silla y se sienta frente a él.

—Estás enfadado con el mundo —dice—. Igual que cuando llegaste aquí. Lo entiendo, tienes razones para estarlo. Pero, si lo piensas bien, todos las tenemos. Además, no te va a servir de nada. No es el mundo el que te ha quitado a Olga. Ha sido el coche que la atropelló. Y la mala suerte de que ella cayera de cabeza contra el bordillo de la acera y se fracturara el cráneo.

—La mala suerte no tiene nada que ver con esto —dice Melchor.

—La mala suerte tiene todo que ver con todo —dice Salom—. Pero da lo mismo. Nosotros estamos tratando de encontrar a quien la atropelló, y tú también. ¿No crees que tendríamos más posibilidades de encontrarlo si trabajáramos juntos?

Melchor mira con furia a Salom antes de desviar la vista hacia la oscuridad amarillenta de la ventana. Luego, sin mediar palabra, se levanta, sale de la estancia y vuelve al cabo de unos segundos con una botella de whisky y dos vasos de papel. Los llena, le alcanza uno a Salom, se vuelve a sentar frente a él, da un trago y pregunta:

—¿Qué habéis averiguado?

Salom huele el whisky, le da un sorbito y lo deja sobre la mesa, junto al ordenador abierto por la primera página del correo de Melchor.

—Que a lo mejor tienes razón —contesta el caporal—. Quizá no fue un accidente.

—Eso ya lo sabía.

—Sí, pero lo que no sabías es que pudo ser cosa de islamistas.

Melchor abre unos ojos como platos.

—¿Qué?

—No es seguro —matiza Salom—. Sólo es una hipótesis. Pero una hipótesis razonable. Mucha gente sabe que fuiste tú quien mató a los terroristas de Cambrils, eso ha circulado mucho. Demasiado. Y lo de Olga no hace falta que lo haya hecho una célula, ni siquiera alguien bien entrenado. Basta con que sean simpatizantes, gente que sabe lo que hiciste, chavales que no tienen huevos de montar una célula y organizar un atentado, pero sí de hacer una cosa como ésta.

—Pero entonces hubieran ido a por mí.

—Es que lo hicieron, Melchor: cuando van a por ti, van a por lo que más quieres. Además, si no es gente bien entrenada y radicalizada, quizá tuvieron miedo de atacarte directamente. Al fin y al cabo, ya saben cómo las gastas. Es posible incluso que no quisieran matar a Olga, que sólo quisieran mandarte un mensaje, decirte que te tienen localizado, meterte miedo. Sólo que la cosa salió como salió.

Con el vaso de whisky en la mano, Melchor intenta asimilar con rapidez las palabras de Salom. Da otro sorbo y dice:

—Me parece increíble.

—Pues no lo es. Llevamos un par de días dándole vueltas, hemos hablado con el comisario Fuster y con su gente y...

—La última vez que hablé con Fuster me dijo que el peligro había pasado.

—Sí, al principio les pareció raro, pero no imposible. Ahora ya ni siquiera les parece raro. ¿Has tenido la sensación de que te vigilaban?

—No.

—Y quizá no te vigilan. O quizá sí. A lo mejor se han asustado con lo que pasó y están escondidos, esperando a que nos olvidemos del asunto. No lo sé, ya te digo que es sólo una posibilidad. Pero lo mejor es que estés atento.

Salom se levanta de su silla. Melchor sigue sentado en la suya, todavía atónito.

—Barrera me ha dicho que te tomes los días que necesites —dice el caporal—. Que no tengas prisa por volver a comisaría. Y que, si quieres marcharte de la Terra Alta, sólo tienes que pedirlo. Te conseguirán otro destino.

Melchor se queda mirando a Salom, hace un gesto afirmativo y de un solo trago vacía su vaso. Entonces recuerda a Vivales, y en seguida sabe por qué, bruscamente consciente de la cólera autodestructiva con que veja a quienes mejor le tratan: al abogado, que le respaldó de manera incondicional desde que murió su madre, o desde antes, y al caporal, que no sólo ha sido su mentor y el compañero más generoso y más fiel que ha encontrado en la Terra Alta, sino también —eso sólo cree comprenderlo ahora— el mejor amigo que ha tenido. Atrapado en el pozo pestilente de la autocompasión, por un momento se pregunta si alguna vez maltrató a Olga como ahora los maltrata a ellos.

—¿Puedo pedirte yo un favor? —pregunta el caporal.

Melchor no dice nada, pero deja el vaso vacío sobre la mesa y se pone en pie—. Si averiguas algo, dínoslo. Créeme, estamos haciendo todo lo posible para resolver este asunto. No por ti, por nosotros.

Conteniendo las ganas de llorar, Melchor vuelve a asentir.

—En comisaría la gente te está esperando —añade Salom, antes de marcharse—. No tardes en volver.

Aquella madrugada Melchor duerme poco y mal, como de costumbre desde la muerte de Olga, y al amanecer se despierta acurrucado en el colchón de la sala, desnudo, con dolor de cabeza y con frío, mientras bordonea en su mente una pregunta retórica que se hace Jean Valjean al principio de *Los miserables* y que él no ha dejado de hacerse desde que Olga murió —«¿Puede acaso el destino ser malo como un ser inteligente, y llegar a ser monstruoso como el corazón humano?»—, y mientras piensa lo mismo que piensa cada mañana al despertar desde entonces: que no ha encontrado a quienes mataron a su madre, pero encontrará a quienes mataron a su esposa.

Un cono de luz color hueso entra por la ventana e ilumina pálidamente el salón: la ropa sucia tirada por el suelo, las sobras de comida y de bebida, las dos sillas, la mesa y el ordenador conectado sobre la mesa. Melchor se encoge todavía más, se enlaza con las manos las rodillas flexionadas y se queda un rato así, enroscado sobre sí mismo como una oruga y recordando la conversación que mantuvo la víspera con Salom. Vuelve a pensar que ha sido ingrato con el caporal. Piensa que lleva razón. Piensa que lo que está haciendo desde que murió Olga no tiene ningún sentido: no tiene ningún sentido su certeza irracional de que la muerte de Olga está vinculada al caso Adell o a su insistencia en investigar el caso Adell, no tiene ningún sentido investigar la muerte de Olga por su cuenta y sin la ayuda de sus compañeros, que están deseosos de ayudarle, no tiene ningún sentido haber abandonado su casa, haberse mudado a aquel piso cada vez más parecido a un basurero y haber alejado a Cosette de la Terra Alta, creyendo que corría peligro allí. Nada de esto tiene el menor sentido, o eso le parece de repente, ovillado en el suelo sobre el colchón, como si todo lo que hubiera hecho desde que Olga murió no fuera más que intentar castigarse por su muerte, castigarse a sí mismo y castigar a cuantos viven a su alrededor, igual que si todos fuesen culpables de lo ocurrido.

Melchor se desovilla, se sienta en el colchón, se frota los ojos, la nariz, la frente. Luego se levanta, se pone una camiseta y unos calzoncillos y se encamina al lavabo. Frente a un espejo de pared con los bordes comidos por el óxido, se pregunta, casi incapaz de reconocerse en el rostro estragado y descompuesto que le escruta desde el cristal —los pómulos salientes, los ojos enrojecidos, la barba de una semana—, si el caporal también lleva razón al pensar que fueron islamistas quienes mataron a Olga. Puede ser, piensa. No tiene la sensación de que nadie le haya estado siguiendo, ni antes ni después de la muerte de Olga, pero puede ser. Y, por más que le parezca inverosímil, tampoco puede descartar que el atropello de Olga fuera accidental. En todo caso, debería volver a comisaría aquella misma mañana, ponerse al corriente de las averiguaciones que han hecho sus compañeros, sumarse a la investigación. Eso es lo que piensa. Más tarde, mientras se ducha y se afeita, piensa que quizá no debe hacerlo, que tal vez debería dejar la investigación en manos de sus compañeros: al fin y al cabo, después de tantos años buscando en vano a los asesinos de su madre quizá deba dar la razón a quienes le enseñaron en la escuela de policía que el familiar de una víctima también es una víctima y carece de la frialdad, la objetividad y la distancia necesarias para perseguir a los verdugos. Además, ha perdido a las dos mujeres de su vida, pero le queda la tercera. Quizá debería olvidarse cuanto antes de todo, piensa, aceptar la oferta del subinspector Barrera, solicitar un nuevo destino y trasladarse a él con Cosette. Quizá tampoco tiene sentido quedarse en la Terra Alta, piensa igualmente, aferrarse a este sitio pobre, apartado e inhóspito: gracias a Olga, había convertido la Terra Alta en su casa; pero, ahora que Olga ya no está, la Terra Alta no significa nada para él. Hay que seguir adelante, se dice mirándose en el espejo, recién duchado y afeitado, volviendo a reconocerse. Hay que empezar otra vez, se dice también.

Es todo uno decirse lo anterior y sentir una punzada de hambre en el estómago que le recuerda que lleva casi veinticuatro horas sin comer. Ya está a punto de salir de casa en busca de un desayuno decente cuando, al disponerse a apagar el ordenador, repara en que han entrado en su bandeja de correo dos nuevos mensajes. El título de uno de ellos le llama de inmediato la atención: «La respuesta». Todavía le llama más la atención su contenido, que consta de una única frase: «La respuesta a su pregunta está en la investigación».

Un escalofrío le recorre el espinazo. ¿Quién ha escrito eso? ¿Por qué lo ha escrito? ¿Está escrito en serio o se trata de una broma? El correo electrónico no lleva firma, y la dirección desde la que ha sido enviado es una dirección de Hotmail, que no le dice nada. Melchor deduce que la pregunta a la que alude el correo es la pregunta sobre la muerte de Olga; también, que la respuesta a esa pregunta se halla en la investigación del caso Adell. ¿A qué otra investigación puede aludir? Y, suponiendo que la respuesta se encuentre en esa investigación, ¿dónde debe buscarla? ¿En cuál de los cientos, tal vez miles de documentos que contiene? Melchor se dice que debería contestar a su corresponsal, pedirle más precisiones, tratar de verificar si esta pista inesperada, que inesperadamente vuelve a vincular la muerte de Olga con el caso Adell, es de verdad una pista o no; pero no lo hace, quizá porque tiene la corazonada de que, si el autor del correo electrónico no ha dado más explicaciones, es porque no quiere darlas, y de que, sea fiable o no esa pista, debe seguirla hasta el final.

Su primer impulso es marcar el teléfono de Salom, pero marca el del sargento Blai y ambos quedan a las once en el bar Trinos, en Vilalba dels Arcs.

Dos horas más tarde, cuando llega al Trinos, el sargento ya le está aguardando en un rincón, sentado ante una taza de café. Melchor pide también uno en la barra y se sienta frente a Blai.

—¿Cómo estás? —pregunta el sargento.

—Bien —miente Melchor.

Blai continúa preguntando durante unos minutos y él continúa respondiendo, no siempre con mentiras. El patrón le trae el café y, cuando Melchor termina de tomárselo, dice:

—Tengo que pedirte dos favores. —El sargento Blai abre los brazos en un gesto que significa: «Tú dirás»—. Quiero revisar otra vez la investigación del caso Adell. —El cuerpo del sargento se tensa y su cara se ensombrece; antes de que pueda protestar, Melchor continúa—: Tranquilo. No he perdido la cabeza. Creo que en esa investigación está la clave de la muerte de Olga.

—¿En la del caso Adell? —se extraña el sargento.

—Sí. Y, si doy con la clave de la muerte de Olga, doy con la clave del asesinato de los Adell.

—¿Cómo lo sabes?

—No lo sé. Lo sospecho. Precisamente para saberlo tengo que entrar en la investigación.

Blai mueve a un lado y a otro su cabeza rasurada, bruñida por la melosa luz matinal que difunde en aquel rincón de la cafetería una ventana de cristales esmerilados.

—Vas a volver a meterte en un lío —le advierte, repantingándose en su silla.

—No si tú me echas una mano —dice Melchor.

Blai se incorpora otra vez, su cuerpo vuelve a tensarse y su mirada se torna recelosa.

—Yo no puedo entrar otra vez con mi contraseña en esa investigación —explica Melchor—. Ya me pillaron volviendo al caso Adell cuando no debía; además, seguro que me han restringido el acceso. Pero, cuando Gomà cerró provisionalmente el caso, te abrió la investigación a ti, ¿no?

—¿A que te dije que lo haría? —pregunta el sargento Blai, relajándose de nuevo y sonriendo con sarcasmo—. Pues lo hizo, el muy cabrón. Era su forma de quitarse el muerto de encima y cargármelo a mí, su forma de decirme: ahí están todos los datos, reabre tú el caso si tienes lo que hay que tener, a ver si tú que tanto galleas eres capaz de... —Se detiene en seco; la sonrisa se ha borrado de sus labios—. Oye, ¿no estarás pensando en entrar con mi contraseña?

—¿Cómo quieres que entre, si no?

—No me jodas, españolazo.

—No te preocupes, no lo descubrirán. Si alguien ve la huella informática que he dejado al entrar, pensará que tú has estado husmeando en la investigación, cosa que estás autorizado a hacer. Nadie tiene por qué enterarse de que he sido yo, nadie tiene por qué saber siquiera que yo he entrado en comisaría. De hecho, lo ideal sería que me ayudases a entrar sin que nadie me vea, cuanto antes mejor, por ejemplo el próximo fin de semana que te toque guardia. Entramos a primera hora de la noche por el garaje, salimos a primera hora de la mañana y nadie se entera de que yo he estado allí, ni siquiera quien esté de guardia en la entrada.

Mirando alternativamente a Melchor y a dos parroquianos que conversan con el patrón en la barra, el sargento Blai titubea.

—Confía en mí —le ruega Melchor—. Y piensa que, si resolvemos el caso Adell, se lo podrás restregar por las narices a Gomà.

Blai asiente sin convicción. Los dos parroquianos de la barra pagan sus consumiciones y se marchan.

—¿Cuál es el segundo favor? —pregunta el sargento.

Melchor saca un papel doblado y se lo alarga a Blai, que lo desdobla: el papel contiene una copia del correo electrónico que ha recibido esa mañana, con el texto borrado.

—Averíguame de quién es esa dirección de correo —dice Melchor—. O desde dónde me han escrito con ella. Lo que sea.

El sargento vuelve a doblar el papel, se lo guarda.

—Esto puede tardar un tiempo —dice.

—¿Y lo otro? —pregunta Melchor—. ¿Puedo contar contigo?

—¿Por qué no se lo pides a Salom?

—Porque ya le debo demasiados favores. Y porque tú me debes uno, y bien gordo. —Melchor hace una pausa, mirando sin énfasis al sargento Blai—. ¿Te acuerdas? Hoy por ti y mañana por mí.

Tal y como pretendía Melchor, a las diez de la noche del viernes él y el sargento Blai entran en comisaría por la puerta del garaje, sin que nadie vea a Melchor, que viaja tumbado en el asiento trasero. Después, ambos suben al primer piso y Melchor se encierra en su despacho, donde pasa el resto de la noche volviendo a sumergirse en la investigación del caso Adell mientras, en el despacho de al lado, el sargento redacta informes atrasados, dormita, baja a la planta baja a sacar cafés de la máquina y sale un par de veces de comisaría, la primera requerido por una pareja de patrulleros que tiene que lidiar con un borracho, la segunda ya casi al amanecer, para tomar el aire.

En cuanto a Melchor, no sabe exactamente lo que busca en la investigación, pero, poseído por un optimismo infundado, está seguro de que lo encontrará. No obstante, después de navegar durante horas por un océano de informes e indicios que recuerda con diversos grados de precisión (a fin de cuentas, algunos de ellos los aportó o redactó él mismo), no le queda más remedio que darse por vencido. Esto ocurre poco antes de las seis y media de la mañana. El sargento Blai ha salido de nuevo, pero debe de estar a punto de volver porque el turno de noche termina a las siete y ellos deben marcharse. Desalentado, sin saber qué hacer, pensando que se ha dejado arrastrar de nuevo por una falsa corazonada, Melchor entra en su correo electrónico con la esperanza de hallar un segundo mensaje de su informante anónimo; no lo encuentra, y en ese momento le asalta una sospecha que ya le rondó varias veces durante la noche: la de que la investigación que debía consultar no sea la del caso Adell. Así que abre el mensaje que recibió de su informante y escribe: «¿La investigación donde está la respuesta es la del caso Adell?». Relee varias veces el texto, lo envía y, mientras aguarda una respuesta, irrumpe en el despacho el sargento Blai.

—¿Has encontrado algo?

Melchor niega con la cabeza.

—Me lo temía —dice el sargento Blai, que ahoga un bostezo y añade—: Bueno, apaga ese ordenador y vámonos a sobar.

Al llegar a casa, Melchor consulta su correo electrónico: nada. Desvelado, se pasa la mañana revisándolo de manera compulsiva, navegando por internet y hablando por teléfono con Cosette y con Vivales. Hacia las tres de la tarde sale a comer y, cuando vuelve, se queda dormido ante el ordenador, con la cabeza apoyada en los antebrazos. Al despertar está cayendo la noche, y casi lo primero que ve es que ha entrado en la bandeja de su correo un mensaje de su informante en respuesta al que él le envió al amanecer. Es también muy escueto. Sólo dice: «Revise las huellas dactilares». Sin perder un minuto, Melchor llama a Blai y le convence de que repitan la jugada de la víspera («Es la última vez —dice—. Te doy mi palabra»), aunque en esta ocasión restringe su búsqueda a las huellas dactilares recogidas en la masía de los Adell durante las horas siguientes al asesinato. Revisa todas las ampliaciones fotográficas que se hicieron de ellas y comprueba que todas las huellas identificadas pertenecen a las cuatro personas de las que tenían constancia que estuvieron en la masía durante la jornada previa a los crímenes: el propio matrimonio Adell, la criada rumana, Jenica Arba, y María Fernanda Zambrano, su cocinera ecuatoriana. Luego decide revisar también las fotografías ampliadas de huellas sin identificar, pero todas resultan en efecto irreconocibles, todas se ven demasiado borrosas. Ya a la desesperada, se le ocurre revisar los originales de las fotografías, pese a ser consciente de que, en principio, es casi imposible identificar una huella en una foto original; los revisa uno a uno, contrastando el original con la ampliación, hasta que de pronto advierte algo anómalo, y es que un original, el de una huella dejada en el cuarto de las alarmas, parece verse mejor de lo que su ampliación refleja.

Extrañado, decide ir al laboratorio y hacer una nueva ampliación de ese mismo original. La operación le toma un buen rato, pero el resultado es una ampliación muchísimo mejor que la primera, tanto que le resulta imposible aceptar que la pésima calidad de ésta sea fruto de la torpeza o del azar. En cualquier caso, ahora, gracias a aquella nueva ampliación, sí es posible identificar la huella y, casi a la carrera, sintiendo que acaba de dar con lo que buscaba o con el hilo que puede conducirle a lo que buscaba, Melchor vuelve a su ordenador, contrasta esa huella con las que almacena la investigación y comprueba que no se corresponde ni con las de los Adell, ni con la de la criada rumana ni con la de la cocinera ecuatoriana. Luego contrasta la huella con las de los directivos de Gráficas Adell; descarta las de Botet, Silva y Arjona, pero el corazón le da un vuelco al llegar a las de Albert Ferrer, porque, después de hacer algunas comprobaciones, concluye que son idénticas a la que acaba de encontrar.

Tratando de contener la euforia, se levanta, camina por su despacho, reflexiona. Lo que ha descubierto demuestra que Ferrer estuvo en el cuarto de las alarmas horas o días antes del asesinato de los Adell, y que muy bien pudo ser él quien desconectó el sistema de seguridad de la masía, cosa que, horas o días después, permitió la entrada de los verdugos. Esto significa que Ferrer ha mentido, o que por lo menos ocultó ese hecho, y que en consecuencia, casi con seguridad, está de alguna manera involucrado en el asesinato de los Adell. ¿También en la muerte de Olga? Puede ser, piensa. Pero lo que es seguro es otra cosa, piensa también, y es que alguien que estaba dentro de la investigación intentó neutralizar esa prueba decisiva. No: la pésima calidad de la ampliación de la huella digital no puede ser fruto de la torpeza o del azar; sólo puede serlo de la voluntad culpable de alguien que no quería que esa huella fuera identificada. Esa persona sabía sin duda que no podía eliminar una prueba que ya había sido clasificada, porque la eliminación le hubiera delatado, y decidió ocultarla adrede tras una ampliación emborronada en la que las huellas de Ferrer resultarían irreconocibles, con la esperanza de que a nadie se le ocurriera volver al original. En seguida comprende también que eso sólo pudo hacerse en las horas inmediatamente posteriores al triple asesinato, y que la persona que con más facilidad podía hacerlo —tal vez la única que podía hacerlo— es la que centralizó la recogida de las evidencias en la masía de los Adell. «Sirvent», piensa.

Deslumbrado por el hallazgo que acaba de realizar, Melchor apaga el ordenador, sale a toda prisa de comisaría y, mientras camina en busca de su coche, llama por teléfono a Sirvent, que le dice que acaba de acostarse, pero que, urgido por él, accede a verle.

—¿Qué pasa? —pregunta, alarmado.

—Dame veinte minutos y te lo cuento —le contesta.

Veinte minutos después, Melchor aparca a la entrada de un chalet adosado a las afueras de Móra d'Ebre. Sirvent le aguarda sentado en el murete del jardín, junto a la cancela de hierro, vestido con unos pantalones de chándal, un jersey gris y unas zapatillas de felpa. Es una noche diáfana de noviembre, de luna casi llena y cielo repleto de estrellas. Una lámpara que pende por encima del dintel alumbra la puerta de su casa.

Sirvent se incorpora y echa a andar hacia Melchor, pero, antes de que pueda saludarlo, éste le agarra por el cuello.

—Fuiste tú quien emborronó la ampliación, ¿verdad, hijo de puta?

Sirvent inicia una protesta, que Melchor acalla contándole lo que acaba de descubrir: sin soltar a su compañero, le dice que Albert Ferrer estuvo en el cuarto de las alarmas de la masía de los Adell poco antes de la noche en que mataron a los ancianos y a su criada y que en la investigación del caso Adell hay una huella dactilar que lo demuestra, le explica que esa huella delatora, que involucra a Ferrer en el asesinato, fue escondida tras una ampliación deliberadamente emborronada, para que nadie reparara en ella, y que el único que pudo hacer esa ampliación fue él, el policía científico encargado de reunir todas las pruebas halladas en la masía y de mandárselas a la sargento Pires para que las incluyera en la investigación.

—No fui yo —gime Sirvent, tras procesar a toda velocidad las revelaciones de Melchor, que todavía le tiene agarrado por el cuello—. Fue Salom.

Melchor le mira como si no le hubiera entendido.

—¿Qué?

—Te digo que fue Salom, joder —vuelve a gemir Sirvent, ahogándose—. Sólo pudo ser él.

Estupefacto, Melchor suelta a su compañero, que tose doblado por la cintura y después recupera la vertical mientras Melchor le exige que se explique.

—Sólo pudo ser Salom —repite Sirvent, frotándose todavía el cuello—. El subinspector Gomà me encargó que centralizase la recogida de indicios, eso es verdad. Pero acuérdate de aquel día, había indicios por todas partes, estábamos desbordados de trabajo y Salom se ofreció a ayudarnos. Tiene experiencia en la policía científica, estaba dentro de la investigación del caso, es caporal... Además, dijo que Gomà le había ordenado que nos echase una mano, supongo que no se lo inventó, como comprenderás yo no anduve preguntando. De modo que estuvo casi todo el domingo por la tarde con nosotros en la masía.

—Es verdad —asiente Melchor, más para sí mismo que para Sirvent, mientras rebusca asombrado en su memoria—. Él se ofreció a ayudaros y Gomà aceptó. Luego fui yo el que se ofreció a ayudarle a él, pero no quiso, no querría que nadie fiscalizase su trabajo. Esa noche estuvo en comisaría hasta muy tarde, trabajando con las pruebas que le mandabais. Y a la mañana siguiente...

—Claro —insiste Sirvent, enérgico—. El domingo Salom acabó siendo el encargado de reunir los indicios y de hacérselos llegar a Pires. Y luego, al otro día, siguió supervisándolo todo. Había empezado él a hacerlo y lo mejor era que él también lo terminara. Yo me ocupé de recoger las pruebas en casa de los Adell, pero Salom las organizó en comisaría y se las mandó a Pires. Nadie más. Te digo que el único que pudo hacer esa ampliación fue él.

Melchor está todavía intentando asimilar las explicaciones de su compañero y hacerse cargo de su alcance cuando el timbre de su teléfono rompe el silencio nocturno de aquella calle de extrarradio por la que, desde que él llegó, no ha circulado un solo coche. Aturdido, incapaz de dar crédito a lo que ha descubierto, deja sonar varias veces el teléfono, pero advierte que quien llama es el sargento y contesta.

—¿Se puede saber dónde te has metido? —pregunta Blai—. Acaban de decirme que te han visto salir de comisaría como si fueras a apagar un incendio. ¿No habíamos quedado en que nadie debía enterarse de que estabas aquí?

—Disculpa —dice Melchor, sin poder apartar la vista de su compañero—. Estoy en Móra d'Ebre, con Sirvent.

—¿Con quién?

—Con Sirvent —repite Melchor—. Ya te contaré.

—¿Has descubierto algo?

—Creo... —Melchor vacila, parpadea, termina—: Creo que sí. Me parece que ya sé quién mató a los Adell. —Tras una pausa, añade—: Y a Olga.

—No me jodas, españolazo.

—Quédate en comisaría —le pide Melchor—. Dentro de un rato tendrás ahí al primero.

Melchor se despide de Sirvent sin disculparse, monta en su coche y, mientras conduce de vuelta hacia Gandesa, su cerebro hierve tratando de reconstruir lo ocurrido desde que hace cinco meses, al final de otra madrugada de domingo como aquélla, le avisaron de que había varios cadáveres en la masía de los Adell, y, cuando aparca ante la casa de Salom, ya tiene la seguridad de que ha identificado casi todos los fragmentos del rompecabezas del caso Adell, y de que casi todos encajan.

La casa se halla en un moderno edificio de tres plantas, cercano a los juzgados. Melchor llama por el interfono y Salom tarda en contestar, pero, cuando su compañero le pide que abra, abre sin hacer preguntas, y poco después lo ve, en pijama y batín, enmarcado en el vano de una puerta.

—Eres la leche —le da la bienvenida Salom, sonriente y con cara de sueño, al asomar por el pasillo—. Cuatro años llevas rechazando invitaciones a venir a mi casa y te presentas sin avisar y de madrugada. ¿Sabes qué hora es?

La respuesta de Melchor consiste en soltarle un puñetazo que lo estrella contra una mesita del vestíbulo con un escándalo de metal, madera y cristalería rota.

—¿Pero qué coño...? —barbota incrédulo Salom, desmadejado en el suelo—. ¿Estás borracho o qué?

Melchor cierra tras él la puerta, le pega al caporal una patada en el estómago y otra en la cara, lo arrastra hasta el comedor y lo deja tirado en el sofá.

—¿Sabes una cosa? —pregunta, impostando un tono de genuina curiosidad—. La última vez que te vi pensé que eras el mejor amigo que había tenido en mi vida, y ahora pienso que eres el mayor hijo de puta que me he echado a la cara. Qué te parece, ¿eh?

Salom se retuerce en el sofá, quejándose y pugnando por sentarse, mientras se agarra el estómago como si temiera que pudiese derramársele sobre la alfombra. Ya no hay en su gesto ni rastro de sueño, tampoco de sonrisa, ha perdido las gafas y una mancha de sangre recién salida de su nariz salpica su bigote y su barba.

—No sé de qué me estás hablando, Melchor —consigue articular por fin.

—Te estoy hablando de Olga, cabrón. ¿Conducías tú el coche que la mató? ¿O lo conducía tu amigo Ferrer?

—Te repito que no sé de qué me estás hablando —insiste Salom—. Tranquilízate, por favor. Y, piénsalo bien, ¿cómo quieres que yo matase a Olga?

Melchor vuelve a castigarle con dos puñetazos, esta vez en las costillas. El caporal parece haberse resignado al castigo, o quizá es que no puede evitarlo.

—Si sigues haciéndote el tonto te voy a matar a hostias —le amenaza Melchor. Luego coge una silla, la acerca a

Salom y se sienta en ella del revés, con los brazos sobre el respaldo—. Dime una cosa, ¿sabes de qué te hablo si te digo que acabo de encontrar en la investigación del caso Adell la ampliación de las huellas dactilares que Ferrer dejó en el cuarto de las alarmas de la masía? ¿Te acuerdas de que, como no podías eliminarlas porque los de la científica ya las habían indexado, las emborronaste para que nadie pudiera reconocerlas, confiando en que a nadie se le ocurriría contrastar la ampliación con la foto original? ¿Te suena eso? ¿Eh, te suena? Al principio creí que había sido Sirvent, pero acabo de hablar con él y es imposible, claro. Ese día el que se encargó de reunir las huellas y de enviárselas a Pires fuiste tú. Por eso te ofreciste a Gomà y a los de la científica, para proteger a tu amiguito, para corregir los errores que hubiera podido cometer, y por eso no quisiste que yo te ayudase, querías hacerlo solo, claro, no querías testigos. Por eso luego te convertiste en el portavoz de la familia ante los periodistas, para que toda la información pasase por ti, para que no se te escapase nada. Y seguro que fuiste tú también el que avisó a Ferrer cuando le pinchamos el teléfono, ¿verdad?, no fuera a ser que mantuviese alguna conversación imprudente o dijese alguna tontería. Y, por cierto, hay que ver qué amable fuiste consiguiéndome las llaves de Gráficas Adell, siempre has sido un amigo generoso, siempre has estado ahí para echarme una mano y para sacarme de apuros, ¿a que sí? ¿A que fuiste tú el que convenció a Ferrer de que te diera las llaves de Gráficas Adell y así él pudiera pillarme en el despacho de Grau? Era la forma de apartarme definitivamente del caso, ¿verdad? Pero no me aparté y entonces tuvisteis que recurrir a lo de Olga, ¿verdad, hijo de la gran puta?

Mientras, fuera de sí, Melchor blande su batería de

pruebas demoledoras y conjeturas razonables, Salom ha conseguido sentarse en el sofá y recomponerse un poco. Además de las gafas, ha perdido las zapatillas y el cinturón del batín, le han saltado varios botones del pijama y se le ve parte del pecho y el vientre, tiene el cuerpo inerte y dolorido y, en el rostro, una expresión desencajada, exhausta.

—¿De verdad crees que te queda alguna salida? —pregunta Melchor, señalándole con un índice acusatorio—. ¿No te das cuenta de que estás hasta arriba de mierda? Eliminaste la prueba de que Ferrer es por lo menos cómplice del asesinato de los Adell, ¿cómo explicas eso? ¿No ves que esa ampliación tramposa te señala? ¿No ves que no tienes escapatoria?

Salom permanece en silencio, con la vista sombríamente fija en el suelo de baldosas. Jadeando todavía, parece reflexionar, roto.

—¿Voy a tener que seguir pegándote? —continúa Melchor—. ¿No crees que me merezco la verdad después de lo que ha pasado? De todos modos, vas a tener que confesarla...

—Yo no tuve nada que ver con lo de Olga —musita por fin Salom.

Durante unos pocos segundos larguísimos los dos hombres se quedan mirándose en silencio, como hechizados, pero en seguida el caporal desvía la vista y Melchor se queda observándole, buscando en la cara irreconocible que tiene ante él —el pelo revuelto, la barba sucia de sangre, los ojos desnudos y extraviados— al compañero con el que ha convivido a diario desde hace cuatro años, a su mentor en la Terra Alta, a su amigo del alma. Salom señala el vestíbulo y dice, con una voz desvaída:

—Tráeme las gafas, por favor.

Melchor se las trae y, en vez de tomar asiento de nuevo, se queda de pie frente a él. En el comedor sólo suena, ahora, la pesada respiración de Salom y el tictac impertérrito de un reloj.

—Yo no tuve nada que ver con lo de Olga —repite de mala gana el caporal, mientras trata de taparse el pecho y el vientre con la camisa del pijama y el batín—. Cuando Albert se enteró de que seguías investigando, se puso histérico, le entró miedo de que descubrieses algo, decía que había que pararte como fuese. Yo intenté tranquilizarle, pero no pude. En realidad, Albert sólo quería asustarte, darte un aviso, pero al final todo se jodió.

—¿Quién lo hizo?

—Pagó a unos tipos para que lo hicieran. Eso me contó.

—¿Los mismos que mataron a los Adell?

—No, no creo, ésos eran profesionales de verdad. Pero no lo sé. Yo sólo intenté echar una mano a un amigo. Nada más. Hubiera hecho lo mismo por ti.

—¿Estás loco o qué? Tú ayudaste a matar a tres personas.

—No es verdad, yo sólo quise salvar a un amigo de la cárcel. Él ya había decidido matar a su suegro. Lo hubiera matado de todos modos.

—¿Por qué?

—¿Por qué qué?

—¿Por qué había decidido matar a su suegro?

—¿Por qué va a ser? Porque Adell llevaba veinte años puteándole, jodiéndole la vida como se la jodía a todos los que le rodeaban. Y porque, para colmo, había decidido dejar la mitad de su fortuna al Opus.

—¿Qué?

—Lo que oyes. Adell lo llevaba en secreto, ni siquiera

su hija lo sabía, pero estaba a punto de hacerlo. En el Opus hay gente que lo sabe, claro, pero no esperes que te lo digan. En esa casa son especialistas en esta clase de martingalas... Eso es lo que decidió a Albert. El viejo se había pasado la vida jodiendo a su familia y ahora que se iba a morir iba a acabar de joderla del todo. Una mala bestia.

—Y, como era una mala bestia, ayudaste a Ferrer a matarlo.

—Te repito que yo no le ayudé a matarlo. Sólo ayudé a que no le pillarais. O lo intenté.

—Vete a la mierda.

Hastiado, Melchor aparta la vista de Salom y, peleando con su asco y su cólera, se da cuenta de que en una cosa el caporal no miente: es la primera vez que está en su casa. Pasea la vista en torno a él por aquel comedor impersonal, amueblado sin gusto ni intención: un rutinario sofá de escay, una mesa vulgar, varias sillas anodinas y un aparador sin gracia, con unos pocos libros azarosos, una televisión vieja y un viejo reloj despertador. El único toque íntimo u hospitalario lo ponen, en medio de esa grisura insípida, varias fotografías de su mujer y sus hijas, que descansan sobre una repisa, frente a él. Una de ellas atrae la atención de Melchor. Es una foto de familia, protegida por un vidrio y un marco de plata, sin duda la foto de un veraneo: Salom está en el centro de la imagen, rodeado por sus tres mujeres, y el grupo parece recién salido de la playa: todos visten bañador, camiseta y chanclas, y a sus pies descansan bolsas de baño, sillas plegables, un parasol. Salom, joven y sin barba, pero ya con sus gafas anticuadas de siempre, coge con la mano derecha la mano de Claudia, que no puede tener más de seis o siete años, y pasa la izquierda por el hombro de su mujer, a quien está besando en la mejilla mientras ella coge de la mano a Mireia y sonríe a la cámara, radiante. Sin querer, Melchor se pregunta cuánto falta en esa foto para que muera la esposa de Salom, si el cáncer que la mató la está ya royendo por dentro; queriendo, se pregunta cómo es posible que Salom viva en aquel piso de las afueras, como un recién llegado al pueblo y no como el gandesano de siempre que es, se pregunta dónde están los muebles y los recuerdos de su mujer, de su familia, qué hacía Salom con su vida desabrida y taciturna de viudo solitario, sobreviviendo en aquel piso de hombre solo que odia la soledad, mientras él disfrutaba de la época más feliz de su vida con Olga y con Cosette. Aparta la vista de la foto y topa con los ojos del caporal, que le está observando.

—No entiendo cómo has podido hacer algo así —vuelve a hablar Melchor—. ¿Cómo has podido...?

De repente se calla, paralizado por lo que acaba de ver en la mirada de Salom, y, en un segundo de lucidez, mientras cruza su memoria una conversación que mantuvo con el caporal y sus dos hijas el día en que Olga y él se casaron, durante el banquete nupcial —una conversación que ahora se le aparece como un mero eslabón de una serie de conversaciones, o como una repetición o un eco de otras muchas conversaciones—, cree entenderlo todo, igual que si todo estuviese escrito en los ojos del caporal con infinita elocuencia silenciosa, y siente que le arrastra una oleada de pena que no diluye la cólera y el asco, sino que se suma a ellos. A punto está de preguntar: «¿Cuánto te pagó tu amigo por hacerlo?». Pero Salom se le adelanta:

—¿De verdad vas a entregarme?

El interrogante queda suspendido entre ambos.

—¿Qué vas a ganar si me entregas, aparte de arruinarme la vida? —vuelve a preguntar el caporal—. ¿Darles carnaza a los periodistas para que sigan convenciendo a la gente de que los policías somos una panda de indeseables y de que hacen bien pagándonos sueldos de miseria y tratándonos como a perros? ¿O piensas entregarme para hacerle justicia a un viejo cabrón al que todo el mundo odiaba y que ya había vivido todo lo que tenía que vivir?

—Te olvidas de su mujer y de su criada —le recuerda Melchor, aferrándose a la última pregunta—. Te olvidas de Olga.

—Y yo te repito que no tuve nada que ver con eso —replica el caporal—. Olga era mi amiga, hubiera hecho lo posible por evitar lo que pasó. Ni siquiera lo de las otras mujeres fue cosa mía, no sabía que a ellas también las iban a matar, y te aseguro que no tenía ni idea de que iban a torturar de esa manera a los dos viejos. Cuando lo vi, me horroricé tanto como tú. Albert dice que fue cosa de los tipos a los que contrató, que aquella noche él se limitó a abrirles la puerta... No lo sé. No sé quiénes eran esos tipos y no traté con ellos. Lo que sí sé es que, aunque me entregues, nadie te va a devolver a Olga, pero mis hijas van a perder a su padre después de haber perdido a su madre, y tú vas a perder a tu mejor amigo, el único que se ha partido la cara por ti cuando lo has necesitado. ¿Es verdad o no?

Melchor se queda mirando a Salom sin saber qué contestar. Esta incapacidad añade desaliento al asco, la cólera y la pena.

—Basta ya de conversación —dice, haciendo un esfuerzo por sobreponerse—. Vístete. Tenemos que irnos.

—¿Adónde?

—A comisaría. Blai te está esperando. Quiero que le cuentes lo que acabas de contarme a mí. Él sabrá qué hacer contigo y con Ferrer.

Tras un momento de incomprensión, o de duda, Salom deja caer la cabeza hasta que su sotabarba descansa sobre su pecho, y durante varios segundos ambos hombres permanecen en silencio, oyendo únicamente el tictac del reloj. Melchor advierte algo en lo que no había reparado hasta entonces, y es que en la coronilla del caporal se abre un círculo sin pelo, parecido a una tonsura monástica. Para su sorpresa, cuando Salom vuelve a levantar la vista se insinúa en sus labios una sonrisa vaga, entre burlona y sarcástica.

—¿No vas a ir a buscar a Albert? —pregunta. La pausa parece haberle reanimado, haberle devuelto el dominio de sí mismo—. ¿De verdad vas a desaprovechar la oportunidad de pegarle una buena paliza, como has hecho conmigo? Claro que también podrías matarlo. Eso también se te da bien.

Melchor no sabe qué decir, de nuevo, y piensa de nuevo que, pese a haber convivido a diario con el caporal durante los cuatro últimos años, apenas lo conoce; entonces le gana un agotamiento profundo, como si, una vez extinguida la furia que le animaba, hubieran caído sobre él toda la tristeza, la desolación y el cansancio de los últimos días.

—Te crees mejor que yo, ¿verdad? —prosigue Salom, sin abandonar su sonrisa a medias y su tono vindicativo, un poco retador—. Pues no lo eres. Yo quizá he cometido una equivocación, pero tú eres otra cosa, Melchor. ¿Quieres saber lo que eres?

Melchor no quiere saberlo, no quiere que el caporal le diga lo que cree saber, pero continúa sintiéndose incapaz de contestar a sus preguntas.

—Tú eres un asesino —se contesta a sí mismo Salom—. Eso es lo que eres. Se te nota en la cara, en los ojos. Yo te lo noté en cuanto te vi. Dime sólo una cosa: disfrutaste matando a aquellos chavales, ¿verdad? A los cuatro terroristas de Cambrils, me refiero. ¿A que te gustó? Dime la verdad, anda. A mí puedes decírmela tranquilo. ¿Disfrutaste sí o no? —Hace una pausa: su voz se ha vuelto sinuosa y cálida, confidencial—. Eso es lo que tú eres, desengáñate. Naciste así y te morirás así. La gente no cambia. Y tú tampoco. Por eso no quieres ir a buscar a Ferrer: porque sabes que a él lo matarías. ¿A que sí? —La sonrisa termina de definirse en el rostro del caporal: ahora es una sonrisa completa, casi agresiva, impúdica—. No, Melchor, tú no eres mejor que yo, aunque ahora te lo parezca. Eres peor. Mucho peor. Y tú lo sabes, ¿verdad?

Melchor hace un movimiento afirmativo de cabeza, como si efectivamente lo supiera, y se pregunta si el otro está en lo cierto. Luego siente ganas de golpearle. Luego, por segunda vez en los últimos días, siente ganas de llorar. Luego dice:

—Vístete de una vez, por favor.

Salom tarda todavía un momento en claudicar, pero al final, lento y renuente, se levanta, camina hasta su habitación y se viste. Minutos después los dos hombres montan en el coche de Melchor y recorren en silencio el trayecto que separa la casa de Salom de la comisaría.

A pesar de ser noche de sábado, las calles de Gandesa están casi desiertas, y apenas se cruzan con un par de automóviles en la avenida de Catalunya. Melchor se esfuerza por no pensar en nada, pero no lo consigue: piensa en lo que acaba de decirle Salom, piensa en las hijas de Salom, piensa en Cosette, piensa en los cuatro años que lleva en la Terra Alta, piensa en Javert.

Cuando aparca frente a la comisaría, aún está pensando en el inspector de *Los miserables*, y en ese instante divisa al sargento Blai a través de los cristales del vestíbulo, un brillante prisma rectangular como un estanque iluminado en mitad de la noche, que todos en comisaría llaman La Pecera. Al distinguir el vehículo en la calle, el sargento Blai hace ademán de salir, pero al final permanece dentro, observándolos. Melchor señala al sargento y dice:

—Te está esperando.

Salom se vuelve hacia él. A la luz tenue del salpicadero, Melchor ve la sangre seca en los rizos pegajosos de su bigote y su barba, pero ve sobre todo que ha desaparecido de su expresión la seguridad de antes, devorada por un desvalimiento acobardado, por una angustia asfixiante, por un punto de esperanza agónica, terminal.

—¿De verdad no podemos arreglarlo, Melchor? —pregunta—. Todavía estamos a tiempo. Podemos decirle a Blai que todo era una broma, o un malentendido. Podemos decirle que nos hemos peleado. Cualquier cosa.

Melchor niega con la cabeza.

—No se lo creería —dice—. Además, Sirvent también lo sabe. Ya te he dicho que acabo de hablar con él.

—Claro que se lo creería —insiste Salom—. Y Sirvent también. —Hace una pausa e implora—: Por favor. Te lo pido por nuestra amistad. Te lo pido por nuestras hijas.

Melchor suspira. Durante un par de segundos, con la vista fija en la oscuridad del descampado que se extiende ante ellos, consigue por fin no pensar en nada o pensar únicamente en que no está pensando en nada. Después señala el vestíbulo con un movimiento de cabeza casi imperceptible y dice sin cólera, sin asco y sin pena:

—Sal.

Salom no vuelve a suplicar, tampoco protesta, aunque tarda en salir. Melchor le oye bajarse del coche, pero no le ve hacerlo; tampoco le ve salvar los pocos metros que le separan de la comisaría ni cruzar la puerta que le abre el sargento Blai, ni siquiera le ve hablar con el sargento en la claridad artificial del vestíbulo. Lo único que ve, cuando mira otra vez hacia la comisaría, es a Blai al otro lado de los cristales, dirigiéndose a él con los brazos abiertos, en un gesto de interrogación. Entonces acelera el coche y se va.

4

Años después, cuando Melchor recordara aquellos primeros meses en la Terra Alta, siempre pensaría que fueron la época más feliz de su vida.

El día en que devolvió a la biblioteca *El tambor de hojalata*, la novela de Günter Grass, Olga lo estaba aguardando tras el mostrador con una sonrisa cómplice.

—Ya está —anunció sin saludarle—. Terminé de leerla.

No hizo falta que aclarase que se refería a *Los miserables*. La biblioteca acababa de abrir y por la fachada entraba a espuertas la luz deslumbrante de aquella mañana ventosa. Durante un rato hablaron de la novela sin que nadie los molestase, quitándose uno a otro la palabra de la boca, Olga sentada detrás del mostrador y Melchor acodado en él con el ejemplar del libro de Grass a su lado. Hablaron de Jean Valjean y del señor Magdalena, de Javert, de Fantine, de Cosette y de Marius, del señor y la señora Thenardier, de Gavroche, Fauchelevent y los jóvenes revolucionarios capitaneados por Enjolras, del campo de Waterloo y las barricadas de París. En determinado momento Olga volvió a decirle a Melchor lo que le había dicho en las últimas semanas cada vez que él le preguntaba si había terminado de leer la novela: que era rara. Melchor volvió a preguntarle por qué.

—Es sentimental, melodramática, moralista —enumeró Olga—. O sea, es todo lo que detesto. Pero no he podido parar de leerla. Ahí está lo raro. En que, más que a las novelas que me gustan, se parece a la realidad, que no me gusta.

—También se parece a la realidad en otra cosa —la secundó Melchor—. En que es enorme. Por lo menos es la impresión que tengo cada vez que la leo. La de que ahí está metido todo. —Hizo una pausa y, con lo que él mismo juzgó una falta total de pudor, añadió—: Pero sobre todo tengo la impresión de que habla de mí.

—Todas las novelas hablan de nosotros —replicó ella—. ¿No era eso lo que quería decir tu amigo?

—¿Qué amigo?

—Aquel que dijo que la mitad de una novela la pone el autor y la otra mitad la ponemos nosotros.

—Sí, pero con *Los miserables* es distinto.

Melchor intentó explicar por qué era distinto, pero fracasó. De su fracaso lo rescataron los primeros usuarios de la biblioteca, una pareja de ancianos que devolvieron un libro y un DVD y que se interesaron por la presentación que iba a tener lugar aquella la tarde en la sala de actos.

—No sabía que organizabas presentaciones de libros —dijo Melchor cuando volvieron a quedarse a solas.

—Menos de las que me gustaría —se lamentó Olga—. También organizo clubes de lectura. Deberías apuntarte a uno. Te gustaría. Es como lo que estábamos haciendo ahora, se trata de hablar con gente de libros y...

—Gracias —la interrumpió Melchor—. Prefiero hablar contigo.

Olga sonrió de nuevo, esta vez como si tuviera delante a un adolescente que intentaba seducirla y que no tenía la menor posibilidad de hacerlo. Con una especie de ternura melancólica dijo:

—Ya. El problema es que me pagan por llevar la biblioteca, no por hablar de libros. —Suspiró, cogió el ejemplar de *El tambor de hojalata,* inquirió—: ¿Quieres devolverlo?

Melchor dijo que sí y aguardó en vano a que Olga le preguntase, como hacía siempre, qué opinaba sobre la novela que acababa de leer. Mientras ella realizaba los trámites de devolución, Melchor señaló la novela de Grass.

—Ésta también me ha gustado —dijo—. Pero ahora preferiría que me recomendaras una novela del siglo veinte que no parezca del diecinueve.

Como si Olga hubiera sentido que Melchor intentaba ponerla a prueba (o como si llevara semanas aguardando aquella petición), sin pensarlo dos veces se dirigió a las estanterías del fondo con sus pasitos de pájaro o de niña y en seguida volvió con un libro de Georges Perec: *La vida. Instrucciones de uso.*

—Es diez veces más larga que *El extranjero* —constató Melchor, un poco perplejo.

—Sí —dijo Olga con satisfacción—. Casi tanto como *Los miserables.*

—Un respeto —se revolvió Melchor—. *Los miserables* es el doble de larga.

A Olga se le escapó la risa. Melchor observó con una especie de avaricia la red de arrugas que brotaba en las comisuras de sus labios, cogió el libro y se sentó junto al ventanal que daba al patio empedrado de gravilla.

Pasó la mañana allí, leyendo la novela de Perec, y a la una y media, justo antes de que cerrara la biblioteca, le propuso a Olga tomar un aperitivo en el bar de la plaza.

—Gracias, pero no tengo tiempo —contestó Olga—.

De todos modos, vivo cerca, voy para allá. Tú también, ¿verdad?

Salieron juntos de la biblioteca y juntos echaron a andar hacia el casco antiguo. El invierno estaba a punto de llegar a la Terra Alta, y un ventarrón frío barría las calles de Gandesa y limpiaba de nubes el cielo, brillante y azul. Volvieron a hablar de *Los miserables*, pero a la altura de la rotonda de La Farola, mientras el cierzo agitaba con furia las ramas de la palmera que se yergue en su centro y ellos cruzaban en dirección a la plaza, Melchor consiguió desviar la conversación hacia el trabajo de Olga. Ésta contó entonces que la suya era la biblioteca más grande de la Terra Alta, explicó que la llevaba con la ayuda de otra bibliotecaria, llamada Llúcia, que por lo general trabajaba de tardes (igual que ella trabajaba por lo general de mañanas), aseguró que, aunque en teoría Llúcia se encargaba de atender a los usuarios de la biblioteca y ella de las tareas de gestión, en la práctica ambas se repartían como podían el trabajo, reconoció que lo que más le gustaba, aparte de organizar presentaciones, talleres de poesía y clubes de lectura, era hacer pedidos de libros y viajar a las ferias para comprarlos.

Habían llegado al resguardo de la plaza, donde el viento soplaba con menor intensidad. Melchor le preguntó por qué había elegido ser bibliotecaria. Ella se detuvo y le miró como si nadie le hubiese hecho antes esa pregunta; arrebujada en su abrigo, se sostenía con una mano el pelo alborotado.

—No lo sé —reconoció—. Creo que porque me gustaba el orden. ¿Tú por qué te hiciste policía?

Melchor no tuvo necesidad de meditar la respuesta.

—Por *Los miserables.*

—¡Pero si en *Los miserables* el policía es el malo! —exclamó Olga.

—No es verdad —contestó Melchor, con absoluta convicción—. Javert es un falso malo.

Durante unos minutos intentó convencer a Olga de que Javert no era lo que parecía. Olga le escuchó sin contradecirle.

—Es un falso malo —repitió enfáticamente Melchor—. ¿No te das cuenta? Y los falsos malos son los verdaderos buenos.

—Según eso, también debe de haber falsos buenos —dedujo Olga.

—Claro —dijo Melchor—. Son los verdaderos malos.

Se sentaron en un banco de piedra, bajo una morera cuyas ramas habían sido expoliadas por el otoño y cuyas hojas revoloteaban amarillas en el centro de la plaza, agitadas por el cierzo. Frente a ellos, en la terraza del bar donde Melchor pasaba muchas mañanas leyendo, y donde solía comer y cenar, apenas había una mesa ocupada por dos parroquianos que, igual que ellos, combatían el frío del viento con la tibieza del sol. Olga, que había saludado a varias personas de camino hacia allí, saludó a una mujer que pasó frente al banco. Hablaron de la Terra Alta. Luego Melchor quiso que ella le hablase de sus años en Barcelona.

—¿Cómo sabes que viví en Barcelona? —preguntó Olga.

—Me lo contó Salom.

—¿Qué más te contó Salom?

—Nada.

—¿Sabes que mientes fatal? Sobre todo, para ser policía.

Melchor intentó defenderse, medio en broma medio en serio, pero Olga no se lo permitió y él volvió a tener la impresión de que le trataba como a un adolescente, lo que no le molestó. Olga habló de Salom, de la mujer y las hijas de Salom; mientras lo hacía rozaba con un dedo distraído una muesca en el borde rugoso del banco, una hendidura lisa y profunda como una cicatriz de piedra. Después, contestando con retraso a la pregunta de Melchor, habló de sus años de Barcelona, y le preguntó si echaba de menos la ciudad. Melchor se apresuró a contestar que no.

—Bueno —matizó—. Salvo una cosa.

—¿El qué?

—El ruido.

Olga se volvió a mirarle. Melchor pensó que era la mujer más hermosa que había conocido en su vida.

—Hablo en serio —dijo—. Sin ruido no puedo dormir, al principio no pegaba ojo. Menos mal que descubrí los somníferos. Pero a veces el silencio todavía me despierta en mitad de la noche.

—Chsssst —susurró Olga, llevándose a los labios el índice de la mano izquierda y cogiendo la mano de Melchor con la derecha.

Justo entonces, mientras auscultaban el silencio, la plaza pareció llenarse de ruidos: el rumor de los coches circulando por la rotonda de La Farola a sus espaldas, el gemido del viento entre las ramas desnudas de la morera, el murmullo de las hojas secas arremolinándose y dispersándose frente a ellos en el centro de la plaza, donde un grupo de niñas acababa de irrumpir, gritando y correteando alrededor de la fuente. Constataron su fracaso echándose a reír. Olga soltó la mano de Melchor y se quedó mirando el costurón de piedra pulida que hendía el borde del banco, mientras lo acariciaba de nuevo. Siguieron callados unos segundos. Sin saber por qué, Melchor pensó en su madre.

—¿Sabes qué es esto? —preguntó Olga, señalando la

hendidura en el banco y levantando la vista hacia Melchor—. En la guerra los moros de Franco afilaban aquí sus bayonetas. Mi padre los vio hacerlo.

Melchor sustituyó en su pensamiento a su madre por un grupo de jubilados que jugaban al dominó en el Terra Alta y por un puñado de soldados republicanos que ochenta años atrás habían sobrevivido de milagro a su propio coraje suicida junto a la ermita de Santa Magdalena del Pinell.

—¿Tu padre hizo la guerra? —preguntó.

—No —contestó Olga—. Era un niño entonces. Pero de viejo me hablaba mucho de ella.

Melchor insinuó una sonrisa.

—Está visto que aquí en la Terra Alta los viejos no paran de hablar de la guerra —comentó—. Un compañero me dijo el otro día que es como si en los últimos ochenta años no hubiera pasado nada.

—Y a lo mejor es verdad —dijo Olga—. Aquí, más tarde o más temprano, todo se explica por la guerra. —Se quedó un momento mirando a las niñas, que ahora jugaban al escondite. El viento había amainado, o ya apenas llegaba a la plaza, cuyo centro estaba alfombrado por las hojas caídas de las moreras—. De todos modos, de lo que la gente habla en realidad, si te fijas, no es de la guerra. Es de la batalla del Ebro. Son dos cosas distintas. La batalla duró cuatro meses, la guerra duró tres años. La batalla fue un horror, pero tuvo cierta dignidad, la hizo gente de medio mundo, sale en los libros de historia y hasta le dedicamos memoriales. Pero el resto de la guerra fue un horror a palo seco, un espanto sin paliativos. Y lo que nos marcó de verdad fue la guerra, no la batalla del Ebro. —Bajó de nuevo la vista, sin dejar de tocar la hendidura excavada por el hierro antiguo de las bayonetas: parecía que sus dedos leían en la piedra alisada lo que estaba diciendo—. La batalla sólo dejó heridas visibles —prosiguió, como si ya no hablara con Melchor sino consigo misma—. Las trincheras, las ruinas, los cerros llenos de metralla, todas esas cosas que tanto les gustan a los turistas. Pero las heridas de verdad son las otras. Las que nadie ve. Las que la gente lleva en secreto. Ésas son las que lo explican todo, pero de ésas nadie habla. Y, quién sabe, a lo mejor está bien que así sea.

Una ráfaga de viento volvió a desordenarle el pelo. La terraza del bar acababa de vaciarse, pero las niñas seguían jugando al escondite.

—Bueno —suspiró Olga, poniéndose en pie—. Me voy. Esta semana no está Llúcia y tengo que abrir la biblioteca por la tarde.

Melchor también se levantó.

—¿Quedamos mañana?

Ella volvió a mirarle como si fuera un adolescente.

—Mañana no puedo —dijo.

Melchor insistió: propuso quedar el miércoles, el jueves. Olga alegó o inventó una excusa tras otra, pero al final cedió.

—Está bien, quedamos el viernes. —Señaló las mesas del bar, al otro lado de la plaza—. ¿Allí a las ocho?

A las ocho, cuando llegó al bar, la plaza de Gandesa era un hervidero de gentes venidas de toda la Terra Alta para inaugurar allí el fin de semana. La noche había caído hacía rato y las farolas de hierro forjado que se levantaban aquí y allá iluminaban la explanada con una luz difusa, pero la temperatura era agradable. Una clientela bullanguera abarrotaba tanto el interior del bar como la terraza, y los camareros, sudorosos y ajetreados, circulaban entre ella con las bandejas en alto, tratando en vano de atender las urgencias de todos.

Melchor ocupó la primera mesa libre. Llevaba ropa recién estrenada —pantalones, chaqueta y camisa comprados la víspera en una tienda de Móra d'Ebre que le había recomendado un compañero— y se había puesto una corbata; aunque no había quedado con Olga a cenar, pensaba invitarla a cenar. El camarero que lo atendió le conocía y bromeó sobre su atuendo; Melchor sonrió educadamente, le pidió una Coca-Cola y el camarero se la trajo con inesperada rapidez. Había motos yendo y viniendo por la plaza en medio de un estrépito de tubos de escape, y del interior de un Ford deportivo rodeado de jóvenes y parado frente al bar brotaba un vendaval de música disco. En los corrillos que rodeaban a Melchor la gente hablaba, gritaba, reía, saltaba y bailaba al ritmo sincopado de la música, las manos ocupadas con botellines de cerveza, combinados y cigarrillos; de vez en cuando, alguien reparaba en la presencia de Melchor, sentado en medio del bullicio, solo ante su Coca-Cola, y se quedaba mirándole o sonreía o daba un codazo a quien tenía al lado. Melchor por su parte sonreía a quien le sonreía, disfrutaba de la noche primaveral en pleno otoño, de la multitud y de la música, esperaba sin impaciencia.

Olga apareció poco antes de las nueve, cuando Melchor había pedido su segunda Coca-Cola y algunos grupos ya habían empezado a abandonar la plaza.

—Perdona el retraso —se disculpó—. Tenía que enviar una lista de libros, hoy acababa el plazo para la subvención.

Melchor notó que no se había vestido para la cita.

—No te preocupes —dijo, disimulando su decepción—. Acabo de llegar.

Olga miró de arriba abajo a Melchor y exclamó:

—Qué barbaridad. Estás hecho un pincel.

Él se lo tomó como un cumplido y le ofreció una silla. Parecía cansada; volviéndose un momento a su alrededor, calibró sin entusiasmo el jolgorio que todavía reinaba en la terraza.

—Si quieres, podemos ir a otro sitio —propuso él.

Olga respondió agarrando de un brazo a un camarero que pasaba junto a ella y pidiéndole un vodka con naranja.

—Para qué —dijo. Tomó asiento junto a Melchor—. Dentro de media hora no quedará nadie aquí.

Antes de las diez, en efecto, la plaza casi se había vaciado, y dentro del bar y en la terraza sólo quedaban vestigios de aquella muchedumbre festiva: un grupo escaso de personas, parejas aisladas o clientes habituales que veían la televisión, bebían cerveza o picoteaban tapas. Para entonces habían tenido tiempo de hablar sobre esto, lo otro y lo de más allá: habían hablado sobre *Los miserables* y sobre *La vida. Instrucciones de uso* («Tenías razón —opinó Melchor—. Ésta no parece una novela del siglo diecinueve escrita en el veinte. Parece un montón de novelas del siglo diecinueve metidas en una del veinte»), sobre la familia de Olga, con la que ella al parecer había perdido el contacto tras la muerte de su padre, y sobre la familia de Melchor, asunto sobre el cual él había mentido; también mintió sobre las razones por las que estaba en la Terra Alta, aunque no sobre el hecho de que, en principio, su estancia en la comarca era sólo temporal.

Olga iba ya por el segundo vodka con naranja y Melchor por la tercera Coca-Cola.

—¿Nunca bebes alcohol? —le preguntó ella.

—No.

—Pensaba que todos los polis bebíais.

—Yo ya me bebí todo lo que me tenía que beber.

A la altura del tercer vodka con naranja, se dio cuenta de que Olga estaba bastante ebria. Se había fumado un par de cigarrillos —uno se lo había pedido a un camarero, el otro a un cliente— y empezó a preguntarle a Melchor por su vida sentimental. Él se sintió obligado a devolverle la pregunta.

—Seguro que Salom te lo ha contado todo —adivinó Olga.

Melchor lo negó.

—Sigues mintiendo como el culo, querido.

Se rio, se atragantó con el humo, tosió. Luego dio otro trago de vodka con naranja y miró entrecerrando los párpados la plaza vacía, iluminada por la luz de las farolas.

—Dime una cosa, Melchor —dijo—. ¿Te gusta la Terra Alta?

—Me encanta —respondió.

Olga acogió su respuesta con una expresión escéptica y con una calada a su cigarrillo. Melchor creyó que iba a acusarle otra vez de mentir.

—Yo antes la detestaba —dijo, sin embargo—. Ahora no es que me guste. Es que no sé si sabría vivir en otro sitio. —Se calló, sin dejar de mirar a la plaza; el humo de su cigarrillo se elevaba vertical hacia el cielo. Abstraída, meneando la cabeza, tras unos segundos murmuró—: Los hombres. —Luego se volvió hacia Melchor, sonriendo borrosamente, y continuó con un aire vago de desafío—: ¿De verdad quieres que te hable de mi vida sentimental?

Melchor guardó silencio.

—Me da risa llamarla así —dijo Olga—. Mi vida sentimental. ¿Quieres saber la verdad? La verdad es que he tenido algunos hombres, pero todos me salieron rana. Todos. No me querían. Les di todo lo que tenía, pero ellos no me dieron nada. Nada de nada. Ni siquiera fueron capaces de darme un hijo. —Fumó y expulsó el humo sin tragárselo—. Qué te parece, ¿eh? No hace falta que lo digas. Un desastre. Ésa es la verdad. Un puto desastre. Dime, ¿qué te parece?

Melchor continuaba observándola, pero no respondió en seguida.

—Yo no te dejaré —dijo por fin.

Olga abrió mucho los ojos. Por un momento Melchor pensó que iba a soltar una carcajada; al momento siguiente pensó lo contrario: que había dejado de mirarle como a un adolescente, que por vez primera le miraba como a un hombre. Con la voz tomada por el alcohol, casi con rabia, Olga dijo:

—Tú no eres mi novio, poli.

—No —replicó Melchor—. Pero prepárate, porque voy a serlo.

No invitó a cenar a Olga: alrededor de las diez y media tuvo que acompañarla a su casa, donde la ayudó a vomitar en el lavabo, a ponerse el pijama y a meterse en la cama. Se quedó junto a ella hasta que se durmió, y después se fue. Olga le llamó por teléfono al mediodía del sábado. Dijo que Salom le había dado su número y que tenía una resaca espeluznante, se disculpó por el espectáculo de la víspera. Así lo llamó: espectáculo.

—Lo siento —volvió a disculparse—. No estoy acostumbrada a beber.

Para congraciarse con él, para agradecer la paciencia que había demostrado con ella, Olga le invitó a comer al día siguiente. Melchor aceptó. Años después, cada vez que recordaba aquellos primeros meses felices en la Terra

Alta, intentaba recordar qué ocurrió con exactitud durante aquella comida. Nunca lo consiguió. Lo único que recordaba era que, antes de terminar de comer, Olga y él ya se habían metido en la cama. Pasaron la tarde y la noche allí, y no se separaron hasta que, el lunes, Melchor se levantó muy temprano y se marchó a trabajar a comisaría.

A partir de aquel momento su vida empezó a girar exclusivamente en torno a Olga. Si le tocaba trabajar en el turno de tarde, se pasaba las mañanas en la biblioteca con Olga; si le tocaba trabajar en el turno de mañana, se pasaba las tardes en casa de Olga (suponiendo que Olga no trabajase) o en la biblioteca (suponiendo que Olga trabajase). El resto del tiempo estaba igualmente con Olga: si podía, desayunaba, comía y cenaba con Olga, iba de compras con Olga y dormía con Olga. También leía con Olga, que le enseñó el placer de leer en voz alta, y de que le leyeran.

Terminaron de leer juntos *La vida. Instrucciones de uso* y, al acabar, decidieron de común acuerdo alternar la lectura de novelas del siglo diecinueve —incluidas aquellas escritas en el siglo veinte— con novelas del siglo veinte —incluidas aquellas que contenían en su interior novelas del siglo diecinueve—. Durante los dos primeros fines de semana apenas salieron de casa de Olga: se pasaban las mañanas, las tardes y las noches follando, durmiendo, comiendo y leyéndose mutuamente la novela de Perec. Al tercer fin de semana cogieron el coche y se plantaron en Valderrobres (o Vall-de-roures), almorzaron allí y emplearon la tarde en pasear por el casco antiguo del pueblo y en curiosear en una librería llamada Serret, donde compraron varios libros. Hicieron el viaje de vuelta a Gandesa de noche, y acababan de salir de Calaceite cuando Melchor le propuso que vivieran juntos. Olga, que conducía con las gafas puestas, se giró un momento hacia él y, en la penumbra del coche, sus ojos emitieron un destello equívoco.

—Tú estás como una cabra, poli —respondió—. ¿Quieres que tus colegas me metan en la cárcel por perversión de menores?

—Hablo en serio.

—Yo también.

—Todo el pueblo sabe que salimos juntos.

—Me trae sin cuidado lo que sepa el pueblo, pero una cosa es salir juntos y otra vivir juntos. Ni hablar —insistió Olga—. Todo esto nuestro es muy bonito, pero no durará. ¿Tú sabes la edad que tengo?

—No —mintió—. Y no me importa.

—Pues a mí, sí. Podría ser tu madre, ¿no lo entiendes? Dentro de cuatro días te cansarás de mí y...

—No voy a cansarme de ti.

—Claro que sí. Te cansarás y te buscarás una chica de tu edad, que es lo que tendrías que haber hecho desde el principio, en vez de liarte con una vieja. Mira, Melchor, hazme caso: no nos compliquemos la vida, vamos a disfrutar de esto mientras dure y luego tan amigos. ¿De acuerdo? Entre tanto, cada uno en su casa y Dios en la de todos, como decía mi padre. Así que, por favor, no vuelvas a hablarme del tema.

No volvió a hablarle del tema. Y, aunque era verdad que todos en el pueblo sabían que Olga y él salían juntos, porque los veían juntos por todas partes (en las calles, en las tiendas, en las cafeterías, en la biblioteca, sobre todo en la biblioteca), todos se comportaban como si no lo supiesen o como si no hubiera ninguna diferencia entre saberlo y no saberlo. El único que no pudo hacer como si no lo supiese fue Salom, que dejó varias veces a Melchor en la biblioteca, y que varias veces acudió a buscarlo allí. Una tarde, después de tomar café los tres en el bar de la plaza, el caporal le dijo a Melchor mientras los dos policías caminaban ya solos hacia su coche:

—¿Qué le has dado a Olga? Nunca la había visto así.

—¿Así cómo?

—Tan contenta.

Melchor se rio por dentro, pero sólo dijo:

—Creí que ibas a reñirme.

—Reñirte, ¿por qué?

—Por salir con una mujer quince años mayor que yo.

Salom se rio por fuera.

—No soy tu padre, chaval —le recordó—. Y tampoco te reñiría si lo fuese. Al contrario.

Tenían aparcado el coche frente al Ayuntamiento. Montaron en él y, cuando el caporal se disponía a arrancarlo, pareció dudar.

—¿Me dejas decirte una cosa? —preguntó—. Es sobre Olga.

Fue una intuición fulminante: su instinto le advirtió que, dijera lo que dijera Salom sobre ella, sólo podía perturbar su felicidad. Además, ¿quién era el caporal para meterse en sus asuntos? Así que dijo:

—Mejor no me digas nada. Sobre Olga ya sé lo suficiente.

Pero años después, cuando recordaba a menudo aquellos primeros meses en la Terra Alta como la época más dichosa de su vida, Melchor no sólo se admiraría de que, aquella tarde, la prudencia hubiera sido más fuerte que la curiosidad. Sobre todo se preguntaba si el instinto no le había traicionado, si no había cometido un error dejándose dominar por el miedo a perder a Olga, si no hubiera sido preferible que Salom le hubiese dicho lo que quería decirle, y que él le hubiese escuchado.

Un jueves por la tarde, mientras estaba comprando con Olga en el supermercado Coviran, en la avenida de Aragón, Melchor recibió una llamada del subinspector Barrera, que le dijo que al día siguiente venía a verle el comisario Fuster, de la división de Información, y le citó al mediodía en su despacho.

—¿Quién era? —le preguntó Olga cuando colgó.

—Nadie —dijo Melchor, adivinando para qué quería hablar con él Fuster—. Cosas del trabajo.

No se equivocó. Al mediodía siguiente, cuando entró en el despacho del subinspector, ya le estaban aguardando allí los dos mandos. Melchor no había vuelto a ver a Fuster desde el día en que, en una dependencia de la comisaría general de los Mossos d'Esquadra, en Sabadell, el comisario le expuso el plan que había ideado para protegerle de posibles represalias islamistas tras su intervención en el atentado de Cambrils. Ahora, más desenvuelto y vital de lo que Melchor lo recordaba, el comisario se interesó por sus meses de estancia en la Terra Alta y, después de encajar varias respuestas monosilábicas de Melchor, entró en materia, no sin antes enredarse en un confuso prolegómeno acerca de la importancia que Melchor seguía teniendo para la institución, del orgullo que representaba para ella y de la prioridad absoluta que concedían a su seguridad personal, todo ello entreverado con alguna disculpa por no haberse puesto en contacto con él durante aquellos meses.

Sentado junto a Fuster, embutido en un uniforme demasiado estrecho, Barrera se limitó a escuchar al comisario con las manos cruzadas sobre su oronda barriga de sesentón, atusándose el bigote mientras aprobaba con la cabeza de vez en cuando. Fuster le recordó a Melchor que habían transcurrido casi nueve meses desde el atentado de Cambrils y le aseguró que durante aquel tiempo habían estado más pendientes que nunca de los movimientos de posibles células terroristas y de la entrada y salida del país de posibles sospechosos, siempre trabajando en colaboración con la Policía Nacional y la Guardia Civil. Le explicó que habían llegado a la conclusión de que la célula terrorista que había cometido los atentados de Barcelona y Cambrils, formada y adiestrada en Ripoll por un imán muerto justo antes de los ataques mientras manipulaba explosivos en una casa de Alcanar, era una organización aislada, carente de vínculos con otros terroristas: lo sabían porque habían investigado a fondo varios viajes del imán a la ciudad de Vilvoorde, uno de los focos del islamismo en Bélgica, donde intentó en vano trabajar en una mezquita, y tres viajes de varios de los terroristas a París, donde intentaron entrar en contacto con miembros de Estado Islámico, en vano también; asimismo inútiles habían sido las detenciones llevadas a cabo por la policía marroquí entre familiares y personas cercanas a los islamistas: no existía el menor indicio de que ni el imán ni ninguno de sus acólitos fueran dirigidos o estuvieran en contacto con otros terroristas. Llegado a este punto, Fuster declaró que, por expreso deseo del comisario en jefe, se había desplazado hasta allí para darle en persona una buena noticia.

—Creemos que puede volver —anunció el comisario, las yemas de sus dedos tamborileando sobre el borde de la mesa en torno a la cual habían tomado asiento los tres—. Sobra decirle que no podemos garantizar su seguridad al cien por cien, porque usted sabe que eso es imposible. Pero estamos razonablemente seguros de que su identidad no ha trascendido fuera del cuerpo, de que nadie le busca y de que, al menos por ahora, no corre usted peligro.

Fuster aguardó expectante la reacción de Melchor, pero la reacción no llegó. Algo desconcertado, se volvió hacia el subinspector Barrera: los dos mandos se miraron un momento y miraron otra vez a Melchor.

—Se acabó —insistió Fuster, levantando las manos de la mesa y abriendo los brazos, como si pensara que Melchor no había entendido sus palabras y se esforzara por traducirlas a gestos—. Pasó el peligro. Adiós a la Terra Alta. Puede volver: la civilización le espera.

Melchor siguió sin reaccionar.

—No parece muy entusiasmado con la noticia —dijo el comisario.

—No creí que iba a llegar tan pronto —dijo Melchor.

—¿Qué esperaba? —preguntó Fuster, sonriente, palpándose la barbita de chivo—. ¿Que íbamos a premiarle por lo que hizo dejándole tirado en el culo del mundo? ¿Así cree usted que pagamos a nuestros héroes? ¿Es ésa la opinión que tiene del cuerpo? —Volviéndose otra vez hacia el subinspector Barrera, explicó—: Antes de mandarle aquí ya le prometimos que esta situación no iba a prolongarse más tiempo del necesario y que... —De repente se calló, igual que si hubiera detectado alguna anomalía en el rostro del subinspector—. No me malinterprete, Barrera, no he querido decir que la Terra Alta sea un mal destino. Al revés, si uno nació aquí o tiene una familia y busca tranquilidad, es un destino inmejorable. Lo que quería decir es que no parece el destino más adecuado para un muchacho como él, con su currículum y con todo el futuro por delante.

—No tiene por qué disculparse —le tranquilizó el subinspector—. Las cosas son como son, y esto es el culo del mundo. Se lo digo yo, que llevo aquí media vida. Pero ya sólo me quedan cuatro años. En cuanto me jubile, me largo.

—¿Tengo elección? —intervino Melchor.

—¿Elección? —preguntó Fuster—. ¿Quiere decir si puede elegir un destino distinto del que tenía? Por supuesto, precisamente me han autorizado a proponerle...

—Quiero decir si puedo quedarme aquí —le interrumpió.

—¿Aquí? ¿En la Terra Alta?

Melchor asintió. Fuster no daba crédito a lo que oía. Se giró de nuevo hacia el subinspector, cuyo bigote se arqueó en un mohín despectivo.

—Si es por mí, no hay inconveniente —dijo—. Cuatro años, ya le digo. Para lo que me queda de estar en el convento...

Barrera no terminó la frase hecha. Fuster pestañeó una, dos, tres veces; luego volvió a mirar a Melchor.

—¿Está usted seguro?

—No —reconoció—. Pero me gustaría tener un tiempo para pensarlo.

La petición abrió un silencio durante el cual las yemas de los dedos de Fuster tamborilearon de nuevo sobre el borde de la mesa.

—Está bien —resolvió el comisario, cambiando el tamborileo por un golpecito resolutorio—. Tómese el tiempo que necesite. —Se levantó y le alargó una mano—. Cuando haya decidido, nos avisa.

—Bueno, tarde o temprano tenía que pasar —dijo Olga esa noche, apenas Melchor empezó a contarle la entrevista con el comisario Fuster y el subinspector Barrera. Estaban en la cocina de ella, que había dejado de preparar la cena, se había quitado el mandil y se había derrumbado en una silla—. ¿Cuándo vuelves a Barcelona, entonces?

De pie ante ella, Melchor acababa de entrar: ni siquiera había tenido tiempo de quitarse la americana.

—Yo no he dicho que vaya a volver —la corrigió—. He dicho que me han propuesto volver. Es diferente. Además, seguro que podría elegir otro destino.

—¿Vas a volver o no? —insistió Olga sin mirarle: tenía el gesto duro y los labios crispados.

—No lo sé. Depende. Les he pedido tiempo para pensarlo.

—¿Depende de qué?

—¿Quieres que te diga la verdad?

—Claro.

—Depende de ti.

—¿Y eso qué significa?

—Significa que, si te quieres venir conmigo, nos vamos. Si no, me quedo.

—No digas tonterías.

—No digo tonterías. Y no quiero discutir.

—Estás diciendo tonterías. Tienes que hacer tu vida. Eres un niño. No puedes andar dependiendo de una mujer de mi edad. Te lo dije: esto era sólo para un tiempo. Los dos lo sabíamos, nadie...

Melchor no entendió el resto de la frase: la expresión de Olga se ablandó, sus facciones se desordenaron, sus labios formaron un puchero. Melchor intentó tocarle la mejilla, pero ella le apartó la mano.

—Voy a hacer mi vida —dijo Melchor—. Pero quiero hacerla contigo.

—Sigues mintiendo fatal —dijo Olga—. Y sigues diciendo tonterías. Yo tengo aquí mi trabajo. No pienso moverme. Eso también te lo dije.

—Entonces me quedo.

—Si te quedas, te arrepentirás.

—No me arrepentiré.

—Claro que te arrepentirás. A la corta o a la larga te arrepentirás. Y me echarás la culpa de haberte quedado aquí. Y todo se irá a la mierda.

—No me arrepentiré. Y no llores, por favor.

Melchor le acarició una mejilla húmeda, una oreja, el pelo. Esta vez, Olga no se resistió; sólo se estrujaba las manos en el regazo.

—No llores —repitió Melchor—. Todo va bien. No pasa nada.

—Claro que pasa. Pasa lo de siempre. Pasa que todo se ha ido a la mierda.

—No pasa nada. Créeme.

Melchor volvió a pedirle que dejara de llorar, le aseguró que la quería, le explicó que quería vivir con ella, le prometió que no se iban a separar. Olga seguía con los ojos clavados en el suelo, como si fuera incapaz de enfrentar cara a cara a Melchor; unas lágrimas gruesas rodaban por sus mejillas, bajaban por su cuello, se perdían bajo su camisa.

—Tú no lo entiendes, Melchor —sollozó—. Tengo cuarenta años. Mi vida ha sido una porquería, una montaña rusa de ilusiones y desilusiones. Hasta que, por fin, después de la muerte de mi padre, me conformé. Estaba sola, no tenía nada, pero había encontrado un equilibrio, a mi modo vivía bien. Y entonces apareciste tú y... Mierda. Soy una idiota. Volví a hacerme ilusiones. Yo sabía que esto acabaría mal, no podía acabar de otro modo, pero no hice nada por evitarlo. —Olga levantó la vista hacia Melchor: tenía los ojos inundados de lágrimas—. Evítalo tú, por favor —imploró—. No empeoremos las cosas. Llama a Barcelona y diles que vuelves. Por favor.

A la mañana siguiente, Melchor llamó por teléfono al comisario Fuster y le dijo que se quedaba en la Terra Alta.

Dos días después abandonó su piso de la carretera de Bot y se trasladó a casa de Olga, en el casco antiguo del pueblo, muy cerca de la plaza de la iglesia. No se lo dijo a nadie, ni siquiera a Salom; tampoco a Vivales, que seguía telefoneándole de vez en cuando desde Barcelona («¿Todo controlado, chaval?»), ni a Carmen Lucas, que seguía escribiéndole correos electrónicos desde El Llano de Molina. No había motivo alguno para hacerlo. De hecho, aquel cambio de domicilio no provocó en apariencia ningún cambio importante en la vida de Melchor, salvo que compartir la misma casa que Olga terminó de vincularle con el trabajo de ella hasta el punto de que en los meses posteriores hubo gente que lo confundió con un bibliotecario. No era raro: más de una vez abrió o cerró la biblioteca porque Olga no podía hacerlo, en otra ocasión la sustituyó porque tuvo que ausentarse para visitar una feria del libro en Barcelona, y, aunque siempre se negó en redondo a inscribirse en los clubes de lectura que organizaba Olga, porque sostenía que su único club de lectura era ella, en seguida le ayudó a mejorar o hacer posibles algunas prestaciones de la biblioteca: al empezar las vacaciones escolares en el mes de junio, se encargó del servicio de bibliopiscina, y durante varias semanas consecutivas, de doce a dos de la mañana o de tres a seis de la tarde, dependiendo de sus horarios en comisaría, llevó un carro de libros y revistas a la piscina municipal para intentar que los niños y adolescentes del pueblo leyeran allí; tampoco tardó mucho tiempo en involucrarse en las presentaciones de libros, de cuya intendencia acabó ocupándose por entero: reservaba mesa en el restaurante adonde Olga, una vez acabado el evento, invitaba a cenar a sus protagonistas, compraba vino, refrescos, patatas fritas y frutos secos, desplegaba las sillas de tijera en la sala de actos, disponía el refrigerio sobre las mesas y al terminar la presentación ayudaba a servirlo, noticia que al llegar a comisaría le valió durante unas semanas el apodo de El Camarero.

Que la vida de Melchor no hubiese cambiado en apariencia no significa que no hubiese cambiado en realidad. La transformación había arrancado tiempo atrás, aunque sólo en aquel momento cobró conciencia de ella. El primer síntoma de ese vuelco radical, o al menos el primero que él acertó a reconocer, fue la desaparición de su insomnio crónico: poco después de mudarse a casa de Olga, Melchor notó de un día para otro que el silencio de la Terra Alta había dejado de desvelarle por las noches, abandonó los somníferos y empezó a dormir como no lo había hecho nunca, seis o siete o incluso ocho horas diarias seguidas, a pierna suelta. No obstante, sólo supo sin posibilidad de duda que ya no era el mismo hombre que el año anterior había llegado a la Terra Alta cuando Olga empezó a leerle *Los miserables.*

Fue al principio de aquel verano, una vez que ya habían adoptado la costumbre de leerse uno al otro en voz alta y lo hacían varias horas cada noche, antes de dormir (en ocasiones también lo hacían de día). Las primeras veces que Melchor leyó *Los miserables* era casi un adolescente, estaba encerrado en la cárcel de Quatre Camins y, como monseñor Myriel, sentía que el mundo era una enfermedad, pero, a diferencia de aquel obispo bondadoso que había convertido a Jean Valjean en el señor Magdalena y consideraba que la enfermedad del mundo tenía cura y que esa cura era Dios, Melchor abrigaba la certeza de que él habitaba un mundo sin Dios y de que la enfermedad de ese mundo era incurable; ahora, en cambio, tantos años después, mientras Olga le leía el principio de la novela en las noches de la Terra Alta, sentada sobre su cama común, con las gafas puestas y las piernas cruzadas, Melchor creyó comprender que su furia, su soledad y su dolor de adolescente le habían desorientado, que al menos para él la enfermedad del mundo tenía cura y que esa cura era el amor de Olga. Las primeras veces que leyó *Los miserables*, cuando, sobre todo tras la muerte de su madre, el rencor y la desolación de la orfandad transfiguraron la novela en un vademécum vital o filosófico, en un libro oracular o sapiencial o en un objeto de reflexión al que dar vueltas como un calidoscopio, Melchor había admirado a Javert por encima de todos los demás héroes que la poblaban —su integridad, su desprecio del mal, su sentido de la justicia—, pero también había sentido, como Jean Valjean, que su vida era una guerra, que en esa guerra él era el vencido y que no tenía más armas con que defenderse que el odio, ni más carburante con que alimentarse; ahora, tantos años más tarde, después de haber buscado sin descanso a los asesinos de su madre y haberse resignado a que aquel crimen quedase impune, seguía admirando a Javert, seguía creyendo en lo que él creía y seguía sintiendo que era el héroe secreto de *Los miserables*, pero apenas Olga empezó a leerle de nuevo la novela comprendió que ya no se identificaba con Jean Valjean, que ya no se sentía en guerra con el mundo, que gracias al amor de Olga había firmado la paz con él y había dejado de ser un vencido. En cuanto al odio, una noche Melchor interrumpió a Olga apenas empezó a leerle aquel pasaje en que, todavía muy al principio del libro, el miserable Jean Valjean reaparece en la novela con la máscara del próspero señor Magdalena, convertido en el benefactor de Montreuil-sur-Mer (y muy pronto en su alcalde): mientras Olga le escrutaba por encima del borde superior de las gafas, él le confesó que el señor Magdalena siempre le había resultado un personaje increíble, que le parecía inverosímil que no odiase a quienes le habían encarcelado injustamente y habían destrozado su juventud, su vida entera, que no se creía que ni siquiera odiase a Javert, el policía justiciero que le persigue a muerte hasta el final.

—Pues a mí sí me parece creíble —dijo Olga, tras quedar un instante pensativa. Terminó de quitarse las gafas y dejó el libro abierto sobre las sábanas—. ¿Y sabes por qué?

—¿Por qué?

—Porque la diferencia entre Jean Valjean y el señor Magdalena no es que uno sea malo y el otro bueno, sino que Jean Valjean es un joven estúpido y el señor Magdalena un viejo inteligente. Y odiar no es muy inteligente, ¿no te parece?

El argumento sorprendió a Melchor, que lo juzgó endeble, aunque sólo acertó a contrarrestarlo con otro que, apenas formulado, le pareció más endeble todavía:

—A mí el odio me parece un sentimiento respetable.

—Pues a mí no —dijo Olga—. Odiar a alguien es como beberte un vaso de veneno creyendo que así vas a matar a quien odias.

Años después, cuando empezara a pensar que aquellos primeros meses de la Terra Alta habían sido la época más feliz de su vida, Melchor recordaría a menudo aquella conversación con Olga. La recordaría por sí misma y por algo que ocurrió a la mañana siguiente y que recordaría también con frecuencia al rememorar aquellos meses dichosos. Todo empezó recién terminada una reunión rutinaria en el despacho del sargento Blai, cuando descubrió que en su teléfono había tres llamadas perdidas de Olga. La llamó y le preguntó si pasaba algo. Olga contestó con una voz urgente, estrangulada: le dijo que sí, añadió que estaba en casa y que fuera en seguida. Se lo repitió: «Por favor, Melchor, ven en seguida».

Nunca empleó menos tiempo en recorrer el kilómetro escaso que separaba su trabajo de su casa. Mientras volaba por las escaleras y los pasillos de la comisaría, por el descampado que la rodeaba y por las calles enrevesadas del pueblo, un enjambre de malos pensamientos asediaba su cabeza, pero cuando abrió la puerta de su casa ya sólo la ocupaban un nombre y un apellido: Luciano Barón. Se encontró a Olga sentada a la mesa de la cocina, tomando una infusión, intacta. La placidez de la escena no le tranquilizó. Sudando y resollando, preguntó qué había pasado. Ella se levantó de la silla; Melchor la notó un poco pálida, demasiado seria. Repitió la pregunta.

—Estoy embarazada —anunció.

Melchor se quedó boquiabierto. Se había preparado para todo, menos para eso. Sólo acertó a decir:

—¿Cómo lo sabes?

Olga explicó que, aunque llevaba varias semanas de retraso con la regla, no había querido alarmarle, que aquella mañana había ido a una farmacia, que se había hecho la prueba del embarazo y que el resultado había sido positivo. Luego había acudido al centro de salud de Gandesa, donde la había examinado un médico.

—Estoy de dos meses —añadió.

De pie frente a ella, Melchor seguía paralizado por una mezcla de alivio y de sorpresa; tenía un nudo en la garganta, pero ignoraba que era de alegría.

—¿No vas a decir nada? —preguntó Olga.

Melchor no sabía qué decir.

—Di que me quieres —dijo Olga—. Di que quieres tener el bebé.

—Te quiero —repitió Melchor—. Quiero tener el bebé.

Hubo un silencio.

—¿De verdad? —insistió ella.

Melchor se oyó decir algo que no había dicho nunca:

—Te lo juro por mi madre.

Olga no sonrió, no perdió la seriedad: dio dos pasos hacia él y le echó los brazos al cuello.

—Ven aquí, poli —le dijo—. Que te voy a matar a polvos.

Aquella misma noche, Melchor propuso que se casasen. Olga se negó: dijo que estaban bien como estaban, que las personas que se querían no necesitaban firmar ningún papel para vivir juntos. Como no quería discutir con ella, Melchor no le dijo lo que opinaba sobre aquel razonamiento; simplemente insistió en que se casasen, alegó que ella sabía más que él de libros, pero él sabía más que ella de leyes, le demostró que, de acuerdo con las leyes, era conveniente que se casaran, para el bebé, para ella y sobre todo para él, le aseguró que se sentiría mucho más tranquilo si lo hacían. La resistencia de Olga no sobrevivió al desayuno.

Se casaron dos semanas después, a finales de julio, cuando acababan de averiguar que el bebé iba a ser una niña.

—Se llamará Cosette —dijo Olga al conocer la noticia—. Como la hija de Jean Valjean.

Los preparativos de boda fueron tan absorbentes que se vieron obligados a suspender la lectura de *Los miserables*. El acto se celebró en el Ayuntamiento de Gandesa, lo ofició un concejal y ejercieron de testigos Salom y Carmen Lucas, recién llegada la noche anterior con Pepe desde El Llano de Molina; también asistieron a la ceremonia Vivales y las hijas de Salom, que aquel verano trabajaban en una cooperativa vinícola de Batea. El abogado lloró a moco tendido durante la ceremonia —«Qué quieres, Pepe», se disculpó Vivales con el marido de Carmen Lucas, que le había conocido la noche anterior y se esforzaba por consolarle. «En el fondo soy un sentimental»— y, una vez terminada la ceremonia, Olga y Melchor los invitaron a comer en el hotel Piqué.

De ese banquete también se acordaría Melchor muchos años después, por supuesto, cuando ya no fuera tan feliz como en aquellos meses iniciales de la Terra Alta, aunque sólo se acordaría con claridad de tres cosas.

La primera fue que, sin que él se lo pidiera ni ella le hubiera advertido con antelación, Carmen Lucas se pasó la comida mintiéndole a Olga sobre su madre o sobre la relación que había mantenido con su madre, inventándole una biografía alternativa donde mezclaba lo real con lo ficticio, mientras Pepe acosaba a preguntas a Vivales sobre su trabajo de penalista y le pedía que tradujera o aclarara para él frases o palabras pronunciadas en catalán por los camareros o por los demás comensales.

La segunda fue que a la hora del postre irrumpieron en el restaurante los compañeros del turno de Melchor, todos salvo Feliu, que aquel fin de semana estaba de guardia.

—¡Enhorabuena, españolazo! —le estrujó en sus brazos el sargento Blai, al borde de las lágrimas—. Ya te dije que estas tías de la Terra Alta son la hostia.

—Te acompaño en el sentimiento —le abrazó Martínez—. Mi padre decía que esto del matrimonio es como un castillo asediado: los que están fuera quieren entrar y los que están dentro quieren salir.

—¡Dios santo, Melchor! —se horrorizó Sirvent—. ¿Ni

siquiera puedes dejar de beber Coca-Cola el día de tu boda?

—Este Sirvent no se entera de nada —se mofó Corominas, palmeando a Melchor—. Tú tranqui, tronco: la Coca-Cola es buena para la titola.

—¿La titola? —inquirió Pepe, volviéndose hacia Vivales.

—La picha, mi querido Pepe —respondió el picapleitos, colorado como un tomate, rodeando los hombros de su nuevo amigo con una mano y sosteniendo con la otra un balón de Jameson Black Barrel—. La puñetera picha.

Pero lo que Melchor recordaría más a menudo años después fue una conversación que mantuvo al principio de la comida con Claudia y Mireia, las hijas de Salom, con quienes apenas había coincidido hasta entonces. Ambas, a preguntas suyas, le hablaron de sus estudios en Barcelona y de su empleo veraniego en la cooperativa de Batea, y en algún momento Claudia, la mayor, mencionó que estaba buscando un trabajo a tiempo parcial para el curso siguiente.

—Es un disparate —intervino con inopinada aspereza Salom, y Melchor comprendió que no era la primera vez que padre e hija discutían sobre aquel asunto—. Con lo difícil que es sacarse el curso dedicándose sólo a estudiar, imagínate estudiando y trabajando a la vez.

Él se sintió obligado a apoyar a su amigo. Mireia apoyó a Claudia.

—Tienes razón —le concedió a Melchor, aunque éste supo que Mireia hablaba para su padre—. Pero ¿sabes cuánto nos cuesta a las dos vivir en Barcelona?

Las hermanas empezaron a detallar gastos, interrumpiéndose y corrigiéndose una a otra, hasta que, a disgusto con el cariz que había tomado la conversación, Salom las frenó.

—Claro —dijo, ahora en un tono diferente, entre festivo y sarcástico, pero dirigiéndose él también a Melchor—, y además las dos quieren hacer másteres y doctorados y todas esas cosas que hacen los jóvenes ahora, y encima quieren hacerlos en Boston o no sé dónde. ¿Qué te parece? Pero no hay por qué preocuparse. Cuando llegue ese momento, la gente de este país ya habrá empezado a pagarnos a los policías lo que merecemos por sacarles las castañas del fuego cuando vienen mal dadas y yo podré darles a estas dos empollonas lo que se merecen, ¿verdad, Melchor? En fin, chaval, si sigues teniendo hijos ya puedes empezarte a preparar para...

—¿Para qué? —le frenó a su vez Olga, señalando a las hijas de Salom mientras hablaba al oído de Melchor: apenas había probado el alcohol, pero los ojos le brillaban igual que si estuviera borracha—. Mucho cuidado con esos dos bellezones. Como alguna de vosotras toque a mi novio, la mato. Bastante he tenido que sudar para cazarlo.

No se marcharon de luna de miel. Antes de la boda habían barajado la posibilidad de hacerlo, pero al final decidieron confinarse en casa, con la nevera llena de comida y bebida, dedicados exclusivamente a sentir cómo su hija crecía en el vientre de Olga, a follar y a leer *Los miserables.* Retomaron la novela donde la habían abandonado, justo antes del final del primer volumen, y casi lo primero que Olga leyó fueron unas palabras que por un instante Melchor creyó que se estaba inventando, porque él no recordaba haberlas leído nunca: «El destino unió bruscamente y enlazó con su irresistible poder aquellas dos existencias desarraigadas, diferentes por la edad y parecidas por la desgracia. En efecto, una completaba a la otra: ponerse en contacto fue hallarse mutuamente». No dijo nada, pero al día siguiente, mientras Olga le leía un fragmento del principio del segundo volumen, le asaltó una sensación parecida: «Si le hubieran preguntado: "¿Quieres estar mejor? ", habría respondido: "No". Si Dios le hubiera dicho: "¿Quieres el cielo?", habría respondido: "Perdería con el cambio"». Melchor atajó a Olga y le pidió que releyera lo que había leído. Acababan de hacer el amor, habían perdido la noción del tiempo y estaban sentados en el suelo del pasillo, las espaldas apoyadas contra la pared, desnudos uno frente al otro.

—¿Lo ves? —dijo Melchor, una vez que Olga terminó de releer el fragmento—. Este libro habla de mí.

Ella se quitó las gafas y negó lentamente con la cabeza.

—Ya no, poli —dijo—. Ahora habla de nosotros.

5

El interrogatorio de Salom y de Ferrer se desarrolla en la comisaría de Tortosa y se prolonga durante los tres días preceptivos. Melchor no toma parte en él. Lo lleva en persona el subinspector Gomà, apoyado por la sargento Pires y el sargento Blai. Él es oficialmente quien ha resuelto el caso al dar con la pista de la ampliación defectuosa de la huella de Ferrer mientras consultaba el expediente Adell por otro caso, y acto seguido desenmascaró a Salom con la ayuda de Melchor y de Sirvent.

—Gomà ha quedado como el culo —le cuenta Blai a Melchor, a quien informa con puntualidad del devenir de los interrogatorios—. Está intentando arreglarlo a la desesperada, pero el truño ya no tiene arreglo. ¿Y sabes una cosa, españolazo? Tenías razón en todo.

Durante los interrogatorios, Ferrer confiesa que fue él quien planeó el asesinato de Francisco Adell. Que lo decidió al enterarse de que su suegro había resuelto privar a su familia de la mitad de su fortuna para legársela al Opus Dei (decisión que los responsables de la Obra contactados por el subinspector Gomà afirmaron desconocer o negaron taxativamente). Que contrató en la ciudad de Puebla a unos sicarios mexicanos para llevar a cabo el asesinato, dos profesionales que apenas permanecieron veinticuatro horas en España y que, una vez ejecutado el encargo, se volvieron a su país. Que solicitó ayuda al caporal Salom y que a cambio de ella prometió abonarle la cantidad de cuatrocientos mil euros. Que fue Salom quien diseñó la operación y en parte la dirigió o la asesoró o la tuteló, quien eligió el día en que debía llevarse a cabo y quien le dijo que la víspera, durante la cena semanal que los directivos de Gráficas Adell celebraban en la masía, debía desconectar las cámaras de vigilancia, y cómo y cuándo debía hacerlo. Que fue él, Ferrer, quien la noche del asesinato, después de cenar con su mujer y sus dos hijas pequeñas y de haber visto un rato la televisión en compañía de la primera, salió de su casa mientras en teoría se encontraba en su estudio, escuchando música como solía hacer los sábados hasta altas horas de la madrugada, y se desplazó hasta la de sus suegros, les abrió la puerta a los sicarios, los dejó allí para que realizaran su trabajo y luego volvió a su estudio, con lo que en total no pudo estar más de tres cuartos de hora fuera de él, una hora a lo sumo. Que desconocía que los sicarios iban a torturar a sus suegros. Que esa atrocidad no formaba parte del trato, que, igual que el asesinato de su suegra y de la criada rumana, había sido cosa de aquellos hombres, y que ignoraba por qué lo habían hecho, aunque entendía que a su suegra y a la criada las habían matado para no dejar testigos. Que lo que sí formaba parte del trato, en cambio (o al menos del trato entre él y Salom, porque había sido idea de éste), es que aquella noche él se desplazara a la masía de sus suegros con el coche de su mujer, un vehículo equipado con neumáticos Continental, igual que el de Josep Grau, gerente de Gráficas Adell, y que entrara con él hasta la casa para dejar las huellas a la puerta, en el jardín, porque Salom consideraba que Grau era el blanco perfecto hacia el cual orientar las sospechas del crimen, cosa que durante la investigación hizo siempre que pudo. Y que había sido también Salom quien le había tenido en todo momento al corriente de las investigaciones y había enmendado el único error que había cometido —dejar una huella dactilar en el cuarto de las alarmas cuando las desactivó el viernes previo al asesinato— y quien le había advertido de la intervención policial de su teléfono y del asalto a Gráficas Adell por parte de Melchor, a fin de que sorprendiera a éste mientras se hallaba en el interior de las instalaciones. Que contrató a una persona para que asustase a Olga y disuadiese de una vez por todas a Melchor de continuar investigando el caso Adell, pero que el susto derivó en atropello y el atropello en muerte, confesión que poco después Ferrer se ve obligado a admitir que es falsa o al menos parcialmente falsa, cuando el sargento Blai descubre por azar que, a la mañana siguiente del atropello de Olga, Ferrer llevó a un taller de Amposta un Volkswagen negro, alquilado la víspera en Tortosa, para que le arreglasen la carrocería, convaleciente de un golpe.

Por su parte, Salom ratifica en líneas generales la confesión de Ferrer, aunque matiza algunos puntos. Afirma, por ejemplo, que intentó por todos los medios disuadirlo de su propósito de acabar con la vida de su suegro, pero que, al no conseguirlo, optó por asesorar y proteger a su amigo, para evitar que fuese descubierto. Por lo tanto, niega que él diseñara la operación, aunque no que la tutelara o asesorara. También niega que tuviese el menor contacto con los sicarios contratados por Ferrer, ni el más mínimo conocimiento de que proyectaran torturar a los Adell, hecho que tampoco cree que conociera su amigo, y que no sabe a qué atribuir. Y sostiene que hizo igualmente cuanto pudo por apaciguar la inquietud que provocó en Ferrer el empecinamiento de Melchor en seguir investigando el caso Adell, y que se enteró del atropello de Olga, horrorizado, cuando ya había sucedido.

Éste es en lo esencial el contenido de la deposición de Salom y Ferrer, un relato que a juicio tanto del subinspector Gomà como de los sargentos Pires y Blai sólo deja algunos cabos sueltos que tal vez el juez pueda atar en el decurso de la vista oral, aunque todos dudan que pueda hacerlo con los dos principales; a saber: quiénes eran los sicarios a los que contrató Ferrer y cómo o a través de quién los contrató (preguntas para las cuales Salom no tiene respuestas y Ferrer sólo respuestas vagas o abstractas o poco creíbles) y por qué se ensañaron con los Adell.

El arresto de Ferrer y de Salom resucita el caso Adell en los medios de comunicación, que lo explotan a conciencia y convierten al sargento Blai en el héroe del momento. Cuando se hace pública la noticia, Vivales llama a Melchor, comenta con él lo ocurrido y le pregunta si ha pasado el peligro.

—¿Todo controlado?

—No estoy seguro —contesta Melchor—. ¿Puedes quedarte unos días más con Cosette?

—Los que hagan falta —asegura el abogado—. No hay ninguna prisa. Aquí la niña está como Dios.

Unos días después, Melchor pide una entrevista con el subinspector Barrera, que aquella misma tarde le recibe en su despacho como si jamás hubiera habido un encontronazo entre ambos. Hablan sobre la resolución del caso Adell (aunque pasan de puntillas sobre el arresto de Salom) y Barrera se interesa por la situación personal de Melchor y promete empezar a hacer gestiones para encontrarle una plaza en otra comisaría.

—¿Tiene usted alguna preferencia? —pregunta, solícito.

—Ninguna. Lo único que quiero es marcharme cuanto antes de aquí.

Es la verdad. Desde que Olga murió, siente que la Terra Alta fue su casa, pero ya no lo es. Y, aunque se haya reincorporado a su puesto de trabajo en comisaría tras la detención de Salom y haya tratado de retomar su rutina interrumpida, pronto entiende que tal cosa es imposible, porque la relación con sus compañeros ya no puede ser la misma que era: con Olga muerta y Salom en prisión preventiva y pendiente de juicio, con el sargento Blai ausente también, abducido por las consecuencias judiciales y mediáticas de la resurrección del caso Adell, Melchor vuelve a ser el centro de interés de todos, más o menos como ocurrió en la comisaría de Nou Barris tras el atentado islamista de Cambrils, sólo que peor, porque ahora no es el héroe sino el villano o la víctima y debe soportar reproches silenciosos por haber delatado a un compañero y miradas de compasión por haber perdido a su mujer. Dejar otra vez el alcohol no mejora las cosas; lo único que las mejora es la perspectiva de abandonar la Terra Alta e irse a vivir a otro sitio, con Cosette. Por lo demás, Melchor tiene la certeza (una certeza que le desasosiega profundamente, pero que no comparte con nadie) de que en realidad el caso Adell no está del todo resuelto, o de que se ha resuelto en falso. Una semana después de que Salom y Ferrer sean detenidos, el sargento Blai vuelve a comisaría y, tras pavonearse de sus correrías mediáticas ante sus subordinados («Esto de la fama es más jodido de lo que parece, tíos»), le pide a Melchor que vaya a su despacho.

—¿A que no sabes de qué me he enterado? —pregunta.

—De qué —contesta Melchor.

—De que Gomà ha dejado a su mujer y se ha ido a vivir con Pires. ¿No te dije que esos dos estaban liados? Lo que no sabía es que el perrito faldero era él y no ella. Últimamente no ganamos para sorpresas, ¿eh?

—Creía que ibas a decirme que ya me has hecho el segundo favor que te pedí.

—¿Qué favor? —contesta el sargento Blai.

Melchor le recuerda la dirección de correo electrónico que le dio, para que averiguara a quién pertenecía.

—¡Hosti, tú, es verdad! —exclama el sargento Blai, llevándose las manos a la calva—. Con tanta tele y tanta coña se me había olvidado. Les mandé la dirección a los de la central y me dijeron que es imposible saber quién creó esa cuenta, pero que están seguros de que el mensaje te lo mandaron desde una dirección de Ciudad de México. ¿Te vale el dato?

El dato no le vale para nada, salvo para fortalecer la desazón que le carcome. Un día, al cruzar frente al desvío que conduce por un sendero de tierra a la casa de Rosa Adell, poco antes de llegar a Corbera d'Ebre desde Gandesa, Melchor cede a la tentación de tomarlo; pero, cuando ya ha llegado a la entrada y se dispone a tocar el timbre, decide que aún es pronto para hablar con la hija de los Adell y que aquella mujer todavía debe de encontrarse en estado de shock por la detención de su marido, acusado del asesinato de sus padres, así que da media vuelta y se va. Otro día está a punto de llamar por teléfono a Josep Grau, para hablar con él sobre la filial de Gráficas Adell en México, pero en el último momento también desiste. Aquella misma noche todo cambia. Poco después de las once, recién terminado su turno de trabajo en comisaría, cuando acaba de aparcar su coche frente a su casa en Vilalba dels

Arcs y acaba de sacar las llaves para abrir la puerta del edificio, Melchor nota un movimiento rápido a su espalda y, antes de poder revolverse y echar mano a su arma, siente al mismo tiempo un golpe seco en la cabeza y un pinchazo en el cuello.

Recobra el conocimiento media hora después, sentado en el asiento trasero de un coche provisto de vidrios polarizados que circula a velocidad de crucero por una autopista. Tiene un regusto ácido en la boca, la cabeza dolorida y las manos y los pies atados con sendas cuerdas, y le han quitado el teléfono móvil y la pistola. Junto a él viajan en silencio cuatro hombres más, dos de ellos a su lado y otros dos delante, todos vestidos con traje y corbata. Melchor cruza en el espejo retrovisor una mirada con el que conduce y comprende que es inútil preguntar quiénes son y adónde le llevan, pero al cabo de pocos minutos, cuando distingue un letrero que anuncia la salida de la autopista de Vilafranca del Penedès, se da cuenta de que viajan en dirección a Barcelona. Dominado por la melancolía, por una especie de agridulce sensación de derrota, se dice que ya no volverá a ver a Cosette; también se dice que ha encontrado su destino y que por fin va a saber la verdad y, con una alegría inesperada (porque sabe que Cosette está a salvo y que Vivales cuidará de ella), se prepara para morir.

Dejan de lado Sant Sadurní d'Anoia, Sant Andreu de la Barca, Pallejà, Sant Boi de Llobregat y, poco después de El Prat del Llobregat, entran en Barcelona por la Ronda del Litoral. La ciudad le deslumbra con su luminaria nocturna, reconoce las calles atestadas de tráfico y las aceras hormigueantes de gente, y se admira de que hayan bastado cuatro años sin salir apenas de la Terra Alta para convertirle en algo que nunca imaginó que sería: un hombre de pueblo. Avanzan en paralelo a un mar cuya densa oscuridad se vislumbra aquí y allá en la oscuridad de la noche, pasan frente al cementerio de Montjuïc y al rato toman la salida 22 en dirección al Puerto Olímpico. En ese momento, el hombre que está sentado a su izquierda le desata las cuerdas (primero la cuerda de los tobillos, luego la de las muñecas) mientras el de su derecha le incrusta en las costillas el silenciador de una pistola y, cuando el automóvil aparca frente a la entrada del hotel Arts, entre una confusión de taxis, coches particulares y limusinas, le dice la única frase que oye pronunciar durante todo el viaje:

—Ahora vas a portarte como un buen chico y todo irá como la seda. ¿Estamos?

Rodeado por los cuatro hombres y espoleado por los cañones de dos pistolas, entra en el vestíbulo del Arts, aguarda un ascensor, se monta en él y sube hasta el piso veintiuno. Allí se baja el grupo, recorren un pasillo sin nadie y entran en una habitación. Más que una habitación es una suite, o tal vez un apartamento, que al principio a Melchor le parece vacío aunque no lo está, según comprueba al cruzar una sala donde un enfermero mira la televisión con desinterés. Luego cruza un dormitorio a oscuras y avanza por otro pasillo al fondo del cual parece abrirse otra sala, ésta sumida en la penumbra. Aún no ha entrado en ella cuando oye una voz masculina.

—Adelante, señor Marín —dice—. Disculpe que no me levante. Los achaques de la edad, ¿sabe usted?

El hombre está tumbado en una otomana, con una manta hasta la cintura y con la ciudad iluminada a su espalda, al otro lado de un gran ventanal. Junto a él hay una enfermera, y a su derecha una mesita, más allá una butaca y, más allá todavía, una lámpara de pie que difunde por la sala una suave luz ocre; a su izquierda, en el suelo, se alza una pila de libros. El hombre se incorpora un poco, con alguna dificultad, y le indica a Melchor el butacón mientras la enfermera le ayuda a encajar un cojín en los riñones.

—Siéntese, por favor —le ruega el hombre—. Póngase cómodo. ¿Qué desea tomar? —pregunta señalando la mesita, donde Melchor distingue, junto al mando a distancia de una televisión, una fuente llena de fruta, un plato de galletas, una tetera y dos tazas, una botella de agua, vasos—. Tome lo que quiera. Si le apetece algo especial, pídalo. Quiero que se sienta a gusto. No sabe cuánto lamento haber tenido que traerle hasta aquí de esta forma, pero me pareció que no había otra. Espero que sepa disculparme. ¿Le han tratado bien mis hombres?

Mientras se dirige a Melchor, el desconocido hace un gesto hacia la enfermera y los guardaespaldas para que se retiren. Todos obedecen, salvo uno de los guardaespaldas, que permanece apostado en el umbral de la sala, de pie, casi oculto por la tiniebla del pasillo. Melchor se sienta en la butaca y se fija en el hombre. Es un viejo de no menos de ochenta años, que habla con acento mexicano y gesticula con unas manos artríticas que sobresalen de una especie de camisa o camisón gris; bajo la luz atenuada de la lámpara, parece pequeño y compacto, de aire patricio, ojos claros, piel cerosa y cráneo pelado y constelado de manchas de vejez.

—Se estará usted preguntando quién soy yo y por qué le he hecho venir hasta acá —dice el viejo, con las manos entrelazadas bajo su pecho abombado, que sube y baja al ritmo laborioso de su respiración—. Por cierto, ¿puedo llamarle Melchor? Es un nombre curioso. ¿Quién se lo puso?

—Mi madre —contesta él.

—¿Y sabe usted por qué se lo puso?

—Ella decía que porque la primera vez que me vio le parecí un rey mago.

El viejo se ríe con una risa cascada, profunda. Una risa de asesino o de enfermo, piensa Melchor.

—Qué linda, su mamá. —El viejo termina de acomodarse el cojín en la espalda—. Pero, oiga, ¿no va a comer nada? No habrá cenado, debe de estar hambriento. Órale, coma algo. —Quizá para dar ejemplo a su invitado, arranca una uva de un racimo y se la lleva a la boca: una boca de labios arrugados, un poco sumida—. ¿De qué hablábamos? —pregunta mientras mastica sin ganas—. Ah, sí. Decía que se estará usted preguntando quién soy yo y para qué le he traído hasta acá. Aunque me imagino que ya se habrá hecho una idea.

—Más o menos —dice Melchor.

Con una mueca de disgusto, el viejo saca de su boca un amasijo de semillas y piel, lo deja en un plato y se limpia los dedos con una servilleta de hilo.

—A ver, dígame, ¿qué idea se ha hecho?

—Que está usted relacionado con el caso Adell —dice Melchor.

—¿Y qué más?

—Que fue usted quien me mandó los correos electrónicos que me ayudaron a solucionarlo.

—¡Muy bien! —aprueba el viejo, dejando la servilleta sobre la mesita, aplaudiendo sin ruido hacia Melchor y sonriendo apenas—. Ya sabía yo que era usted un chamaco de lo más listo.

Melchor se oye añadir:

—Y que piensa matarme.

—Ay, no, por favor, no sea melodramático, cómo se le ocurre —se lamenta el viejo, que deja de aplaudir mientras su escasa sonrisa desaparece—. Yo no soy una persona violenta. En realidad, odio la violencia. Si me conociera, lo sabría. Y hablando de conocer, voy a hacerle una pregunta un tantito más difícil, sobre todo para un español. ¿Sabe usted quién es Daniel Armengol?

A Melchor el nombre le suena vagamente, pero tras unos segundos reconoce:

—No.

—¿Lo ve? —El viejo chasquea la lengua—. Así son ustedes, los españoles. Nunca han prestado ninguna atención a lo que pasa en México, como si mi país fuera la puritita mierda, cuando la verdad es que es mucho mejor que el suyo, modestia aparte. —Hace una pausa antes de anunciar—: Daniel Armengol soy yo. Y, créame, en México hasta los escuincles han oído hablar de mí. Lo cual es malísimo para un hombre en mi posición, dicho sea entre nosotros: las personas con poder, cuanto menos conocidas, mejor. Y yo, como mínimo en México, tengo poder. Demasiado, según mis enemigos, que me atribuyen la capacidad de poner y quitar presidentes. Es una exageración, claro. Ya sabe usted que los enemigos siempre lo sobrevaloran a uno, por eso no hay que hacerles mucho caso, sólo el justo para poder acabar con ellos cuando la ocasión se presenta. Pero, a lo que íbamos, le voy a contar qué tengo yo que ver con el caso Adell. ¿Está cómodo? ¿Seguro que no quiere comer nada? Es una historia un poco larga. Permítame al menos servirle un poco de té.

Antes de que Armengol pueda moverse, el guardaespaldas del pasillo se acerca, coge la tetera, llena su taza y luego la de Melchor; el viejo le deja hacer, y aprovecha para tomar una galleta y mordisquearla, reflexionando. En cuanto a Melchor, está más tranquilo, menos inquieto: la acogida que le ha dispensado Armengol y el tintineo de veracidad con que resuenan sus palabras le han infundido confianza, y ya no cree que corra peligro, no al menos mientras permanezca junto a su anfitrión. Por eso, ahora el sentimiento que le embarga no es el fatalismo resignado que le dominó durante el viaje en coche, ni la extrañeza vigilante que le mantuvo en tensión desde que entró en aquella sala, sino la curiosidad. Ya no le duele el golpe que le asestaron en la cabeza los guardaespaldas, ha pasado del todo el efecto de la inyección con que terminaron de dormirle y sus ojos se han acostumbrado a la semioscuridad creada por la luz de la lámpara y la claridad urbana del ventanal.

—Conocí a Albert Ferrer hará cosa de cuatro o cinco años, en una recepción que dio el presidente Peña Nieto en el Palacio Nacional —empieza por fin Armengol, dando un sorbo tembloroso de té. Habla con una voz ronca, lenta y acostumbrada a mandar, la vista fija en la pantalla de un televisor apagado que pende de la pared frente a él. Una vez servido el té, el guardaespaldas se ha retirado otra vez al pasillo, donde Melchor sólo distingue las punteras redondeadas de sus zapatos temblando sobre la moqueta, igual que una pareja de animalitos charolados—. Peña Nieto es un pendejo, pero, cuando estaba en el poder, no paraba de pedirme favores, y yo era incapaz de negárselos. Es uno de los muchos inconvenientes que tiene ser un patriota, ¿sabe usted? El caso es que aquel día el presidente me pidió que asistiera a una recepción de empresarios españoles interesados en México, la mayor parte gente que ya había invertido en el país y a la que había que seducir para que invirtiera más y colaborara con empresas mexicanas. Una vaina de ese estilo. No sé quién me presentó a Ferrer, pero recuerdo muy bien que me lo presentó como consejero delegado de Gráficas Adell, una importante empresa de artes gráficas catalana que había fundado una filial en Puebla. Eso me dijeron. «Ah», le dije a Ferrer, estrechándole la mano. «Yo conocí hace muchos años a un Adell en España.» «No me diga», me respondió Ferrer. «Sí», le dije yo. «Era catalán, de la Terra Alta, en la frontera de Aragón, no sé si conoce la comarca.» Ferrer me dijo que cómo no iba a conocerla, que él era de allí, que Gráficas Adell había nacido allí, que seguía teniendo su sede central allí y que no le extrañaba que hubiera conocido a alguien de la Terra Alta llamado Adell, porque en la zona el apellido era bastante común. Luego empezamos a atar cabos, y al final resultó que el Adell que yo conocía era su suegro, el propietario de Gráficas Adell.

—¿Y de qué lo conocía usted?

—Esa misma pregunta me hizo Ferrer, y ¿sabe cómo me hubiera gustado contestarla? —Armengol abre una pausa, como dejando espacio a la respuesta de Melchor, que no llega—. Riéndome. Pero riéndome con una buena carcajada, de esas que retumban en el Palacio como un trueno y hacen que todos se volteen a buscar al que la soltó dudando si poner cara de escándalo o de complicidad... Créame, me hubiera encantado contestar así. Pero no pudo ser, no doy para tanto, lo único que fui capaz de contestar fue algo como «Ah, es una larga historia, ya se la contaré otro día». Algo así. Después platicamos un rato de su empresa, de los proyectos de su empresa, de todo un poco. Ferrer me conocía, al menos había oído hablar de mí, ya le digo que la gente sabe quién soy en cuanto pisa México, de modo que supongo que le impresionó conocerme en persona. No sé por qué digo «supongo», cuando lo sé con seguridad, lo supe en cuanto le di la mano, ya conoce usted a Ferrer, es un hombre transparente, no sabe engañar, su sonrisita de arribista le delata, otro pendejo como el presidente Peña

Nieto, peor que Peña Nieto, el hombre más manipulable del mundo, porque no hay nadie más manipulable que un arribista. —Armengol vuelve a mordisquear una galleta, tal vez la misma de antes, vuelve a coger la taza de té y vuelve a dar un sorbo—. Eso fue todo aquel día —continúa, dejando otra vez la taza en la mesita—. Me entregó su tarjeta, alguien le entregó la mía y yo insistí en que fuera a verme cuando quisiese. Insistí mucho, lo suficiente para que entendiera que no lo decía por decir, y al cabo de un tiempo fue a verme. Tardó más de lo que yo esperaba, pero lo hizo. Claro que, si no lo hubiera hecho él, lo habría hecho yo. Pero preferí que fuera él, lo último que quería era que notara algo raro.

Armengol asegura que, mientras esperaba la llamada de Ferrer, estuvo recabando información sobre Francisco Adell, sobre Gráficas Adell, sobre el propio Ferrer, y que poco a poco resolvió que aquel encuentro casual era más que un pequeño milagro: era un guiño del destino. Sólo entonces decidió llevar a cabo un proyecto que durante décadas le había estado rondando como una ensoñación recurrente, y que nunca había sabido si podía o si de verdad quería llevar a cabo.

—Cualquiera diría que esperaba a que fuera el azar el que decidiera —murmura Armengol—. En fin, una oportunidad así sólo se presenta una vez en la vida, y yo decidí aprovecharla.

Hace una pausa, suspira —su respiración sigue siendo ardua, trabajosa— y se retrepa un poco en la otomana. Melchor coge la taza de té y da un sorbo: está tibio, pero le sienta bien.

—No sé a cuento de qué me pidió Ferrer la primera cita —prosigue Armengol—, pero sí recuerdo que le dije que viniera al DF, y que le invité a almorzar en mi despacho. A partir de aquel día empecé, ¿cómo lo diría?, empecé a seducirle. No le voy a engañar: fue muy fácil. —Armengol se vuelve hacia Melchor, que en ese momento se da cuenta de que sus ojos claros son verdes, felinos—. ¿Le gusta a usted la poesía?

La pregunta desconcierta a Melchor, pero sobre todo le recuerda a Olga, o más bien le recuerda que, por vez primera desde que Olga murió, lleva varias horas sin pensar en ella, y comprende que ya está siéndole infiel, que ya ha comenzado a olvidarla.

—No, claro que no —contesta por él Armengol, como corrigiéndose a sí mismo—. Prefiere las novelas, ¿verdad? Eso me han dicho. A mí en cambio las novelas me aburren, se lo confieso. Nunca he entendido por qué tengo que leer sobre cosas que no han pasado cuando puedo leer sobre cosas que pasan de verdad. La poesía es eso, lo que pasa de verdad. «The last infirmity of a noble mind»: la última flaqueza de una mente noble. Es lo que dice Milton de la vanidad. ¿Qué le parece? Hasta los mejores hombres tienen su granito de vanidad. Lo cual quiere decir que, cuanto peor es un hombre, más vanidad tiene, y que los peores, como Ferrer, son sólo vanidad. Bueno, pues por ese flanco le ataqué.

Armengol afirma que lo hizo con cuidado, tomándose su tiempo, porque era consciente de que, si se precipitaba, podía espantar a su presa y arruinar la operación. De entrada, se vieron un par veces en su despacho del DF y le hizo algunos favores a Ferrer, cosas sin mucha importancia para él: le solucionó algunos problemas burocráticos, le contrató una campaña de publicidad en condiciones muy ventajosas, le puso en contacto con gente influyente. De ese modo se ganó su confianza y le hizo creer que le consideraba un hombre de valía, un joven con futuro, alguien con quien ansiaba estrechar relaciones y hacer negocios.

—Usted conoce un poco a Ferrer. —Vuelve a sonreír Armengol, y sus manos revolotean un momento sobre su regazo, antes de volver a posarse sobre él—. Imagínese cómo se sintió. Nadie en su empresa le había hecho nunca el menor caso, siempre había sido un pelele, el yerno del amo, un enchufado, como dicen ustedes. Y, de repente, alguien como yo le buscaba, se hacía amigo suyo y le llenaba de halagos. Hijo de la chingada, se infló como un pavo.

Armengol y Ferrer empezaron a comer o cenar juntos cada vez que el segundo viajaba a México, se encontraban sobre todo en el DF, alguna vez incluso el viejo fue a Puebla sólo para verle. Al cabo de un tiempo su relación dejó de ser profesional para convertirse en personal, o eso le hizo creer Armengol a Ferrer: una relación de padre e hijo, o de maestro y discípulo. Fue entonces cuando Armengol se empleó a fondo. Desde el principio sabía que la relación de Ferrer con Adell era regular o simplemente mala, que Adell no sólo no lo respetaba, sino que lo despreciaba y lo humillaba, y se aplicó a predisponerle contra él: le contaba maldades sobre su suegro (reales o inventadas), le decía que no comprendía que Adell se negase a reconocer su talento, a menos que lo envidiase, le hacía ver que su suegro no sólo era un déspota sin entrañas sino también un empresario anticuado y egocéntrico que estaba obstaculizando su carrera profesional, frustrando sus expectativas y aniquilándolo como persona, le metió en la cabeza que Gráficas Adell debía ser sólo un punto de partida para él, no podía quedarse encerrado en una empresa meritoria pero modesta y sin horizonte, tenía que empezar a pensar a lo grande, le insinuó que ambos estaban en condiciones de emprender grandes proyectos juntos, le confesó que tenía planes de ampliar sus negocios a España y le dijo que había pensado que él podía ser su hombre en ese país.

—En fin —concluye Armengol—. Que además de azuzarle contra Adell, le llené la cabeza de fantasías de grandeza, le emborraché. O se emborrachó solo. Para colmo, tuve suerte: a pesar de los favores que yo le había hecho, la filial de Puebla empezó a funcionar mal y entró en pérdidas, Adell empezó a pensar en cerrarla y eso le enfrentó todavía más a Ferrer.

En este punto Armengol vuelve a callarse, la vista fija en la pantalla del televisor, como si su mente se hubiera quedado en blanco. Su caja torácica sube y baja al ritmo fatigoso de su respiración.

—Había oído hablar de eso —interviene Melchor, tratando de animarle a que continúe—. Por lo visto en los últimos tiempos discutían a menudo sobre la filial de Puebla.

—Claro —continúa Armengol, de regreso de su abstracción—. Ferrer no quería cerrarla por nada del mundo, las otras filiales latinoamericanas de la empresa también le interesaban, pero ésta era la joya de la corona y aquí nadie le controlaba. Además, yo le había convencido de que la filial debía ser su trampolín para otros negocios en México. Todo esto, como le digo, le enconó todavía más contra su suegro, y al final nuestros almuerzos los dedicábamos en exclusiva a despotricar de él, a veces incluso yo hacía como que lo defendía para que Ferrer pudiera desahogarse y atacarlo con más inquina, es un truco que he aprendido con los años, si sabes que alguien tiene un enemigo y te interesa enfurecerle contra él, defiéndelo un poco, háblale bien de él. No falla nunca. Y, bueno, mientras iba cebando a Ferrer igual que si fuera una bomba, busqué la forma de hacerla estallar. Como usted sabe, en seguida la encontré.

—El Opus.

—Claro —asiente Armengol, girándose un poco en la otomana para volver a aplaudirle sin ruido, esta vez con una sonrisa más amplia—. Convendrá conmigo en que ustedes los españoles son gente horrible —dice mientras recupera su posición—. Se pasan la vida cometiendo fechorías, a cuál peor, y al final, en vez de afrontar como hombres las consecuencias de sus actos, les entra el miedo y llaman a los curas para que se las perdonen y los manden al cielo. ¡Cuánta cobardía, carajo, cuánta desvergüenza! Pero, bueno, como yo sé muy bien que ustedes son así, no me extrañó enterarme de que un desalmado como Adell se había convertido en un meapilas de la Obra. El caso es que, en cuanto me enteré, vi el cielo abierto, y cuando entendí que Ferrer estaba maduro le dije que sabía de buena tinta que Adell planeaba dejar la mitad de su fortuna al Opus.

—¿Y no era verdad?

—Pues no lo sé. Verosímil es, ¿no le parece? Hay gente que tiene tanto miedo a la muerte que es capaz de creerse cualquier pendejada que le cuenten sobre ella. Adell era de ésos, no le quepa duda, y con razón, si yo hubiera hecho lo que él, ahora mismo estaría aterrorizado. Aunque da igual si es verdad o no es verdad, lo importante es que Ferrer se lo creyó. A partir de ahí, ya todo fue muy fácil.

—¿Quiere decir que usted le convenció de que matara a su suegro?

—Diana otra vez —dice Armengol, ahora sin aplaudir, sin sonreír siquiera—. Si no quería perder la mitad del patrimonio de su esposa, ¿qué remedio le quedaba? Y, hágame un favor, no me reste méritos: fui yo quien le convenció y también quien lo organizó todo. ¿O cree usted que un majadero como Ferrer hubiera podido hacer él solito lo que hizo? Yo le animé, le presté las agallas que no tenía y le hice entender que matar a su suegro era mucho más fácil de lo que pensaba, que no iba a correr ningún riesgo y que apenas tendría que mover un dedo, porque lo importante lo haría yo.

—Por ejemplo, contratar a los asesinos.

—Por ejemplo. Dos especialistas que hicieran bien su trabajo y que no dejasen ni rastro. En mi país tenemos unos cuantos.

—¿También fue idea suya meter en el asunto a Salom?

—¿Se refiere a su compañero?

—Sí.

—Ah, no, eso fue cosa de Ferrer. Y hay que admitir que fue una buena idea, no entiendo cómo se le ocurrió a él. Un día, cuando ya había tomado la decisión de matar a su suegro, me dijo que tenía un buen amigo en la policía, y que lo más probable era que participase en la investigación, porque era de la Terra Alta y conocía a la familia y no sé qué más. A él debió de parecerle como comprar un seguro de vida, un airbag o algo así, por si cometíamos algún error, y a mí no me pareció mal. A fin de cuentas, yo tenía tanto interés como él en que todo saliese bien y en que no le pillasen. Y, si no hubiese sido por usted, todo habría salido bien. De hecho, la última vez que Ferrer y yo estuvimos juntos, en el DF, la investigación ya se había cerrado y brindamos por lo fácil que había sido todo y lo bien que terminó. Fue aquel día cuando Ferrer me contó que su amigo había enmendado su único error y había manipulado la ampliación de la huella que había dejado en la casa de sus suegros, no sabe lo orgulloso que estaba de haber tenido él solo la idea de meter en el negocio al caporal, cómo se ufanaba... En fin, el caso es que luego usted siguió hurgando y hurgando, Ferrer se puso nervioso y lo mandó todo al carajo.

En ese momento los interrumpe la enfermera que acompañaba al viejo cuando llegó Melchor. «Es la hora, don Daniel», avisa. Armengol la mira, pero, cuando ella y el guardaespaldas del pasillo dan un paso hacia él, el viejo vuelve a frenarlos con un ademán. Luego, lentamente, se quita la manta que lo cubría hasta la cintura y, con un gemido, se incorpora hasta quedar sentado.

Melchor lo ve entonces de cuerpo entero. A pesar del camisón que enmascara sus formas, salta a la vista que es mucho más corpulento de lo que aparentaba tumbado en la otomana y que, bajo su cabeza de busto romano y su papada abacial, conserva un tórax poderoso, unos brazos recios y unas manos montaraces. De cintura para abajo, en cambio, su apariencia es la de un hombre frágil, disminuido: el camisón deja ver unas rodillas pálidas, enfermizas y afiladas, y unos pies tan pequeños que parecen incapaces de sostener el entramado de sus huesos. Un catéter de plástico asoma por debajo del camisón y desemboca en una bolsa que yace a sus pies, saturada de un líquido oscuro. Viéndolo así, voluminoso y precario, un poco jadeante, Melchor tiene por vez primera la certeza de que aquel hombre está enfermo.

—Quiero que sepa que lamento mucho la muerte de su esposa —afirma Armengol—. Eso también fue cosa de Ferrer, no mía.

Los dos hombres se observan unos segundos durante los cuales Melchor percibe en el aire una leve fetidez, un olor a fármacos y a podredumbre. El viejo pregunta:

—Me cree, ¿verdad?

Melchor no piensa que el viejo le esté mintiendo, pero dice:

—Lo que me pregunto es por qué me mandó esos correos electrónicos. Por qué me está contando todo esto. Por qué tenía tanto interés en matar a Francisco Adell.

—Ah —responde Armengol, como si hubiera estado esperando las preguntas de Melchor—. Ésa es la mejor parte de mi historia, amigo mío. —Animados por el viejo, la enfermera y el guardaespaldas le ayudan a levantarse y, casi en volandas, se lo llevan de la sala mientras añade—: Tenga la bondad de esperar unos minutos, Melchor. Ahorita vuelvo.

A solas —ni siquiera le vigilan los animalitos de charol desde la moqueta del pasillo—, Melchor se aleja de la butaca y estira las piernas mientras pasea la mirada por la estancia. Junto a la televisión hay un escritorio, y sobre el escritorio un jarro del que sobresale un ramo de flores frescas; en la esquina, al lado de un bodegón de aire cubista, se yergue un telescopio encaramado sobre un trípode y orientado hacia el ventanal. Melchor contempla a través de éste su ciudad extendida ante él como una negra superficie plagada de luciérnagas y presencias familiares: a la derecha, la Torre Glòries, con su forma de supositorio y su piel cubierta de escamas iluminadas, azules y rojas; casi enfrente, el costurón abierto de la calle Marina, que remata en la Sagrada Familia; a la izquierda el macizo de sombra de la Ciutadella; y al fondo el de la sierra de Collserola, con el parque de atracciones a oscuras en la cima del Tibidabo, igual que el esqueleto tenebroso de una gigantesca nave espacial varada en el horizonte. Melchor permanece un rato así, de pie, embelesado por el espectáculo y pensando que Cosette duerme allá abajo, cálida, mínima, suave, palpitante y protegida, pensando que volverá a verla y que, aunque quizá aquella noche encuentre su destino, no será el que imaginaba cuando horas atrás viajaba en coche hasta allí, seguro de que aquello era el fin.

Armengol reaparece escoltado por los dos enfermeros y por un guardaespaldas, con un catéter y una bolsa flamante saliéndole por debajo del camisón, que ya no es el que llevaba.

—Lamento haberle hecho esperar —dice, tan animoso como si le hubieran administrado una dosis de cortisona—. ¿Ha tomado algo? ¿Tiene sueño? Yo siempre he dormido muy poco, pero de un tiempo a esta parte sólo duermo a ratos. Espero que usted sea como yo, porque ahora viene la parte más interesante de mi historia.

Con ayuda, Armengol se tiende otra vez en la otomana, se coloca el cojín en la espalda y se tapa de nuevo con la manta. Por su parte, Melchor toma asiento otra vez en su butaca, junto a él. Los enfermeros se marchan, y Melchor advierte que ahora el guardaespaldas ya no permanece apostado en el pasillo. ¿Es porque el viejo ha dejado de desconfiar de él y ha dado instrucciones para que ya no los vigilen? ¿O es que no quiere que nadie escuche la siguiente parte de su relato, ni siquiera un subordinado?

—Bueno, ha llegado la hora de contarle la verdad —anuncia Armengol—. La verdad es que yo no soy mexicano. Soy español. No me malinterprete, por favor. Lo que quiero decir es que, aunque soy mexicano de corazón y México es mi patria y el país que me lo ha dado todo, nací en España. Adivine dónde. ¿No lo adivina? Se lo digo yo: en la Terra Alta. En Bot, para ser precisos. De eso conozco a Francisco Adell, Francesc le llamábamos en el pueblo, después de la guerra se castellanizó el nombre. Él también era de Bot, nuestras familias se conocían. Su padre era un jornalero que trabajaba para el hombre más rico del pueblo, el propietario de Ca Paladella; mi papá tenía una tienda de comestibles. Eran dos familias humildes, aunque la suya más que la mía y, por lo que sé, siempre se habían llevado bien. Hasta que llegó la guerra. Yo nací justo ese año, el treinta y seis, así que no tengo recuerdos directos de aquello, todos son recuerdos prestados, cosas que me contaron luego mis tíos, o que he leído en los libros. El caso es que en la Terra Alta el principio de la guerra fue terrible. Aunque, más que la guerra, lo que se vivió allí fue la revolución, ¿verdad? Primero la revolución y luego la guerra. Dos horrores, a falta de uno.

El primer horror empezó en verano, cuenta Armengol. A principios de septiembre llegó a la Terra Alta un autobús cargado de anarquistas procedentes de Barcelona; iba pintado de negro y adornado con calaveras blancas, y sus ocupantes empezaron a matar gente a mansalva. En poco tiempo sembraron el terror en la comarca; no sólo en la comarca: también en el Bajo Aragón, en la Ribera d'Ebre, en toda la zona. Irrumpían en los pueblos, hablaban con los anarquistas locales, les pedían una lista de las personas de derechas y las mataban a todas.

—Para que se haga usted una idea —dice el viejo—, en Gandesa, en una sola noche, mataron a veintinueve. Eso fue la famosa revolución española, al principio de la guerra: una auténtica orgía de sangre. Lindo, ¿no? Ay, y luego dicen que los mexicanos somos violentos. La verdad es que, comparados con ustedes, somos un pueblo pacífico y compasivo. Pero aguarde, que ahora viene lo bueno. ¿Sabe qué les dijeron en Bot a los anarquistas de Barcelona cuando llegaron al pueblo pidiendo la lista de la gente de derechas? Les dijeron que no se preocupasen, que allí no tenía que venir ningún forastero a hacerles el trabajo, que el trabajo ya lo habían hecho ellos, la gente del pueblo.

No mentían, continúa Armengol. En las primeras jornadas de la guerra los republicanos locales fusilaron a doce o trece personas a un kilómetro de Corbera d'Ebre, en una larga recta de la carretera por la que, conjetura el viejo, Melchor ha debido de pasar mil veces, y en la que hasta hace poco tiempo una cruz recordaba los asesinatos. Entre esas doce o trece personas, paisanos de los criminales, convecinos suyos, se hallaba el padre de Francisco Adell. No se sabe a ciencia cierta por qué lo mataron: quizá porque era fiel como un perro a su amo y, como no encontraron al amo, lo mataron a él; quizá porque era católico y los domingos iba a misa; quizá porque alguien quería vengarse de él.

—Hay gente que olvida que aquella guerra también fue eso —acota el viejo—. Una válvula para aliviar los odios, las rencillas y los rencores acumulados durante años.

Armengol carraspea, alarga la mano hacia la mesita y de inmediato aparece a su lado un guardaespaldas, que le sirve agua y luego, a petición del viejo, se lleva el servicio de té, la fuente de fruta y el plato de galletas. Cuando el hombre da un sorbo de agua, Melchor vuelve a notar que le tiembla el pulso.

—Adell era casi diez años mayor que yo, así que debía de tener nueve o diez cuando mataron a su padre —sigue el viejo, dejando el vaso en la mesita despejada y cruzando las manos en su regazo—. No sé si entonces vivía en Bot, pero lo que sí sé es que estaba allí cuando entraron los franquistas dos años después, al caer el frente de Aragón, en la primavera del treinta y ocho. Yo continuaba viviendo en el pueblo, con mi mamá. Mi papá, en cambio, había huido. Por lo que yo sé, no había hecho nada malo, era un hombre de orden y no había participado en los asesinatos del principio de la guerra, no era más que un militante de Esquerra Republicana que había aceptado ser concejal del Ayuntamiento. Pero hizo muy bien en marcharse, porque, al volver al pueblo, los rebeldes responsabilizaron de los asesinatos a todos los republicanos que estaban en el Ayuntamiento, aunque sabían muy bien que la decisión de a quién matar y a quién no la habían tomado los comités de los partidos, no ellos. El problema fue que no encontraron a nadie a quien responsabilizar, porque toda la gente que había tenido alguna relación política o sindical con la República se había marchado, igual que había hecho mi padre. Estaban asustados, creían que los franquistas volvían para vengarse, y tenían razón.

Armengol calla de nuevo. Cuando vuelve a hablar, su relato se ralentiza aún más, y Melchor lo escucha con el sentimiento de que es la primera vez que el viejo cuenta lo que está contando y de que por eso tiene que elegir cada palabra con la máxima precaución, como quien camina descalzo por un suelo infestado de cristales rotos:

—Mi papá se pasó el resto de la guerra en Barcelona, trabajando en la construcción de refugios antiaéreos y, cuando la guerra terminó, se marchó a Francia. Allí estuvo otros tres años, mientras nosotros recibíamos de vez en cuando cartas suyas, algunas casi me las sé de memoria, mi mamá me enseñó a leer con ellas. Hasta que volvió a casa. Fue un error fatal, que nunca sabré por qué cometió. Mi tía me decía que no sabía vivir solo, que nos echaba mucho de menos a mi mamá y a mí, que se moría de ganas de vernos. Puede ser, pero yo estoy seguro de que también influyó la propaganda franquista, esa que decía que los republicanos que no tuvieran las manos manchadas de sangre no tenían nada que temer, y que podían volver a casa sin que nadie les molestase. Mi papá debió de creerse esa mentira, y esa mentira le perdió. —Hace otra pausa, esta vez más larga, durante la cual permanece tan inmóvil como Melchor—. Recuerdo muy bien el día en que volvió, porque yo ya tenía seis años y porque fue el día más feliz de mi vida... Descuide, no se lo contaré, la felicidad de los demás fastidia, y además ya me lo he contado yo a mí mismo bastantes veces. Pero sí quiero contarle otro día, otra escena de otro día, quiero decir. Yo no asistí a ella, me la contaron, o más bien la reconstruí a partir de frases o comentarios que escuché susurrar aquí y allá, nunca la he tenido del todo clara, quizá porque durante años no quise tenerla clara, o porque me daba miedo aclararla, y cuando quise hacerlo ya era tarde. Pero lo esencial sí lo sé.

Lo esencial, asegura el viejo con una voz que, sin dejar de ser ronca, se ha vuelto tan fría que por momentos hiela la sangre, es lo que sigue.

Un día su padre y su madre caminaban cogidos del brazo por la plaza del pueblo. Era domingo, la plaza estaba llena y su padre acababa de regresar a Bot tras cuatro años de exilio. De repente, alguien gritó su nombre, y un muchacho empezó a abrirse paso entre la multitud, o la multitud le abrió paso a él; cuando llegó frente a la pareja, el muchacho levantó la pistola que empuñaba en una mano, pronunció unas palabras que nadie entendió o que todo el mundo quiso olvidar al instante, y le descerrajó un tiro en la cabeza al padre de Armengol. Luego, de pie junto al cuerpo tendido en la tierra, lo remató de dos tiros. Todo esto ocurrió a la vista del pueblo entero, sin que nadie moviera un músculo para impedirlo, como si todos estuvieran paralizados por el miedo o como si aquello no fuera un asesinato sino una ceremonia.

—Y yo le hago la pregunta —dice Armengol, buscando los ojos de Melchor en la penumbra—. ¿A que no adivina cómo se llamaba el muchacho que mató a mi papá?

La respuesta es tan evidente que Melchor no la da.

—Claro, era él —se responde el viejo—. ¿Y sabe por qué Adell mató así a mi papá, como a un animal? ¿Qué digo como a un animal? Mucho peor que a un animal, a los animales no se los trata con esa maldad. ¿Sabe en qué consistió su delito? Yo se lo diré: en ser el único miembro del Ayuntamiento republicano que volvió al pueblo después de la guerra. ¿Qué le parece?

Armengol cuenta que el cadáver de su padre permaneció en la plaza durante horas, tal y como había caído, con la cabeza reventada y rodeada por un charco de sangre cada vez más grande. Nadie se atrevió a acercarse a él hasta que, después de hablar con el alcalde, su tío lo cargó en una carretilla, se lo llevó y lo enterró de cualquier manera en un descampado. De ese día sí conservaba recuerdos el viejo. Lo que sobre todo recordaba era el silencio. El silencio de su casa. El silencio del pueblo. El silencio de su familia, que lloraba en silencio, igual que si uno de sus miembros acabase de cometer un crimen atroz, un crimen que había atraído la culpa y la vergüenza para siempre sobre ellos.

—Esa impresión tenía yo —confiesa Armengol—. Lloraban todos, pero lloraban sin ruido. Todos salvo mi mamá, que estaba como ida y no paraba de murmurar el nombre de mi papá mientras me acariciaba la cabeza... Al día siguiente mi tío se fue a ver otra vez al alcalde y luego al cura, desenterró el cadáver de mi papá y lo enterramos en el cementerio, solos mis tíos, mis primos, mi mamá y yo. Y dos o tres días más tarde, después de vender a toda prisa nuestra casa, nuestra tienda y la casa de mis tíos, tomamos el tren y nos marchamos.

Armengol hace otra pausa, suspira y el ruido del aire entrando y saliendo de sus pulmones parece arañar la quietud compacta de la sala. Melchor se dice que, desde que empezó a hablar de la guerra, de su padre y de su madre, al viejo no le ha temblado ni una sola vez la voz, y en ese momento recuerda a Olga sentada junto a él en un banco de la plaza de Gandesa, al poco de conocerse, hablándole de la guerra, diciéndole: «Pero las heridas de verdad son las otras. Las que nadie ve. Las que la gente lleva en secreto. Ésas son las que lo explican todo».

—Desde aquel día no he vuelto a Bot —dice Armengol—. Ni a Bot ni a la Terra Alta. El resto casi se lo puede imaginar.

Poco después de que huyeran de la Terra Alta, su madre ingresó en el sanatorio psiquiátrico de Tarragona y, como sus tíos no podían mantenerle, él ingresó en un orfanato. Su madre murió de tuberculosis año y medio más tarde. Por aquellas fechas un amigo de su tío le escribió desde Francia diciéndole que el jefe del taller donde trabajaba podía ofrecerle trabajo; su tío aceptó la oferta sin pensarlo, pero, en vez de marcharse solo con su familia, le sacó a él del orfanato y se lo llevó con ellos, igual que si fuera su tercer hijo. Vivieron un tiempo en Francia, y al terminar la guerra mundial se embarcaron hacia México.

—Yo tenía diez años recién cumplidos cuando llegué al puerto de Veracruz —rememora Armengol—. Y ahí empezó otra historia. Pero, dígame, ¿puede imaginarse ahora lo que sentí el día en que me presentaron a Ferrer en la recepción del presidente Peña Nieto y supe que era el yerno de Francisco Adell? No, no puede. Nadie puede. Aunque usted puede más que mucha gente, ¿verdad? —Melchor sabe o intuye a qué se refiere el viejo, pero no dice nada—. Mire, cuando me fui de España yo sólo era un mocoso, pero me juré que no volvería a pisar ese país que había matado a mis papás. Odiaba con todas mis fuerzas a Adell, odiaba a España. Y cumplí mi juramento, no volví a España, hasta ahora no he vuelto. Me concentré en odiar a este país, pero sobre todo me concentré en odiar a Adell, hasta casi convertirlo en algo abstracto, no un hombre de carne y hueso, sino la encarnación del mal. ¿Sabe usted lo que es odiar de esa forma a alguien durante más de setenta años?

—Creo que sí —dice Melchor, recordando de nuevo a Olga—. Más o menos como beberte un vaso de veneno creyendo que así vas a matar a quien odias.

El viejo se vuelve otra vez hacia Melchor, que atisba en sus ojos un brillo de triunfo.

—¿Lo ve? —dice—. Ya sabía yo que usted me entendería. Es así: el odio lo envenena a uno hasta los huesos. Y por eso yo intenté no odiar. Dejar de odiar. Créame que hice lo que pude. Olvidarme de todo y hacer como si nada hubiera ocurrido es lo que intenté. Como si Adell no existiera y no hubiera matado a mi papá y vuelto loca a mi mamá y destruido mi vida. Como si ni él ni la Terra Alta ni España existieran. ¿Y sabe una cosa? A ratos lo conseguí. Hubo días en que no me desperté pensando en Adell ni en la Terra Alta, días en que me levantaba con una ligereza prodigiosa y todo fluía como con una ingravidez sin dolor, como si estuviera drogado, hasta que de repente volvía a acordarme, y volvía el peso de siempre, la angustia y el dolor de siempre. Hubo días, horas así. Horas sin odio. Pocas, pero las hubo, y cada vez más a medida que me hacía viejo y todo eso parecía quedar atrás y disolverse en el pasado, igual que los sueños se disuelven en la vigilia. Pero era una ilusión, claro. En el último momento apareció Ferrer y todo volvió de golpe, entero y verdadero, tan grande como si no se hubiese ido nunca. Y entonces comprendí que, ya que no podía dejar de odiar a Adell, lo mejor era eliminarlo, para dejar de envenenarme, me di cuenta de que ésa era la única forma que tenía de librarme de él y de morir tranquilo, matar a Adell y además matarlo haciéndole sufrir, por mucho que sufriese sólo sería una parte ínfima de lo que él me había hecho sufrir a mí, vengar a mi papá y a mi mamá para que ellos también puedan morir tranquilos, tantos años después de estar muertos.

—Por eso hizo que torturaran a Adell y a su mujer.

—Así es —dice Armengol con un suave énfasis cantarín, con dulzura, mientras Melchor recuerda que su primera impresión ante los cadáveres torturados de los Adell fue que aquella masacre había sido fruto de un ritual, y se dice que quizá, después de todo, no estaba tan equivocado—. Para que por lo menos al final tuviese una idea, un atisbo de lo que ha sido mi vida. Es justo, ¿no le parece? Y, si no, dígame, ¿qué hubiera hecho usted de haber encontrado a los asesinos de su mamá, luego de tanto buscarlos?

—Se ha informado usted muy bien sobre mí.

—Mejor de lo que cree. Pero no ha contestado mi pregunta.

—Se olvida usted de que por culpa suya no sólo han muerto culpables. También han muerto inocentes. Entre ellos, mi mujer.

—No me olvido. Pero yo no tuve ninguna relación con eso. Se lo dije y se lo repito. En el fondo, ni siquiera Ferrer es del todo responsable, al fin y al cabo no lo hizo adrede, no hubo crueldad ni ensañamiento en lo que hizo, nomás quería asustarlos a su esposa y a usted, fue una pendejada de ese pendejo... No estoy intentando excusarle, pero es así y usted lo sabe. Por eso no se vengó de Ferrer como se hubiera vengado de los asesinos de su mamá, por eso prefirió que lo juzgaran, igual que a su amigo el caporal. Sea como sea, lo que le pasó a su esposa no estuvo bien, de ninguna manera, y si he querido hablar con usted es en parte por eso, porque me pareció mal, para poder decirle que me pareció mal. Y que lo lamento. Créame. Yo también tuve una esposa, ¿sabe? Y dos hijos. Yo también sé lo que es tener una familia. Ahora todos están muertos, sólo quedo yo, pero no se me ha olvidado... Y le digo otra cosa, también lamento lo de la mujer de Adell y lo de la mucama, yo no soy una persona violenta, eso también se lo dije, detesto la violencia, pero a la esposa de Adell había que hacerla sufrir, era inevitable para que sufriera Adell, para que la viera sufrir y así entendiera lo que yo he sufrido. Y la mucama..., digamos que fue un daño colateral, no se hacen tortillas sin romper los huevos, en fin, perdóneme usted los clichés, me parece que empiezo a estar cansado de tanto platicar, me está entrando sueño. Lo que quiero decir es que he querido verle para disculparme, porque sentí que merecía usted una explicación. Eso es todo. Y también porque pensé que me entendería. No me he equivocado, ¿verdad?

Melchor está seguro de haber entendido al viejo, pero se niega a darle la satisfacción de decírselo, tal vez porque a aquellas alturas de la madrugada se siente demasiado próximo a él, y esa cercanía le perturba. Como si ya tuviera la respuesta que buscaba, o como si en el fondo no la necesitase, Armengol se estira un poco en la otomana y se coloca bajo la nuca el cojín que se había encajado en la espalda.

—¿Le importa apagar esa luz? —pregunta, señalando la lámpara de pie—. Está demasiado fuerte, me molesta un poco.

Melchor apaga la lámpara y la iluminación de la sala queda reducida a la claridad nocturna que entra por el ventanal, de manera que la tiniebla engulle el cuerpo del viejo.

—Bueno, eso es todo lo que tenía que contarle —dice—. Espero que le haya compensado por el engorro del viaje.

De nuevo, Melchor se abstiene de responder; pero, tras unos segundos durante los cuales sólo se oye la respiración cada vez más fatigada de su interlocutor, habla de nuevo:

—Dígame una cosa. ¿No tiene miedo de que Ferrer le delate? Podría haberlo hecho ya, pero también puede hacerlo durante el juicio.

—Uf, el juicio —suspira Armengol—. Cuán largo me lo fiais. Usted conoce la justicia española mejor que yo. Con un poco de suerte, quizá para cuando llegue el juicio yo ya no esté y no haga ninguna falta que Ferrer me delate. Eso sin contar con que no sé yo si le quedarán muchas ganas de hacerlo, después de ver lo que les pasó a sus suegros. A lo mejor por eso no me ha delatado ya, ¿no cree?

—Puede ser —dice Melchor, que se siente lo bastante dueño de la situación como para añadir—: Claro que yo también puedo delatarle, si me deja marchar. No olvide que soy policía.

La hipótesis de Melchor pinta una veta blanca en el rostro en sombra de Armengol: es su sonrisa.

—No lo olvido —asegura—. Y sí, tiene razón en lo que dice, desde luego, pero estoy dispuesto a correr el riesgo. Y, por cierto, ¿qué es eso de si le dejo marchar? Usted no está aquí obligado, Melchor, ya le dije que no encontré otra forma de que hablásemos, y que me disculpaba por las molestias. Aunque, ya que ha sacado el tema, aclárame una duda. ¿Está usted seguro de que le creerán si sale de aquí y me delata? Piénselo bien. ¿Qué pruebas tiene? ¿Quién va a testificar contra mí? ¿Ferrer? ¿Los sicarios que contraté? ¿Dónde están esos señores? Ítem más, ¿cree usted que queda alguien en Bot, o en toda la Terra Alta, que se acuerde de que Adell mató a mi padre? ¡Pero si nadie le detuvo ni le juzgó! ¡Pero si hace más de setenta años de aquel crimen! ¡Pero si no queda ni rastro de él! Busque en los cenotafios o los memoriales de la guerra que hay por la Terra Alta el nombre de mi padre, y ya me contará. ¿De verdad piensa usted que alguien va a creer su historia? —La veta blanca ha desaparecido del rostro del viejo, suprimida otra vez por la oscuridad—. De todos modos, voy a dejarlo a su criterio. Eso sí, si quiere hacerlo, yo le aconsejaría que lo haga rápido, no vaya a ser que su denuncia ya no me encuentre aquí.

—¿Tan pronto piensa regresar a México? —pregunta Melchor.

Armengol contesta con una especie de gruñido, que en seguida se extingue; su respiración no deja de arañar el silencio.

—¿Sabe una cosa? —dice, la voz cada vez más apagada, más premiosa—. Hace unos días, cuando comprendí que usted se merecía la verdad y tomé la decisión de ayudarle a resolver el caso Adell, se me ocurrió que España es un mal lugar para vivir, pero un buen lugar para morir. En mi caso, el mejor. O quizá el único. Así que decidí también que había llegado la hora de romper el juramento que hice cuando me marché. Y aquí me tiene, después de tantos años. Ayer llegué. Casi no he salido de esta recámara todavía, todavía no he pisado la Terra Alta, no quería hacerlo hasta haber hablado con usted. Pero, si me siento bien, mañana iré a Bot. Y, si no, también: al fin y al cabo, vine aquí sin el permiso de los médicos. Pinches médicos, esa gente quiere que vivamos más de lo que nos corresponde... Así que mañana volveré a la Terra Alta. Daré un paseo por mi pueblo. Veré cómo está todo, las calles, las casas, el campo, la gente. Veré qué queda de mis recuerdos. Buscaré la tienda de mi papá y mi mamá, la casa donde vivíamos, el cementerio donde descansan los dos. Me quedaré unos días por allá, ya veremos cuántos, he alquilado una finca. Será raro, pero... Después de eso yo también podré descansar en paz, igual que mi papá y mi mamá, ahora que Adell ha muerto como debía morir, ahora que se ha hecho justicia y el odio por fin se ha acabado. No sé cuánto tiempo me quedaré, lo más probable es que no mucho, por eso le decía que, si tiene que denunciarme, hágalo cuanto antes. Quizá es justo que pague por lo que he hecho. No lo sé. Decídalo usted. Es usted un chamaquito inteligente, lo que decida me parecerá bien, yo ya estoy demasiado cansado para tomar decisiones como ésa.

La voz de Armengol se extingue en un murmullo ininteligible. Al poco Melchor vuelve a oír:

—¿Puedo pedirle un último favor?

Melchor dice que sí.

—Hágame compañía un rato, si no le molesta —le ruega el viejo—. Sólo un ratito. Cuando se canse, márchese. Ha sido un gusto platicar con usted. Ahora estoy cansado, necesito descansar.

La voz de Armengol vuelve a difuminarse en un bisbiseo, y pronto su respiración regular delata que se ha dormido. Melchor se queda allí, quieto, sentado en la butaca junto a él, como si no estuviera velando el sueño de un anciano al que apenas conoce sino el de un niño enfermo o el de un familiar muy próximo, con las palabras del viejo resonando en su cerebro y la noche de Barcelona titilando al otro lado del ventanal, sintiendo un peso cada vez más grato en los párpados y una serenidad cada vez más profunda en los miembros, sin ganas de marcharse de aquella suite adonde subió como quien sube al cadalso, deslizándose hacia la vorágine mental de un delicioso duermevela en cuyo centro gira la certidumbre borrosa de que volverá a ver a Cosette y de que, aunque Olga ya no esté, su casa sigue siendo la Terra Alta, de que aquel pedregal de perdedores, pobre, inhóspito y de paso, es la casa que Olga le ha dejado, la única patria que conoce y le conoce, de que ése es su destino verdadero.

Se duerme. Se despierta. Lo hace en seguida (o esa impresión tiene), atontado e intranquilo, sin saber dónde se encuentra, aunque recupera la realidad al ver al viejo dormido boca arriba en su otomana, aspirando y espirando ruidosamente. Más allá del ventanal, el amanecer está empezando a bañar la ciudad en una luz cenicienta.

Melchor se levanta, mira por última vez a Armengol como intentando retener una última imagen de él —el cráneo senatorial, los rugosos párpados lacrados, las mejillas y los labios sin carne, la boca desdeñosa, el perfil de ave rapaz, las manos cruzadas sobre el pecho que sube y baja al ritmo de sus pulmones—, recorre el pasillo vacío y cruza un dormitorio sin nadie. En la sala siguiente conversan los dos enfermeros y tres guardaespaldas, que acogen su aparición sin sorpresa. La enfermera le pregunta si el señor Armengol sigue durmiendo. Melchor contesta que sí y luego pide su teléfono móvil y su pistola a los guardaespaldas, y uno de ellos se los devuelve. Por un momento duda si preguntarles a los enfermeros por la salud del viejo, qué enfermedad tiene, cuánto tiempo le queda de vida; por un momento duda si darles un recado para él.

Pero no hace ni una cosa ni la otra. Abandona la suite, baja en ascensor hasta el vestíbulo, sale a la calle y, cuando ya se dispone a tomar un taxi, cambia de idea y echa a andar en dirección al puerto. Necesita despejarse, necesita poner en orden sus ideas, necesita decidir. Camina deprisa, aspirando el aire limpio, fresco y húmedo del alba y, antes de tomar la rampa que baja a los muelles, se desvía hacia la derecha por el paseo y sigue caminando en paralelo a la playa. ¿Necesita decidir?, se pregunta. ¿No está todo decidido? El viejo con el que acaba de pasar la noche es por lo menos responsable de la muerte de tres personas, él concibió y dirigió en las sombras el caso Adell, él fue su cerebro escondido, él indujo a Ferrer a preparar los asesinatos, él contrató a los asesinos y puede señalarlos, él debe pagar por esas muertes tanto o más que Ferrer y Salom. Armengol tenía razón en una cosa, continúa pensando Melchor: él y su padre asesinado merecían justicia, y no la tuvieron; pero, al tomarse la justicia por su mano, el viejo perdió la razón que tenía, porque la justicia es forma, como había dicho el subinspector Barrera, y él no la respetó, y porque, como también había dicho Barrera, a veces la justicia absoluta puede ser la más absoluta de las injusticias. Así que, aunque es probable que no sea fácil demostrar la responsabilidad de Armengol en el caso Adell, no por eso debe dejar él de denunciarla ni de perseguirle. ¿Qué es lo que hay que decidir, entonces?, vuelve a preguntarse. ¿No es evidente que hay que detener al viejo? No, se contesta. Porque Armengol no tiene razón, pero al mismo tiempo la tiene: es verdad que se tomó la justicia por su mano, pero también que no había otra forma de tomársela; es verdad que no respetó las formas de la justicia, pero también que era imposible hacer justicia respetándolas. ¿Es eso suficiente para no castigarlo?, se pregunta de nuevo. Y también: ¿Debe dejar impune su crimen por ese motivo? Y también: ¿No ha querido contarle Armengol su historia precisamente para buscar su indulgencia, para que alguien capaz de entender lo ocurrido le absuelva? Y también: ¿No le convertiría ese indulto en cómplice del caso Adell, incluso de la muerte de Olga?

Melchor abandona el paseo y baja hacia el mar. Sopla una brisa suave y la línea del horizonte es de un color rojizo. Una luz indecisa ilumina la playa vacía mientras él la cruza en dirección al agua. Cuando llega a la orilla se sienta en la arena y permanece allí un rato, abstraído, oyendo el rumor de las olas, sintiendo la brisa en la cara y viendo el progreso del amanecer en el cielo. Oye un ladrido y ve a lo lejos un perro con su amo. Luego ve otro perro. Luego se desnuda y se mete en el agua. Para combatir el frío, bracea con fuerza contra el oleaje, sumergiéndose a menudo. Ya lejos de la orilla, donde el ir y venir de las olas es más tranquilo, se vuelve de espaldas, hace el muerto y se queda flotando sobre el agua con los ojos cerrados y la mente en blanco, sintiendo otra vez el peso del sueño en los párpados y oyendo el rumor profundo del mar mientras se deja mecer por las olas. Al rato se sumerge de nuevo y arranca de nuevo a nadar con fuerza, ahora en paralelo a la playa, mientras, entre brazada y brazada, le asalta de repente la evidencia de que tiene que elegir entre dos verdades contradictorias, entre dos razones justas por igual, y aquella decisión imposible y aquella agua gélida le devuelven una escena de *Los miserables*, en realidad una de las últimas escenas de *Los miserables*, el momento en que Javert, atónito después de que Jean Valjean le haya rescatado de la barricada de la Chanvrerie y haya renunciado a ejecutarlo como se había comprometido a hacer, deja escapar a aquel prófugo de la justicia al que lleva años persiguiendo, incapaz de detenerlo, y traiciona así el ideal rectilíneo que sostiene su vida: Javert renuncia a cumplir con su obligación de policía dejando libre a Jean Valjean, elige sus propias reglas por encima de las reglas comunes, la justicia íntima por encima de la justicia pública, el derecho natural por encima del derecho formal, la ley de Dios por encima de la ley de los hombres, y esa decisión imprevisible, que dinamita sus convicciones más rocosas, le deja perplejo e inerme, huérfano de certezas, y lo sume en una desesperación helada que le empuja a arrojarse a las aguas ciegas del Sena. Melchor sabe que, aunque ahora también le toque elegir, como le tocó a Javert, entre dos verdades discordantes, entre dos razones igualmente válidas, en esta ocasión no va a imitarlo, no va a claudicar dejando que el agua inunde sus entrañas, en la Terra Alta ha encontrado certezas con las que Javert ni siquiera soñó, la certeza del amor de Olga y del amor de Cosette, que es lo que queda vivo del amor de Olga, y de pronto, por primera vez en su vida, Javert se le antoja a Melchor un personaje distante y ajeno, y su proceder absurdo, trágicamente ridículo. Y, mientras sigue nadando y las olas siguen rompiendo contra su cuerpo, Melchor siente una insondable compasión por Javert, una pena infinita, como si no hubiera muerto ahogado en el Sena sino que estuviera muriendo allí, en aquel preciso momento, dentro de él, desvaneciéndose en el agua como el fantasma de su padre ausente. Entonces Melchor deja de nadar y se queda quieto, flotando en medio del mar, jadeando y mirando hacia la playa dorada ya por el sol flamante de la mañana, con la franja de arena cada vez más concurrida, hasta que nota una sensación anómala, como si se estuviera derritiendo por dentro, y en seguida se da cuenta de que está llorando, unas lágrimas calientes y saladas ruedan por sus mejillas y se diluyen en el agua fría y salada del mar. Melchor llora como no lloró el día en que supo que habían asesinado a su madre ni el día en que supo que Olga había muerto, llora como si estuviera llorando por todas las veces que no ha llorado o como si acabara de aprender a llorar allí, en la playa de su ciudad, en aquel amanecer de otoño, después de una noche en vela junto a un viejo que, justo antes de morir, cumplirá su destino regresando a su verdadera casa, su patria perdida, pobre, inhóspita, pedregosa e inclemente, regresando a la Terra Alta. Y, cuando Melchor deja por fin de llorar, o le parece que deja de llorar, se sumerge de nuevo en el agua, profundamente, como si quisiera limpiarse las lágrimas, y al asomar a la superficie se pone de nuevo a nadar en paralelo a la orilla, hasta el sitio donde ha dejado su ropa, y desde allí sale del agua y se sienta en la arena hasta que el sol y la brisa le secan el cuerpo. Luego se viste y cruza otra vez la franja de arena y sube al paseo y coge un taxi y se va.

El taxi le deja minutos después frente a la casa de Domingo Vivales, en un viejo edificio de la calle Mallorca. Melchor abre el portal de hierro con las llaves que le confió el abogado, sube en un ascensor de madera hasta la quinta planta y, cuando intenta abrir la puerta del piso de Vivales, alguien ordena a su espalda:

—Levante las manos y no se mueva.

Melchor obedece. En la quietud dominical del rellano, oye unos pasos sigilosos que se acercan y siente que una mano coge su pistola en su sobaquera, momento que él aprovecha para pegarle un codazo en la cara a su asaltante, que cae al suelo con un alarido de dolor que parece resonar en todo el edificio. Melchor agarra al hombre por el cuello, lo levanta en vilo y está a punto de reventarle de una patada los testículos cuando la voz de Vivales le frena.

—¡Quieto, Melchor! —grita—. ¡No le pegues!

Melchor se da la vuelta: acompañado de un gordo en pantalones de pijama y camiseta imperio, Vivales ha salido a la puerta de su casa, con la camisa desabrochada y unos calzoncillos hasta la rodilla. El abogado lleva una pistola en la mano; el gordo, un bate de béisbol.

—Todo controlado, Manel —añade Vivales, dirigiéndose al hombre a quien Melchor agarra por el cuello—. Es el padre de la niña.

Melchor observa perplejo a su víctima, que le mira con los ojos todavía desorbitados de terror, y, cuando por fin parece entender, lo suelta. El hombre cae redondo al suelo y el gordo acude a atenderle.

—¿Estás bien, Manel? —pregunta.

—¿Se puede saber qué pasa aquí? —pregunta Melchor.

—Nada —contesta Vivales—. Estos dos son amigos míos. Colegas de la mili. Manel Puig y Chicho Campà. Les pedí que me ayudaran a proteger a Cosette. Faltan otros dos. Nos hemos estado turnando estos días.

—Vas a llegar a tu casa con un ojo a la funerala —le advierte Campà a Puig, que sigue sentado en el suelo—. Tu mujer se va a creer que te has corrido una farra del copón.

—Joder, qué hostia me ha dado —se lamenta Puig, tapándose un ojo con la mano.

Melchor inicia una disculpa, pero Puig le interrumpe.

—Nada, nada, chaval —dice—. Gajes del oficio. Pero, descuida, mientras yo esté aquí, a la niña no la toca ni Dios.

—Cállate de una puta vez, Rambo —le riñe Campà, ayudándole a levantarse—. Total, menuda mierda de guardia has hecho. Si te pilla el teniente Herruzo, te mete un paquete que te cagas.

En ese momento se entreabre la otra puerta del rellano, se oyen pasos en la escalera y una voz de hombre advirtiendo que va a llamar a la policía, y, casi al mismo tiempo, aparece Cosette en el umbral del piso de Vivales, descalza, en camisón y frotándose los ojos con el dorso de la mano.

—¿Papá?

Melchor coge en brazos a su hija y, seguido por Puig y por Campà, entra con ella en casa mientras Vivales se queda fuera, discutiendo a grito pelado con sus vecinos y amenazándolos con ponerles un pleito por escándalo público. Cuando el tumulto de la escalera se calma y el abogado vuelve a entrar, Melchor está vistiendo a Cosette en su dormitorio. Padre e hija hablan de los días que la niña ha pasado allí.

—Se ha portado muy bien —interviene el abogado desde la entrada.

Puig y Campà asoman la cabeza tras él.

—Es una niña estupenda —opina Campà.

—Y muy valiente —asegura Puig, con una bolsa de hielo en el ojo lastimado.

Vivales le pregunta a Melchor qué está haciendo en Barcelona, si todo está controlado en la Terra Alta, y Melchor le contesta que sí y añade que ya le contará. Cuando ha terminado de vestir a Cosette, Melchor mete el resto de su ropa en una bolsa de viaje.

—¿Os marcháis? —pregunta Vivales—. ¿Ni siquiera vais a quedaros a desayunar con nosotros?

Melchor dice que no, añade que tienen prisa porque van a coger el autobús.

—¿Adónde vais? —pregunta el abogado.

Melchor sabe mejor que nunca adónde va, pero se queda un instante mirando al abogado, observa su pelo revuelto, su cara de malas pulgas, su corpachón de camionero, su barriga de bebedor y sus piernecitas blancuzcas, y observándolos recuerda de golpe a todos los padres ilusorios o espectrales que inquietaron las noches de su infancia en el piso de su madre, allá en el barrio de Sant Roc —el hombre que taconeaba con pasos de propietario en el pasillo y el que caminaba de puntillas tratando de pasar inadvertido, el que tosía y expectoraba como un enfermo terminal o un fumador impenitente, el que sollozaba sin consuelo tras un tabique, el que contaba historias de aparecidos y el que salía al amanecer abrigado en su chaquetón de cuero—, y, aunque es incapaz de ponerle el rostro de Vivales a ninguno de aquellos desconocidos, por segunda vez en su vida siente ganas de abrazarlo. Pero no lo abraza: sólo se despide de él y de sus dos amigos, mientras coge a su hija de una mano y la bolsa de viaje con la otra. Vivales vuelve a preguntar adónde van.

—A casa —contesta por fin Melchor—. A la Terra Alta.

NOTA DEL AUTOR

—

Debo dar las gracias por su ayuda a Juan Francisco Campo, María Deanta, Jaume Escudé, Jordi Gracia, Miguel Ángel Hernández, Carlos Sobrino, Cinta Roldán y David Trueba. También a los responsables de los Mossos d'Esquadra de la Terra Alta, sin los cuales este libro habría sido imposible, porque me abrieron de par en par las puertas de su comisaría y se pusieron a mi disposición; y en particular al subinspector Antoni Burgès, al sargento Jordi Escolà y al agente Antoni Jiménez, pero sobre todo al sargento Jordi López y al caporal Joaquim Rípodas, que, además de responder pacientemente todas mis preguntas, tuvieron la amabilidad de leer el manuscrito de este libro y de hacerme observaciones utilísimas. Igualmente debo dar las gracias a Antoni Cortés, el mejor embajador posible de la Terra Alta, que no soporta que le den las gracias.